小行星

little planet

★ 深海手术刀——著 ★

即只为非转载区的小说原名《惊！码字机大大竟是外星触手怪！》

中国致公出版社·北京　　知音动漫

图书在版编目(CIP)数据

小星球 / 深海手术刀著 . -- 北京 ：中国致公出版
社，2024.1
ISBN 978-7-5145-2130-6

Ⅰ．①小… Ⅱ．①深… Ⅲ．①长篇小说－中国－当代
Ⅳ．① I247.5

中国国家版本馆 CIP 数据核字 (2023) 第 084846 号

小星球／深海手术刀 著
XIAO XINGQIU

出　　版	中国致公出版社	
	（北京市朝阳区八里庄西里100号住邦2000大厦1号楼西区21层）	
出　　品	湖北知音动漫有限公司	
	（武汉市东湖路179号）	
发　　行	中国致公出版社（010-66121708）	
作品企划	知音动漫图书•少女心诊所	
责任编辑	秦　璟	
特约编辑	汪　静	
责任校对	魏志军	
装帧设计	杨　瑾　刘　宝	
责任印制	程　磊	
印　　刷	长沙鸿发印务实业有限公司	
版　　次	2024年1月第1版	
印　　次	2024年1月第1次印刷	
开　　本	1310mm×950mm　1/32	
印　　张	10	
字　　数	331千字	
书　　号	ISBN 978-7-5145-2130-6	
定　　价	45.80元	

这篇文的创作灵感，来源于日常打字时的第一万次感慨：为什么我写得这么慢？为什么每天只能写这么点？！

由于全文存稿的习惯，我都是把整部作品写完才发表在网站上。按照晋江文学城网站目前一般小说的长度，就当它有四十万字吧，假设我日更三千，那就要写133天，假设日更六千，就要写66天……

"如果能日更一万就好了！""如果能日更两万就好了！""如果能日更十万就好了！"这样的念头每天都出现在脑海中……

于是现在你看到了这本书。

当然，能出版主要还是要感谢出版社赏识，以及各位编辑和审稿老师的努力。

对于一个创作者来说，最开心的莫过于自己的作品被人喜欢。其次就是自己的作品能够创造价值。此处价值不光是金钱，有时是成就感，有时是与他人产生共鸣。

这本书至少与我本人产生了强烈共鸣，深深表达了一个写作写得要秃头的作者渴望拥有十八条触手，每天狂敲键盘日更十万字的美好愿景。

希望梦想成真且键盘不起火！

小星球.docx

File   Edit   View   Help

ifjew :)

我真不是触手怪 :)

Start

第 一 章 ▷▷▷

♣ 为 爱 发 电 ♣

▷▷▷

　　这两年，平板电脑和智能手机满足了大部分人对工作娱乐的需求，因此会正儿八经来网吧的，大多是相约打游戏的大学生。为了满足这些游戏玩家的需求，网吧的硬件设施和环境水平也水涨船高，有的网吧甚至装修得如同咖啡馆一般，整洁明亮，饮料区、休息区一应俱全。

　　在这种主要面向游戏玩家的网吧里，噼里啪啦的键盘声是不足为奇的。然而，在这个安静祥和的傍晚，A市街角某个平平无奇的网吧里，却有一阵打字声吸引了所有人的注意，因为那手速实在是太快了。

　　游戏界会以每分钟操作的次数来论手速，统计的内容包括鼠标每次左击右击，以及每次键盘敲击的次数。

　　但这人并不是在打游戏。

　　那是角落里一个再平常不过的位子。电脑前坐着一个少年，皮肤很白，娃娃脸。他的手指正在键盘上飞快地敲击着，伴随着如同十二平均律①般均匀

———————————

①十二平均律：又称"十二等程律"，是一种音乐定律方法，它将一组音（八度）分成十二个半音音程，相邻两律之间的波长之比完全相等。

稳定的打字声，文字一行行地在文档中浮现。

"你在写小说啊？"路过的宅男阿四推了推眼镜，有些好奇地凑过来。

少年被他吓了一跳，慌忙地抬起头来望向他。一双圆眼如受惊的小鹿，水汽盈盈，像是受了欺负似的。

阿四被那双小鹿眼看得有些不好意思，连忙道歉："哦哦，不好意思不好意思，我不是故意偷看的。你继续你继续……"

少年的手指从键盘上收回来。阿四这才注意到，他的手指纤细伶仃，给人一种轻轻一捏就会折断的脆弱感。阿四不由自主地联想起蝴蝶细长的触须。

此时少年的那双手也像蝴蝶触须似的卷曲起来，害羞地缩在胸前，整个人显得很不自在。

写小说被人看到，不好意思了吧……阿四尴尬地挠挠头，离开了。

"呼……"少年长长吁出一口气，很明显的如释重负。他再次把手指放到键盘上，正要按下，却又不放心地抬起头，环顾了一下四周。

还好，这一次没有人在看他。

少年定了定神，重新把注意力放到打字上来。

然而这一次，他的手速却变慢了。

游戏界以每分钟操作次数来计算手速，而网文创作则以每小时产出的字数来算。一般的网文作者打字速度大概在每小时两千字，手速快的可以达到五六千字。而如果辅以语音输入、双拼输入法等方式，手速又可以得到进一步提升。手速大佬甚至可以达到每小时一万字以上的速度。

如果阿四对此有了解，他就会发现，这个少年在不借助任何辅助工具的情况下，手速已经达到了每小时两万字——这已经超过了人类的极限。

然而在阿四撞见之后，少年就刻意收敛起来，勉为其难地让自己的手速降到了普通人类的佼佼者水平——手速上万。

屏幕上的文字像是重新活过来一样，大段大段的文字如银瓶斜倒般倾泻而出。少年脑子里像是有说不完的故事，他飞快地写完了这一章。创作完毕，他打开一个名为"趣文轩"的绿色网站，登录，将文字上传。

做完这一切，他便站起身，来到网吧前台下机。

"下班了？"网吧前台小哥已经连续好几天看到他过来了，每次都是固定的时间，下午一点到五点，像上班一样。

少年点点头，轻轻把会员卡放在他面前。前台小哥抬眸扫了一眼，只见那少年仿佛能感觉到目光的重量，蝴蝶触须般的手指唰地收了回去，**藏着掖着，宝贝似的不给人看。**

害羞？

前台小哥不动声色，接过会员卡，在机器上一扫，屏幕上显示出对方的会员信息。

> 姓名：楚授
>
> 性别：男
>
> 年龄：21
>
> 会员级别：普通会员
>
> 卡内余额：38元

前台小哥扣完本次费用，把卡还给他。

楚授拿了卡就要走，前台小哥忍不住叫住他："哎，要不要升级一下会员？你现在是最普通的会员，每次扣费比较高。如果充值100元以上可以打折，还额外赠送30元可以在本店消费。"

"欸？"楚授眼睛一亮，折返回来。他上身微微前倾，双手撑着前台桌面，对此很感兴趣的样子。

前台小哥便给他仔细解释了一下这家网吧的会员制度：普通会员上网，每小时5元。一次性充值100元以上可以升级为VIP①会员，上网费用打五折，由每小时5元变为2.5元。如果是买吃的喝的，或者在店里买键盘、鼠标等商品，价格还有优惠。

楚授认真地听了一阵，脸上现出向往之情。可是当前台小哥最后问他升不升级时，他又叹了口气："可是我钱不够。"

前台小哥道："没事，明天再弄好了——你明天还来吧？"

"来。"楚授点点头，又道，"可是明天我也没有钱。"像是怕对方不信，楚授还从口袋里翻出一把零钱。纸币、硬币加起来不过40元。

"这就是我身上全部的钱了。"楚授说。

前台小哥一愣，不由上下打量他。

---

① VIP：英文"very important person"的缩写，指贵宾。

这人穿着很普通。白衬衫里的锁骨若隐若现，牛仔裤包裹着修长的双腿。他的身材十分纤细，给人一种一碰就碎的脆弱感。再加上那双小鹿似的眼睛，谁看了都不忍伤害，像是从小到大被藏在玻璃罩子里，精心呵护着长大的那种人。

离家出走的小少爷？前台小哥不由得浮想联翩。

他下意识地想说些什么，却见对方朝自己微微一笑，说了声"我走啦，再见"，就离开了网吧。

网吧的玻璃门被推开，风铃发出一串清脆的响声，像春末夏初的风，吹过了，就不见了。

太阳快要落山，楚授步伐轻快地走在大街上，眼睛好奇地打量着四周。

他生得一副好皮囊，模样乖巧，温软可爱，像炎炎夏日里一支清凉的冰激凌。走在路上，他获得了很高的回头率，奈何路人刚一侧目，就会跟他对上视线。

路人在偷偷看他，他也在偷偷看路人。

路人的反应各异，有的赶紧收回视线，尴尬不已，也有人坦然地与他对视，投来友善的微笑。遇上对他微笑的，他也会报以同样的微笑，眼睛里始终有好奇的光。

终于，在太阳落山之前，他到达了目的地——垃圾场。

这个点，垃圾场里已经没什么人了，安安静静的，远离了城市的喧嚣。

天空中偶有飞鸟，扑扇着翅膀飞过。

楚授抬起头，太阳像一颗橙红色的蛋黄挂在天边，融融烫烫，像是快要被戳破了。

夏天到来，天气越来越热了……

楚授脸上挂着薄汗，原本白皙细腻的皮肤也在夕阳下笼上了一层粉嫩的红。他随手一抹汗水，抬起手，推开某个废弃集装箱的大门。

那是一个蓝灰色的集装箱，上面布满铁锈，看上去废弃已久，和同样堆积在这里的其他破铜烂铁没什么两样。当然，那只是在外人眼里罢了。

当楚授走到集装箱里面时，未曾经过虚拟投影的内部便以真实姿态展现在他面前。

这是一座星际飞船。

光速跃迁推进器让它得以在星际间航行。自循环生态系统可以保障乘客数百年的基本生存。拟态系统可以投射光影，无论是飞船内部还是外部都能随时改变形态。最新式的光脑系统即便在离线状态也可以运行，为飞船主人提供便捷生活。

　　楚授来到果冻质地的沙发前，深吸一口气，整个人向前倒去。果冻沙发把他全方位包裹住。沙发太柔软太有弹性了，以至于他整个人倒下去的时候，发出的声音不是"砰"，而是"咕咚咕咚"。

　　啊，简直就是温柔乡……

　　楚授整个人陷在果冻沙发里，彻底放松下来。

　　半小时后，还带着体温的衬衫裤子从沙发边缘滑落下来。原本陷在沙发中心的漂亮少年不见了，取而代之的是一只长着十八条触手的外星生物。

　　那外星生物呈现出半透明的质地，粉红的腔体娇嫩柔软，构造和水母有些相似。他躺在沙发上，长长的触手柔软盘曲，环绕在大脑袋周围。随着均匀的呼吸，他的身体微微起伏。粉红色的腔体闪烁着水润的光泽，像一颗被人细细含吮过的透明软糖，脆弱又精致。

　　来自外星的漂亮生物就这样，如同地球上上了一天班的疲惫上班族一般，窝在沙发里睡着了。

　　可惜，舒适愉悦的小憩时间并没有持续多久，光脑就提醒他："飞船能量不足，请尽快补充。"

　　楚授依依不舍地从果冻沙发上爬起来，抬起一只触手，揉揉眼睛，另一只触手长长地伸出去，在几米开外按下一个按钮，召唤出飞船的信息面板。

　　他看了一眼飞船信息：能量不足1％，飞行模式无法唤醒，剩余能量优先供给外观拟态系统，必要时选择切断自循环生态系统。

　　撑不了多久了啊……

　　楚授叹了口气，召唤出光脑："为爱发电系统怎么样了？"

　　光脑："经过模拟测试，确认该系统在蓝星①可以运行。"

　　楚授心里燃起一点希望，紧接着又问："那我发表在趣文轩上的小说呢？有人看吗？"

　　光脑："因资源不足，光脑处于低能耗运行模式，无法连接蓝星网络，

――――――――――――――

①蓝星：本书中的设定，指楚授所在星球对地球的称呼。

请宿主自行连接网络查看。"

楚授一愣，合着还要再跑一趟网吧是吗？

他不情不愿地坐起身来，随着起身的动作，他原本软乎乎、半透明的身体渐渐变得充实起来。柔软的粉红触角变成了修长白皙的四肢，圆滚滚的大脑袋变成了略显幼态的娃娃脸。巨大的外星水母不见了，之前那个精致纤细、如同古董人偶般漂亮的矜贵少年又出现了。

少年黑如鸦羽的睫毛眨了眨，他低头看看自己的身体。

嗯，不错，拟态完美，很有个人样。

衣裤掉落在沙发下面，少年习惯性地想伸长触手去拿，抬起来的，却是一截白嫩如藕的小臂。

人类的手还真是短啊……不仅短，还只有两条，真是太不够用了。

楚授再次回到网吧时，天已经完全黑了。

星期五的晚上，过来玩游戏的人不少，网吧比白天热闹许多。

楚授站在前台，等小哥给他安排机位。周围的噪声如潮水般涌入耳朵，让他有些不舒服。他用触手——不，他用人类的手掌捂了捂耳朵。

人类的手指虽然纤细柔软，但毕竟是有骨头的，没法完全堵住耳道，还是有噪声从手指缝隙里钻进去，一阵阵地撞击耳膜。

少年脸上露出了痛苦的神色。

"你怎么又来了？"前台小哥接过会员卡，忽然注意到他捂耳朵的动作，便关心地问，"怎么了？头疼？"

楚授老老实实地道："有点吵。"

"我给你找个安静点的位置。"小哥挪动鼠标，很体贴地给他安排了角落里的机位，"不过只是暂时的安静。今天星期五，人很多。大概过一会儿就会有人去你那边了。"

"没关系，我可以戴耳机。"少年笑笑，转头朝机位走去。

戴上耳机，就可以分化出一小截触手堵住耳朵了，这样也不会被人看见。少年愉快地想着，没有注意到身后前台小哥在他身上停留不去的目光。

楚授上机后，打开趣文轩的网页，熟练地输入了自己的账号和密码。

谁能想到这个来自遥远的B512星球的外星生物，竟然会在趣文轩上注册成为作者呢？

事情的起因其实也怪趣文轩。

当时正在度假的他驾驶着飞船在星际航行。飞船路过太阳系时，他习惯性地让光脑对该星系进行了分析。

在这个过程中，他无意捕捉到了一些奇异的电波——事后回想起来，那应该是蓝星上的某个人正在用趣文轩APP①语音听书。

不过当时的他可不知道这个。

他对这僵硬拗口的朗读声感到非常新奇，于是捕获了这段电波，开始聆听内容。不知不觉，他竟然沉迷了进去。

这是何等缠绵悱恻的爱情故事，简直让人欲罢不能！这就是高度发达的蓝星文明吗？这就是蓝星人每天都能享受的精神娱乐吗？

楚授当机立断，命令光脑顺藤摸瓜，沿着电波找到了趣文轩。

就此，楚授开启了一段沉迷网文无法自拔的生活。

飞船上有完美的自循环生态系统。他窝在粉红色果冻沙发里，每天除了吃饭睡觉，剩下的时间都在如饥似渴地阅读着趣文轩上的小说。

鉴于B512星球上的生物每天仅需一管营养液以及4小时睡眠时间就可以满足生存需要，所以对于楚授来说，他每天有20个小时可以看小说。

但如此密集的阅读量，即便是高等生物楚授都有些撑不住了。

"我在度假呢！"他用粉色的触手扶住自己晕乎乎的脑袋，"度假嘛，就该从早到晚都做自己喜欢的事！"他这样自我安慰着。

然后惨案就发生了。

在飞船距离蓝星轨道最近的时刻，他本该命令光脑调整轨道，避免撞击蓝星，然而那双圆溜溜湿漉漉的眼睛却恰好扫到了趣文轩上一个抢眼的封面。

"咦，这是什么？"楚授立刻被吸引了注意，要求光脑为他下载了这部小说，并且兴奋地搓着触手，两眼放光地读了起来。

于是顺理成章地，他的飞船撞向了地球。

好在，飞船的自动驾驶模式有紧急避险系统。进入大气层的瞬间，飞船自动开启防护罩，成功阻绝了与空气摩擦后本该发生的高温燃烧。飞船也准确地计算出蓝星的重力系数，利用光速跃迁推进器的反冲作用，让飞船最终以一

---

① APP：英文"application"的缩写，指智能手机的应用程序。

个相对温和的方式落在了地面上——当然，是星际航行意义上的"温和"。他的飞船只在地面上砸出了个直径几十米的大坑，并没有引起什么物种的灭绝。

楚授被撞得七荤八素，紧接着光脑的声音就在耳边响起："提示！飞船能量不足1%，无法启动飞行系统。请宿主尽快寻找能源进行补充。"

楚授傻眼了。

他的飞船使用的是B512星球上一种特殊的能源矿石。在进入太阳系时他就侦察过，整个星系都不存在这种矿石，因此通过矿石来补充能量显然不可能。幸好，光脑为他提供了另外一种方案——为爱发电系统。

这是光脑对蓝星生态进行扫描之后得出的结论。

在这颗星球上，存在着一种叫作"为爱发电"的东西。简单来说，就是不求物质回报，只为了爱与热情而进行创作的行为。光脑可以从这种行为中获取电量，用来给飞船补充能量。具体的转化原理很复杂。光脑根据楚授的情况，为他进行了解说。

"简单来说，您需要创作一些作品供人欣赏。在作品完成后，系统会自行判定您的投入值和回报值。投入越多、回报越少，那么最终转化所得的电量就越多。

"举例来说，您创作一篇五十万字的小说，并发表在网络上。如果这五十万字没有为您带来任何物质回报，那么五十万字将全部转化为50万电量。但如果您从中获得了物质回报，系统将判定您的爱意不纯粹，转化电量时会按照1∶1的比例扣除您的物质所得部分。"

楚授听明白了："所以，如果我靠这五十万字的小说赚了50万元，我将一点电量都得不到？"

光脑表示了认可。

楚授思忖片刻，又问："那如果我赚的比50万还多呢？"

光脑："多出的部分，可以通过补偿途径进行转化。但这种转化方式效率较低，只能以10000∶1的比例转化成电量。"

楚授震惊："10000∶1？这也太少了吧！"

也就是说，如果他写了五十万字，赚了100万元，那么最终获得的电量就是100万减去50万再除以1万……仅仅50而已！这跟50万可差远了！

"对了，"楚授又问，"飞船总共需要多少电量？"

光脑："经过换算，完全充满能量池，需要1000万电量。"

楚授："啊……"

光脑："宿主不必担心。飞船启动各系统所需的能量级别不同。比如拟态系统及自循环生态系统在1％的低能耗模式下也可以顺利运行。除此之外，基础运动系统需要10％能量储存，质能转化系统需要35％能量储备，武器系统需要……"

楚授打断他："光速跃迁推进系统呢？"

光脑："为避免跃迁中途能量耗尽，建议宿主将能量储备提升至100％再启用该系统。"

楚授点点头。

那么目标就很明确了——他要搞一些不求回报、为爱发电的作品！他投入越多、收获越少，最终转化所得的电量就越多！最好是洋洋洒洒写个几百万字，没有一个人愿意为他付费，这样他就可以得到完整的几百万电量，尽快回到母星了！

完美！楚授摩拳擦触手，感觉信心满满。

于是就有了下午的那一幕——

他正在激情创作，没想到自己超乎常人的手速吸引了别人的注意。为了不被人怀疑身份，他只好放慢速度，并且再一次感慨：人类只有两只手、十根手指，真是太不方便了！如果换作他的本体，十八只触手，那何止是两万的手速……一小时十八万都不在话下！

楚授进入了自己的作者后台。

这是一个新注册的账号，申请成为作者不过一周。然而一周之内，他已经发表了三十多万字的小说。

这三十万字是给光脑用来测试为爱发电系统在蓝星到底能否运行的。现在光脑已经得出结论：系统是可行的。那么接下去好好写完这篇文，完结之后坐等电量转化就行了。

电量不是随时转化的，系统对"为爱发电"有着严格的规定。

以网文来看，在收益不超过字数的情况下，为爱发电系统的转化公式是电量=全文字数−完结收益。

因此在全文完结之前，系统无法判断这篇文到底是不是为爱发电；完结之后也需要经过一个结算周期，才能最终判定文章能够转换多少电量。

这对楚授来说没什么问题，毕竟他手速快，一天十万字不是问题。

而趣文轩的网络小说，大部分都在二十万到五十万字之间。以楚授的手速，一篇文花个三五天就能写完了。像他手头这篇文，已经写了三十多万字。按照他的计划，再写二十万字就可以完结了。

在"更新旧文"界面下，作者首页里所有文章的信息一览无余。

当然，现在他的首页里只有一棵独苗。

文章名：烈风

作者：ifjaw

文章类型：原创–近代现代–剧情

全文字数：332348（连载中）

非V[①]点击：2（章均）

文章收藏：3

霸王火箭[②]：暂无排名

营养水[③]：0瓶

后面还显示出文章积分、是否签约等信息，楚授都没有细看。

他的视线扫过非V点击数，嘴角露出一抹笑容。

很好！长达三十万字、将近一百章的小说，章均点击居然只有两次，可以说是非常冷门了！

这并不是说一共有两个人看完了目前更新的全文。

在文章详情界面，作者可以通过后台查看每一章具体的点击数。楚授打开《烈风》的目录，发现这篇文在前面几章还有十来个点击，随着章节数递增，点击数逐步下降。从三十几章开始，点击数就是齐刷刷的0次了。

也就是说，后面的部分根本没人看！

没人看意味着什么？意味着赚不到钱啊！

在趣文轩，只有入V的文章才可以上架赚钱。入V对字数和收藏数都有要

---

① V：VIP的简称，这里指小说的付费阅读部分。"非V"即非付费章节（免费章节）。"入V"即作品达到了销售标准，进入VIP销售，也就是上架。

② 霸王火箭：在本书中指读者支持作者或作品的一种道具。

③ 营养水：在本书中指读者支持作品的一种道具，可通过订阅全文获得，由系统定期发放。

求，达到要求后就会自动入V。

比方说，这篇《烈风》所在的频道，入V字数要求在七万字以上——这一点楚授当然早就达到了，可是收藏数量要求在500个以上。

《烈风》现在的收藏数是3个，距离500遥不可及。

楚授打算写五十万字，现在这篇已经更新了三十万字，完结之前到达入V的及格线肯定是不可能的了。那么，只要顺利通过结算，他就可以把五十万字全部转化为电量了。

他只花一周就可以攒到50万电量，照这样下去，回归母星也不是遥遥无期了。

楚授美滋滋地想着，打开文档，随手又敲出了一堆文字。

前台小哥说得没错，星期五的晚上，网吧果然人很多。没过多久，楚授周围的所有位子都坐了人，他很快被蓝星人包围。为了避免白天被围观的惨案再度发生，楚授仍然刻意控制着自己的手速。

尽管如此，文档上的段落还是如潮水般涌现。

《烈风》是一部竞技题材的小说。

根据光脑的调查，趣文轩的读者主要是年轻女性。正如趣文轩APP开屏的广告词所说的那样：看无与伦比的爱情故事，就来趣文轩。读者们来到趣文轩，大多是来看爱情小说的。当然，剧情为主的小说也颇受欢迎。

不过，怎么受欢迎并不在楚授的考虑范围内。

他追求的，是怎么不受欢迎。既然要为爱发电，要坚守本心不以赢利为目的，那就势必不能写大众喜闻乐见的热门题材。

那么，避开热门题材不就行了？因此楚授看中了竞技这个题材。

竞技在趣文轩一直是个极为冷门的题材，写的人少之又少。原因很简单，因为竞技中难免涉及大量比赛规则。要把规则全写清楚吧，文章很容易变得冗余无聊；要是不写呢，那就无形中提高了阅读门槛。

比方说足球、花样滑冰这种题材，对这些项目不了解的读者们，你不给他解释规则，他可能根本看不懂文中的内容。而那些本身是足球迷、花样滑冰迷的读者呢，他们可以毫无障碍地阅读。但相对的，他们也更容易挑出文章中的错误来。更重要的是，竞技文的读者面本来就很小，且不重合。看足球的不一定懂花样滑冰，看花样滑冰的也不一定关注足球……

因此，竞技题材的小说一直是冷中之冷。

冷到什么程度呢？趣文轩每次搞冷门题材扶持都有它。

如果是大佬自带粉丝还好。对新人来说，第一篇文就写冷门题材，无疑是作死。因此，楚授毫不犹豫地选择了竞技题材。

具体写哪一种竞技项目比较好呢？楚授观察了近几年的文章，首先排除了电子竞技。

近年来蓝星兴起了一股电子竞技热潮，电子竞技在人们心目中渐渐从不务正业的活动转变成了一项正经赛事。再加上某些大佬的若干名作，电竞文从诸多竞技题材中脱颖而出，一举脱下了冷门题材的帽子。因此，电竞是一定要避开的。

极限运动也不行。楚授发现之前也有大佬写过极限运动，带火了这个题材，万一他写了，保不齐有读者搜索同题材时会误打误撞翻到。

那么，写什么呢？

一周前，楚授阅读完光脑帮他搜集的大量资料之后，软乎乎的触手一拍脑袋，当即决定——写马术！

在蓝星，马术本就是一项小众运动。楚授浏览了网站中"竞技"标签下的几千篇小说，都没有找到以马术为主要题材的。也就是说，马术题材不可能有固定读者。

如果他写一个马术题材的小说，大概率不会有人来看！这不是完美符合了为爱发电系统的要求吗！

说干就干。楚授抄起键盘，闷头创作，一周之内狂写了三十万字——以他的手速，七天时间本来可以写七十万字以上，不过前面大部分时间他都在研究怎么使用键盘、怎么注册成为作者。

毕竟他是个外星生物，他本来有十几条灵活的触手，现在突然只剩下两条人类手臂，又短又难看，他也需要时间适应……

一周之后，果然如他所料，他的文基本没人看，零星几个进来看的肯定看不下去这个题材，不然点击数怎么会从三十几章开始就保持为0了呢？

总而言之，这篇文火不了已成定局！

楚授快乐地敲完新篇章，点击发表。看着后台章节目录页表示点击数的地方，那一长排的"0"让他感到无比欣慰。

时间已经不早了，他望向窗外，只见夜空深邃，星星一闪一闪的，像在对他说话。

用不了多久，他就能回家啦！楚授美滋滋地想着，拿起会员卡，起身来到前台。

"你都不累的吗？"前台小哥照例与他闲聊两句。

楚授笑眯眯地道："不累啊！我在为我的梦想努力，怎么会累！"

前台小哥一愣，撩起眼皮，看了他一眼。

楚授跟他挥挥手，推门离开网吧，门上的风铃发出清脆的响声。

前台小哥注视着他离去的方向，忽地心念一动——那个方向，不是垃圾场吗？说起来，那个少年曾经说过，他浑身上下只有30多块钱……

前台小哥垂了垂眼。一阵夜风拂过，吹动了他略长的刘海。

"喂，结账！"里面有客人喊。

"来了。"小哥回过神来，心里却仍在想那双提到梦想时闪亮的眼睛，像极了夜空里璀璨的星。

翌日，楚授照例睡到下午。天气越来越热，幸好飞船里的自循环生态系统还在平稳运行，为他提供了舒适的生存温度。否则，被这种大太阳晒着，他很快就会像冰激凌一样融化的。

躲过一天中最热的时候，直到下午四点，楚授才懒洋洋地出门。他要去网吧完成今天的更新。

他的光脑无法接入蓝星的网络系统，也无法将他脑中所想直接转换成蓝星电脑可识别的文字信息。因此，他只能靠着自己的触手——哦不，双手，一个字一个字地把小说敲出来。

今天再写十万字，小说就能完结了，然后只要耐心等待就万事大吉了！

来到网吧，前台负责接待的不是那个熟悉的小哥。据说他昨天夜班，这会儿已经回家休息了。

周六的网吧和周五晚上一样拥挤。楚授捂着耳朵，忍着潮水般的吵闹声，上机，登录网页。他熟练地打开作者后台，正要更新，视线无意中朝文章信息一扫。

什么?!楚授瞪大眼睛，整张脸恨不得贴到屏幕上。

怎么回事，文章收藏数怎么一夜之间暴涨了300多个?

只见《烈风》的收藏数从昨晚的"3"，一下子涨到了"328"。章均点击数也从"2"暴涨到"261"。章均261次点击，也就是说，点进来看第一章的人，远远超过261……楚授简直不敢置信，他连忙点开文章目录，果然，《烈风》第一章的点击量已经超过了1000。

随着章节数增加，点击数也逐步降低，到三十章的时候已经降得只剩150次了。

可要命的是，从三十章以后，点击量几乎就不怎么下降了！

楚授疯狂转动鼠标滚轮，把文章目录一口气拉到最后，简直惊得眼珠子都快掉下来。

他昨晚十一点多才上传的那章居然也有100多个点击！也就是说，在短短不到24小时的时间里，居然有100多个人把他的小说从头看到了尾！

这是怎么回事?!楚授茫然四顾，感觉自己像被闷头打了一棒子。

忽然间，界面上方一个跳动的数字引起了他的注意——是站内短信。

楚授点开，发现是系统自动发送的提示。

恭喜您！您的文章《烈风》已上升至"新晋作者排行榜"第一名！
请再接再厉，继续保持！

新晋作者排行榜……第一名？

楚授有些恍惚。很快，他找到那个名叫"新晋作者排行榜"的推荐位，他的文章《烈风》果然位于榜首！

这……这到底是怎么一回事?!

楚授看着不断逼近入V及格线的文章收藏数，感觉脑袋里嗡嗡的，心都凉了半截。

第 二 章 ▷▷▷

▷ ▷ ▷

楚授一时弄不明白这个"新晋作者排行榜"到底是怎么个机制，他决定去评论区看看是怎么一回事。是的，原本他的评论区连一条评论都没有，可是短短一夜之间，评论区就像炸鱼一样，凭空多出了几百条评论。

——哇，是马术！好少见的题材！以前从来没看过！收藏了。

——文章已经连载了好多呀！先收藏再看。

——发现宝藏老师！老师的文章这么好看，为什么不入V呀？

——哇！神仙老师！开文七天爆更四十万字！这是什么"人间打字机"，爱了爱了！

——趣文轩潭水深千尺，不及玉石①送你情！

——马术……真少见，没想到会在趣文轩看到马术竞技文。

——原来马术比赛有那么多种类型啊！我一直以为马术就是赛马，要么就是像杂技那种，在马背上翻跟头的。原来国际马术还有障碍赛和盛装舞步

---

①玉石：此处"玉石"和后文中的"钻石""翡翠""蓝宝石""红宝石"都是读者打赏作者，以表支持和喜欢的道具，需要网站虚拟币兑换，打赏的行为称为投石。

赛！长知识了！

——马术没接触过，只在旅游时骑过马。都是有人在前面牵着的，很安全。原来马术这么惊险刺激！有机会也想去专门的马术俱乐部体验一下。

——送一枚钻石，表达对你的爱如同滔滔江水连绵不绝，又如黄河泛滥一发不可收拾！

——通缉令！通缉对象：作者老师。通缉理由：没有变身打字机。通缉悬赏：玉石。别傻乐了，赶紧变身吧。

…………

数不清的评论，看得楚授眼花缭乱。

在这密密麻麻的评论中，楚授注意到读者们不光对他的小说内容发表评价，还会彼此回复。比方说那条"通缉令"的评论下，就有很多人回复。

——这位老师还不算变身打字机？你看文是有多快啊！

——更新够快了，再快我要来不及看了！

——楼上的，你看文速度不行。四十万字，我通宵熬夜看完的！

——我也是。

——四十万字根本不够看！

——作者老师还更吗？今天再来十万字？

你们怎么回事？说好的冷门题材呢？金榜上那么多大佬，那么多热门题材你们不去看，为什么要来看我这个超冷门的题材啊！

楚授气得发抖，手指放在键盘上，却连字都不会打了。

虽然只是新晋作者的榜单，但有些读者会定期去看看有没有合眼缘的新作者。而新晋第一的位置向来万众瞩目，曝光率极好。

果然，楚授随便一刷新，文章收藏和点击量又上涨了一大截。

现在收藏是457，距离V线已经不足50个收藏了！一旦入V，读者阅读后续章节就需要付费，到时候就会有收益进账。

为爱发电系统中，电量等于全文字数减去完结后文章的收益。

也就是说，入V后付费阅读的人越多，他最终收获的电量就越少。

楚授可不想自己一周的辛苦劳动打水漂。

他赶紧把文章状态改为"停止"，并且在文案上宣布："本文从今日起停止更新。请读者们不要再收藏了！"

刚刚按下保存键，脑中就响起光脑的声音。

"提示：只有完结文可进行电量结算。弃坑①、烂尾②的作品无法进行电量转换！"

这文他居然还坑不得?! 也就是说只能眼睁睁看着这篇文入V，眼睁睁看着电量损耗?!

楚授正思考怎么做比较划算，QQ忽然响起来，是编辑在找他。

这个编辑是他申请成为作者后，网站自动给他分配的，名字叫雪松，头像是个可爱的雪兔。

他打开对话框，里面接连弹出好几条信息。

"你要断更③？"

"你在新晋榜第一！数据这么好，为什么要断更？"

"是卡文④了吗？卡文的话可以跟我聊聊，我帮你理理思路。"

"你这篇文写得很好，我本来还想推荐你参加冷门题材扶持征文大赛的，现在断更弃坑太可惜了。"

"在吗？"

楚授简直欲哭无泪。

这个编辑怎么这么好啊！不但安慰他鼓励他，主动提出帮他理思路，甚至还想推荐他去参加征文比赛！

奈何编辑的爱他根本无福消受！

楚授无法告诉编辑自己外星人的身份，只好委婉地回复道："这篇文我不想赚钱的，我只想为爱发电。"

雪松："入V也不影响你为爱发电啊。噢，我明白了，你是不是怕入V了以后没有读者订阅，自尊心受打击啊？别担心！你这篇文刚刚发表，没有任何推荐就直接冲上新晋榜第一，说明质量非常棒，非常符合读者的口味！对自己的能力有信心一点，你已经很棒了！"

楚授心如刀割，心想：就是因为太符合读者口味了，所以我才对自己的能力没有信心啊！

他面如死灰，无精打采地回复："我会在新晋榜上待多久？"

---

① 弃坑：一般指不再坚持做某件尚未完成的事的行为，这里指不再更新文章。
② 烂尾：指作品在情节尚未圆满的情况下草草收尾。
③ 断更：中断更新。
④ 卡文：写文写到一半卡住，不知道怎么写后续的内容了，形容灵感枯竭，陷入创作瓶颈期。

雪松："一个月。"

一个月?!

按照现在收藏数增长的速度，他再过一个小时就妥妥超过入V及格线，自动入V了。

趣文轩的系统规则规定，如果文章在七万字左右达到了入V的条件，那么就会从下一章开始入V收费，而如果文章字数超过七万才达到入V条件，就会出现"倒V"，也就是从最新更新的这章往前，直到七万字那章为止自动成为付费章节，接下来的所有更新也自动收费。

这样的话，即便他从现在开始断更，也会有三十三万字的内容收费。

新晋榜第一的曝光量非常厉害，如果在榜上挂一个月，不知道有多少读者会点进来为他付费。

这哪是付费啊，这是在偷他家的电啊！

怎么办？继续更新，点进来的读者会越来越多，到时收益也越来越多，最终转化的电量不知道能剩下多少；弃坑停更，系统会判定他的"爱"不及格，"为爱发电"也就无从谈起，他前面一个星期的努力就全打了水漂。

打水漂还不要紧，区区一个星期的工作量，他还耗得起。关键是，如果他一直挂在新晋榜上，读者很可能顺着这篇文点进他的作者首页，那里会显示他使用这个账号创作的所有作品。到时候他的下一篇文也会获得新晋榜的曝光，搞不好也会吸引到读者。这还怎么闷声发电啊！

楚授冷静下来，忽然灵光一闪，问道："我能不能不要这个笔名了，换个账号重新开始？"

雪松："为什么？"

楚授："实不相瞒，这篇文我已经写不下去了……是我个人的原因，不是卡文，也不是怕更新压力……"

雪松："那是？"

光脑提醒楚授，不能让人类察觉到他外星生物的身份以及为爱发电系统的存在，省得引起一些不必要的麻烦。因此，他必须找一个合理的理由向编辑解释。

憋了半天，楚授回复道："因为我对这篇文没爱了。"

雪松发来一个震惊的表情包："我看了你的最新章节，写得很好啊！字里行间充满了激情，你怎么就没爱了？"

老实说，他昨晚写那几万字的时候，确实是心潮澎湃充满激情的。毕竟那时候，他的收藏数只有2。

　　那可不是简简单单的2，那是他的50万电量，是他回母星的希望啊！回家不积极，脑子有问题！想着母星美好的一切，他可不得激情澎湃嘛！

　　然而现在，一切都落了空。

　　楚授只能硬着头皮回复编辑："我也不知道，反正就是突然没爱了，写不下去了。"

　　为了让编辑相信，他还虔诚地道了个歉："对不起。"

　　编辑沉默半晌，发了个"摸摸"的表情包："好吧。可能是你之前更新太拼了，一下子耗干了创作欲。我知道了，那你的文章状态就保持'停止'吧，这样系统就不会自动给你入V了。"

　　楚授："能不能把我从新晋榜上撤下去？"

　　雪松："这……恐怕不行。新晋榜是自然榜，编辑没有权限干预的。而且你为什么要下榜？你这篇文可以在新晋榜上挂一个月，一个月之内如果你开新文的话，新文也可以蹭曝光啊。"

　　怕的就是新文蹭到曝光啊！

　　他一时想不出什么借口，手指搁在键盘上。

　　雪松："难道你是怕弃坑黑历史影响到你的下一篇文？"

　　对！就是这个！

　　楚授觉得这位编辑实在是太善解人意了，连忙接下话茬："对，我怕新来的读者对我印象不好，所以想换个笔名重新做人！"

　　雪松发来一个点头的表情包："确实，第一篇文就坑了，看起来是不太好看……这样吧，如果你真的下定决心要重新开始，那再申请一个笔名，重新发文。不过因为你的信息已经在网站注册过了，所以这个笔名相当于是你的小号。小号是不能参与新晋作者排行榜排名的，你明白吗？"

　　还有这种好事？早说啊！

　　他两眼放光，连忙敲字："好啊好啊！"

　　为了避免自己欣喜的态度引起编辑怀疑，他赶紧又矜持地加上了一句："哎！也只能这样了！"

　　和编辑敲定完小号事宜，楚授总算松了口气。

　　小号上不了榜，应该就不会发生这种一夜之间数据暴涨的惨剧了。

话说回来，他到底是为什么突然登上新晋榜第一的啊……

楚授左手敲键盘右手划拉鼠标，一边注册新笔名，一边习惯性地伸出触手托住下巴。嗯？触手？！楚授猛然想起自己还在网吧里，赶紧"嗖"地把衬衫下面伸出来的那只粉红色触手缩回去。

呼，好险好险。他紧张地环顾四周，确定没人注意到他的"第三只手"后，才松了口气。

哎，在公共场合打字，实在是太不方便了。

一旦集中注意力开始打字，他就会不自觉地流露出本体的习惯。比方说用触手挠挠脑袋呀，用触手去够远处的东西呀……

不是他自夸，他的触手伸缩自如，柔软又灵巧。即便他坐在距离前台十几米远的机位上，他的触手也可以越过十几台电脑十几个人头，准确无误地把会员卡递给前台！

不过他要是真的这么做了，大概马上就会被抓进实验室里解剖了。

楚授心有戚戚，觉得今天有些累了，就先到此为止吧。

他回到垃圾场，钻进那个伪装成集装箱的飞船里，躺在软乎乎的果冻沙发上，终于彻底放松了下来。

吸取了这次的教训，明天重新开始吧……

楚授舒展肢体，粉红色的柔软触手自然摊开，如同水母在海洋中遨游。

与此同时，城市中心，一座和楚授所在的垃圾场形成鲜明对比的高档公寓里，刚刚结束应酬的男人回到家里，卸去一身疲惫。

他躺进沙发椅，习惯性地点开趣文轩APP，随意扫阅着各类榜单。

穿越、重生、娱乐圈……看来看去，都是这些热门题材，同质化严重。

男人有些兴致缺缺，叹了口气，决定还是去泡个热水澡。退出APP之前，手指无意识地一滑，新晋榜单弹了出来。他朝榜单上扫了一眼，视线不由自主地被榜一吸引。

《烈风》。

名字只有两个字，特别短，却在一众诸如《那些年被我虐过的✕✕》《重生之我是✕✕✕》《放开那个boss让我✕✕✕》《顶流男团C位是个✕✕✕》的文名中显得十分突兀。

光看名字，猜不出这篇文是讲什么的。不过它高居新晋榜第一，一定有其过人之处。

男人耐着性子，点开这篇文。

十分钟后，他眼睛一亮，从沙发椅上坐直身子，开始用双手捧着手机，全神贯注地阅读。

半小时……一小时……三个小时……

四十万字的小说，男人一口气把它读完了。他意犹未尽地回到文章详情页，正要点"收藏"，却忽然注意到文案最上方的一行字。

本文从今日起停止更新。请读者们不要再收藏了！

弃坑了？为什么？

即便已经宣布弃坑，这篇位于新晋榜第一的小说，收藏数还是高达700。评论区一片哀号，哭求作者不要放弃，回来继续更新。

男人快速翻了一遍评论区，发现作者从头到尾都没有发表过言论。评论区留言也基本上都是夸奖鼓励，没有任何可能引发作者负面情绪的言论。

所以，这个作者是为什么弃坑的？

男人盯着那个陌生的作者名，眸色渐深。

楚授到现在还想不通，他到底是怎么变成新晋榜第一的。

隔天他来到网吧，打开网页第一件事就是去找新晋榜的排榜规则。把榜单拉到最下方，他看到规则上有一条是这样描述的：申请成为作者30天内发的文章按积分排序，31天后下榜，小号无法上新晋作者排行榜。

积分？这是楚授之前没关注过的内容。

他滑动鼠标，回到页面最上方，找到自己的文章。

榜单上显示，他的积分是34713832。确实很高，比第二名高出了一大截。这个积分是怎么算的？

他又找到一个积分计算公式。公式非常复杂，里面有很多奇奇怪怪他看不懂的符号。公式下面的解释也非常冗长，密密麻麻的字，看着就晕。

楚授试图让光脑解析之后讲给他听，可听了半天，还是没搞明白。

"总之，就是跟文章的收藏数、字数、点击量，还有作者被关注的数量有关，是吧？"他在心里问光脑。

光脑给出了肯定的答复。于是楚授点开新晋榜上排在自己后面的几篇文章开始研究。令他惊讶的是，排在第二名的文章《我重生后他们都后悔了》，收藏数、点击量、评论数都比《烈风》高，可积分却很低。至于再后面的第三、第四、第五名，则是文章数据都不如他的，积分也远不如他和第二名的。

楚授又点开他和第二名的作者首页，发现两人的被关注数差不多。

破案了，排除掉收藏数、点击量、评论、作者被关注数，只有一个数据会使自己的积分高于第三名——文章字数。

仔细翻阅新晋榜单之后，他发现大部分人的作品字数都还只有十万不到，其中字数在三万到五万的居多。除了他以外，字数最多的也只有二十万。也就是说，他是靠着字数爬上新晋榜第一的！

这么一想，楚授舒心了不少。

看来只是决策失误，他不该一口气放出这么多更新。他对市场的把握、对冷门题材的眼光应该还是不错的。既然已经找到原因，那么下次避免重蹈覆辙就行了。

楚授切换到自己新注册的小号，开始构思下一篇小说。

他让光脑扫描了《烈风》评论区的所有内容，统计分析之后得出如下结论。36%的读者表示读完之后热血沸腾，感觉到了生命的力量与悸动；17%的读者在主角受挫时感到揪心，在主角成功时为他激动；10%的读者夸他写作严谨，一看就是查了很多资料；8%的读者分享了自己骑马的经历和感受。剩下的评论，要么是"催更"，要么是夸他"人间码字机""良心作者"，还有几个留言"刷子"，他猜测可能是无关紧要的网络用语，也就没有在意。

楚授明白了。

原来读者看竞技文，看的不光是这个竞技项目本身，而是主角们的努力和汗水，赛场上的拼搏，还有收获成功的喜悦。

划重点：热血。

既然如此，那这次他就写个跟热血完全搭不上边的文。而且不能太专业，不能给读者那种"作者查了好多资料""老师好厉害"的感觉。不涉及专业知识，那就全靠瞎编。虽然是编，但也不能编得太天马行空。万一让读者觉得新鲜有趣，那可就不妙了。

既要平淡，又要让读者充分认识到他是在不负责任地乱编，那么写什么好呢？

楚授很快有了灵感。

对了，就写他在母星的日常生活！

他的母星B512星球，对蓝星人来说可不就是幻想架空世界吗？而他在母星上的日常生活平淡无奇，可不就是热血的反义词吗？

一念至此，楚授当即把母星的社会形态、科技发展进行一番"魔改"，然后加入自己的真实经历，开始了创作。

回忆起在母星的快乐生活，楚授不由得越写越起劲。写到最后简直两眼泪汪汪，恨不得当场爆更一千万字，收割1000万电量立马跃迁回母星。

几小时后，楚授还没写过瘾，电脑右下角已经弹出了系统提示，告诉他本次上机时间结束，询问他是否继续上机。楚授看了看自己会员卡里不多的余额，叹了口气，起身下机。

来到前台时，帮他结账的还是那个熟悉的小哥。

"又下班了？"小哥朝他笑笑。

"哎，下班了。"楚授一听到这个说法，也觉得很有趣。

他每天下午准时来网吧报到，坐在电脑前面一写就是好几个小时，可不就跟上班一样吗？

"你卡里快没钱了，要充值吗？"小哥撩起眼皮看着他。

"嗯嗯，要的。"楚授从兜里摸出一把零钱来。硬币加纸币，凑了20块放在桌上。

小哥的视线停留在那一堆零零碎碎的钱币上，忽然问："你是不是住在垃圾场里？"

"啊？"楚授愣了一下，老老实实地点头道，"对啊，你怎么知道？"

小哥："那天看你回去的方向，好像是垃圾场……"

楚授等着他给自己充值，对方却没拿柜台上的钱，而是转身从后面的冰柜里拿出一个饭盒来，透明的长方形玻璃饭盒，随处可见的那种。

"咦？"楚授看着饭盒里那两排圆圆的东西，好奇道，"这是什么？"

"我做的紫菜包饭。"小哥说，"一不小心做多了，给你吃吧。"

话音未落，他像是急于澄清似的，很快又补充道："你天天来，跟我也算比较熟了。我其他朋友都不爱吃这个。"

哦，原来这就是紫菜包饭啊。楚授只在小说里看过这种食物，却没有真的见过。那这么说来，外面那层墨绿色的东西叫"紫菜"，里面白白的一粒粒的就是米饭啊。

他欣喜地接过饭盒："那谢谢你啊！"玻璃饭盒摸上去冰冰凉凉的，很舒服。楚授捧着饭盒，高高兴兴地走了。

网吧的玻璃门被推开，又合上。门上的风铃发出清脆的响声，从门缝偷偷钻进来的蝉鸣和热浪，是夏天的味道。

天真的越来越热了啊。

小哥眯着眼睛，看着那个纤细灵巧的背影，嘴角浮起一抹笑容。

垃圾场离网吧不远，楚授很快就回到了自己的飞船里。

玻璃饭盒还是冰冰凉凉的。楚授打开盖子，从里面拿出一个紫菜包饭，仔细研究起来。紫菜包饭圆圆的，一圈一圈，从外到里先是紫菜，然后是米饭，然后还有……这是什么？

光脑扫描并识别："这是胡萝卜。"

楚授挑出胡萝卜，放在玻璃盖子上，又挑出一根粉红色的软软的东西："这个呢？"

光脑："这是火腿肠。"

楚授："还有这个呢？"

光脑："这是肉松，这是蛋黄酱，这是生菜。"

哦！

在光脑的帮助下，楚授充分了解了制作紫菜包饭的食材。

"那这是怎么做的呢？"他试着把拆开的紫菜包饭复原，可试了几次都失败了。

光脑："尚未下载相关数据，请将光脑接入蓝星网络后再次搜索。"

"哦……"楚授失望地撇撇嘴。

现在飞船能量不足，光脑无法远程接入蓝星的网络，因此他才每天去网吧。一方面是为了写文，另一方面也是让光脑通过电脑，下载一些在蓝星生存的必备知识。比如动植物大全、日常生活用品信息、人类基本常识什么的。

低能耗模式下，光脑的下载速度也不高。因此目前光脑所掌握的知识，还只能帮他识别出胡萝卜、蛋黄酱这些东西的名称。

若是在母星，高度发达的光脑网络系统，非但能在转瞬间帮他找到紫菜包饭的制作流程视频，还可以当场开启虚拟现实模拟，让他在模拟环境中跟着

教程做一份。如果开启了质能转换系统，那么他在模拟环境中做出来的东西，甚至可以由虚拟变成现实。拿蓝星上的东西来类比，就相当于3D打印机了。

当然，B512星球上质能转换系统的科技水平远超蓝星3D打印机。其中的差距就好比是科学家使用的大型粒子对撞机和原始人使用的石制工具。

唉……一想起母星，楚授忍不住又惆怅起来。

晚饭时间到了，楚授习惯性地来到自循环生态系统的终端操作台前，准备获取营养液。

在他的母星，进食是一件非常简单的事。对B512星球的生物来说，进食这个行为，已经和生理性的快感切断了联系。他们不会像蓝星人一样，从进食中得到快乐，反而认为在进食上花费过多时间是非常不明智的选择。因此大家习惯于每天喝一瓶营养液。得益于自循环生态系统的稳定运行，楚授来到蓝星之后，也保持着母星的习惯。

可是现在，他站在终端操作台前，却迟迟没有按下"获取营养液"的按钮。他转头望向那个长方形的玻璃饭盒，里面整整齐齐地码着两排紫菜包饭。其中有一个，形状非常不规则，松松垮垮的好像随时要散开，是他刚才拆散研究的那个。

他废了好大劲才捏回去，勉强捏成一团。可无论他怎么努力，都捏不出饭盒里那种圆圆的形状。

小哥到底花了多少工夫才捏出了这么完美的形状啊！

楚授越想越好奇，忍不住从饭盒里又拿起一个。紫菜包饭凉凉的，楚授鼻头一动，凑近去闻，努力辨别着食材的气味。

人类食物的味道对他来说并没有诱惑力。即便把它放进嘴里仔细咀嚼，楚授也没有产生丝毫"这东西真好吃"的想法。

对他来说，紫菜包饭只是一种可以食用、吃下去对身体没有损害、能产生不同味觉的东西而已。

楚授双手托着自己的腮帮子，缓慢咀嚼。这是他第一次用人类的身体，用人类的方式进食人类的食物。

很奇妙的体验。

食物在牙齿间摩擦，嚼着嚼着就会逃出来。巧妙的是，人类的舌头恰好能阻挡食物继续逃逸。只要轻轻一抵，食物就会被舌头推回牙齿间，继续碾压咀嚼。

噢，但要注意的是，一定要赶紧缩回舌头！

"呜……"楚授捂着嘴泪眼汪汪。他没想到人类的牙齿看起来圆圆钝钝，实际上却那么锋利。他缩回舌头的动作只是慢了一点，舌头边就被牙齿咬破了。

好痛啊！

嘴巴里一下子充满铁锈的味道。这是什么？

光脑："这是人类血液的味道。人类血液中含有大量铁离子，因此人类常常认为血液有铁锈的味道。"

光脑适时的科普让楚授恍然大悟，原来人类吃东西时还会把自己舌头咬破啊！真奇怪，进食方式这么麻烦，还有可能伤到自己，人类为什么还要如此进食呢？

带着茫然与困惑，楚授把手伸向了第二个紫菜包饭，随后是第三个、第四个、第五个……

虽然无法理解人类的进食行为，但通过刚才的研究，他已经意识到，小哥做出这一盒东西，是花费了很大精力的，他不想辜负小哥的好意。于是他认认真真地把整盒紫菜包饭吃完，吃得腮帮子酸疼，连肚子都微微鼓起来了。

"呜……"肚子里酸酸胀胀，内心深处却莫名生出一种奇异的满足感。

——这就是被喂饱的感觉吗？

即便楚授变回原形，圆滚滚的肚子也没有消下去，反倒更加难受。

他触手形态的身体已经习惯了补充液体质地、易于吸收的营养液，根本无法消化人类的食物。因此他不得不重新变回人类形态，借着人类的消化系统来消食。

楚授难受了一晚上，到天亮时才迷迷糊糊地睡着。

下午，他打着哈欠来到网吧。

"还给你。"他把玻璃饭盒放在柜台上。

前台小哥抬眼看他，被他无精打采的样子吓了一跳："你怎么了？"

楚授委屈道："东西太多了，我吃得好难受，好撑，一晚上没睡着。"

小哥惊讶道："你干吗一次性吃完？吃不完的放冰箱就好，饭盒不用急着还给我的啊。"

楚授愣了一下："冰箱？"

光脑立刻回答："保持恒定低温的一种制冷设备。"

楚授还在浏览光脑投影在他视网膜上的冰箱图片，对面的小哥却看着他这忽然呆住的表情，心中一痛：难道他家里没有冰箱？

小哥瞬间联想到这样一幅景象：苍蝇满天飞的垃圾场里，少年拖着疲惫的身子回到破破烂烂的小棚屋，饿了一天的他拿出别人善意赠予的食物，顾不上洗手，狼吞虎咽地吃起来，吃得太快以至于吃撑了，难受地躺在木板床上，却又因好不容易吃到一顿饱饭而露出满足的笑容……

小哥顿时满心怜惜。

楚授看完冰箱的名词解释，恍然大悟，望向小哥，却发现对方眼圈突然红了……莫名其妙。

为了不让小哥发觉他外星生物的身份，楚授笑道："对啊！我傻了，怎么没想到放冰箱？哈哈哈哈。对了，卡刷好了吗？在几号机？"

小哥一惊，心道：糟了！他被我发现他穷困潦倒到没有冰箱，自尊心一定受伤了！不然他怎么会突然强颜欢笑转移话题呢？

小哥忙道："我刚来这里的时候也穷得吃不起饭，你不用自卑。"

楚授："啊？"我自卑啥？

楚授茫然地看着他，小哥却没再说什么，只是给了他一个温柔而鼓励的眼神。楚授更茫然了。

磨蹭了半天，楚授来到机位上，例行登录趣文轩的作者后台。

昨天决定以母星作为故事背景，导致他思想情绪爆发，洋洋洒洒写了十几万字。不过这次他学乖了，没有直接把十几万都更新出来，而是一章一章地塞进了存稿箱。

他研究过了，趣文轩的小说，一章一般是三千字。其他的新晋作者都是每天更新一章的，所以文章发表十几天后，总字数也只有三万到五万。哪像他，一天十万打底，这才会凭借字数优势，一口气冲到新晋榜第一。

这次可不能重蹈覆辙了。

虽说他的小号已经失去了爬新晋的资格，但更新量大的作者是很能博取好感的。读者会觉得这个作者勤奋，更新有保障，从而安心"入坑"。因此这一次，楚授决定跟随大流，学学别人的更新频率，一天一章。存稿箱有个功能，可以设置定时发布，省得他每天都来手动更新。

楚授手里剩下的钱不多了。他已经想好了，今天把存稿都设置成自动更新，每天一章，等这批存稿用完了，他再过来写个十几万，再存稿定时发布。

这样可以节省网费，还可以省出时间去捡些垃圾来卖……

实不相瞒，他现在手上的启动资金就是捡垃圾换来的。

他的飞船坠落在垃圾场，手边可以利用的资源只有这些垃圾。他只能模仿周围的蓝星人，去垃圾堆里翻一翻有没有值得卖钱的东西。

幸好光脑有扫描分析功能，可以帮他快速定位到一堆垃圾里最有价值的东西。这让他快速积累起了一笔启动资金。

不过，所谓的启动资金，也不过是两百来块，他全都用来上网了。昨天充完会员卡之后，他手头就只剩下十几块，可得省着点花。

楚授开始给存稿箱设置发布时间。他随便选了个整点，输入到第一章的发布时间里。目录下方有个"存稿章节每隔【】天发布一章"，他在空格里填了"1"，点击"批量提交"，后面所有存稿的发布时间就按照一天一章的规律自动填好了。

嗯，蓝星科技还是很智能的嘛。楚授十分满意。

弄完这一切，楚授回到前台结账。小哥一抬头，看见是他，露出个欲言又止的表情。

楚授有些紧张："怎么了，你今天饭菜又做多了吗？"

小哥一愣，连忙摆手："没有没有。"

楚授松了口气。那就好，昨晚他撑得难受，今天可不想再来一次了。

楚授高高兴兴地回到了垃圾场，开始了捡垃圾卖钱的生活。在光脑形同作弊的帮助下，他很快成为垃圾场的效率之王。其他拾荒者一天捡来的玻璃瓶、金属片，顶多卖个几十块钱，楚授轻轻松松就能卖到一百多。

攒了几天，看看网费差不多了，楚授就又回到网吧里。

推开玻璃门，风铃一阵响。

"你……"还是那个前台小哥。多日未见，乍一看到楚授，他脸上无比惊奇。

楚授笑眯眯地打招呼："我又来啦！"

这回他财大气粗，拍出一张百元大钞，朝小哥说："来，帮我充值！那个优惠活动还有吗？"

小哥上下打量着他，震惊地发现他的衣服裤子都脏兮兮的。这么多天，他好像都没换过衣服！

小哥不由自主地分辨起空气中的气味。

令他惊讶的是，楚授身上并没有他想象中多日没有洗澡而产生的臭味。

他一定很爱干净。所以即便住在垃圾场里也会想办法清洗身体。那衣服为什么这么脏呢？一定是因为他只有这一身衣服，洗了就没衣服穿了，所以不能洗，只能忍着难受穿这身！

噢！可怜的小家伙！

前台小哥心里又酸了。他简直不忍心去接楚授递来的那张百元大钞。

楚授歪了歪脑袋："怎么啦？"他瞄到钞票一角折了起来，一时手痒，忍不住伸出指头，轻轻把钞票的角压平。

小哥心想：天啊，难道是我不接他钞票的举动让他误会了，让他以为我嫌他脏嫌他臭，连他辛苦赚来的钱都不肯收？

小哥赶紧纠正错误，"唰"的一下从楚授手里抢过纸币。

楚授无语，明明是自己主动拿出来的钱，为什么现在却有种被抢劫了的感觉……他感觉这个小哥越来越奇怪了。

楚授接过会员卡，来到机位上。

今天趣文轩的网站又卡了，他刷新了好几次才进入作者后台。

他首先点进目录页，确认之前的存稿都按照设置的时间发布了——根据为爱发电系统规定，他创作的东西必须进入公众视野，才能进入"为爱发电"审批流程，只写出来自己看的话是不算的。

很好，这些天所有章节都准确无误地在晚上六点发布了。

那一排整整齐齐的发布时间，让楚授想起了小哥之前分给他吃的紫菜包饭，心情莫名地舒畅。然而当他视线扫过页面下方的文章数据时，好心情顿时烟消云散。

非V点击：942（章均）

文章积分：33.2亿

收藏：613

楚授呆住了。

这点击量，这积分，这收藏，怎么比他上一篇新晋榜第一的文章还高？这是怎么回事？难道趣文轩没经过他同意又偷偷摸摸给他安排了什么推荐位吗？而且收藏居然已经超过了500，那岂不是要入V了？!

楚授眼前一黑，赶紧确认文章信息，却发现章节名后面并没有红色的"VIP"字样，也就是说文章目前还处于免费的状态。

楚授冷静下来，一下明白了。幸好他的全文字数不多，自动发布存稿到现在才更新了九章，每章三千字，加起来一共两万七千字，还远远没有达到入V要求的七万字。

此时楚授不禁庆幸，幸好他从上次登上新晋作者排行榜的失败经验中吸取了教训，没有一口气把他的存稿全更新出来，不然现在岂不是在一个泥潭里摔两次？

还来得及挽回！

按照为爱发电系统的规则，只要文章没有给他带来收益，全文字数就可以1：1转化成电量。那么他这篇文只要写不满七万字，达不到入V的字数要求不就好了？

然而，这个念头刚一升起，光脑就发出提示："警告！砍纲①、烂尾、断更的文章，无法进行最终结算。请慎重抉择。"

糟了，系统不许他钻空子，那该怎么办呢……

楚授无可奈何，只好再次找到编辑的QQ："请问，为什么我的收藏最近涨得这么快啊？是又上了什么榜单吗？"

雪松："哪篇？文章链接发来。"

楚授把他小号上这篇名为《小星球》的文章发了过去。

几分钟后，雪松回复："这篇没给你排榜啊。"

楚授更奇怪了："那为什么九天之内收藏数涨了600多个？"

雪松："大概是蹭上了'玄学榜'吧。"

楚授："玄学？"

雪松发来一个链接。楚授打开，发现是网站的文章搜索界面。这是按照标签分类来搜索的。在"幻想空间"这个标签下，他的《小星球》赫然排列在第一名。

楚授："不是说没排榜吗，那这个是啥？"

①砍纲：指删减大纲细节，使作品提前完结。

雪松："这不是编辑排的，是系统随机抽取的。虽然是随机，不过有人也摸索出一些规律，所以作者们把这个榜单称作'玄学榜'。"

楚授："什么规律？"

雪松有些为难："这个我就不方便告诉你了。你可以去网站的论坛跟大家交流一下。"

雪松说完又发来一个链接。

楚授刚准备点开，雪松又道："对了，你这篇文已经两万七千字了，收藏也不少。明天周四换榜，你就会上第一个榜单。做好准备吧。"

什么，又有榜单？

楚授很想直接求求雪松别给他排榜了，但光脑提醒他，这是违规行为，他只好作罢。

雪松有事先去忙了，楚授也不好意思再打扰她，便决定先去她说的那个论坛看看。

点开雪松发的那个链接，网页跳转到一个粉红色的页面。这是趣文轩自带的论坛，分为交流区、原创区、管理区。

楚授有些蒙，不知道该点进哪里。他进入原创区，发现这个版块下又有好几个分区。

楚授研究了一会儿，视线落在第一个分区上。

趣文轩聊天、休息专区。

应该是这里吧！

他点进这个分区，界面依旧是粉红色的背景，蓝色的文字。最上方是滚动的论坛公告，公告下面是一排工具栏，有好几个按钮，边上还有个搜索框。

楚授急着弄清楚"玄学榜"到底是个什么玩意儿，正想发个帖子直接问问，视线无意间扫到标题目录上，一个帖子吸引了他的注意。

挂①刷子②，作者ifjaw刷新晋榜、刷霸王火箭榜，被质疑后威胁断更"卖惨"，诱导粉丝"网暴"无辜读者，实锤③！

---

①挂：指在某个平台上面将别人的相关身份或信息放出来，让其他人都可以看到。
②刷子：网络用语，在文中指通过非正当竞争手段刷高自己数据的人。
③实锤：网络用语，指有证据证明某件事，该事件的结论无法改变。

楚授一眼扫过去，有种莫名的熟悉感。

想了半天，恍然大悟。

ifjaw，不就是他当初一触手拍在键盘上，随随便便起的笔名嘛！

第 三 章 ▷▷▷

▷▷▷

　　楚授赶紧点进帖子，主楼只有一句话："老规矩，先上锤[1]。"

　　下面是一大堆截图。

　　第一张是新晋榜单的截图，楚授的第一篇作品《烈风》位于榜首。截至楼主截图的时间，这篇文章的收藏数已经高达2000，点击数、评论数、文章积分也非常高。

　　第二张是另一个名为"霸王火箭日榜"的榜单。楚授隐约记得看到过这个榜单，但已经不记得具体位置了。在这张截图上，《烈风》也位于榜首。

　　再往后就是文章评论区的截图。

　　——在霸王榜上看到这篇文，还以为是多厉害的作品，没想到点进来是个新人写的……呵呵，数据这么差还能上霸王榜，刷的吧?

　　——我也觉得奇怪。

　　——我觉得作者写得挺好的呀。

　　——现在的新人作者为了红真是什么都做得出来，一口气砸这么多钱冲

---

①锤：此处指证据。

上霸王榜，也不怕血本无归。

——万一作者是土豪，不稀罕这点钱呢？

——不会还有人不知道霸王火箭榜是可以自己砸钱刷上去的吧？

——失望，还以为发现了宝藏新人，没想到是个刷子。赶紧取消收藏，别污染我的收藏夹。

——取消收藏了。

——马术题材这么冷门，一开始看到收藏这么高，还以为是什么绝世好文，没想到竟是刷上来的。作者不光刷了霸王火箭，还刷了收藏吧？呵呵，刷子注定扑街。

——我也有点怀疑。前两天我扫到这篇文的时候才只有2个收藏，结果一两天时间都已经破千了。作者要不是刷的，我直播倒立洗头。

接下来是《烈风》的文案截图，图中用红线标出了楚授宣布断更的那句话——"本文从今日起停止更新。请读者们不要再收藏了！"

楼主解释说，当评论区还在为作者到底有没有刷分而争论时，作者突然宣布断更，还强调说"请读者不要再收藏"。作者虽然没有明说是为什么断更，但后面接的那句话意思很明显了，就是因为读者质疑他刷收藏数，"玻璃心"了，所以不写了。

结果评论区越吵越凶。粉丝觉得"都是因为你们，作者老师不写了"，把问题全都推到质疑者身上，甚至跑到其他平台去挂无辜读者。

楼主最终总结道：作者ifjaw通过刷霸王火箭的方式爬新晋，被质疑刷榜后拿不出证据自证清白，反而以断更威胁，诱导文下小读者"网暴"其他无辜读者。证据确凿！

这什么跟什么啊！这么多看不懂的名词，楚授都要晕了。

什么叫刷分？他宣布断更怎么就等同于诱导读者"网暴"别人了？他明明什么都没做啊！

他一头雾水地往下看，发现楼里有很多人跟帖。

——我去看了为这文投霸王火箭的名单，只有一位土豪一口气投了一万多，其他都是零零散散送玉石的。看上去确实是自己刷的。

——咦，这不是新晋榜第一吗？前几天刚跟好友说看好这篇文，后来听说断更了还觉得有点惋惜，没想到是这么回事！

——作者玩脱了吧，还真以为自己是天降紫微星？

——我看过这文。一开始看到新晋榜第一还觉得好厉害，结果点进去发现作者写这文完全是自娱自乐啊，大段大段的科普，我没看两行就看不下去了，当时就不理解为什么这种文还能上排行榜第一。现在一看……果然不是我眼光有问题，哈哈哈。

——就我一个人好奇"ifjaw"是什么意思吗？"if"是如果，"jaw"……下巴？"如果下巴"，是个啥？

——合理怀疑断更是作者故意为之，就为了让粉丝心疼，到时再演一出为爱回归，继续更新，又"收割"一拨好感。

虽然还是有很多名词看不懂，但楚授明白了——这些人是误会他了！

他赶紧拉到页面最下方，在回复框里输入"我是作者"，打完这四个字他就卡壳了——上个笔名叫啥来着？

他赶紧往上翻，在主楼找到自己的笔名，立马接着回复：

> 我是作者ifjaw。澄清一下，我没有刷分，也没有诱导读者，甚至在看到这个帖子之前，我根本不知道刷分是什么！
>
> 这篇文断更，完全是我的个人原因，和读者无关，和质疑者也无关！请大家不要再胡乱猜测了！

按下发送键的同时，网页自动刷新。

楚授发现，在他敲字的这短短几秒钟里，楼里的回复又多出十几层。不过并非全是指责嘲笑他的，也有人为他说话。

——不至于吧……这篇文真的写得挺好的，我和好友都在追。而且它刚开始的更新量非常大，一天好几万那种。应该是靠字数冲上的新晋榜。

——字数多的文章多了去了，也没见人人都是新晋榜第一啊。

——楼上夸的那位看清楚了，人家是新晋榜第一！光靠字数怎么可能当上第一？你的意思是大家不用研究写作技巧，只要无脑堆字数，谁都可以当第一了？你这样说话考虑过其他认真写文的作者的心情吗？

——这篇文还没入V，不会是作者本人来自我炒作吧……如果不是，当我阴谋论。

——大家冷静！我刚去举报中心看了，这篇文确实被人举报刷分了，但网站审核结果还没出来，也就是还没判定成刷分！大家先别急着挂人啊！

——楼上不会是作者好友吧？没判刷分不代表没有刷，何况楼主控诉的问题是他刷霸王火箭榜诱导粉丝"网暴"好吗！

——其实我也觉得这篇文写得挺好的，不过那个霸王火箭榜确实像是刷上去的……哎，算了，静观其变吧！

老实说，看到那些夸他小说写得好的回复，楚授心里还是暖暖的。

虽然他的目标是为爱发电，但自己的作品得到认可，谁又能不高兴呢？

他耐心等了几秒，再次刷新网页。

很快，大家就发现了他的回复。

——作者本人来了？

——作者看我看我，能不能告诉我，ifjaw是什么意思啊？

——作者本人都来了，合理怀疑是自我炒作。

楚授一惊，他没想到澄清反而引起了更大的误解。竟然有人觉得他是在炒作。

他赶紧解释："不是炒作。我都已经断更了，还炒什么？"

发送回复的瞬间又多出无数评论。

——笑死，刷分被人发现，心虚了才断更的吧？

——现在的新人都这么有钱的吗？第一篇文就刷霸王火箭榜，不好好想着打磨作品，一天到晚净干些歪门邪道的事，唉！

——楼上的不要一棍子打死所有人。我也是新人，我对天发誓自己老老实实写文，从不搞事。

——就是就是。

楚授近乎麻木地刷新着评论，楼里越吵越凶，简直惨不忍睹。

自从他回复之后，站在他这边帮他说话的人也少了很多。即便偶尔有一两个，也会被说成是"作者好友"，被群起而攻之。

说实话，他不知道该如何是好了。他根本不知道霸王火箭是什么东西。不过仔细一想，或许真如楼里那些人所说的，他不是因为更新量大而上的新晋榜，是因为先被人砸上了霸王火箭榜，得到大量曝光后才爬上新晋榜第一的？

原来他之前都误解了吗？原来真的有人这么喜欢他这篇文，默默地给他砸了一万多元来鼓励他吗？

楚授一时心情复杂。一瞬间，他甚至有了继续更新那篇文的冲动。可是这样一来，就正中楼里那些人下怀。他已经能想象出，如果他宣布恢复更新，自己会被骂成什么样了……

楚授叹了一口气，安慰自己：算了，都决定换号重来了，就当这件事跟自己无关吧。反正那个ifjaw的号也不要了。只要继续在小号上"为爱发电"，尽快集齐1000万电量，回到母星就好了……

楚授忽然觉得眼睛和鼻子酸酸的。

他想母星了。

怀着强烈的思乡情绪，他再度打开文档，继续创作他的第二篇作品《小星球》。

几个小时后，楚授关掉文档，有种恍然隔世的感觉。

《小星球》是以他的母星为原型的。写《小星球》的时候，他满脑子都是母星粉红色的大气层，一天之内可以看四十几次日出，还有呼吸间猴面包树的味道。

他太想家了。

惆怅完，楚授打算下机，回去睡一觉。可是起身之前，他忍不住再次打开论坛。

好几个小时过去了，也不知道情况怎么样了，楚授有些酸酸地想着。打开论坛第一眼，就看到刚才那个帖子后面带上了表示热门帖子的"hot"金色符号，符号后面还有"23"的字样。

这是帖子有23页评论的意思？他们居然这么能骂啊。

楚授惊呆了。

他不敢再点进去，却无意中看到论坛上另外几个帖子。

——糟了，我现在根本无心写文，满脑子都在研究图南大佬和if老师的关系啊。

——我也想要这样的读者！

——我承认我嫉妒了。怎样才能吸引到图南大佬那样的读者？

楚授扫了一眼，发现好几个包含他笔名的帖子，标题里都同时有另外一个名字：图南。

……这是谁？

楚授一头雾水，思前想后，还是硬着头皮点开那个始作俑者的帖子。短短几分钟的工夫，那个帖子又新增了两页评论。

在第25页上，他看到很多都在引用某一个人的回帖，并狂刷"真实的霸总！""厉害了！""羡慕啊！"

而那条被引用无数次的回复，发帖人ID①叫"图南之翼"。内容很简单，只有一句话——"我砸的。怎么了？"

意思是，这就是花了一万多元把他送上霸王火箭日榜的那位读者?!

楚授一时激动，差点当场回复，但他还是克制住了自己的冲动。他赶紧打开《烈风》界面，在右侧的"爱他就给他霸王火箭"一栏中，看到了"图南之翼"这个名字。果然位居第一，后面还跟着一个称号：无敌火箭王。

楚授下意识地把鼠标移上去，"无敌火箭王"边上显示出一个数字：13100。

这难道是图南之翼给他送了13100元的意思?

楚授心头一颤。倒不是因为图南之翼的打赏令他骤减一万多电量，而是因为他知道一万多元在蓝星意味着什么。

他这几天捡垃圾时，从其他拾荒者口中得知，在他们这个城市，只要花上三块钱，就能够买两个包子，吃一顿饱饭。如果顿顿吃包子的话，一日三餐最多只要十块钱。

而图南之翼一口气给他打赏了13100元，相当于一千三百多天的伙食！

但是……为什么是13100呢？

这个数字令楚授有种微妙的感觉。因为在他断更之前，《烈风》一共更新了一百三十一章。

他有种预感，赶紧翻了翻文章下的评论区。果然，在每一章的评论里，他都能找到"图南之翼"的身影。

有些是简短的阅读感想。

——[红宝石]这章很有意思，主角在十几万字前不经意间说的一句话，居然在这里成真了。看来是作者之前就埋下的伏笔。

——[红宝石]断章很有趣，吸引到我了。想继续看下去。

有些则是简单的语气词。

——[红宝石]哈哈。

这是在主角和朋友打打闹闹时。

——[红宝石]呵。

———————————
① ID：英文"identify document"的缩写，指账号。

这是在主角被人看轻时。

——[红宝石]……

这是在主角调皮时。

《烈风》总共一百三十一章，图南之翼就给他留了一百三十一条评论。

前面一百三十条都是针对文章的评价，只有第一百三十一章下面，楚授宣布断更的那一章，图南之翼没有对小说内容发表评论，而是问了句："[红宝石]怎么了？"

语气亲近，像一个熟稔的朋友。

楚授的眼睛又酸了，他忍不住揉了揉。可惜人类的手掌没有他原来的触手柔软，反而把眼睛揉红了。

图南之翼每个发言前面都有一个红宝石的标志。他注意到不光是图南之翼，有时候其他人的评论前面也会带一个标志。不过其他人都是玉石、钻石什么的，红宝石的标志只在图南之翼的评论里会有。

楚授看向网页右上角的打赏栏，上面清清楚楚地写着，玉石代表100虚拟币，也就是1元。1个钻石等于5个玉石，1个翡翠等于10个玉石，1个蓝宝石等于50个玉石，而1个红宝石相当于100个玉石，即100元。

原来那13100元的打赏是这么来的。

鬼使神差地，楚授又返回论坛帖子的界面，找到图南之翼第一次发言的第528楼。

——我砸的。怎么了？

下面立刻有人回复。

——这不会又是作者好友吧？

——建议查查这几个人是不是同一个IP地址①。搞不好是作者反复切小号炒作。

然而没过几楼，评论忽然风向一变。

——没人注意到这个ID是五心吗？这可是五心土豪读者！

——五心……不会真是土豪读者本人吧？

五心？

楚授又把帖子往回翻，发现图南之翼的ID后面确实跟着五个爱心标志。

---

① IP 地址：英文"Internet protocol"的缩写，指网际协议地址。

与此同时他也注意到，每个回帖的ID后面都跟着星星或者爱心标志。

爱心有黑色空心、红色实心之分，还有一颗心、两颗心……直到五颗心的区别。星星也是如此。只不过实心的星星是黑色的，和爱心有着鲜明的颜色区分。

这些图标代表什么？

他耐心地往下翻了翻，果然，有人和他发出了同样的疑问。

——五心是消费了多少来着？

——回楼上，管理员发过公告。

读者作为论坛用户发帖时，会显示其心级，心级根据用户订阅及投石消费的金额进行分级，大于10万元的五心，1万元到10万元之间的四心，1000元到1万元之间的三心，100元到1000元之间的两心，10元到100元之间的一心，10元以下的空心，0元的没有标志。

另外签约作者在论坛中仅显示星级，没有收入的签约作者显示为空星。

——所以图南大佬消费了十万元以上？！这种土豪读者是真实存在的吗？

——瑟瑟发抖。我每个月花一百元看文，已经需要通宵熬夜天天看了。这位图南大佬消费五心，是订阅了多少篇文？

——楼上的，五心不光是买V订阅的钱，还有打赏的钱也在里面。你看他不就给if打赏了一万多元吗！

——所以图南大佬是看到if被挂，特意出来为他澄清的吗？太感人了！

——等等，你们冷静点。这也可能是if自己的读者小号啊？服了你们了，怎么突然就感动起来了……

楚授不知道该说什么，谁能想到，人和人的差距竟然这么大。

他言辞诚恳的一番话，引来的只是众人的嘲笑和辱骂。而图南之翼毫不客气的一句"我砸的。怎么了？"却引起了众人的追捧。

难道这就是……金钱的力量吗？

楚授看看图南之翼ID后面的五颗心，再看看自己ID后面的空心星星，不由感慨万千。他继续往下拉，发现后面的评论风向越来越偏。

——你们猜我发现了什么？我刚刚从《烈风》评论区回来。原来图南大佬打赏的13100元不是一次性给出的！他是章章留言，每章送一个红宝石！

——所以真的不是刷子？

——啊啊啊，我看到最后一章图南大佬的留言了，问作者怎么了。图南大佬看起来也很蒙啊。

楚授看着这些评论，心里不由得轻飘飘的。

然而在一堆羡慕嫉妒的评论中，有几个人还在坚持不懈地表达他们的阴谋论，认为图南不是真正的读者。

——你们啥时候见过一百多章还章章送红宝石留评论的读者？真的"霸总"哪有时间看小说？你们想多了吧！

——合理怀疑图南是工作室，专门帮人刷分的。这个if怕刷霸王火箭榜刷得太明显，所以要求工作室把一万多元拆开刷，还装模作样地写点评论。

楚授看到这些言论，简直气不打一处来。

他仔细一看，这几个老是质疑他的人，ID后面那串字符好像是一样的？

楚授早就注意到，论坛里大部分人的ID都显示为"**"。起初他以为这些"**"都是同一个人，直到他自己发帖，才发现原来ID可以自己填写。

这居然还是个匿名论坛。因此楚授发帖的时候，直接把自己的笔名ifjaw填了上去。

不过，在每个人的ID后面，还另外跟着一串数字和英文混合的字符。楚授翻了翻论坛公告，发现这串字符叫作识别码。

确实，如果大家都用"**"作为昵称，那么一个帖子里根本分不清谁是谁，很容易出现一个人假冒很多人反复顶帖的情况。而如果在一个帖子里，同一个账号拥有固定识别码，那就不会有问题了。

楚授定了定神，回到帖子第一页，先记下了楼主的识别码，然后进行搜索。果然，之后出现的许多条质疑他的评论都是楼主本人发的！包括图南大佬出现之后冷言提醒大家，并猜测图南大佬是工作室刷分人员的，也是楼主！

这楼主到底跟他什么仇什么怨啊，为什么盯着他不放？

楚授有点生气了。但在匿名论坛中，他也不知道楼主到底是谁。他重新看了一遍帖子，发现每次有人站出来替他说话，或者拿出事实分析他不是刷分不是炒作的时候，这个楼主都会跳出来反驳，看似义正词严，实则煽风点火。

许多不明真相的人被楼主的言论带偏，甚至在图南大佬亲自出来发言之后，有些人还是信了楼主的阴谋论——毕竟五心读者得花十万块呢！在趣文轩花十万，那是什么概念？普通读者哪负担得起啊，这个账号属于工作室的可能性更大！

楚授越看越气，决定不看了。

他不知道这个楼主到底为什么针对他，不过那也没关系，反正他都已经决定放弃ifjaw这个笔名了，对方爱怎么说就怎么说吧。

尽管心里清楚无论那个人怎么污蔑他，都不会对他造成实质性的损害，可楚授心里还是有点憋屈。既为自己，也为那位神秘的图南大佬。

他没有想到，居然有人愿意为他的小说打赏一万多元。即便图南大佬真的是个花钱不眨眼的土豪，那也是很大一笔钱了。

而且图南还章章留言，关心他，问他为什么不写了。这让楚授非常感动——图南是真的喜欢《烈风》啊！

楚授忽然有种冲动：为了图南，他也要把《烈风》写完！

即便不能"为爱发电"，将文字转化成电量，即便他恢复更新之后肯定会被那个楼主抓住把柄乱泼脏水……至少，要让那个人看到结局。

不要让那个人失望，不要辜负那个人对他作品的喜爱。

说干就干！楚授顿时又充满了干劲。他切回ifjaw的账号，十指翻飞，开始疯狂写文。

深夜，市区CBD中心豪华写字楼顶层。

巨大的透明落地玻璃窗前，英俊的男人坐在办公桌旁，正在翻阅文件。

秘书敲门进来，抱着一堆材料："展总，这是上次那个IP①的项目策划。已经照您的吩咐修改过了，请您过目。"

"放着吧。"男人头也不抬，仍旧专注地审阅着文件内容。

秘书忍不住朝窗外瞟了一眼。已经是晚上十一点了，市区中心却灯光璀璨，一派繁华景象。

唉，美好的夜晚又浪费了……

他们公司手头正在运行的这个IP项目，策划上稍微有点问题。这几天整个公司的人都在加班调整方案，生怕项目出一点差错，导致前期投入打水漂。员工们对于加班倒是没什么不满，毕竟这家公司还挺良心，加班工资给足，又包夜宵、打车费，连老总本人都还在熬夜盯进度，因此大家都没什么怨言。

只有这位秘书，心里有点小小的不安。展总最近太累了，她很担心他的身体吃不消。

① IP：本义为知识产权，现多指可衍生影视、动漫等改编项目的作品。

他们这家公司名叫扶摇影视，是由眼前这位展总展翊一手创立的。近年来公司在业内声名鹊起，原因不是身后的资本力量有多强大，而是接连出品了数个热门大IP——《侠隐》《紫檀神记》《孤城》《最后一支肾上腺素》……每一个说出来都是响当当的名头，甚至一度引发全网追剧热潮。而这些项目，无一例外都是展翊亲自选中、全程监督的。

展翊年纪轻轻，却眼光毒辣，能一眼相中有潜力的作品，并且将之成功运营成全网"爆款"，既收获好评，又赚得盆满钵满。以至于公司创立的短短几年间，工作地点从最开始一个不起眼的小办公室，搬到了现在这个CBD中心的豪华写字楼。

秘书每次想起这一点，都会感叹，他们的展总真是业界奇才。

更令人自惭形秽的是，人家不光有天赋，还很努力。

都说专注的男人最性感。展翊坐在办公桌前，背对着窗外的繁华夜景，神情专注，精致的五官令人着迷。外面的摩天大楼、璀璨街灯，仿佛沦为一幅背景。秘书情不自禁地想到：以展总这外形、这身材，如果亲自进组去拍戏，肯定也会一炮而红，成为"顶流"明星。

可惜人家志不在此。

也对，展翊凭本事吃饭，赚得远比凭颜值吃饭的更多。

展翊看完文件，一抬头，发现秘书仍然站在桌前，便问："怎么？"

秘书脸上微微泛红，轻咳一声道："展总，还有个事想请示您。"

"说。"

"您前几天提起的那个趣文轩作者，下面同事已经在关注了。这两天趣文轩论坛上有很多帖子，都在讨论他……"

展翊翻开另一份文件，头也不抬，淡淡道："我知道。我看到了，霸王火箭的事。"

秘书道："不光是这个。今天他又有新料被爆出来，论坛里骂得很难听。其他平台也开始有帖子了。需要安排控制下舆论吗？"

展翊终于抬起头来，眉头微微一皱："又有什么料？"

秘书说道："具体的我也不太清楚，好像是他公布了自己的联系方式，希望和某个读者取得联系。他已经把《烈风》写完了，想把后续部分私下发给那个读者。"

男人一贯沉静的眼眸里闪过些许讶异的光。

"公布联系方式？私人联系方式吗？"

秘书："是的。他公布了自己的QQ号。"

男人稍稍松了一口气："只有QQ号，没有手机号？那还不算太傻。"

秘书："是的。而且是个新注册不久的号，应该是小号。目前为止还没爆出什么个人隐私。"

展翅问："那他们骂他什么？"

秘书道："说他言而无信，明明说不写了，却还是把小说写完了。说他抱土豪读者的大腿，明目张胆地勾搭土豪，私下发文，变相诱导读者给他砸钱，砸钱就能看后续。"

展翅不禁揉了揉额头：网上那帮小朋友可真能扯。

秘书看着展翅无奈的表情，小心翼翼地问："需要去引导一下评论吗？还是任由事态发展，制造热度？"

展翅摇头："这种热度有什么用？还有，他们骂人的理由也站不住脚。读者投石在前，作者出于感激把文章后续发给读者，只要不是在趣文轩之外的地方公开发表，那么这个行为也不违反趣文轩的合约。另外作者有开过口求读者打赏，许诺其他读者投石也可以换后续吗？"

秘书："没有。他只说会发给一个叫'图南'的读者。"

展翅唇线一抿，嘴角掠过一抹不易被人察觉的笑："那就没问题。这不是私底下跳过趣文轩的金钱交易，只是读者与作者之间的投桃报李。论坛里那帮作者同行相轻，利益当头，看待事情难免有些偏激。"

"可是读者那边……"秘书犹豫道，"有些读者也觉得不满。因为他们也是真情实感追文的，结果作者一言不合就断更了，后续还只发给土豪读者看，他们觉得作者对不起自己。很多人开始在文章下打差评了。"

展翅笑着摇摇头："可他要是真的恢复更新，不是更加落人口实？论坛里那帮抹黑他的人，又可以说他言而无信，炒作自己了。"

秘书急了，这也不行那也不行，无论做什么都会被骂，那这个新人作者不是走投无路百口莫辩了吗？

秘书正在为难，展翅淡淡道："没事，你先去忙你的吧。公关团队暂时不用插手，免得节外生枝。"

秘书还想说什么，但她看展翅胸有成竹的样子，似乎已经有了打算，便不再多言，恭恭敬敬地退下了。

秘书离开后，展翅打开了电脑。登录趣文轩账号后，他打开《烈风》的界面，发现自己在最后一章的评论——"怎么了？"——得到了回复。

"现在已经没事啦，谢谢你。本来已经决定断更了，看到你这么喜欢这篇小说，不想辜负你，所以还是把它写完了。你能加一下我的QQ吗？我把后续内容发给你。"

回复的结尾，作者慎重地留下了自己的QQ号。

趣文轩评论区中，作者的评论会显示出与众不同的绿色，因此这条回复一下子吸引了所有读者的注意。

——哇，作者出现了！

——这篇文怎么回事，到底还更不更新啊？为什么单独发给这个人？

——楼上的还不知道吗？这位读者大佬是打赏榜第一的无敌火箭王！作者意思很明显了，只写给土豪读者看，不稀罕我们这些普通读者！

——作者已经写完了吗？我也想看，现在投石打赏还来得及吗？

——哇，作者的QQ！是真的吗……好想加。

——呵呵，说好的断更呢？

——作者的做法真令人作呕，刷榜还没个说法呢，说好断更又不断。抱土豪大腿，吃相真难看。

展翅懒得继续看下去，他在QQ添加好友的界面中粘贴下刚复制的号码，按下回车。搜索界面弹出来一个结果——是一个连头像都是系统自带的新号。

他点了"添加"按钮，电脑弹出一个审核框。上面写着：你是图南吗？如果不是，请不要再加我了！

果然被骚扰了……

展翅的视线落在他的个人信息上——21岁，男。

才21岁，大学刚刚毕业吗？没有社会经验，估计也是第一次写网文，不然怎么会老老实实跑去那个专门骂他的楼里，乖乖站好，等人来骂？

真傻。

展翅嘴角挂着一抹若有若无的笑意，指尖在鼠标左键上摩挲着，却迟迟没有进行下一步的操作。

片刻后，他退出QQ，重新打开网页。

翌日，楚授顶着黑眼圈来到了网吧。

昨天他一口气把《烈风》写完了。从中午十二点到晚上十点，整整十个小时，他闷头打字几乎没有动过。他没想到，自己越写到后面速度越慢，就好像舍不得完结似的。到最后按下"全文完"三个字时，他呆呆地在电脑前坐了很久。

楚授表面上虽然是人类的身体，但本质还是软体动物。长时间久坐对他来说身体负担非常重，他只觉得身体都快瘫了。

可是当真正写完的那一刻，他却没有马上去休息。他的心里有种从未体会过的感觉，像身体里被挖掉了一块，空空荡荡的，又像有风和阳光从那里钻进来，心里空旷的地方很敞亮，很温暖。

最终，他把自己的QQ号留在文章评论区，希望能被那个叫"图南之翼"的读者看到。他知道自己这个行为又会引起轩然大波。那些看不惯他的人，一定又会找到理由攻击他——欲加之罪何患无辞，他已经懒得为自己辩解了。他只想对得起那个人而已。

其实除了图南之外，还有很多读者也在文章下支持他，鼓励他写完这部作品。他本来也想一一发给他们的，但光脑提醒他，这是违反趣文轩合约的。

如果只是发给一位读者，还可以说是私交。但广泛发给许多读者，那就是跳过趣文轩进行私下传播了。这是趣文轩不允许的。

因此他只能把文稿发给图南一个人，算是打个擦边球。

他不知道图南能不能看到这条评论，因此今天他只能开着QQ，在网吧里等着。

很快就有人来加他。他欣喜地与对方聊了几句，却发现那人不是图南，而是另一个读者，对方想看文章后面的内容，并表示愿意投石来换。

他婉拒了。

随后又有很多人来加他。有的人和那位读者一样，想看后文或者只是单纯地想要认识一下他。还有的人居然是专门来骂他的，骂的内容跟论坛上的差不多，说他言而无信、吃相难看，他看得眼睛都快磨出茧子了。

随便你们怎么说吧，反正你们又不能顺着网线爬过来打我。就算爬过来我也不怕，我的触手比你们多，不怕打不过你们！

楚授抱着双臂气鼓鼓地坐在电脑前。虽然告诫自己不要生气，但嘴巴还是忍不住噘起来。

多大仇多大恨啊！有的人都被拉黑了还要换个小号重新加他继续骂，有

这时间去看几个缠绵悱恻的爱情故事不好吗？

楚授其实很想直接关电脑走人，但他还没等到图南，只能继续接收好友申请，认真和每个人接触，生怕错过真正的图南。

与此同时他还意识到自己当初断更的决定确实有些欠妥当。因为有很多人顺着QQ摸过来，真的只是想鼓励他，告诉他自己很喜欢这篇小说，希望他不要受外界干扰，能好好把故事写完。

楚授觉得挺对不起他们的。原来除了图南以外，还有这么多读者也是真心喜欢他的。

他渐渐动摇，甚至想要不索性恢复更新吧，反正也不指望这篇文能转换电量了，还不如直接把后文发表上去，给所有读者一个交代。

可是转念一想，他的收藏数和字数都已经达到入V标准，一旦把文章状态从"停更"改回"连载"，文章就会自动入V，产生收益。

在目前这种文章占据新晋榜第一、同时被论坛反复提及的情况下，他的断更行为不就真的变成炒作了呢？

楚授感到两难，心情有些郁闷，以至于打开文档，呆坐了半天却连一个字都写不出来。最终，他还是忍不住打开了《烈风》的界面。

图南始终没有来加他。难道是没看到他回复的那条评论？那自己是否应该换个显眼的位置重新发一下呢？

然而，还没等他打开最后一章的评论区，网页右手边的"本文热门评论区"引起了他的注意。

楚授定睛看去，不由心尖一颤，排在第一的是他公布自己联系方式的那条评论。在这风口浪尖上，他做什么都会惹人非议，他对此早有预料。

而排在第二的，是来自图南的一条新评论。同样前面带着红宝石的图案，是花了100元打赏的回复。

——[红宝石]既然写完了，就发表出来吧。大家都在等着你。还有，以后不要随便留QQ，保护好自己。

楚授把视线定格在那句"既然写完了，就发表出来吧"上面，呼吸越来越急促。

图南居然叫他发出来！这位神秘读者是住在他肚子里吗，怎么正巧就知道他现在最想要的东西是什么？

他需要的是一个台阶，一个借口，一个能保护他不被戴上"阴谋"枷锁

的正大光明的理由！

　　而图南，精准无误地给了他这个理由——是土豪大佬要求我的。

　　这下，那些心怀不轨的人也没话说了！他可以名正言顺地发文了！

第 四 章 ▷ ▷ ▷

✚ 新室友 ✚

▷ ▷ ▷

　　楚授激动不已，他在那条评论下回复了一句"好，听你的"，然后就把存稿箱里剩下的十几万字一口气发布了。

　　在作者后台进行操作的时候，他的手指都在微微发抖，就连呼吸都有些急促。他感觉自己浑身上下的细胞都处于一种兴奋状态，连骨骼肌都在痉挛……他不明白这是怎么了。

　　"检测到宿主体内肾上腺素水平急剧上升。在人类拟态下，上述化学物质会引发心动过速、血压升高、血管扩张等生理反应。根据现有资料分析，该反应为'战或逃'，请宿主尽快远离引起'战或逃'反应的诱因，避免生命体征过度波动，影响拟态系统运行……"

　　楚授本来晕乎乎的，听到光脑的警告，一下子清醒了。

　　肾上腺素？这是什么？他们B512星球上的生物体内不会有这些物质，大概这是人类特有的吧！

　　楚授不是很明白"战或逃"反应是什么，于是光脑给他提供了解答。

　　"战或逃"反应，心理学、生理学名词，是指机体受到刺激后，瞬间释放出大量肾上腺素，使机体做好战斗或逃跑准备的一种生理机制。其具体表现正如光脑所提示：呼吸加快、心跳加速、血管扩张。这些都是为了给细胞、肌肉和其他器官快速提供能量，以应对危险。B512星球的居民们并没有进化出这种生理机制，因此楚授对此非常陌生。

这种心脏狂跳的感觉其实并不难受。不过如果心率、血压、呼吸频率、血氧饱和度这些生命体征波动太大，他的人类身体将无法承受，拟态系统也会出问题，搞不好他会在大庭广众之下变回长满触手的样子。

那可不行。

楚授照着光脑的建议，赶紧深呼吸。几次之后，他感觉心率渐渐降了下来，摸摸脸蛋，软乎乎的，也没那么烫了。

生命体征虽然恢复到了之前的状态，但他隐约感觉到，有什么东西遗留在他身体里，让他充满力量，充满干劲！让他双手敲击键盘时都像在用他的十几条触手"啪啪啪"打那些诬陷他的人的脸！

哈哈哈！没想到吧，我触手怪又回来更新啦！不是我言而无信哟，是土豪读者要求我，我勉为其难才答应的！而且我还能在新晋榜第一名上待满一个月，让所有读者都看到我的文章完结了！我好好地写完全文了！我没有对不起任何一个喜欢我的读者！这下你们找不到理由骂我了吧！

楚授虽然不知道那个盯上他的人跟他到底有什么仇什么怨，不过他已经能想象到对方看到他的文章完结后还高居新晋榜榜首时，那种恨得牙痒痒却又无可奈何的样子了。

毕竟他的字数多，数据好，之前那几个骂他的帖子还吸引了不少人来看他的文。他因祸得福，又涨了一大波收藏。现在无论是收藏数还是点击数，甚至连作者被关注数，他都远远超过——不，是"断层"超过第二名了！

他现在是名副其实的新晋作者榜第一名了！

今天的创作异常顺利，再也没有之前那种干巴巴的卡顿感了。把文章塞进存稿箱的时候，楚授顺便瞄了一眼《烈风》的界面。果然，从七万字开始，后面的章节都自动入V了。加上他今天更新的部分，《烈风》一共有一百七十章。从第二十三章开始，后面的章节标题上都带着红色的"VIP"字样，意味着这些章节需要付费后才能阅读。

目录上整整齐齐，一大片红色，令人赏心悦目。

目录下方就是评论区，楚授努力克制自己，不让视线往下移。

《烈风》一共五十万字。既然现在正式完结了，那么经过一段时间的结算期后，为爱发电系统会按照公式自动进行转换。

反正他已经放弃靠这篇文发电了，那么最后到底能转换出多少电量，他也都无所谓了。

心结解开了，楚授整个人都轻松不少。他下了机，来到前台结账。

"今天下班这么早啊？"还是那个熟悉的小哥，他从吧台后面抬起头来，一看到楚授就露出微笑。

"嗯，今天开心！"楚授也对他报以笑容。

小哥接过他的会员卡，一边操作着，一边随口问："要出去玩吗？"

楚授朝窗外看了看，外面阳光灿烂，隔着玻璃都能感觉到炎热。他不由得肩膀一缩。

他们B512星人天生脆弱，对阳光的耐受能力很差。怕热、怕晒，在这种大太阳下面走路，估计半个小时就会融化。幸好垃圾场距离这里不远，他跑回去只要几分钟。一念至此，刚刚的好心情突然就没那么好了。

这个星球真不方便！

他好怀念母星上粉红色棉花糖一样厚实的大气层啊！

楚授撇撇嘴："不出去玩……我得回家……"

家？

小哥眼角肌肉一跳，自动把楚授口中的"家"翻译成了"垃圾场"。

这么好的天气却不能出去玩，得尽早回家……回垃圾场……捡垃圾？

小哥脑中不由自主地浮现出了这样的场景：明晃晃的烈日下，身材单薄的少年拖着一大堆硬纸板、易拉罐，满身是汗，脸蛋红通通的，艰难地在垃圾场里讨生活……

怎么这么可怜啊！

小哥再也忍不住了，脱口而出："你住到我家来吧！"

这话一出口，两个人都愣住了。

楚授："……啊？"

小哥很快反应过来：不行！这样太明显了！万一被他察觉我是在同情他，他的自尊心会受伤的！

小哥赶紧改口道："那个……我之前的舍友刚好搬出去了。我看你也是一个人，不如搬过来跟我一起住，还可以分摊房租……"

跟蓝星人一起住？这怎么行？

楚授下意识地想要拒绝，然而一个"不"字还没来得及说出口，小哥又补充道："我房间有电脑！白天我上班不在家的时候，你可以用我的电脑写文，这样连网费都省了！"

嗯？免费用电脑？而且还能在房间里一个人安安静静地写，不用担心手速太快被人看到怀疑他的身份了？！还有这种好事？！

楚授两眼放光，激动地道："啊，你也太好了吧！"

但他很快又冷静下来，谨慎地问："那，房租是多少？什么时候交？"他手头没多少现金，而且天气越来越热，去垃圾场翻垃圾也会变得很困难……

小哥忙道："不急不急。这个月的租金不用你出，前面的舍友已经交过了。从下个月开始，月初交租金，一共……"

他眼神闪烁一下，很快地接道："一共一千块，我们一人一半。水电也是房东包的，咱们不用管。你每个月只要出五百块就行了。成吗？"

他说完这些，小心翼翼地看着楚授，生怕他不接受。

"这么便宜啊！"楚授惊叹。他其实并没有关注过周围的租房价格，只是觉得一个月五百真的很少，即便是他，捡几天垃圾也能负担得起。

小哥的脸红红的，明明坐在开着空调的网吧里，却好像站在大太阳下一样。"嗯……"小哥轻轻地说，"那你，愿意来吗？"

楚授笑眯眯道："好啊好啊！"

小哥的表情也仿佛被点亮，眉开眼笑道："好！那我回去收拾收拾——你也回去收拾收拾，正好明天我上夜班，白天有空，可以帮你一起搬东西。"

楚授摆摆手："没关系，我东西不多。那……谢谢你啦！"

他向小哥道别，正要走，却又折回来。

"对了，认识这么久，还不知道你叫什么名字！"楚授问。

小哥被他那双亮晶晶的眼睛盯着，脸上又红起来："我……我叫……"

楚授看着他，心想，你像个小番茄。

然而小哥当然不叫小番茄，人家叫林静远。

楚授记下他的名字，再次跟他道别，高高兴兴地走了。

玻璃门推开，风铃轻响，热烘烘的风，刺啦啦的蝉鸣，一起从门缝里挤进来。

林静远看着楚授轻快活泼的背影，看着阳光在少年发梢上跳舞的样子，脑海里忽然跳出一首自己喜欢了很久的歌。

《他夏了夏天》①。

当晚，网络另一头，窗帘紧闭、灯光昏暗的房间里，一个高中生模样的女孩坐在笔记本电脑前，手指一下一下地按着F5键，反复刷新着网页。

2367，2370，2378，2384……

每次刷新，那篇文的收藏数都在涨，下面都会多出新的评论。

"糖糖，吃饭了！"母亲在外面喊。

"不吃！"被叫作糖糖的女孩愤愤地朝屋外吼了一声，怕母亲继续叫，她还补上一句，"没胃口，不想吃！别烦我了！"

外面没再响起母亲的呼唤。糖糖深吸一口气，努力平复心情。然而心中的烦躁焦灼却怎么也平复不下来。

怎么会这样？《烈风》作者都被抹黑成那样了，怎么还有读者会点进去看文？他们都不逛论坛的吗？

糖糖忍不住又点进了自己的作者后台。她的作品《我重生后他们都后悔了》现在的收藏数、点击数都被《烈风》甩开一大截，委委屈屈排在第二。可要命的是，她发文已经二十九天了，明天她就要下新晋榜了，而《烈风》才发文不到二十天……

如果不出意外，在接下来的两周里，《烈风》还会继续以高出众人一大截的积分，稳居新晋榜第一！

来不及了……糖糖咬牙切齿，却又无可奈何。

与此同时，QQ"嘀嘀嘀"地响了起来。她点开对话框，是同样在趣文轩写作的好友果果发来的消息。她跟果果都是高中生，因此在论坛上认识以后，很快就成了好友。

果果："要不还是算了吧，咱们别再顶帖了，也别再在帖子里分饰多人了……再这样下去，我怕管理员会查到……"

果果不断输入信息："我听说管理员能查IP，还能查到我们的作者账号。万一有人去举报，万一捅到编辑那里……"

糖糖冷笑着回复："你怕了？"

---

① 《他夏了夏天》：乐团苏打绿的歌曲，收录在专辑《夏·狂热》中。

果果怒了："这本来就是你自己的事，我只是帮你而已！我一开始被你骗了，还以为那篇文真的刷分！谁知道你只是嫉妒人家！现在怎么办？我也被你拖下水了！"

糖糖气得一拍桌子，没回复，直接把果果给拉黑了。

算了，拿不到第一，第二的成绩也勉强过得去。

糖糖深吸一口气，努力压下情绪。

她没输，她还有一次机会，那就是三天后的千字收益榜，这是在文章入V后的第三天，网站按照收费文章千字收益排序的一个自然榜单，是全站曝光率最大的榜单，编辑无法干预，也不可能刷分。一旦刷分，就会被系统的防刷机制识别出来，发出警告，对文章进行降分或取消其上榜资格的惩罚。

因此，这是一个绝对公平的榜单。

糖糖看过了，《烈风》今天恢复更新，自动入V。而她也恰好是在今天入V。也就是说，她和《烈风》的作者，会在同一天上千字收益榜！到时候谁的收益多，谁的收益少，一目了然。

对此糖糖是非常有信心的，因为她是顺V，而《烈风》是倒V。

读者当然不可能为已经看过的部分付费，因此《烈风》现在的收藏数虽然比她的多，但是没用，那些人都已经看过前面的章节了，而她的收藏数虽然只有一千多，但都是追连载的读者，他们会直接购买她更新的后续章节！

谁的收益会更多，一目了然！

到时候在千字收益榜上把《烈风》死死压在下面，她就能扬眉吐气了！

让所有人都看看——特别是果果——到底是谁的文更好！

糖糖这样想着，恶狠狠地笑了。

晚上，楚授回到自己的飞船。收拾东西还是次要的，关键是需要调整拟态系统和防御系统的参数。

他的飞船能源动力不足，无法飞行。目前飞船开启了废弃集装箱的光学外观拟态，人类从外面看，它就是个普普通通、破破烂烂的废弃集装箱。在垃圾场里，像这样的集装箱多了去了，谁也不会在意。老实说，有时候就连楚授自己都会走错路，摸到一个真正的集装箱里面去。

另外就是防御系统。

飞船目前处于最低级别的防御模式。虽无法发射等离子炮、反物质激光等重型武器，但对付一个普通人类还是绰绰有余的——光是瞬间充能的强作用力磁场，就能够把毫无防备的人类弹出几公里远，弹得有多远还不是重点，重点是，在这巨大的冲量之下，人体会被瞬间挤压成……嗯，比肉饼还要薄一点的东西。

总之，这玩意儿是很危险的。

楚授刚来这里的时候，还摸不清楚外面的情况。现在他知道了，蓝星上的生物还是比较友好的，只要不识破他的身份，应该不会轻易对他发起攻击。

现在前台小哥——哦不，林静远，他提出合租，对楚授来说是个非常难得的机会。一是他能不受打扰地放飞自我，疯狂发电；二是能通过跟林静远的日常相处，更好地学习如何做一个人类。一举两得！

因此楚授爽快地答应了。

可是怎么处理飞船是个大问题。防御模式不能彻底关闭，因为拟态系统仅仅是对飞船外观进行拟态而已，万一有好事者进入了集装箱内部，他立刻就会发现这是一艘来自外星的星际飞船。到时候可就麻烦了。

可是，当场把误入的无辜者碾碎，好像也不太好……

楚授思前想后，灵机一动，对了，还有另一种低能耗防御模式嘛！

微型虫洞！

他可以在飞船的入口处安置一个非常精巧的虫洞入口。只要数据设置得当，进入入口的人类，哪怕没有任何防护措施，也可以安全地、毫无感觉地从虫洞另一头走出来。当然，虫洞的出口会放在另一个集装箱里。

这样，不小心误入的人类就会自然而然地觉得，自己是进入了一个真正的集装箱。而当他从原路返回的时候，又会从虫洞出口来到入口，回到伪装成集装箱的飞船外面。

这办法无懈可击，简直完美！

楚授都佩服起自己的智商了。

忙活了一晚上，第二天一早，他检查完参数，又亲自测试了一遍，确认无误后就离开了垃圾场。

林静远早早在网吧外面等楚授。看到他手上只抱着一个纸箱，林静远有些惊讶："你的行李就这些？"

"对。"楚授抱紧了怀里的箱子。里面装满了营养液，是他昨晚连夜用自循环生态系统制造出来的。

"那……你的衣服呢？"林静远问。

楚授歪了歪脑袋："衣服？穿在身上了啊。"

林静远："我的意思是，你的替换衣服呢？"

楚授老老实实道："我没有替换衣服。"毕竟他不是真正的人类，身体不会变脏，为什么要换衣服？

可是这话听在林静远耳朵里却变成了另一种味道——他果然只有这一身衣服！难怪他从来不换，原来他已经穷困潦倒到这种地步了！糟了！我这么贸然问他，他一定很不好意思！

林静远一把拉起楚授的手臂："走，陪我去买点衣服。"

楚授："啊？"

林静远把楚授带到一家商场里，逛了好几家服装店。虽然林静远说是陪他买衣服，但实际上他挑选的几件衣服，都是让楚授进试衣间去试的。

楚授莫名其妙："干吗老是让我试，不是你买衣服吗？"

林静远怕刺激他的自尊心，很是强硬地道："我累了，懒得试。反正咱们身材差不多，你试也是一样的！"

楚授微微仰头，怀疑地看着比他高出半个头的林静远。

楚授人类拟态下的身高，是光脑扫描了周围年轻男性之后计算出的平均身高，一米七五。林静远比他高半个头，起码一米八以上。而且林静远的肩膀比他宽，胳膊和小腿上的肌肉也比他结实。

怎么看两人都不是差不多的身材啊……

林静远被他看得心虚，觉得瞒不下去了，索性坦白："好吧，我承认，这几件衣服我是买给你的。"

楚授不解："为什么要帮我买衣服？"

林静远犹豫片刻，尽可能用委婉的方式说道："……你以后住在我家，就可以洗衣服了。买衣服的钱就当是我借给你的，以后你有钱了还我就行。"

他的本意是，有了洗衣机，楚授可以随时换洗衣服，再也不用忍受脏兮兮、皱巴巴而又一成不变的衬衫、牛仔裤了。

然而这话听在某外星生物的耳朵里，毫不意外地又变了样。

住在他家就可以洗衣服了？

楚授在脑海中观看着光脑给他调取出来的人类以前拿着搓衣板在河边洗衣服的视频，恍然大悟——哦！小哥一定是不喜欢洗衣服！毕竟拿着搓衣板搓

啊搓的，看起来就累！而且人类只有两条手臂，干起活来效率也很低。所以小哥邀请自己去他家住，是为了让自己帮忙洗衣服吗？嗯，非常合理。反正自己触手多，洗衣服不累！

楚授想到这里，高高兴兴地同意了。

"好呀。"他一双小鹿眼笑得弯起来。

聊天非常顺利，地球生物与外星生物友好交流更进一步。

买完衣服，林静远把楚授领进家门。

林静远租的房子距离网吧不远，步行大概十分钟。房子是两室一厅，卫生间和厨房公用。林静远的上一任舍友其实已经搬出去很久了。房东懒得继续找租户，就放任房间空着，放了好几个月，房间里都是灰。林静远能帮他找到新的租户，房东也十分高兴。

昨天邀请楚授来住之后，林静远连夜把空房间打扫干净了。

此刻林静远拉开房门，楚授看见屋子里干净、整洁，不由得"哇"了一声。他从《人类百科大全》和各种影视资料上看过人类的住所。不过此时真正走进来，他还是产生了一种很奇妙的感觉。

嗯，怎么说呢，是家的温馨？

楚授愉快地环顾着房间，视线最后落到深蓝色的床单上。

林静远忙道："床单被套什么的是我新换上去的，没人用过。"

楚授很感动："你特意为我买的吗？"

林静远脸上一红："嗯……因为你好像很爱干净……"

楚授歪了歪脑袋，视线很快又被床底下的一个东西吸引。

"咦，这是什么？"

他弯腰拿起地上的包装袋，光脑立刻扫描得出结论："是拖鞋。"并附上一段简介。

那是一双棕色小熊图案的拖鞋，小熊眼睛乌溜溜的，很可爱。

林静远道："还有毛巾、浴巾什么的，也都是新的……在卫生间里。"

"也是小熊图案的吗？"楚授很期待，跑到卫生间里一看，果然毛巾、浴巾也都是棕色，和拖鞋是配套的。

他忍不住拿起毛巾揉了一下："好软！"

他从视频资料里知道毛巾是很柔软的东西，此时亲手摸了才发现这触感是如此令人爱不释手。

蓝星人的日常生活原来这么幸福的吗？有可可爱爱的拖鞋穿，还有柔软亲肤的毛巾可以用！

"谢谢你！"他转身望向林静远，眼里闪着激动的光。

他是真的很感激林静远，是他让自己感受到蓝星人生活的美好——之前还以为垃圾场那样的就是蓝星普通人的生活呢！

"没多少钱……"林静远的脸又红成了小番茄，"不用谢。"

接下来，林静远又带他熟悉了一下房子。

楚授对所有家电厨具都一窍不通，只能靠着光脑当场查资料才表现得不像个智障的样子。

当然，跟他不在一个频道的林静远，自动又将这种生活低能的表现理解成了"小少爷十指不沾阳春水"，并且在内心悄悄好奇：他到底是因为什么原因离开家里的啊？跟家里人吵架了，家道没落，还是豪门恩怨遭人陷害？

楚授在厨房里晃来晃去，看什么都新鲜，什么都想上手摸一摸。那副单纯天真、不谙世事的模样，看在林静远眼里，不由唤起一阵怜惜，同时又隐隐后怕——幸好他遇到的是我，万一他遇到的是一个坏人……

林静远不敢再想下去，只是在心里暗暗决定：以后一定要保护好这个童话般的小少爷。

童话般天真，也注定像童话般易碎。

他一定要保护好他。

林静远今天上夜班。安顿好楚授后，他就去网吧了。

楚授扑倒在他的小床上，将整个人都埋了进去。

虽然这床不像飞船上的果冻沙发那么软，但有一股很好闻的味道！

楚授把脑袋埋在枕头里，深深吸了一口气，终于明白过来——啊，这是阳光的味道！像阳光那么干净温暖，却又不会灼伤他脆弱的皮肤！

楚授快乐极了，忍不住把脑袋在枕头上蹭来蹭去。

很快，他又发现了一个惊喜。这套深蓝色的床单被套，居然是星空和宇航员的图案！

这就是蓝星人眼中的宇宙吗？楚授忍不住伸出触手，用触手尖碰那亮闪闪的小星星，还有胖嘟嘟的宇航员，嘴角不由自主地浮出笑容。

啊，真舒服。楚授躺在床上，变回本体形态。一大团粉红色的柔软触手舒展开来，如同水母在海水中摇曳一般，快乐地摩擦着身下的床铺。

楚授享受地眯起眼睛，感觉睡意渐渐涌了上来，迷迷糊糊中他觉得好像有什么事忘记了。不过他实在太困了，决定先睡一觉。人类的床好舒服……林静远真是个好人啊……楚授想着想着进入了梦乡。

与此同时，在这个星星闪烁的夜晚，一个年轻的女白领拖着沉重的步伐从公司出来。她叫宋玉竹，刚大学毕业不久。

"糟了，末班车——"玉竹看了眼手机上的时间，脸色立刻紧张起来。顾不得身体的疲惫，她赶紧朝着公交站台飞奔。

高跟鞋在人行道上踩出"嗒嗒嗒"的声音，在空荡荡的夜色中回响。

玉竹跑得上气不接下气，好不容易跑到站台，却只能看到最后一班公交车离去的背影。

"等——"她很想让公交车等一等，但天生嗓子细的她无论怎么用力，喊出来的声音都很轻，司机根本听不见。末班车就这样轰隆隆地开走了。

"啊……"玉竹的脚步慢慢停下来，呆呆地看着公交车越来越远，感觉心里有根弦快要绷断了。

快要撑不住了，好累，压力好大。公司的事情永远做不完，明明已经每天都在加班了……就算熬到周末，也会被领导拉去应酬。

好难受。

玉竹一个人站在马路中间，忍不住抱着膝盖蹲下来，难过地哭了。

成年人的崩溃往往只在一瞬间。可是哭完了，生活还要继续。

她擦擦眼泪，重新站起来，拖着酸胀的双腿，朝公寓走去。

一个人走在深夜的马路上，忍不住又会想起心事。

玉竹甩甩脑袋，拿出手机，打开了熟悉的趣文轩APP。手指在屏幕上划动，她快速浏览着榜单。对了，星期四刚刚换过榜，那么编辑推荐榜单上应该有一批新文了！

编辑推荐榜，是APP首页最下方的一个榜单。虽然榜单位置不太好，但熟悉趣文轩的读者都知道，新文里收藏数名列前茅的文章才能上这个榜单。因此，每当她想淘一些新文的时候，就会来这里看看。

这期的编辑推荐榜，前排一如既往大佬云集。

她收藏了几个感兴趣的，然后随手点进一篇文。

《小星球》。

看文名，不知道是写什么的。点进去之后，文案也只有短短的一句话："一颗小星球上的故事。"

现在的趣文轩作者，为了吸引读者，恨不得把"萌点"都堆在文案上。大多数作者的文案越写越长，看得人眼花缭乱。一句话文案倒也有，不过一般都是大佬的操作——大佬就算不写文案，也会有一大拨读者点进来看。无他，大佬的作品质量有保证。不需要文案，追文就完事儿了。

既然文名和文案都看不出这篇文是讲什么的，玉竹决定去评论区看看大家怎么说。拉到评论区，在一溜的"撒花""求更新""今晚还有吗？"中间，玉竹看到了几条有价值的评价。

——呜呜呜，太治愈了，我也好想在这个小星球上生活！

——啊，童话风，好温暖啊。

——每天睡前看一眼更新，就像看睡前小故事一样。这篇文太温暖了，字里行间都能感受到作者的温柔！

玉竹不由自主地被那几个关键词吸引。

童话风。

温暖。

治愈。

她深吸一口气，插上耳机，点开语音阅读。

半个小时后，玉竹已经不知不觉走到了家门口。她摘下耳机，感觉恍如隔世。

太美好了。

《小星球》里描绘的那个地方，真的就像童话故事一样美好。作者的文字流畅而温暖，字里行间都让人感觉到温柔。就像阳光下的大海里，有一只水母轻轻托着你，在温暖的水域里漂流。

太舒服了。

"啪嗒"，她打开电灯，看着空空如也的家。

以往深夜回家，她总会觉得寂寞，觉得自己一天到晚碌碌无为，不知道自己努力到底是为了什么。可如今，她看什么都觉得可爱了。

被风吹动的窗帘，就像温柔包裹住那颗小星球的粉红色大气层。柔软的沙发，坐上去虽然不会发出果冻那样"咕嘟"的声音，但也足够让人彻底放松。就连那片每每仰望都让她倍感寂寥的星空，此时看来也变得不一样了。

就像《小王子》里说的那样："当你在夜里望着天空时，既然我就在其中的一颗星星上面笑着，那么对你来说，就好像满天的星星都在笑。只有你一个人，看见的是会笑的星星！"

此时玉竹看着夜空，每一颗闪烁的星星，好像都是被粉红色棉花糖包裹着的、温暖可爱的小星球。

真的是太美好了。

玉竹深吸一口气，感觉劳累一扫而空。不光是身体上的，还有心理的。

她整个人都被治愈了。

第二天，楚授大清早就起来了。

林静远上夜班还没回来，楚授闲着没事干，打算先把衣服给洗了，这可是林静远交给他的任务！林静远对他这么好，他可得好好地完成任务！

于是楚授撸起袖子，高高兴兴地搬起了脏衣篓。

昨天林静远教了他洗衣机的使用方法，他兴致勃勃想要亲自尝试。正想把脏衣篓里的衣服一股脑儿地倒进去，光脑发出提示："建议将内裤、外衣分开洗，避免细菌滋生。"

内裤？按照光脑的指示，楚授拿起了脏衣篓里一个三角形的小衣物。

"这是干什么的？"楚授在自己身上到处比了比，无法理解这件衣服到底是穿在哪里的。

光脑："这是一种贴身衣物。"并贴心地给了他一张示意图。

楚授很惊讶："天这么热，人类怎么要穿这么多层衣服？"他就没穿，凉快得很。

光脑无法解答他这个问题，建议他联网后重试。

楚授仔细研究了一下光脑帮他找的资料，看来看去，始终不能理解这玩意儿的存在意义。

感觉穿了会很勒……人类真奇怪。

不管怎么说，既然《人类百科全书》里建议内裤和外衣分开洗，那么就按照人类的生活习惯来做吧！

楚授严格按照教程，找了个干净的水盆，把那条内裤单独拿出来手洗。

准确地说，应该叫"触手洗"。

很快，衣服全都洗完了。楚授变出十几根触手，每根触手上拎着一件衣物，朝阳台走去。好在洗衣机有脱水功能，因此这一路上并没有水滴下来弄脏地板。

他愉快地来到阳台上，不需要借助晾衣竿，只要伸长触手，就轻轻松松把所有衣物都挂上去了。

我真棒！

看着阳光下被风吹动的衣物，楚授心情很好。

距离林静远下班还有一点时间，楚授决定去林静远房间里上网。

这是林静远主动提出的。电脑在他房间里，他上班的时候楚授可以随时进去用。

来到林静远的房间，楚授一眼就看到了床边书桌上的电脑。

网吧里的电脑都是为游戏而生的高配置，相比之下，林静远的电脑就朴素得多。没有花里胡哨的键盘，也没有大得惊人的屏幕，就是普普通通的家用台式电脑。

楚授打开了电脑，登录趣文轩小号，毫不意外地发现他那篇《小星球》的数据又涨了。收藏数已经接近1000，点击量、评论也水涨船高。看来这篇文继续更新下去，也要入V了……

楚授叹了口气。算了，入V就入V吧。反正赚不满全额电量，转化后还是能有一点儿的。

《小星球》他计划写三十万字就完结。毕竟是以母星为原型、倾注了大量情感和心血的文，他创作时虽然灵感如泉涌，笔下有写不完的故事，可是由于太想把这篇文章写好，以至于写完之后回头去看时，会删掉很多他觉得没那么好的情节——写十万字，大约只能留下一万字——反正也不急着更新。

其实楚授挺意外的。他至今仍然觉得，他之前那篇文能爬上新晋榜第一名，一是因为被图南投了霸王火箭，二是字数优势。可现在这篇《小星球》，明明更新量、更新频率都在趣文轩平均水平，为什么数据还是涨得这么快呢？

哦，他想起来了，编辑跟他提过"玄学榜"这回事。

对啊！他还没弄清楚玄学到底是什么呢！楚授一拍脑袋，他上次会去论坛，就是为了问清楚玄学是什么。结果他的注意力全被那几个骂他的帖子吸引了，反而把正事给忘了。可是现在他对论坛还心有余悸，不太敢进去。

楚授思忖片刻，有了一个新的想法。

按照《小星球》现在的更新速度，起码还要三个月才能完结，而且还不知道最终能转化成多少电量。万一又出了什么岔子，导致血本无归，那可就糟了。鸡蛋不能放在一个篮子里，楚授决定再开一个新文。

这是他的第三部小说了，写什么好呢？楚授有些茫然了。

他一开始写马术，为了劝退读者，查阅了大量资料，结果反而被夸考据严谨，作者知识储备量大。现在写幻想架空，虚构出一个与蓝星完全不同的世界来，读者的反响也很好，说像童话故事，很治愈。

怎么好像他无论写什么，都有读者喜欢……

难道他一个外星生物，真的不能理解读者的口味？他真的不能写出一个完全没人看、没人愿意付费的冷门小说吗？

楚授有点怀疑自己的判断力了。

思前想后，他决定跟编辑聊聊。

楚授："请问现在读者都喜欢看什么内容啊？"

楚授敲下这行字，心里在想：我可千万不能再写他们喜欢的东西了！

雪松回复："这太多了，不好回答。你可以关注每天的千字收益榜，研究一下市场和热门题材。"

千字收益榜？

按照雪松的指引，楚授找到了那个名为"千字收益榜"的榜单。

这是一个每天零点自动更新的榜单。文章入V之后，第四天会自动出现在这个榜单上，按照千字收益进行排名。所谓千字收益，基本上等同于到底有多少人在看这篇文。

趣文轩目前的收费标准是每千字3分钱，网站和作者五五分成。因此，每有一个人付费阅读一千字，作者拿到手的钱就是1.5分。

楚授算了下，假设入V的章节一章三千字，每天更新一章，一百个人看，那他拿到手的钱就是四块五。

原来这么少！楚授忽然放心了。

看来他之前是多虑了。他本来以为一篇文章在趣文轩赚个几十万很容易，现在看来还是挺难的嘛！既然如此，那么入V也就没什么了。

楚授忽然就对回家充满了希望。他摩拳擦掌，热情洋溢地翻起了当天的千字收益榜。

今天一共有四十篇文上榜。排名靠前的他直接无视,一口气把榜单拉到最后。后面几篇是完结V。楚授不太清楚完结V和倒V的区别,不过点进去一看就明白了。

完结V的文,收藏都在500以下。也就是说这些文章在连载期间始终没能达到500的入V及格线,但达到了完结V的标准,因此完结后才入V。

这不就是他所追求的"无人问津、为爱发电"吗?

第 五 章 ▷ ▷ ▷

▷ ▷ ▷

　　楚授兴致勃勃，开始研究这些排在千字收益榜末尾的"宝藏文"。如他所料，这些文的点击量、评论、收藏数都很低。

　　可是当他认真研究起它们的内容时，却意外地发现，后排这些文的题材，居然跟前排的高收益文章有很大程度上的重叠。比方说今天榜单的第一名是穿越题材，倒数第一名也是穿越；第二名是重生题材，倒数第二名也是重生。这是什么神奇的原理……

　　楚授有些困惑，翻到榜单中间，发现大多也是这些题材。他蒙了。

　　四十篇文章，光看文名的话，就像某些关键词的排列组合。按照出现频率排列，今天榜单的关键词如下：重生、快穿①、无限流②、打脸、人鱼、搞笑、末世、仙尊、反派、豪门、帝王、美强惨③、白月光④。

---

①快穿：一种网文题材，指主人公因某种原因穿越时空，完成任务后穿越回来或进入下一个时空进行新的任务。

②无限流：一种网文题材，指一群人穿梭于不同世界，提升装备、提高能力，从而生存下去。

③美强惨：网络用语，一般指人物颜值高、实力强但身世凄惨。

④白月光：网络用语，一般指心中可望而不可即的人或物，一直喜欢却无法触碰。

楚授一路翻下来，根本没记住谁是谁，只觉得满屏幕相似的名字。

他忽然想起一个词，之前在评论区里看到的"热门题材同质化"。

哦，原来这就是同质化吗？楚授理解了。为了"蹭热度"，大家都去写这些比较火的题材。类似题材读者看得多了，没有新鲜劲了，也就没兴趣了。

等等，没兴趣？楚授兴奋了，这不就是他想要的吗？

楚授当场来了灵感，打开文档，开始创作。

坐在林静远的房间里，没有人看着他，他不用担心被人发现身份。于是开始自由地放飞手速、放飞自我。到最后索性舍弃了人类硬邦邦的手指，释出几根触手来，灵活地在键盘上敲击。

没办法，灵感汹涌而来，手速跟不上脑速！

楚授盯着屏幕，大段大段的文字如瀑布般喷涌出来。

那种熟悉的感觉又出现了。心跳加速、呼吸急促、面色潮红，他的人类心脏"怦怦"撞着胸膛，肾上腺素在血管里冲击翻涌，让他觉得时间都变慢了，无论用多快的速度敲击键盘，触手尖尖都没有丝毫疲惫感。

爽！

短短半个小时，楚授就码出了好几万字。他像洪水冲破堤坝一样地宣泄完毕，长长呼出一口气，忽然想起他还没给这篇文命名。

叫什么好呢？

这篇融合了大量热门题材、以排列组合形式强行塞内容、让读者看了也记不住到底讲了什么的大杂烩文……

有了！就叫《末世重生快穿之白月光美强惨反派搞笑人鱼在惊悚游戏无限打脸》吧！

到了晚上，林静远才下班回来。

"昨晚住得还习惯吧？"他一回来就关心楚授。

"嗯嗯。"楚授站在房门口，指了指电脑，"我刚刚用了你的电脑。"

"没事，只管用。"林静远很大方。他还想说什么，眼神朝阳台一瞥，脸色忽然变了："你、你帮我洗衣服了？"林静远整个脸一下子爆红，快步走到阳台上面，不敢置信地仰起头。

"呃……"楚授被他这个反应吓了一跳，"怎么了，我洗得不对吗？"他明明是认真按照光脑给的操作流程来洗的啊！甚至让光脑用微生物扫描仪扫过一遍，洁净率超高的好吗！

"不、不是……"林静远说话有些结巴，眼神飘忽起来。

他飞快地低下头，不敢看楚授，有点委屈似的小声道："你怎么连我的内裤也一起洗了啊……"

楚授没明白林静远纠结的点在哪里，只听到林静远说以后不用帮他洗衣服了。

楚授震惊了，难道真的是他洗得不对？他可是严格按照教程来洗的，结果还是洗得跟本土蓝星人不一样吗？是哪里做错了？他哪个步骤做得不像蓝星人？楚授深受打击，不禁怀疑起了自己的能力。

林静远瞥见他受伤的神色，心头一颤，连忙转移话题道："对了，你吃了吗？"

楚授还处在自我怀疑中，闻言茫茫然地抬起头："啊？"

林静远望向厨房。厨房用具干干净净，纤尘不染，还保持着他离开时的样子。垃圾桶也空空如也，没有外卖包装袋。他立刻得出结论："你还没吃晚饭吧？走，咱们出去吃，就当庆祝你搬家，也谢谢你帮我洗衣服。"

楚授其实已经喝过营养液了，不过面对林静远，他盛情难却。

此外，他其实对外面的世界也有点感兴趣。

上次林静远给他吃的紫菜包饭，让他产生了奇妙的满足感。因此这次他也很期待，不知道林静远会带他去吃什么好东西。

此时是晚上八点钟，夜市已经热闹起来了。

夜市摊上人来人往，烟火气十足。林静远带着他在小吃摊上穿行，问他想吃什么。道路两旁的摊位上摆满了各色食物，有章鱼烧、关东煮、煎饼、手抓饼、冰激凌……楚授看得眼花缭乱。光脑不断地进行扫描，把食物资料发给他看。楚授根本来不及看资料，两只眼睛贪婪地在小吃摊上扫视，对什么都充满好奇。

啊，这些东西都长得好奇怪啊。这个圆圆的东西就叫章鱼烧吗？手抓饼明明是用厨具铲起来的，为什么叫"手抓"饼？还有冰激凌，"冰"字他能够理解，"激凌"又是什么？

楚授什么都想吃，久久无法做出决定。最后还是林静远笑着问他："要不每样都买一点，然后咱们去吃烧烤？"

楚授疯狂点头。

没过多久，两人的手里就拎满了各色食物。楚授左手拿着热腾腾的章鱼烧和手抓饼，右手举着凉丝丝的冰激凌。他都尝了一口。

作为B512星人，他虽然拥有味觉，但并不能直接从进食中得到快乐。不过，他挺喜欢冰激凌又凉又甜的口感的，忍不住舔了好几口。

"你喜欢吃冰激凌啊？"林静远看着他，眉眼弯起来，像一个终于弄清楚小动物口味的饲养员。

楚授点点头。

两人在一个烧烤摊前坐下，楚授把食物都放在桌子上。

这家烧烤摊人气很旺，几乎坐满了。六月的天气，晚上还不算太热，老板却已经打起了赤膊，脖子上挂着一条毛巾，在烤炉前忙活着。老板娘端着餐盘，穿梭于桌子间，一会儿收钱，一会儿点单，忙得不亦乐乎。

好一幅热闹的夜市景象！

这就是所谓的人间烟火吗？

楚授一边舔着冰激凌，一边睁大眼睛看着周围的一切，心中有所触动。眼前的景象，远比一切视频资料、虚拟现实都来得更加真实、更加生动、更加鲜活，是他在母星上不曾有过的体验。

"看看吃什么。"林静远拿来一张菜单，给了他一支笔，告诉他想吃什么就自己在上面打个钩。

让他自己点？这可有点费劲了……菜单上的每一个字他都认识，可是组合起来到底是什么东西……他只能知道个大概。比方说，茄子、韭菜、香菇、金针菇，他知道是蔬菜；而羊肉串、鸡翅、鸡心什么的，他也知道是肉类。但具体是哪一种蔬菜哪一种肉类……

楚授的视线扫过菜单，光脑尽职尽责地把每一种东西的相关资料都调阅出来，展示在他面前。楚授立马被层层叠叠的资料框给晃晕了。

"……我不会点！"他赶紧把菜单推回去，"你来吧！"

"也行。"林静远接过笔，心想：小少爷在家里一定是饭来张口，什么都不用他动脑子的，现在让他点菜，他或许会感到茫然不知所措，更有可能他从来都没有吃过路边的烧烤！等等，以小少爷的脆弱肠胃，吃这种东西不会拉肚子吧？

林静远突然有些后悔了，觉得自己实在是考虑不周，怎么会带他来这种地方。

他点完菜，在"口味"一栏特意勾选了"不辣"，一边写一边问："你有没有什么忌口？"

"没有。"楚授应着，视线已经在四处游移了。他好好奇啊！其他人桌子上那些油油亮亮的烧烤是什么？烧烤架上那"刺刺"的烤肉声也好好听，他很想凑过去仔细听听！

"那，烤鱿鱼你吃吗？这家店的特色就是超级大的鱿鱼……"林静远犹豫了一下，还是把自己带他来这里的初衷说了出来，"很有名的！真的超级大，比脸还大，据说是每天空运过来的，非常新鲜。"

"鱿鱼？"楚授只顾着看别人桌上的东西，下意识地反问。

"喏，就是那个。"林静远伸手一指，觉得还是让他自己看比较直接。

楚授顺着他手指的方向望过去，瞬间惊呆了。

只见老板娘手里拿着两根巨大的烤串，正朝这个方向走来。足有三十厘米长的粗粗的竹签上，串着一个扁扁的、被烤得焦香扑鼻，还抹上厚厚酱汁的东西，那毫无疑问是种肉类。

但是这个圆扁扁的脑袋，这长长的、根根分明的触须，这一看就软软嫩嫩、一口咬下去会流出汁水的生物……怎么跟他长得这么像？！

楚授的脸瞬间就白了。"这、这就是鱿鱼？"他声音发抖，不敢置信。

"对。"林静远笑道，"超级大，对吧？我第一次看见也吓了一跳，简直像外星生物一样。"

完蛋了！蓝星人怎么什么都吃啊？！

长得像外星生物还吃，那要是真的抓到他这个外星生物，是不是也会一帮人围在一起把他烤烤涮酱分了吃？

楚授一时情绪失控，凌乱地咆哮道："鱿鱼这么可爱，你们怎么可以吃鱿鱼！！！"

林静远："啊？"

周围的食客也被这发言给惊到了，纷纷望过来，连嘴边的烤串都顾不上吃了。

楚授愣住，糟了，他是不是说了什么奇怪的话？

他脸上瞬间爆红——这是肾上腺素上升导致血管扩张的结果。他紧闭双唇，不让自己牙齿打战的声音从嘴里传出来。

此刻，他只觉得周围人看他的眼神都不大对劲，不禁怀疑自己是不是不小心露出了触手，在人类眼里已经变成了一只巨大的待烤鱿鱼。

林静远也被他这语出惊人的一声吼吓了一跳。半晌，他才结结巴巴地道："原……原来你是……"

果然被看穿了吗？楚授惊恐地看着他，餐桌下的触手已经忍不住从衬衫下面钻了出来。只等林静远曝出他的身份，他就十八只触手并用，落荒而逃！

其实以他的能力，他当然可以在转瞬之间把整个烧烤摊乃至整个夜市的人类干掉。他们B512星人虽然爱好和平，但战斗能力非常强，其身体反应速度和力量都甩开人类一大截。只要他想，他可以在半分钟内把视野范围内的所有人都拧成麻花。

可是……他有点不舍得……

他不舍这些香喷喷的食物，不舍得能做出这种诱人食物的人类，他更不舍得，带他来夜市摊上，只为了给他庆祝搬家的林静远。

如果林静远真的戳穿他的身份，他会杀了他吗？

几乎不用思考，楚授就有了答案。

不会。

他不会的。

所以，如果他真的暴露身份，他只会做一件事。

那就是落荒而逃。

短短几微秒间，楚授思绪如电，已经想通了一切。他的心情忽然平静下来，安详地等待林静远的答案。

而对林静远来说，这几微秒近乎不存在。他只是睁大眼睛，惶恐地看着楚授，然后不敢置信地、小心翼翼地问道："你是……传说中的海鲜保护协会的吗？"

楚授嘴角一抽。连海鲜都有保护协会了?!他迅速阅读完光脑提供的"人类动物保护协会"的种种资料后，也意识到了"海鲜保护协会"是个多么可笑的存在。这就好比冲进肯德基里，对着正在啃鸡块的人们说："鸡这么可爱，你为什么要吃鸡？"

原来林静远那个错愕的表情，不是发现了他是外星人，而是震惊于现实中真有这种人！

虽然很羞耻，不过为了不让林静远进一步怀疑他的身份，楚授还是屈辱地认了。林静远惊得连眼珠子都要掉下来了。

不管怎么说，这一顿算是糊弄过去了。

林静远很尊重他的想法，当场对他道了歉，拉着他换了一家店，并表示以后不会再在他面前吃烤鱿鱼了。

楚授内心在号叫：别走啊！能不能先把之前点的烤鸡心、烤鸡腿、烤羊肉串给我尝尝？我好好奇它们到底是什么口感啊！

吃过晚饭，楚授委委屈屈地跟着林静远回了家。

林静远心里无比愧疚，到了家还在道歉："对不起啊，我不知道你这么喜欢海鲜……不是，海洋生物！"他意识到"海鲜"这个词听起来就像食物，好像对鱿鱼不太尊重，于是赶忙改口。

楚授："……呵呵。"

严格来说，他们B512星人的长相跟鱿鱼还是有很大区别的。非要拿地球上的生物来类比的话，他们其实更接近水母。

只不过，鱿鱼和他一样有个大大的脑袋和很多触手。他在满是人类的地方待久了，看习惯了"两脚兽"，好不容易看到一个和自己长得有点像的，居然是在烧烤架上……这对他弱小的心灵确实造成了一点伤害。

不过林静远也不是有意的，他是真的想让楚授尝尝那个烤鱿鱼。楚授一点都不怪他。

于是楚授朝他笑了笑："没事啦，不要再道歉啦。"

林静远仔细打量着他的脸，确认他不是在压抑情绪强颜欢笑，这才松了口气。

卫生间是公用的，在客厅里。时间不早了，林静远让楚授先去洗澡，好上床休息。

楚授本来没有洗澡的习惯——他们B512星人身体很干净，不像人类每天都有脱落的皮屑和分泌物，因此他无论多少天不洗澡都不会脏，也不会臭，就算碰到脏东西，也不会附着在身体上，抖一抖就掉了——不过，既然决定扮演人类了，就要好好做出人类的样子。

他按照光脑给的教程，老老实实地脱光衣服，去淋浴间里冲洗了一下，擦干身体之后换上林静远给他的新睡衣。睡衣是蓝色小熊的图案，上面有阳光和洗衣粉的味道，干净又温暖。

楚授闻着自己身上的味道，忍不住弯起了眼。

他从卫生间出来，看到林静远在房间里用电脑。

门开着，楚授走过去，敲敲门："我洗好啦。"

"哦，好的。"林静远说，"我弄完这个就去洗。"

楚授一眼瞄到他屏幕上的画面，好奇地凑过去，问道："咦，你在做什么啊？"

"我在剪视频。"林静远摸摸鼻子，有些羞涩，但还是让开身子，方便楚授凑过来看，"我是一个美食博主，平常没事喜欢自己做点好吃的，然后把过程做成视频上传到网站上。"

"哇！"楚授看着屏幕上的视频剪辑软件，林静远给他演示了一下，操作非常复杂。

原素材拍完后，需要调整滤镜、剪辑，后期加字幕，非常耗时耗力。

看得出来，做视频虽然麻烦，但林静远非常乐在其中。他跟楚授说起自己做视频这件事的时候，嘴角都是带着笑容的，眼睛里也闪着光。

楚授心里一动，忍不住问："这个赚钱吗？"

"呃……"林静远脸上闪过一丝尴尬，笑笑道，"做得好的话是能赚钱的，不过现在我的视频播放量很低，赚不到什么钱。"

"哇！"楚授激动了，"那你岂不是在为爱发电？"

林静远笑道："算是吧。"

楚授在内心问光脑："如果我也做视频，可以转化成电量吗？"

光脑："可以。结算机制略有不同，需要进行预实验才能确定准确的转换公式。"

楚授在心里记下了。

林静远问道："那你呢？"

楚授："嗯？"

林静远："你写小说赚钱吗？"林静远说这话的时候，脸上虽然带着笑，心里却是隐隐担忧。

他知道网文作者的收入大多不稳定，有意劝楚授不要吊死在一棵树上，最好先找一份稳定工作。至少得先填饱肚子，才能有力气追逐梦想。

然而一点都不想赚钱、实际上也没有在追逐梦想的楚授，经他提醒才刚刚想起："哦，我正好有篇文前两天入V了，我来看看赚了多少钱。"

他跟林静远借了电脑，打开趣文轩网页。

在他输入账号和密码的时候，林静远很自觉地挪开了视线。

楚授点进后台，看了眼收益数字，有些惊讶地道："咦，才三千？"

林静远："……"

三千为什么要说"才"？!他有些不敢置信，怀疑自己听错了，于是跟楚授确认了一下。

"你们趣文轩的货币，是怎么换算的啊？"

楚授道："100：1换算的。100趣文轩币等于1元。"

"哦。"林静远松了口气。原来是他误会了。100：1的话，换算过来也才30元而已。

没想到楚授又补充道："不过这个作者后台收益界面是以'百趣文轩币'为单位的。这个三千是已经换算好的。"

林静远："嗯？"他的眼珠子又要瞪出来了。

三千元！你几天的收益都快赶上我一个月的了！我到底在担心什么啊？

林静远只觉得世界观、金钱观都被颠覆了——网上说的"趣文轩遍地是黄金"，居然是真的？林静远瞬间怀疑起了人生。

"你这篇小说写了多少字啊？"他一边震惊，一边又有些心动。写网文居然这么赚钱，要不他也辞职回家写网文得了……

楚授想了想："五十万吧。"

林静远一愣。

五十万字才赚三千？那这样算下来，平均一万字才赚六十？

林静远的朋友里也有人写网文，他知道一般人要花好几个小时才能写出一万字。

以时薪来换算的话，其实真的挺少的，搞不好时薪只有十几块。

难怪他要说"才三千"……

林静远有些自责：他居然有一瞬间怀疑楚授是在"凡尔赛式"炫富……明明是辛辛苦苦不知多少个日夜呕心沥血写出的五十万长篇，最后却只能赚三千块，网费都收不回来。

小可怜果然还是小可怜！以后有什么赚钱的机会，还是要想着他一点！

林静远暗暗下定了决心。

楚授一哆嗦，总感觉身后的目光突然变得炽热了起来……

零点刚过，网线的另一边，糖糖已经第一千零一次刷新榜单页面来查看数据了。

今天是《烈风》和《我重生后他们都后悔了》两篇文章同时登上千字收益榜的日子。

排名一个小时变动一次，她明知这一点，却停不下刷新数据的手。

因为她憋屈，她难受！

在零点刚更新的榜单里，《烈风》竟然排在她的《我重生后他们都后悔了》前面。

怎么可能?!《烈风》可是倒V！

虽然《烈风》还是新晋榜第一，可她第二名的位置也不差啊！曝光率不会差太多！更何况她还比《烈风》多了一个人工榜——因为《烈风》已经完结了，而她仍然在连载，周四的时候编辑给了她一个推荐位——也就是说，她的曝光率一定比《烈风》高！

可为什么即使这样，千字收益排名，《烈风》还在她的前面！

今天的千字收益榜一共有五十六篇文。《烈风》第六，而她的《我重生后他们都后悔了》仅仅位列第七。月末竞争非常激烈，榜单前五名都是大佬，几乎是不可超越的存在。作为一个没有读者基础的新人，第一次上榜就排到第七名，已经很不错了。

可为什么《烈风》偏偏在她前面?

为什么就那么刚好，把她压得死死的呢?!

她不服气！

糖糖咬牙切齿，想去刷会儿论坛转换一下心情。可刚打开论坛，首页上一个熟悉的帖子又撞进眼帘。

她挂ifjaw的帖子怎么又被顶上来了?

糖糖记得这帖子早就没人关注了，而且当时好像还没有这么多留言，只有二十几页，怎么几天不见，突然变成三十五页了?

糖糖心里有种不好的预感。她点进帖子，很快就明白帖子重新收获热度的原因了。

——看我发现了什么！if老师升星了！

——真的！我做证！if老师回帖的时候还只是空星，现在变成一星了！

——然而发帖的楼主还是个空星，哈哈哈哈！

——所以没有证据乱挂人这事儿处理了吗？有人知道楼主到底是谁吗?

盲猜是同一个榜单上的作者红眼病犯了！

——楼上的，我也觉得是。

——一万年了，到现在我还没能解码"ifjaw"到底是什么意思……

…………

这个论坛会将作者按照单篇文章最高收益进行等级区分。三千以下是空星，三千到五万是一星，五万到十万是二星，星星在每个月的月初更新，而今天恰好是星级更新的日子。

糖糖瞪大眼睛，把网页跳转到ifjaw真身下场回复的那一楼。

果然，几天前还是空星的ifjaw，此时ID后面跟着的星星已经变成了实星。而她，依旧是空星！

怎么可能？《烈风》跟她是同一天入V的，到现在才刚刚第四天！

她到现在收益才只有五百块，《烈风》怎么可能收益超过三千?!四天超过三千，那岂不是平均日收益将近一千?!

日收益一千，这对于一个高中生来说是想都不敢想的。

糖糖第一反应是：不可能！

于是她换了个小号，在帖子里回复："这篇文不是光霸王火箭就有一万多吗？跟网站对半分成，那也有五千了。靠火箭升星罢了，有什么了不起。"

是了，是了。光火箭就有五千，再加上《烈风》是倒V，V章字数高达四十三万，今天又是上千字收益榜这个全站曝光率最大的榜单的日子，收益一口气冲上去，也很合理！

想到这里，糖糖的气稍微顺了些。

然而没过多久，楼里就刷出了一条令她眼睛滴血的新回复。

——楼上的，星级是不算火箭收益的啊。

糖糖惊呆了。她不敢相信地又刷新了几次，结果刷出来的新回复一溜儿都在笑她傻，给她科普星级的具体计算方式。糖糖恼羞成怒，决定不再理这帮闲得发慌的家伙。

她退出论坛，重新打开趣文轩主页，点进"编辑推荐"榜单。

那上面有她的第二篇文。

哼，你们这些人，没想到吧，当你们所有人都以为我还在跳脚的时候，我已经悄悄开了第二篇文！我不理你们了！我要闷声发大财，继续赚钱！ifjaw升星，那就让他升去吧！我不管啦！反正ifjaw刚完结，不可能这么快开新文。毕竟能有几个人像我这么勤奋，双开连载呢？

糖糖越想越得意，心里那口气也渐渐顺了，她顺便瞄了瞄编辑推荐榜里的其他文，想看看有没有什么有趣的。一篇篇看下来，前排都是大佬的作品，中间都是写热门题材的，一直看到最后一名，糖糖才稍微产生点兴趣。

《小星球》。

这文讲什么的？看名字完全看不出来啊。估计是个新人，犯了新人都很容易犯的错——自以为起一个和大佬一样有范儿的文名，就可以吸引到读者，殊不知大佬根本不需要在文名、文案上费心思，他们哪怕一个字都不写，只要开文，就会有一大拨"死忠粉"来看。

新人可没这待遇。

编辑推荐榜是按照收藏数排名的，这个《小星球》既然排在最后一名，那收藏数肯定很少，不可能是大佬。

糖糖以一种过来人的心理这样想着，仍旧忍不住好奇，想看看这篇文到底是讲什么的。

半小时后……

"这是什么神仙文？好可爱——"糖糖激动到破音。

转眼一个多星期过去了，距离《烈风》完结也有一段时间了，光脑提醒楚授，为爱发电系统结算已经开通，今天可以为飞船充电了。

楚授赶紧确认电量转换情况。

《烈风》

全文字数：515834

完结收益：总计35792

其中包含：VIP订阅收入22745，霸王火箭打赏收入13047

转化电量值：515834-35792=480042

也就是说，《烈风》这篇文章共五十一万字，扣掉三万多的收入，最终转化出了48万的电量！

楚授毫不犹豫，立刻回到垃圾场，把全部电量充到飞船里。

提示，飞船充能进度4.8%。请宿主继续努力。

光脑在他视网膜上投影了一个烟花作为庆祝。

楚授备受鼓舞。看着能源界面上多出来的48万电量，他忽然感觉几千万光年之外的B512星球也不是那么遥远了！

仅仅是第一篇文，就给飞船一口气充了48万的电。此时的楚授盯着飞船显示屏上的数字，兴奋得移不开眼。

不，冷静一点，这还只是个开始！毕竟要收集1000万电量才能回家，他现在才只有4.8%！照这个效率，他起码还要写二十篇文！

不过，以他的手速，二十篇不算什么，只要不出什么差池……

一念至此，楚授赶紧离开飞船，回到林静远的家里。这会儿林静远在网吧上班，楚授照例钻进林静远房间用电脑。他熟练地打开作者后台，确认自己第二篇小说《小星球》的情况。和往常一样，每次点开他都发现数据往上涨了一截。不过这一次楚授敏锐地注意到，今天的数据似乎涨得比之前都快。

难道又遇上了"玄学"？

楚授至今还没打听到所谓"玄学"的具体规律，只知道和更新发布时间有关，于是中途他刻意打乱了更新频率。果然，收藏增长速度慢了一点。

上个礼拜，平均每天的收藏涨幅是100多。可是今天，他一点开后台就发现，收藏数竟然比昨天多出了300多！

楚授赶紧去问编辑。

雪松："哦，这个涨幅很正常啊。因为你这周在频道推荐位上嘛。"

楚授："频道推荐位？"

经过雪松的解释，他才明白，APP首页中间位置分布着不同类别文章的推荐位。在这个推荐位上，第一篇文展示的是封面，下面三篇只有文名。

昨天周四换榜，他的《小星球》入选了现代幻想类频道的推荐位，排在第四。

楚授："这又是个什么榜单，为什么我会上这个？"

雪松简单粗暴地回答他："按照数据排的。"

楚授想问更多，雪松却说不能回答了。

他有些无奈，但也只好接受现实。

雪松："你的文章数据不错，入V之后只要收益稳住，肯定会给你一路好榜的。"

片刻，雪松忽然又发过来一个链接："对了，最近有一个'轻奇幻想'题材的征文。你这篇文正好符合征文条件，要不要报名？第一名奖励是广播剧合约哟。"

广播剧合约？那是什么东西？

光脑给他解释了一番。楚授反应过来：哦，原来是卖版权。那不就又有钱进账？

楚授下意识地想要拒绝，光脑提醒道："如果作品卖出改编版权，被更多人看到，系统会增加发电系数。广播剧加1，漫画改编加3，动画化加5，游戏化加7，影视化加10。"

咦，可以增加发电系数，那不就是翻倍发电？楚授掰着触手算了笔账。

就拿《烈风》来说，他五十一万字的文，网站收入是三万。如果卖出版权……就按照这次征文活动页面上所说，第一名的广播剧版权费在三万到五万之间，那么他的收入顶多增加到八万。就算因为广播剧的播出使文章VIP收益增加两万，那总收益也只不过十万。

五十一万减去十万是四十一万，发电系数由1变为2……那相乘起来总电量就是82万！

划算！

楚授当即想要答应，触手一动，"好的"两个字都敲出去了，他忽然多了个心眼儿。

"广播剧的版权费是固定的吗？可以谈价钱吗？"楚授谨慎地问。

雪松："嗯，可以谈，谈到双方都接受的程度才会正式签订合约。"

很好，价格还可以谈，那他到时候可以把版权费再往下压一压！

双倍电量，双倍的快乐！冲！

楚授高高兴兴地在征文页面点了"参赛"。兴奋过一阵之后，他又去作者后台查看了一下自己的另一篇文。

《末世重生快穿之白月光美强惨反派搞笑人鱼在惊悚游戏无限打脸》，名字太长，他自己都记不住，反复读了好几遍才想起来这篇文里到底掺杂了多少元素。

这第三篇文，是他在趣文轩发文至今的经验结晶。他成功地避开了新晋、"玄学"、小众冷门题材这些一不小心就会吸引读者的坑，并且在调查过

市场之后，强行融合了读者们快要看到吐的热门题材。

他不信这都有人看！

果然，虽然两篇文在同步更新，但这篇文的数据和《小星球》完全是一个地上一个天上。

《小星球》已经有三千多收藏数了，只等字数满七万就会自动入V。而这篇只有十几个收藏数，甚至不及《小星球》的零头。

楚授越看越满意，感觉自己已经摸到了在趣文轩写文的门路！

雪松这时候估计也正好翻到他的这篇文，"嘀嘀嘀"地在QQ上敲他。

雪松："你这篇文是不是没在《小星球》的页面上宣传？"

楚授："是啊。"

雪松："《小星球》这周在频道推荐位上，曝光量很大。你可以在《小星球》的文案或者章节下面的'作者有话要说'栏目里，告诉大家你还在同步连载另一篇文，提醒读者去看。"

楚授小心翼翼地确认："这是规定吗？"

雪松："不是，只是难得有这么好的机会，不利用起来有点儿可惜。"

楚授："不可惜！"

要的就是这个效果！宣传什么宣传，怎么可以宣传？他巴不得自己的作者首页出问题，最好读者点进来都看不见这篇文！

雪松对他的态度表达了疑惑。

为了不让雪松怀疑，楚授随便扯了个理由："自己推荐自己有点王婆卖瓜自卖自夸的意思……我怕引起读者反感……"

经过上次的霸王火箭断更事件，雪松已经隐约感觉到，这个非常有天赋的新人小作者，是个"玻璃心"。明明读者送火箭是为了表达对他的喜爱，他却以"怕自己写不好辜负读者"为理由，直接断更了。这种情况，雪松在其他作者身上也见到过。

原因无他，心理脆弱罢了。

算了，搞文字工作的人，多多少少都是情感细腻而敏锐的。这不能说是坏处。

雪松只好回道："好吧。随你。"

得到了编辑的同意，楚授忍不住眉飞色舞。

这篇经验的结晶没有任何宣传曝光，收藏数达不到入V及格线，也不够上任何榜单，搞不好直到完结收藏数都到不了100，这次肯定火不了！真高兴！

楚授一激动，又写文到深夜。今天林静远上夜班，要到明天才回来。

当楚授十几条触手翻飞，在键盘上"啪啪"打字的时候，市中心CBD区的高端商务楼顶层总裁办公室里，展翅的视线停留在电脑屏幕中名叫ifjaw的新人作者的首页上。

——在《烈风》之后，他就没有发表新文了吗？

"受刺激了吗……"展翅垂眸，低语喃喃。

作为扶摇的老总，他有时会亲自在各大网站上寻找适合改编的作品，也经常在趣文轩给人投石。收到红宝石的作者，无一不欢欣雀跃，感恩戴德，一口一个"金主爸爸"叫得起劲。偏偏这个ifjaw，收到打赏没有在第一时间出来感谢他，似乎知道自己的存在还是在论坛被挂了之后。

这么无欲无求的吗？

更糟糕的是，ifjaw虽然好好地写完了《烈风》，却没有接着写下一篇文，甚至连预告都不放一个。是不打算写了吗？

展翅本来还想找他谈谈版权的事，不过这个作者看起来心理很脆弱。展翅觉得现在事情才刚过去，还是不要去刺激他比较好。

一念至此，展翅不由得有些感慨。

他给ifjaw投了那么多红宝石，却害得人家连写下一篇文的勇气都没有了——挺讽刺的。

他明白，其实不是他投石的错，也不是ifjaw"玻璃心"的错，完全是论坛里的某些人眼红ifjaw的成绩，落井下石，恶意诋毁，才导致了后面一系列的事情发生。

文人相轻啊……展翅摇摇头，深吸一口气，决定暂时放下这件事。

他打开趣文轩页面，继续寻找适合改编的文章。作为趣文轩多年的合作方，他当然知道数据最好的新文在哪里。

第一要看的是编辑推荐榜，一共二十个名额，只有同期数据最好的二十名可以上。

第二要看的是频道推荐位，一共四个名额，也只有同期数据最好的四篇文可以上。

编辑推荐榜就是按数据排的，前排的曝光比中后排好，一般能上前排的，文章质量也会比较好。因此，大多数情况下，频道推荐位的四篇文，就是编辑推荐榜的前四名。

不过，这次有些不同。

编辑推荐榜展翅扫过一眼，前排三个都是大佬的文，数据甩出后面的文一大截，上频道推荐位已是板上钉钉的事。去掉这三篇，频道推荐位就只剩下一个名额。

后面的第四到第八名，那五篇文的数据相差不多。五个人抢一个位置，竞争相当激烈。所有人都使出浑身解数，要么是在"作者有话要说"栏目里求收藏、求评论，要么是加速更新来博取读者好感。

结果最后，这五篇文居然都没入选。

展翅很确定，现在在频道推荐位第四名的《小星球》，并不在编辑推荐榜的前排。他甚至对这篇文没印象。

翻了一下数据才知道，原来这篇文上编辑推荐榜时竟然是最后一名。

它是怎么一路逆袭，杀入前排修罗场，最终坐上宝座的？

展翅心念一动，觉得这篇文定有过人之处。点进去看了几章，他就明白了——这是篇少见的童话风文章。

趣文轩现在主流的热门题材，还是快穿、无限流、美强惨什么的。卖点核心是读得爽、人物棒、剧情带感。总之就是要反复刺激读者的兴奋点，让读者嗷嗷叫着疯狂追文。

童话风可做不到这一点。

而且童话风的小说大多篇幅不长，字数少对后期的榜单竞争很不利——僧多粥少，多少作者挤破了脑袋疯狂增加更新次数，只为冲一把收益，搏一个榜单排名，如果文章全文不长，那就没法这么做，也就很难跟人竞争上榜了。

这篇《小星球》居然能在这样的环境下一路逆袭，爬上频道推荐位。

老实说，童话风的小说不是他们公司收购的对象。他们以前也没做过这种题材，没有经验。

不过……这篇小说给了展翅一种很特别的感觉。

纯真。

就像在一堆汲汲营营争名逐利的成年人里，有一个小孩子赤着脚，在沙滩边踩浪花。所有人都试图在沙里淘金，只有他，脚踩在柔软的沙滩里，任凭海浪冲刷脚踝，被那细细痒痒的浪花挠得笑个不停。

很特别。

展翅心念一动，忍不住又想投石了。但在按下发送键之前，他忍住了。

他点进作者首页，这也是个新人作者。可别像上次那样，他一打赏，就把人给吓跑了……

展翅注意到，这篇《小星球》参加了"轻奇幻想"征文活动。巧了，跟趣文轩合作主办这次活动的，正好就是他们公司。

展翅嘴角微微抿起，拿起手机给下属发了条消息。

"关注一下这个作者。"

已经是凌晨了，下属半夜起来上厕所，无意中看了眼手机，才发现展翅一个小时前居然给他发了消息。

展总是超人吗？每天不用睡觉吗？可别是自己工作上有什么差错吧……

下属战战兢兢点开一看，还好，不是向他问责，而是给他推了篇小说。

下属正好是"轻奇幻想"征文项目组的负责人，一眼就看到这篇文上面挂着的参赛公告。

展总大半夜的不睡觉，给自己推这个文干什么？等等，难道他是追这篇文追到了半夜？他这么喜欢这篇文的吗？

下属一拍脑袋：难怪大半夜地让我关注这个作者！

明白了，这就内定第一名！

第 六 章 ▷▷▷

自从在榜单上看到那篇《小星球》，糖糖就每天捧着个手机，时不时地刷文章目录页，看有没有更新。

《小星球》好看是好看，每天也在更新，可问题是，作者的更新时间不固定啊！虽然晚上十二点之前文章肯定会更新，每晚睡觉前看也是一样，但糖糖根本忍不住。她每天都抓耳挠腮地想要看后续，在评论区卖萌催更。

糖糖沉迷《小星球》，追完连载不过瘾，还摸进了这位名叫触手拉夫斯基的作者的首页，看中了他的另一篇文。

"我发现了一篇好文，《末世重生快穿之白月光美强惨反派搞笑人鱼在惊悚游戏无限打脸》。"糖糖忍不住把文章链接分享到自己的好友群里，还兴奋地补上一句，"快去看！《小星球》作者写的，超好看！"

群里一阵无语。

"这名字好长啊……APP上都显示不全吧。"

"哈哈哈，这篇文我看到过，当时也被文名震惊了！仔细一看，这不是热门题材大杂烩吗？作者真把这些热门元素塞进一篇文里了？"

"这也太想红了吧……"

这个群名为"日更三千有肉吃"，是糖糖在论坛里找到的一个趣文轩作者交流群。群里虽然有百来号人，但大部分人都不怎么说话，平常会出来聊天的熟面孔也就那么十几个。

糖糖正在热情地推荐，QQ忽然"嘀嘀嘀"地响起来，是果果发起的语音聊天。

上次把果果拉黑之后，糖糖很长一段时间都没有理睬果果。后来气头过了，她又把果果重新加回来了。

没想到果果上来的一句话，又把糖糖惹生气了。

"那个帖子又被顶上来了……你看到了吗？那个人升星了……"

糖糖冷哼一声："那又怎么样？"

果果："我现在再看，觉得那个人其实写得挺好的。当初咱们确实太冲动了，看人家数据涨得快就觉得人家是刷分。你看，现在网站的举报中心判定也下来了，人家没刷分。要不咱们去道个歉吧……"

糖糖很生气："道什么歉？你是觉得我做错了，我故意抹黑人家是吗？他这个数据涨幅本来就很离谱，这文可是冷门题材啊！我怀疑他刷分也是合情合理的！"

果果："但你挂人家时也没拿出有力的证据。说到底只是怀疑而已，当时举报中心的判定结果都还没有出来……"

糖糖恼火不已："要等判定，得等到猴年马月！万一他真是刷分的呢？等判定下来都超过一个月了！他都享受完新晋榜前排的曝光量了！"

糖糖感觉果果简直不可理喻，索性把《小星球》的链接发过去，气冲冲地道："你看，同样是新人作者的第一篇文，人家触手老师写得多好！"

想一想，糖糖又忍不住大声道："ifjaw如果写得像触手老师一样好，我会怀疑他吗？是他自己德不配位！"

劝说无果，果果叹了口气，沉默了。

糖糖跟好友吵完这一通，心里那股烦躁劲又上来了。她忍不住再次点开《小星球》的最新章节。

啊，好可爱。文笔可爱，情节也可爱，最可爱的是字里行间流露出的那种温柔的感觉，就像童话里的小王子……

与此同时，另一边。

"阿嚏。"触手怪打了个喷嚏，把自己给惊呆了。

"原来这就叫打喷嚏！"楚授惊叹于人类身体构造的神奇，忍不住摸了摸鼻子。虽然不懂为什么会打喷嚏，但打完了觉得还挺爽的。

楚授坐在林静远的电脑前面，屏幕上是编辑雪松的聊天框："你的《小星球》被合作方看中了，打算买你的广播剧版权。价格已经在谈了。"

得知这个好消息，楚授一阵雀跃。

太好了！只要签下广播剧版权，他的电量转化系数就会翻倍！

没等他激动完，雪松又发来信息："还有个好消息。对方透露说，这个广播剧打算邀请云川来做。云川你知道吧，就是那个很有名的配音演员，配了《紫檀神记》男主角的那个。"

楚授完全没听说过这个人，当场打开网页搜索。

百科上是这么写的：

> 云川，毕业于×××电影学院表演系高级配音班，男配音演员、配音导演。其作品横跨广播剧、电影、电视剧、游戏等多个领域。

上面还列举了他的工作经历，参与作品。楚授注意到，这些被提名的作品和角色都显示为蓝色，表示是可以点击的链接。

他好奇地点进去一看，发现这些作品都很知名，拥有大量粉丝。页面再往下划，有几张云川在录音棚工作及参加各种综艺的照片，是个年轻英俊、相貌有几分邪气的男人。

这人好像是个大佬！楚授心里一个哆嗦。

果不其然，雪松紧接着道："有他配音，你这部广播剧肯定会一炮而红！你要好好抓住这个机会啊！"

鄙人一点都不想红，谢谢！

楚授按下扑通狂跳的心脏，小心翼翼地问："能打听下初步谈下来的价格是多少吗？"

雪松："十万左右。"

十万！

他的《小星球》本来就不长，一共也就二十万字，这光是广播剧版权就赚了十万？

再算上知名大佬云川给他带来的曝光，订阅收入搞不好也会有好几万，那他岂不是转化不了多少电量了？两倍系数有什么用，零乘以二还是零啊！

楚授赶紧回复："十万也太高了吧！真的能谈成吗？能不能便宜点？"

雪松："啊？"这波反向议价她是没想到的。

光脑提醒楚授，不能做出太违背人类常识的事情，免得引起怀疑。

楚授绞尽脑汁，总算灵光一闪想出个理由："因为是云川配音啊！"

雪松："所以？"

楚授："实不相瞒，我是云川的粉丝！我超爱他的！他居然能来给我的广播剧配音，我激动死了！所以这个版权一定要谈成啊！为表诚意，我先打个对折！就五万！不能再多了！"

沉默半晌，雪松艰难地回复："追星归追星……其实十万这个价格是对方开的，咱们没必要上来就打对折……真的，没必要。你想向云川老师表白，托人传个信就好了。或者在宣传期让云川老师帮忙发个微博，艾特①你一下，这不也是追星成功了吗……没必要从版权上给合作方省钱，而且省下来的这个钱也不会落到云川口袋里啊。"

她说得好有道理。

楚授也觉得自己这个理由有点站不住脚，只好撒泼打滚："呜呜呜，我不管！总之一定要压价！十万这个价格我是不会签字的！"

雪松："……"

双方以省略号交流数次后，雪松妥协了。

"好吧。"雪松无奈，"看来你是真的喜欢云川。"

楚授："没错！"

他虔诚地想，如果顶着云川粉丝的名头，可以帮他减少收益，那么他愿意每天帮云川应援，自掏腰包支持云川所有作品！

雪松哭笑不得，转头去联系了扶摇影视，把原作者的意愿向对方转述。

负责接洽的就是对方项目组负责人，也就是深夜起来上厕所收到展翅直接指示的那位。

负责人听完也蒙了："等等，我没少数一个零吧？原作者是要求把版权费降到五万，而不是抬到五十万？"

---

①艾特：网络用语，字符"@"的音译，用于提到某人或通知某人看信息。

屏幕这头的雪松忍不住翻了个白眼，汉字"五万"哪里有"零"啊！

不过毕竟是合作方的负责人，雪松还是耐着性子，认真解释道："是的。我们这边作者要求就是五万。这是因为作者是云川老师的粉丝，作者本人非常希望这个广播剧能谈成，为表诚意才主动降价的。"

"哦，这样啊。"这么一说，他倒是理解了。云川是什么人？这几年热播的电视剧、网络剧，几乎都是云川的作品。时下大火的几个手机游戏也都有他的身影。最牛的是，在某知名抽卡游戏里，"劳模"云川老师一个人配了好几个人物，从稀有人物到普通人物不等。以至于玩家抽到这些人物卡，都不叫卡牌原名了，直接叫稀有云川、普通云川等等。

一个小说作者，是云川的粉丝也不奇怪。不过，版权费主动降一半，真的是很有诚意了。

从编辑口中，负责人了解到，这个"触手拉夫斯基"是个刚来趣文轩不久的新人，这是他第一次卖版权。

说实话，十万的广播剧版权，对这个新人来说是有点高了。

负责人开出这个价，是考虑到这个新人被展翅看好，他是为了讨好展翅才报这么高的。

而五万，恰恰是负责人真正的心理价位。

一念至此，负责人突然有点感慨——这个新人很谦虚嘛！

一般的新人第一次卖版权时被对方开出高价，肯定是高高兴兴地答应了。这个新人估计是对行情比较了解，也有自知之明，知道以自己的名气，第一篇文能卖出五万的价格已经不错了。但在商业谈判里又不能直接说"我觉得我不值得这个价"，所以就委婉表示是因为喜欢云川老师。

负责人顿时对触手拉夫斯基好感倍增。

不愧是展翅看中的新人，有前途，值得合作！

负责人一想到展翅，心念一动，灵光一闪。

"行，《小星球》的版权费就按照你们的要求，五万。"负责人道，"还有，我看到作者首页里还有一篇文，呃……"他赶紧朝作者首页再看了一眼，然而还是没能记住那个长得要命的名字，只好直接复制粘贴过来。

"那个《末世重生快穿之白月光美强惨反派搞笑人鱼在惊悚游戏无限打脸》，我觉得也挺好的。两个广播剧版权，一个五万，直接一起打包卖吧！"

当楚授得知自己的两个版权将被打包卖出时，如同遭到五雷轰顶。

"那不还是十万吗？"他内心咆哮，触手翻飞，文字如黄河决堤般射向编辑，"而且……"文名太长，他一时卡壳想不起来，只好改口道，"而且我第二篇文才发了几万字，他们是怎么看出我有潜力的？万一我写得很烂呢？万一我烂尾了呢？万一我不写了呢？"

雪松："这……尽量不要吧。毕竟有合约在，你如果不写了，就要付三倍违约金……"

楚授正想问违约金是怎么个算法，光脑提醒道："卖出版权后如果出现不写了或烂尾的情况，非但该文电量无法结算，还会以十倍系数倒扣电量。"

也就是说，这份十万元的合约，他如果乱来，为爱发电系统会扣掉他100万电量?!

开玩笑，他现在飞船里攒的电量还不到100万呢！难道还能扣成负的？

光脑严肃道："警告，一旦飞船电量低于0.01%，拟态系统将彻底关闭，飞船形态将暴露在蓝星人面前。请宿主尽力避免上述情况的发生!!!"

光脑直接在他视网膜上投影了三个巨大的血红色感叹号，用来警告他事情的严重性。

楚授一个哆嗦，朝光脑告饶道："好好好，我知道了。"

至于雪松那边，他也只能委曲求全，同意了合作方的要求。

雪松很高兴：这次总算没再搞出什么反向议价的幺蛾子了。

老实说，她当编辑这么多年，从没碰到过这种事儿。她甚至不敢擅自答应，还去找公司老总汇报了一下。老总也愣了一下，直到她把聊天记录当面给老总看，老总才哈哈笑着说：行吧，作者这么要求，那就满足他吧！

谈完广播剧合同的事，楚授倍感心累，便关电脑下线了。

他从房间里走出来，看到了正在厨房忙活的林静远。

今天林静远轮休，没去网吧，在厨房里捣鼓着什么。

楚授走过去，好奇地问："你在干吗？"

"弄点好玩的。"林静远朝他笑笑，"快好了。"

楚授注意到桌上有很多新鲜水果。菜板上是切剩一半的柚子、柠檬，碗里有小半碗洗干净的葡萄，垃圾桶里有剥下来的龙眼壳，桌上还放了些竹签。

楚授歪了歪脑袋：这是在做水果拼盘吗？

过了一会儿，闹钟响了，林静远从冰箱里拿出一个白色硅胶模具。

打开模具，里面是一颗颗小冰球。楚授凑过去一看，原来冰球里还藏着水果，都是剥皮去核的。

雪白的龙眼肉，碧绿的葡萄肉，还有鲜红欲滴、颗粒分明的莓果……色泽艳丽的果肉被包裹在透明的冰球中，在阳光下闪闪发光，格外诱人。

"哇！"楚授被惊艳到了，"好漂亮！"

林静远羞涩地摸了摸鼻子："你能帮我拿一下手机吗？拍一下我倒模的过程。"

"好呀好呀。"楚授没用过智能手机，幸好光脑及时给他提供了教程。他举着手机拍摄林静远把水果小冰球从模具里倒出来的过程。

出乎他意料的是，小冰球落在玻璃碗里，没有发出冰块掉落的清脆声，而是"啪嗒啪嗒"这样软乎乎的响声。水果小球彼此碰撞，甚至还软乎乎地晃动了几下，看起来很有弹性！

"咦，这是果冻吗？"楚授想起了自己的果冻沙发。

"对。"林静远微笑地弯起眼睛，"真正的'水果'冻哦。"

果冻倒进碗里还不算完。林静远拿竹签把果冻一个个地串起来，又变出两杯水果茶，把串着果冻的竹签放在玻璃杯口上。

不知怎么，明明是普通的玻璃杯装着普通的水果茶，可是上面放了几串晶莹剔透、色彩缤纷的果冻之后，整杯饮料看上去一下子上了档次。

楚授眼睛发亮，就算他没有人类的食欲，也觉得它很漂亮，很诱人。

林静远把水果茶和一些别的小甜点一起拿到院子里。

他们租的房子在一楼，平常会有点儿潮。不过像这种阳光灿烂的夏日午后，院子里就很舒服了。香樟树的影子里透下光斑，斑驳地落在木头桌椅上。岁月静悄悄地溜过，不留痕迹。蝉躲在树上鸣叫，微风一阵一阵，满满地裹着夏天的味道。

楚授忍不住深吸一口气。

林静远这个视频的主题是清爽下午茶。他邀请楚授给他当模特，坐在树下喝茶。

"不会拍到脸的，你放心。"林静远很体贴地说，"当然，如果你想露脸的话，后期我也会帮你修图的。"

露不露脸楚授倒是无所谓，此刻他的注意力已经全在那些精致漂亮的茶点上了。

林静远对他没什么要求，只要随意品尝就好了。

楚授尝了一下，忍不住愉悦地眯起眼睛。

冰过的水果冻，凉凉的、甜甜的，一口咬下去，果肉汁水四溢，鲜甜的水果香气充斥唇齿。果肉软得入口即化，外面的透明果冻却又富有弹性。两种口感彼此碰撞，感觉非常奇妙。

即便楚授是个无法理解人类进食快感的外星触手怪，此时他也被这杯又漂亮又香甜的水果茶给俘虏了。

"好吃！"他朝林静远竖起大拇指。

林静远其实早就拍够了素材，但却还是举着手机。楚授享受地眯着眼睛的样子，像一只在阳光下晒太阳心满意足的橘猫。

直到楚授催他来一起吃，他才回过神来。

"啊，没事，你吃吧。"林静远摸摸肚子，有些不好意思地道，"我已经吃过很多了。"

"咦？"楚授不解。

林静远解释说，他一开始做果冻的时候没有经验，做出来的果冻要么没法成型，要么里面有很多气泡。现在这个像水晶一样晶莹剔透、又像软糖一样入口即化的版本，是他尝试了无数次才做出来的成品。

林静远说完这些，突然皱了一下眉头。

"你慢慢吃，我去下卫生间……"他捂着肚子，很快进屋了。

楚授也没多想。

过了一会儿，林静远回来了。可是坐下没多久，他又捂着肚子进去了。如此反复几次，到后来林静远已经脸色发白，脚步都有些虚浮。

他虚弱地捂着肚子，趴在木头餐桌上："完了，冰冻水果吃太多，拉肚子了……"

楚授歪着脑袋："你都受不了了，为什么还要吃？"

林静远："不能浪费食物啊，那些失败品只好自己吃了。反正只是卖相不好看，味道还是不错的。"

楚授对此深表赞同。他在星际航行时，靠着自循环生态系统生产的营养液度日。节约食物这一点也是深深刻在他心里的。

楚授道："你平常做美食视频，失败品都是自己吃掉的吗？"

林静远："是啊。"

"要不以后我帮你吃吧？"楚授拍了拍肚子，"我胃口很大的！"他可以造个微型虫洞，把吃下去的食物通过虫洞传送到飞船里去。这样既帮林静远处理了失败品，还可以增加飞船制造营养液的原料，一举两得，关键是一点都不浪费！

林静远看着他平坦的小腹，怀疑道："真的吗？上次你不是还说吃紫菜包饭吃撑了……"

楚授："……上次是没发挥好！"那次他是用人类身体的胃来消化，那食量是真的小。现在他在消化道里装个虫洞，怎么可能填得满啊！

林静远笑了："好吧，那就先谢谢你啦。那我以后尽量做你喜欢的。下次你想吃什么？"

楚授两眼放光："我什么都想尝尝！"

这是真话。他对蓝星上的一切都很感兴趣，什么他都觉得很新奇。

两人在院子里说说笑笑，愉快地度过了整个下午。

傍晚，太阳像个橙红色的大蛋黄，圆滚滚软乎乎地趴在天边，好像一戳就要破了。阳光已经没那么灼热了，楚授说自己有事，便从林静远家里出来，回到了垃圾场。

久违了的垃圾场，还是熟悉的臭味，熟悉的脏乱差。

楚授径直来到自己的飞船前。伪装成废弃集装箱的飞船仍然好好地伫立在原地，没有任何被人窥探的痕迹。

楚授确认四周无人，进入飞船，开始了他的消化道改造计划。

他的人类身体本来就是拟态出来的，不是真正的肉身，因此改造起来也很方便。用特殊的材料包裹并稳定住微型虫洞，将之固定在消化系统中，一个无底洞"大胃王"就产生了！

以B512星球的科技水平，制造虫洞非常简单。不过在安置虫洞的时候，楚授犹豫了一下。他还记得上次吃紫菜包饭吃得太多，以至于腮帮子痛。因此他本来是想把虫洞入口放在自己的口腔里的，这样不需要咀嚼，不费力气。

可是回想起下午那杯水果茶，那晶莹剔透的果冻的口感，他又犹豫了。虽然他不是真正的人类，虽然他进食再美味的食物都无法直接引起生理上的快感，但品尝那杯下午茶的时候，他仍旧感觉到了快乐，是一种心理上的快乐。

最终，楚授把虫洞入口往下挪了一点，放在了胃里。虫洞入口可以随时开启和关闭，这样他就可以无限制地摄入食物，同时又能体会到咀嚼的快乐，以及吞咽之后饱腹的满足感了。

为什么身体被喂饱会让他感到快乐呢？楚授用触手摸摸自己平坦的小肚子，再一次对人类的身体构造产生了强烈的好奇。

合约正式签订，版权费很快到账。

由于他的两篇文都还没完结，因此版权费先打了一半过来，五万。

楚授手头这两篇文，目前总字数都还没到十万。他看着账户里平白多出的五万元，不由悲从中来。

光脑提醒他："收益超出字数的部分，可以进行废物利用，按照10000：1的比例折算成电量。"

听听，他的辛苦付出都变成废物利用了！

楚授越想越生气，恨不得在新章节里发一万句"求求你们不要给我打钱了"上去。

这当然是不行的。

于是他只能看着账户里的钱生闷气，最后索性连同之前《烈风》的收益一起提了出来。扣税之后，到手居然有近十万。楚授直接把这近十万元转给了林静远。

林静远惊得手里的保温杯都快掉下来了。

"这么多?!给我干什么？"

自从上次吃坏肚子，林静远就很注重养生。这几天保温杯里一直泡着枸杞，去网吧值夜班时他也不再穿凉爽的五分裤，而是老老实实穿起了长裤。

楚授："我刚刚卖了版权，这是一半的版权费。既然我的作品都是在你的电脑上写的，那么分一半版权费给你也很合情合理。"

这是什么逻辑？这就是豪门小少爷的报恩吗？这也……太可爱了吧！

林静远心底里忍不住升起"我这是捡了个什么大宝贝"的欢喜，正义感却仍然要求他拒绝这笔天降横财。

"这是你自己辛苦赚来的。"他认真地看着楚授，正色道，"一个人出门在外，要花钱的地方很多，你得留点钱防身，总不能再回去过天天捡垃圾的日子吧？"

防身？楚授头顶升起问号。

钱为什么能防身？关键时刻掏出来砸人吗？这纸币又薄又软的，也没什么杀伤力啊。要防身，还是得靠他的十八条触手。

虽然不太能理解，不过楚授意识到林静远这是在关心他，心里还是很感动的。

最终，林静远当然没有收下这笔钱，只是一起出去吃了顿饭，庆祝楚授卖出版权。

对网站榜单完全不熟悉的楚授，根本不知道他的《小星球》在三天前已经入V了，今天正好是上千字收益榜的日子。

相反，有一个人却比他还要上心。

"哇，第一耶！"糖糖兴奋地在群里宣传，"不愧是我喜欢的作者！第一篇文就得了千字收益榜第一！一文封神！天降紫微星！太厉害了！"

糖糖不遗余力地夸奖着，群友们纷纷表示：要不是知道你笔名，还以为你是作者本人，来王婆卖瓜呢。

糖糖推荐完，又美滋滋地点进《小星球》里，想刷新目录看看有没有更新。更新没刷出来，倒是被她看到一条刺眼的评论。

——这个文和江千雪老师的新文《我在星际种玫瑰》好像啊……

下面有很多人回复。

——你这么一说，好像是有点。

——没错，我也觉得，不过没敢说……

——啊？抄袭？不看了！

糖糖皱起眉头。

江千雪是个拥有十几万粉丝的大佬，有过几篇人气很高的文。她对江千雪也有所耳闻，不过江千雪的文风她不喜欢，也就没关注其新文。

她点进江千雪的《我在星际种玫瑰》去看了一眼，很快就退了出来。

果然，还是她"吃"不下的文风。也不是说人家大佬的文笔不好，只是她恰好不好这一口。

不过，要说《小星球》抄袭《我在星际种玫瑰》，那肯定是不成立的。

糖糖一眼扫下来，都没弄明白那几个读者到底从哪里看出来抄袭了。

她赶紧回到《小星球》文下，回复那条评论："怎么就抄袭了？有本事一条一条列出来，没证据就别瞎说！"

过了一会儿，对方回复了一大串文字，密密麻麻的，看得糖糖眼睛都快瞎了。

"呵呵，这位是作者亲友还是作者本人？一说相似就跳出来了。好，既然你要质疑，那我就拿出证据。以下是对比。

"首先，两篇文的核心内容都是描写主人公穿越成外星人在星际种花养草的日常。《小星球》的开篇跟《我在星际种玫瑰》也很相似：主人公发现自己穿越以后被星际间的奇花异草吸引——接触原住民，发现大家很友善——试探了一下，发现没办法回蓝星——决定留在外星好好生活——改善生活从种花养草开始。

"这还不是关键！关键是，《小星球》首次发布时间恰好是《我在星际种玫瑰》登上千字收益榜的第二天！当时《我在星际种玫瑰》也是榜单第一名，怕不是这位触手拉夫斯基老师看到人家《我在星际种玫瑰》数据好眼红嫉妒，当场抄了一篇出来！"

糖糖气得冷笑，当场回复："就这？就这？你也好意思说有证据？"

然而评论一刷新，她惊讶地发现，很多读者居然都相信了。

——什么？居然抄袭我女神？不能忍！

——确实……要说是巧合，那也太巧了吧，连核心内容也一样。

——我就知道！看这篇文开头的时候我就觉得很熟悉。还以为自己梦游了，原来是我之前看过江千雪老师的文！啊啊啊，抄袭不能忍！

——看作者首页发现这是他的第一篇文。现在的新人都这么猛了吗，上来就抄袭？

——呵呵，为了红也是不择手段了，连大佬的文都敢抄。

糖糖气不打一处来，狂按键盘："你们这帮人怎么回事，到底有没有看过文啊？你们看过就知道，两篇文完全不一样！风格也不一样，内容也不一样，后面的走向也完全不一样！而且主人公穿越之后想回家，这不是正常人都会有的想法吗？只有接受了没法回去的事实，并且外星环境适宜生存的情况下，主角才能在外星安心生活啊！这是正常人的思维逻辑过程，你们看了就知道了，不是抄袭！"

她这么一反驳，反而起了反作用。读者们纷纷表示，都知道是抄袭了，怎么可能再付费看文给抄袭者送钱。

糖糖越看越气，忍不住撸起袖子跟人在评论区争论起来。

被说是作者亲友她也不管了，自己的连载文来不及更新她也不管了，今天可是《小星球》登上千字收益榜的重要日子，一篇付费文收益好坏，很大程度上就看上了千字收益榜之后的收藏数涨幅了！在这么重要的时刻，评论区有人来捣乱，她作为"事业粉"怎么能袖手旁观？

糖糖义愤填膺，不知不觉发挥出了比自己写小说时快上好几倍的手速。

愤怒使人手速翻倍！为了触手拉夫斯基老师，她拼了！

然而，两个小时后，糖糖郁闷地发现，她一个人的力量终究是有限的。

很多人只看了那个读者所谓的"抄袭证据"，根本连正文都没有点进去看，就跟风说触手拉夫斯基抄袭了。

后来甚至还有江千雪的粉丝组团来讨要说法。那条评论的回复特别多，被展示在评论区的第一页，新读者进来第一眼就会看到，很影响对文章的第一印象。

更令糖糖痛心的是，《小星球》的千字收益榜排名已经从第一掉到第二了。收藏数增长的速度也明显下降，很显然是被那些不实评论害的。

当然，也有少部分《小星球》的粉丝帮忙澄清。但大家也不是一天到晚闲着没事专门跟人在网上对峙的，通常只回复个一两句就不在线了。只有糖糖一个人，始终活跃在守护《小星球》的第一线。

糖糖渐渐意识到，她这样激烈地冲锋陷阵，反而会影响不明真相的读者的观感，觉得就她一个人在跳脚。她应该拿出一些更实际的证据，来证明《小星球》的清白。

糖糖冷静下来，想到了"调色盘"。

"调色盘"是这几年在网文反抄袭中兴起的一样东西。大致就是把两篇文章相似的地方放在一起对比，用颜色标出有抄袭嫌疑的地方，详细罗列出来，让大家自行评价。

做"调色盘"费时费力，毕竟抄袭的句子、段落，甚至情节，都不是聚集在一起的，需要制作者耐心地反复对比，才能找出证据。

如果是为了证明没有抄袭，做的就是"反调色盘"。反调色盘更麻烦，毕竟没有抄袭没有借鉴，你拿什么东西来举例证明这一点呢？

只能具体问题具体分析，靠自己的本事总结。

糖糖对着那个读者列出来的相似之处，把两篇文里的相关情节都罗列了出来。

她是第一次做"反调色盘",很不熟练,也怕自己做得不好,反而害了触手拉夫斯基老师。因此复制过来的每一段,她都非常认真地检查一遍,生怕出错。

一整晚很快过去。

当黎明的第一道光照进窗帘,糖糖终于做完"反调色盘"。

通宵熬夜之后头皮发麻,糖糖只觉得精神恍惚,下意识把"反调色盘"直接发到了论坛上。不过一看时间,才早上六点,论坛里没什么人,糖糖便先躺到床上睡了一会儿。

没过多久她又从睡梦中惊醒,想起自己的连载文还没有更新,而且也没有向读者们请假。

不行,今天得把更新补上……答应了自己的读者要每天更新的……

糖糖只好又从床上爬起来,忍着腰酸背痛、头晕眼花的不适感,重新坐回电脑前。

我对触手拉夫斯基老师可以说是真爱了,而且我还是"事业粉"!

晕乎乎地打着字,糖糖一边这样想着,一边忍不住地傻笑。

老师知道我这么支持他,会不会接受我的"勾搭"呢?

嘿嘿。

第 七 章 ▷▷▷

▷▷▷

一早，楚授习惯性地打开电脑。

刚上QQ，他就收到编辑雪松的消息。

"江千雪的《我在星际种玫瑰》，你看过吗？"

楚授茫然："啊？"这人是谁？编辑怎么突然问这个？

雪松："虽然我相信你，不过涉及版权问题，还是要跟你确认一下。你的《小星球》没有借鉴过《我在星际种玫瑰》吧？"

楚授蒙了，直接回复了一个问号。

经过雪松的解释他才明白，原来昨天他的评论区又吵得沸沸扬扬的。

昨天《小星球》上了千字收益榜，而且还是第一名，曝光率非常高。大批读者涌入，一夜之间文章涨了一万多个收藏。

楚授一开始看到这个数据还被吓了一跳。等他翻到评论区时，才发现自己吓早了。

读者就他有没有抄袭这回事儿，居然吵了快一千条！

他何德何能啊，居然这么多人为他吵架。

密密麻麻的评论看得他眼花。楚授反应过来，立刻肯定地回复编辑：

"没有。我绝对没有抄袭，也没有借鉴。我从来没有看过他们说的那篇文。"

想了想，他又加上一句："我从来不看星际文的，其实我对这个题材完全不感兴趣。"

这是实话。

他自己就是外星人，怎么可能对星际题材感兴趣？一点新鲜感都没有。而且蓝星的科技水平比他们B512星球落后很多，他看蓝星人的星际文，就像蓝星人看古代小说一样——太古早了！

雪松得到他的回答后也松了一口气，让他不要有心理负担，好好更新。

楚授和雪松聊完，心里还有种恍惚的不真实感。

居然有人为了他的小说，这么真情实感地吵架，而且看时间，他们从昨天早上八点吵到今天早上八点，二十四小时连轴转，比新闻里说的"996①"程序员还勤奋。

看来读者们对抄袭是真的零容忍。

挺好的。

就是……如果能不那么人云亦云就好了……

楚授上网这么多天，也渐渐学会了很多网络用语。他已经能辨别出哪些是故意引战或带风向的评论了。

不过，他也注意到，有个熟悉的名词反复出现。

——论坛"观光团"前来报到！

——论坛"观光团"来参观千层"评论"高楼盛况。

——论坛来的。厉害，真的还在吵。

论坛？

楚授打开了之前因为《烈风》而上过的粉红色论坛。

果不其然，他再次在首页上看到了和自己有关的帖子。

　　"反调色盘"发布！说《小星球》借鉴《我在星际种玫瑰》的那
　　位，你敢不敢出来？这就是你说的相似？

楚授光是看标题都忍不住倒抽一口冷气。

---

① 996：网络用语，指早上九点上班，晚上九点下班，一周工作六天。

这浓浓的嘲讽意味，甚至能感觉到楼主在发帖时冷笑的语气。

楚授点进帖子，发现开篇就是一堆花花绿绿的表格。

表格很清晰，他快速浏览了一遍，发现是把他的《小星球》和《我在星际种玫瑰》进行了对比，来论证彼此之间到底有没有借鉴抄袭。

结论当然是没有。

"这两篇文唯一相似的地方就是开头主角都穿越到外星了。不过这年头穿越文这么多，谁还不是一眨眼就穿了？

"而且'穿越到外星'也是常见的情节，以星际为背景的主角如果不是'原住民'，那就只能是穿越的了。这也能叫借鉴的话，那趣文轩星际标签下一大堆文章都可以判借鉴过度了！

"另外，对方提到的主角种花养草的情节，其实也是不一样的。《我在星际种玫瑰》是主角带着蓝星的植物种子过去当成奇花异草卖，从而发家致富。《小星球》是主角穿越过去之后融入当地人的生活，种植饲养的都是原来外星星球上就有的东西。而且《小星球》里种花养草只是日常的一部分，后面还有很多其他情节，完全构架了一个独特的星际童话世界观。

"两篇文的走向完全不同！说抄袭的是瞎了眼还是故意抹黑?!"

楼主的话掷地有声，给出的证据也非常可信。可是即便如此，论坛里还是有人表达出质疑。

质疑的理由也很熟悉。

——这么费力辩解，是作者本人还是作者亲友？

又来了。

——人家也没说抄袭啊，只说借鉴。楼主还专门来发帖，整得兴师动众的……自我炒作？

又来了！

楚授现在一看到"自我炒作"这个词就头大。他真是不懂了，怎么什么事情都可以被说成是自我炒作。

他的第一篇文《烈风》，放着大好的连载收益不要，宣布断更，被说是自我炒作。

读者喜欢他，给他大额打赏，把他砸上新晋作者排行榜，也说是他自我炒作。

他在论坛回帖自证清白，还是说成是自我炒作。

到现在，一个陌生的好心人辛辛苦苦帮他整理内容，证明他没有抄袭，居然还有人说是自我炒作。

到底什么是自我炒作？

是不是只要这篇文章出现在人类眼前，就叫自我炒作？

楚授胸口起伏，感觉有股热气翻涌。在B512星球时，他从来没有过这种感觉。

这就是人类特有的血气上涌吗？

楚授直接截了一张作者后台带笔名的图，用来证明自己的身份。此刻他决定为自己发声。他知道一定还会有人说他自我炒作，一定还会有人用各种各样的理由指责他——

但他一定要说。

"我是作者触手拉夫斯基。

"首先非常感谢楼主为我做了'反调色盘'。谢谢楼主相信我，在一片骂声中依然选择支持我。

"其实抄袭不抄袭，借鉴不借鉴，我多说无益。文章摆在面前，大家自由心证。

"我唯一想反驳的是，某位读者说我是眼红人家数据好，所以借鉴别人的内容。

"我知道无论我怎么解释，口说无凭，总有人不会相信。既然如此，我就直接拿行动说话吧。

"《小星球》全文共二十万字，其实我早就已经写完了。目前已经更新快九万字了，其中近两万字入了V。

"我会向编辑申请解除付费设置，也就是解V，退还所有收费章节的收入。后续的十一万字我也会以免费的形式一口气更新出来，就此完结，不再占用任何曝光机会。

"谢谢大家，鞠躬。"

上网这些天，楚授也摸清了蓝星人回帖的语言习惯。

在他得知趣文轩还有"解V"这回事的时候，他就已经跟光脑确认过：如果有正当理由的话，是可以申请解V的，不会遭到系统惩罚。

解V会退还VIP订阅的全部收入。

这对一般作者来说是损失，对楚授而言却是天大的好事。何况现在还能用解V来证明自己的清白，这可是一举两得啊！

楚授知道，在这个风口浪尖，他无论做什么决定，都有可能被人误解，甚至恶意曲解。

就像他曾经在网上看到的一句话——被误解是表达者的宿命。

既然无法避免，那就坦然面对吧。

他回完这个帖子，就去找编辑走解V流程了。

雪松非常惋惜，不过事情闹得这么大，她也能理解。毕竟楚授在她心目中是个"玻璃心"，比起网络VIP订阅那点收入，她更担心楚授又受刺激要换小号了。

这可不行，起码要把卖了广播剧版权的两篇文好好写完啊。不然一旦违约，楚授会面临更大的麻烦。

幸好这次楚授也成长了，不像上次那样扭头逃跑，而是坦然站好，正面迎击。

雪松甚至觉得，楚授这次的操作仿佛壮士断腕，于千军万马阵前慨然而笑，还有点帅气呢！

既然如此，他们网站方面也不能坐视不管。这种没有证据随意造谣之风，是时候整治一下了！

楚授回完帖子就下线不管了，论坛里立刻炸了锅。

——欸欸欸？直接完结了？牛啊！

——触手老师原来是全文存稿的吗……厉害了！

——等等，我发现了一个细节……你们看，触手老师是一星！可是他这篇《小星球》是这个月中旬才入V的，现在还没到新的一个月星级更新的时间，也就是说，他在写《小星球》之前就已经是一星了！这说明……他这个号是小号啊！

——楼上，你发现了重点！

——哇，我就说，新人第一篇文就稳居千字收益榜第一，不是"天降紫微星"就是大佬开小号。不知道触手老师是哪位大佬？

——别打岔……所以趣文轩怎么说？一个清清白白没借鉴没抄袭的文，就因为评论区无凭无据地猜测，被逼得立刻完结，当场解V，这样真的好吗？这对作者公平吗？

——楼上的冷静，我看到管理员发公告了，说近期会有针对评论区发言权限的整改，还有针对鉴定抄袭、作弊的新规定。

——哇，这次趣文轩行动好快！鼓掌！

事情到这里，算是有了个完美的落幕。

当然，完美是对楚授而言的。

他既得了美名，又趁机把《小星球》的VIP收入退了回去，大赚了一拨电量，简直爽歪歪。

而在糖糖心里，《小星球》直接完结还是挺遗憾的。

《小星球》从最开始的编辑推荐榜最后一名，一路逆袭上了频道推荐位，最后华丽登上千字收益榜第一的宝座。即便在评论区吵成那样、严重影响新读者加入的情况下，最终的排名也没有掉出前三。

可以说，这篇文非常有潜力！

如果下了千字收益榜以后，文章能够按照正常频率更新，以这篇文的数据，起码还能上好几次推荐榜单。

《小星球》现在的收藏数是一万多，如果他正常更新，上够榜单，完结时收藏数或许五万都不止。

糖糖的遗憾，不是站在读者角度的，而是站在同为作者的角度。

她觉得太可惜了。

五万收藏，已经接近这个题材的天花板了。

如果可以，她真的很想看到这篇文登顶，毕竟这是她从一开始就看好的文啊。

不过，现在这个结局对触手拉夫斯基老师来说，应该是最轻松的吧，至少不用再背负那些骂名了。

太可惜了，真是无妄之灾……

糖糖感慨完，看到论坛里风向一转，都在猜测这位触手老师是哪位大佬的小号。

她忽然也来了兴趣。

对啊，是谁呢？

糖糖立刻加入热聊的队伍，开始讨论这位可能是哪位大佬。

聊着聊着，有人提了一嘴："你们说，会不会是之前断更的 ifjaw？他后来不是没写文了吗，搞不好就是开小号去了。而且ifjaw正好也是一星……"

ifjaw?！

糖糖的眼睛立刻瞪得老大。

怎么可能?！ifjaw 的文那么难看，怎么可能是她心爱的触手老师？

糖糖觉得把这两个人放在一起比较都是对触手老师的侮辱。她当即撸起袖子抄起键盘，开始狂写"小论文"，疯狂反驳那个"触手拉夫斯基可能是 ifjaw"的猜测。

楚授："阿嚏。"

最近怎么老打喷嚏？

他抬头望天，发现天真蓝，云真白。

天气真好啊。

《小星球》完结之后，广播剧改编事宜也提上了日程。

楚授到现在还没有自己的电脑，每天跑到林静远房间去写文，难免有些不方便。既然已经卖出版权赚到了第一桶金，楚授就让林静远陪他去商店里买了电脑，顺便还买了一部手机。

楚授很高兴。

这是他在蓝星上第一次真正拥有属于自己的东西。而且拿着自己赚来的钱去买东西，有种莫名的舒爽感。

坐公交回家的路上，楚授就开始玩他的新手机。

平常他用得最多的软件就是QQ，因此一拿到手机，第一件事就是下载QQ软件。

刚登录上去，手机里就传出一个男人咳嗽的声音，是QQ上有人加他。

这是一个空白头像的陌生人，QQ昵称也是空的。申请好友的验证信息那栏倒是写了一句话。

我是云川。

楚授一开始还以为是自己之前在论坛里留了QQ号，又有读者想来加他。

不过"云川"这个名字，好像有点眼熟……

楚授决定先加上聊两句看看。

刚把对方的备注名改成"云川"，对方就发来一条语音。

楚授点开，手机外放出一个陌生男人略带沙哑、低沉性感的声音。

"听说，你喜欢我？"声音很特别，像星空下的沙漠，风吹动沙子发出的那种温柔低鸣。

还挺好听的——这是楚授的唯一反应。

坐在身边的林静远就不一样了，他脸都绿了。

新买的手机没调整好音量，刚刚那个语音外放声音很大，因此周围人都听得清清楚楚。此时周围的大人小孩、男男女女都转过头来看他。有的诧异，有的好笑，更多的人是在好奇八卦。

身处八卦中心的两人都感觉到了一丝尴尬。就连本来不觉得有什么的楚授，此时也有些责怪起这个莫名其妙问他是不是喜欢对方的陌生人了。

幸好他们正好到站了，林静远赶紧拉着楚授下车。

"这什么人啊？"林静远叹道。

楚授也很茫然："不知道啊。"

他随手发了句"你谁"过去，然后就把手机揣兜里不管了。

林静远虽然很克制自己不去看他的手机屏幕，但还是瞄到了那句毫不客气的"你谁"。

"对了，"两人肩并肩，缓缓朝家走着，林静远笑着道，"你上次友情出镜的那个视频，观众反馈很好！弹幕①非常多，播放量也是我有史以来最高的！真的很感谢你帮我，又是帮忙拍视频，又是出镜的……"

"哇。"楚授也替他高兴，谦虚道，"没有没有，主要还是你的内容做得好，我只是听你的安排而已。"

做美食视频虽然只是林静远的业余爱好，但他真的做得很认真。

从前期的主题选择，到菜谱的制定、食材的选购，中间还要经历无数次的失败，一步步微调，才能摸索出最终的成品。

不光是食物的制作，林静远在视频的拍摄和剪辑上也花了不少心思，滤镜啊、字幕啊、配乐啊，每一步都是心血。

楚授真心觉得，他没帮林静远多少。视频能广受好评，都是林静远自己应得的。

楚授发自内心地祝福道："你这么努力，将来一定会红的！"

"是吗？"林静远有些不好意思，摸了摸鼻子，道，"不过我的视频有

———————————
①弹幕：网络用语，指在网络上观看视频时弹出的评论性字幕。

硬伤。我看那些粉丝很多的美食博主都会配音。我的视频其实也适合有一点配音，会更生动一点。不然都是字幕，有点无聊。"

楚授："那你也配啊。你声音很好听，配音一定没问题的。"

这也是实话。

虽然比不上刚刚那个莫名其妙的陌生人，但林静远的声音给人一种天然的亲近感，像刚洗好晾在阳光下的白衬衫，被风吹得一晃一晃，干净而温暖，散发出洗衣粉的清新味道。

林静远被他夸声音好听，有点小窃喜，但还是摇头道："不是啦……是我在麦克风前面放不开。之前也试过几次，但录出来的声音听起来好尴尬，我恨不得脚趾抠地。"

他这么一说，楚授反倒来了兴致："真的吗？给我听听！"

林静远脸上一红，忙道："别别别，真的很尴尬！"

"你说得我越来越好奇了！我想听，不然今晚会睡不着的！"楚授期待得两眼放光。

在他坚持不懈的请求下，林静远总算松口，勉为其难地同意了。

回到家，林静远放了一段很久以前的录音给楚授。楚授听完脸都僵了。

不行！不能笑！我是受过专业训练的，一般不笑，除非……

"哈哈哈！"楚授终于绷不住了，拍着桌子狂笑，"真的好奇怪啊！一点都不像你！哈哈哈哈哈！"

"对着麦克风录下的声音，和面对面时说话的声音是不一样的。"林静远脸上泛红，带着在烈日下热出的一层薄汗，像刚刚采摘下来还挂着露水的小番茄。

他认真解释道："麦克风采集声音会失真，还有，最终听到的声音跟播放方式也有关系。用耳机听、用音响听，还有用手机、平板外放，效果也完全不一样。"

"原来配音还有这么大学问！"楚授又学到了，发自内心地赞叹道，"你懂得好多啊，又会做视频又懂配音！"

"哎，我不是专业的，只是懂一点点皮毛而已。"林静远一点都没为他的狂笑而生气，只是感慨道，"等以后有钱了，我就去请个声音好听的人专门帮我配音。现在都流行这个，好多视频都请了专业的配音演员。"

声音好听的人啊……楚授脑袋里灵光一闪。

这不就有一个现成的吗?

《声声不息》节目录制现场,节目还没正式开始录制,观众已经陆陆续续入席了。

这是一档由配音演员和影视明星同台竞技,从台词功底、配音实力、声线变化等角度进行比拼,通过观众投票选出最终优胜者的比赛。

比赛本来就是比声音,当然不可能再安排"百万调音师"调音了。因此这场比赛非常专业,现场效果极佳。据说现场观演票已经被黄牛炒到了五千块一张,可见这档节目的热门程度。

而此时后台的配音演员休息室里,有个年轻男人却像蜗牛一样蜷缩在沙发里,捂着脸扭来扭去。

"啊啊啊啊啊!"

他尴尬得脚趾都抠地了,捂着脸不断呻吟。

"啊啊啊啊啊啊啊啊!"

周围都是熟悉的同行,以往也在很多作品里合作过,早就对他这种行为见怪不怪了。

只有一个初来乍到的新人配音演员,拿着瓶矿泉水站在旁边,惶恐得不知所措。

"云川前辈这是怎么了……"她小心翼翼地问旁边的大佬们。

某位配音界大佬说道:"别管他。他一尴尬就会乱叫。要不是这里人太多放不开,他还会给你当场表演一个满地打滚。"

新人震惊,原来云川大佬是这种人设吗?听声音根本想象不到啊!

《声声不息》虽然是配音演员和影视明星同台竞技,不过像这种纯粹拼实力的专业节目,很多当红明星都不敢来,怕露怯。肯来的明星,倒真的都是实力派。

因此,场内的观众大部分是奔着云川来的。而云川在这档节目里的身份也并不是参赛者,而是评委。

云川年纪虽然不大,在配音圈里地位却很高,是年轻一辈里的佼佼者。

出演作品无数,一个现代人的日常娱乐生活中多少都听到过他的声音——电影、电视剧、游戏、有声书、广播剧,甚至地图导航,到处都是他的作品。

他这么红，原因有二：

一是专业。云川一把好嗓子得天独厚，又以专业配音班高才生的身份毕业，一出道就斩获了业内诸多奖项。

二是颜值。即便是放在俊男美女如云的娱乐圈里，他那颜值也是毫不逊色的。

然而眼下这位业界大佬却窝在沙发里，一个劲地哀号。

啊啊啊啊啊！怎么回事？那个人怎么会问"你谁？"这种问题？

你谁?!他都说了他是云川啊！对方不是应该激动得满地打滚吗？怎么会问他——"你谁？"

云川内心泪如泉涌：说好的是我粉丝的呢？说好的一听我参演就主动把版权费降了一半的呢？

云川是《小星球》这部广播剧的主要配音演员。按照习惯，他本来就会事先跟创作方沟通，聊聊人物、情绪什么的。这次又恰好听说作者是他的粉丝，他一时兴起，想以语音的方式与对方打招呼，当作粉丝福利。结果万万没想到，对方居然问他"你谁？"。

你谁？

我云川啊！我是你喜欢的云川老师啊！

怎么了，你是突然失忆了吗？

云川痛心疾首的同时无比尴尬，早知道就不发那条语音了！

他以为对方听到一定会激动得嗷嗷尖叫，现在他却丢脸丢到姥姥家了！

云川尴尬得脚趾反复抠着鞋底板，恨不得要给休息室抠出一个地下五层别墅。

所以这个小作者，说喜欢他只是客套吗？

不至于，真的不至于。

云川捂着心口，感觉心如刀绞。

有熟悉的朋友路过，还拍拍他的肩膀，问他："嘿，你跟那个喜欢你的作者联系上了吗？人家是不是很激动？"

云川沉默不语，但心口仿佛又被插了好多刀。

云川擦掉嘴角不存在的血，冷静地自我安慰：他可能只是从没经历过这种事，太受宠若惊了，所以说错话。他现在一定后悔得不得了！

云川做了几个深呼吸，调整着气息。

工作人员过来提醒，还有二十分钟上场。

云川忍不住又把手机拿出来看——这个小朋友还要多久才能缓过劲儿来啊？再不道歉，他可就要去录节目了！

云川满心期待着小朋友意识到错误之后哭哭啼啼地来找他道歉，甚至连借口都帮对方想好了——小朋友一定不相信他真的是云川本人！他可是配音圈的"顶流"啊！被他主动加QQ，是可以拿出去炫耀的好吗！

所以小朋友一定以为是有人假冒他，或者朋友跟自己开玩笑，所以才会不客气地给出"你谁？"这样的回复。

既然如此，只要小朋友发现错误并且道歉，那么他也是可以大大方方地原谅他的！毕竟他是个平易近人又疼爱自己粉丝的好人！

云川捧着手机等啊等，终于在临上场前收到了小朋友的第二条信息。

"啊，我想起来了，你是那个配音演员云川对不对？"

云川："……"

叫我"配音演员云川"？这么冷漠的语气，说好的喜欢我呢？

云川垮着脸，高冷地回复："嗯。"

楚授："我有个朋友在网站做博主，发美食视频，想请您配音，不知道行不行？"

云川一愣。

怎么是这个走向？非但没有道歉……反而给他介绍起生意来了？

他开始有点小情绪了。

这个小朋友好像不太懂分寸。

他这个级别的配音演员，接活不是那么随随便便的好吗？再怎么说，他也是业内"顶流"。他主动跟人联系，是他性格好，他平易近人。但这个小朋友怎么就蹬鼻子上脸了？

云川压着情绪，冷冷回复："我很贵的哟。"

呵，以他现在的身份，配音报酬已经是以分钟来计算了。不管是电影、电视剧，还是大IP的动画、广播剧，他一分钟的薪酬都在大几千。一集配下来，几万块是起步价。像这种不懂得人情世故的小朋友，估计年龄不会太大，手里能有多少钱。

云川有意给这小朋友一点教训，想让他弄清楚自己的身份，摆正自己的位置。

万万没想到，小朋友下一句话是：

"我知道，您是业界'顶流'。薪酬的话一句话一万，您看可以吗？"

嘶——一……一万？！一句话一万？！像他刚才那样倒抽一口冷气，也给一万吗？！

即便在配音圈薪酬水涨船高的今天，云川也从未见过出手如此阔绰的老板！他被那句掷地有声的"一句话一万"震得脑袋瓜子嗡嗡的，差点儿两腿一软，给老板跪下了。

《小星球》正式完结，没过多久就进行了完结结算。

全文二十万字，网络收益一万，版权费五万。数字扣除收益，再乘以卖出广播剧版权的两倍系数，最终楚授得到的电量是 28 万。

才 28 万！《烈风》还有 48 万呢！楚授简直欲哭无泪。

话说回来，《小星球》都解V了，怎么还有这么多网络收益？

他去后台一查，发现这一万全部都是霸王火箭的打赏。

难道图南大佬重出江湖了？

再点进收益明细一看，好家伙，原来不是一个大佬打赏了一万，是一万个读者，每人打赏了一块。

楚授百思不得其解，又去评论区里研究了一番，总算找到了答案。

——论坛"观光团"前来"补门票"，送上玉石一枚。

——老师写得好好，为什么解V了？"补门票补门票"，玉石给你！

——论坛来的，看到帖子，一声叹息。留下玉石一枚。作者加油！

这些人居然是从论坛专门跑过来给他投石打赏的！

楚授算了下，如果他这篇文入V了，收费章节的价格确实就是一块多。

所以大家才会比喻成来"补门票"吗……

那些论坛里来的人们，不仅给他打赏，还热情地在评论区给新来的读者解释为什么这篇文刚刚上千字收益榜，隔天就一口气放出几十章，全文完结并且解V了。新来的读者也纷纷表示理解和惋惜，开始加入"补门票"大军。

哎，这帮人……

楚授第一次接触论坛，就被不怀好意的人盯上，开了帖子抹黑他。以至于他对这个论坛有一点心理阴影。

可是现在，他忽然发觉，这个地方还是很有人情味的。

他以前觉得论坛太容易吵架，现在想来，容易吵架或许也是因为大家都有点理想主义，正义感强，眼里揉不得沙子。所以，遇到不好的行为，他们就义愤填膺地开始谴责；遇到令人惋惜的事情，他们也会尽自己所能，给对方一点安慰。

……还是挺有意思的嘛。

楚授平复了一下情绪，打开一个新的文档，开始构思自己的下一篇文。

从"为爱发电"的角度来说，《小星球》这篇文其实是非常失败的。要不是他灵机一动找到借口宣布解V，这篇文估计还会给他带来更多的VIP订阅收益，到时候就连28万电量都保不住，四舍五入就是白写。

楚授不禁反思：他到底是哪里做错了？

他的第一篇文《烈风》，错在更新太快，导致文章积分太高，一口气冲上了新晋作者排行榜。

第二篇文《小星球》，虽然没有刻意避开冷门题材，但他情不自禁地投入了大量的感情。读者被他自然流露出的情绪所感染，深受触动，因此这篇文也广受好评。

目前为止唯一符合他期望的就是那个……那篇叫啥来着？

楚授又忘记他的热门题材"缝合怪"叫啥了，去作者后台看了一眼才想起来。

《末世重生快穿之白月光美强惨反派搞笑人鱼在惊悚游戏无限打脸》，这文名实在是太长了，如果出现在VIP章节里，简直是在凑字数骗钱。

虽然始终记不住名字，但这篇文确实是他目前为止最成功的作品。因为直到现在，这篇文的数据都很差。

大概是因为文名实在太长了，趣文轩APP上不能一次性显示出来，只能等待滚动条缓慢滚动，读者又没耐心看，所以大多数人只看到文名的前半截，知道大概是个大杂烩的故事就划走了。

至于文案？哈哈，根本没写。

他摆出一副"我根本不会在文名、文案上下功夫吸引你们，爱看不看"的态度，读者当然不可能进来看他的文。

虽然顺着《小星球》摸过来的人不少，不过两篇小说毕竟题材相差巨大，文风也完全不同，因此真正留下来的读者不多。

《末世重生快穿之白月光美强惨反派搞笑人鱼在惊悚游戏无限打脸》，"爸爸"唯一争气的崽！

可惜，唯一美中不足的是，这篇文虽然还没入V，广播剧版权已经被打包卖出去了……

看来只能在字数上下功夫——起码写他个三十万，不然又是血亏。

楚授总结了一下这篇大杂烩文的成功经验，又沉下心来在趣文轩榜单上研究了很久。这一次，他不是光看别人的文名、题材，而是潜心去评论区研究读者的反馈。

这么一研究，他发现了一个特点——很多文在第一章会被读者们"排雷"！所谓排雷，就是去看过文的读者吐槽自己觉得雷人的地方，劝诫其他读者不要看文。

"排雷"的评论下面通常会有一溜儿的读者回复"感谢排雷"。这些读者当然不可能继续追文了。

有时候他都能从读者的评论里感觉到读者被雷的愤怒——洋洋洒洒的千字评论，义愤填膺地指出作者哪些情节雷死人不偿命，哪些情节"剧毒"，哪些情节三观不正……密密麻麻的长评，有时候他们还不止发一次，甚至在每个章节下面都发一遍，苦口婆心地劝新点进来的读者：不要进来！不要跳坑！

楚授心道：学到了！

既然读者看到"雷文"会骂骂咧咧自动跳过，那么他写个"雷点"大集合不就完了！

嗯，这些很符合《末世重生快穿之白月光美强惨反派搞笑人鱼在惊悚游戏无限打脸》的"缝合怪"画风。它只是题材缝合，这一次，他要搞个"雷点"缝合！

一念至此，灵感爆棚。楚授摩拳擦掌，点击"发表新文"，开始填写新文信息。

首先是文名。像《末世重生快穿之白月光美强惨反派搞笑人鱼在惊悚游戏无限打脸》那么长是不行的。同样的套路不能用太多次，万一形成个人风格就不好了。

楚授想了想，在文名框里输入了四个字。

《一篇网文》。

这标题够随便了吧！读者肯定一看就能感受到作者的不走心，也就不会被吸引进来看了!

楚授觉得自己简直是个天才。

总结了一下读者们提到的"雷点",楚授构思出了这么一个故事:

男主男扮女装,女主女扮男装,两人在一起后,男主带来了一个孩子,女主——她怀了九个!

女主无法接受男主与其他人已有孩子的事实,果断离开男主。

几年后,女主带着九个天才儿子出现在机场。

男主一声令下,率众人冲到机场……的大巴候车处,帮女主和儿子们排队占座。

接下来就是大家喜闻乐见的"追妻火葬场"。

男主终于意识到女主是他最爱的人,他追悔莫及,想要求女主原谅,想要女主回心转意。

可是女主邪魅一笑:你笑起来就不像他了。

哭,都给我哭!

于是,身为"无限流"通关之后人类最强战斗力之王的男主,就每天哭哭啼啼地伺候女主。

要将"雷点"进行到底,结局男女主就不可以在一起。所以最后女主告诉了男主一个惊天大秘密:"其实这九个儿子也不是你的!"

男主大惊:"难道是你'白月光'的?"

女主:"不。其实这九个儿子是龙,我是龙妈。现在我要回家继承百万水产了,再见!"

两人就此分手。

男主一番痛心之后,释然了。

全——文——完。

楚授看着文档里的大纲,怎么看怎么满意。他觉得还不够过瘾,于是又加了个番外。

在番外里,九个儿子陆续登场。他们分别是:

世界第一霸道总裁,掌握全球经济命脉;

世界第一外科医生,掌握着全球经济命脉的人的命脉;

会197种语言的国王;

集影视歌三栖巨星、画手大佬、世界第一钢琴家、奥运会冠军等身份于一体，每天只睡一个小时的全能大明星。

还有五个楚授懒得编了，所以他懒散地写了句"请读者自行想象，总之都是很厉害的儿子"。

楚授写完大纲，不禁感叹：完美！

就这么个天雷滚滚、逻辑突变、剧情扑朔迷离的文，要是还有人愿意付费，那可真是"活菩萨"啊！

哦，光写"雷点"还不够。最关键的是，这些剧情节奏必须超快，整篇文七万字以内得完结，坚决不能入V。毕竟难免有读者一不小心点进来，他已经害得人家瞎眼了，不能再害人家花钱！

七万字完结，不给读者订阅机会！还要在"作者有话要说"里写上："我这是为了带你们走出舒适区啊！"掐断你们打赏的念头！

楚授触手翻飞，花了一个多小时就把这篇七万字的"雷点"大集合给写了出来。

这么多"剧毒"情节，这简直不是在写小说，这是在养蛊啊！

楚授兴奋不已：我倒要看看，还有谁能"吃"得下！

他立马把这七万字的全文更新上去。

刚发文的时候，评论区还有不明真相的小可爱留言：

——哇，老师发布新文了！

——一口气更新这么多章，这是真实的吗？哇，老师也太勤奋了吧！

——是我看错了还是老师点错了，怎么发文第一天就完结了？

楚授摸着下巴，心道：你们这些小傻瓜！

果然，几个小时以后再来看，评论区已经彻底变了个画风。

——啊啊啊！我的眼睛！我的眼睛！重金求一双没看过这文的眼睛！

——作者是不是换人了，怎么这篇文跟前面那两篇水平差这么多……

——我不行了……姐妹们，我看了三章，已经快被雷吐了。求问这文后面好看吗？

——楼上快跑！后面更可怕！我已经被雷死了！

楚授又耐心等了一会儿。

终于，他心心念念的"排雷"出现了！

——排雷，这篇文巨毒巨雷巨狗血，姐妹们慎入！

后面是洋洋洒洒几千字，声泪俱下地罗列出了他的种种"罪行"。

楚授简直笑出了声：看到你们骂我，我就放心了！

他看着评论区那些负分长评，深感心满意足，高高兴兴地去睡了。

第 八 章 ▷ ▷ ▷

♣ 一 篇 网 文 ♣

▷ ▷ ▷

露露是一个普通的高中女生。

她平常住校，晚上没事的时候就喜欢躺在宿舍床上，抱着手机看小说。她大多数时候在趣文轩看文。今天榜单刚刚更新，她扫了一圈，没找到什么感兴趣的文章，正想关掉APP，一个QQ群突然弹出消息。

"哈哈哈，这个文你们一定要去看！我要笑死了！哈哈哈。"下面是一条分享链接。

露露一看，文名叫《一篇网文》。

内容简介：无。

这是什么，怎么文名和简介都这么不走心？

露露一开始没什么兴趣，不过既然有人推荐，她就随便问了句："讲什么的啊？"

"一个超级混乱的故事，哈哈，说了就'剧透'了，建议自己看！"

对方又发出一连串"哈"字，推荐得十分激动。

是个搞笑文？

露露抱着一点小期待，点进《一篇网文》。然而刚过几秒，她就被雷得黑着脸出来了。

"这是什么啊？"她恨不得抓着推荐这文的人的肩膀拼命摇晃，"我们什么仇什么怨，为什么你要给我推荐这种东西？"

文章开局扑面而来一股古早文风，男主女主意识流般地对话，什么"我爱你""你爱她"的。中间人名也出来好多个，露露一眼扫下来，根本分不清楚谁是谁，唯一得到的信息就是"贵圈真乱"！

没想到推荐这文的人一点都不愧疚，反而乐呵呵地回复："我刚开始看的时候也觉得这是什么玩意儿，结果看完第一章就爱上了！真的，相信我！看到第一章的最后你会回来感谢我的！"

露露："我信了你的邪。"她忍着关网页的冲动勉为其难地往下看。终于，第一章来到了90％进度处。

露露翻到下一页，眼珠子瞬间瞪大了。

"嗯？"

之前她以为是男主的人，实际上是个帅气的女生?!

之前她以为是女主的人，实际上是个可爱的男孩子?!

作者，你还有什么惊喜是我不知道的？

为了搞清楚这个作者到底在搞什么鬼，露露忍不住点进了第二章。然后就是第三章、第四章、第五章……

没了?!

一口气看到第二十章，露露还在兴奋中，眼前突然冒出三个大字——"全文完"。

等等，她现在看的这一章，好像标题上还标了是番外来着……

所以这篇文全文就只有七万字？

露露蒙了。她记得在趣文轩更文，一般要写到六七万字才能入V啊，这个作者怎么刚写到七万字就完结了？难道是想把未来的番外全都放在V章里？倒也不是不行。

结果露露回到文章首页一看，好家伙，表示文章完结的图标都已经显示出来了。

这篇文是真的已经完结了！

后面没有了！

露露突然陷入巨大的空虚中。这种空虚就像刚刚发现一家好吃的餐馆，坐下来吃完，还没结账呢，餐馆突然关门了。

太突然了！

伴随着空虚而来的，是强烈的吐槽欲和分享欲。

露露毫不犹豫地打开了QQ群，发现已经有好几个群友看完了这篇文，开始激情发言了。

"这文真的太牛了！你永远想象不到他下一章会写什么！"

"何止下一章，我连他下一页会写啥都猜不到！走向太离奇了，简直一章一个画风！"

"对对对，明明才七万字，明明才二十章，我却有种看了二十本小说的错觉。而且这二十本书还分别来自各大小说APP……"

露露也立刻加入了聊天大军。

"没错没错！这篇文太神奇了！"

"呜呜呜，番外九个儿子的故事也好精彩！"

露露在极度亢奋的状态下，跟群友聊了很久。直到深夜十二点，她还在回味小说里那些又雷又让人欲罢不能的情节。

这么好的文，一定要分享出去！

露露灵光一闪，打开微博，给某位著名小说吐槽博主发去了私信。

翌日，楚授在阳光中醒来。

昨晚睡觉前他看到评论区一堆"排雷"，心情特别好，因此一晚上都睡得特别踏实。

吃早餐的时候，林静远又兴奋地告诉他，他请人帮忙配音的那个视频，被推荐上网站首页了。观众反响非常好，数据噌噌往上涨。

果然有了配音就是不一样！

楚授真心为林静远高兴，同时快乐地想道：我们的事业都在稳步发展！我们都有光辉的明天！

他非常欣慰。

吃过早餐，林静远去上班了。楚授回到房间，坐到自己的新电脑前，哼着歌登录了趣文轩。他幸灾乐祸地打开评论区，正想看看又有多少小可怜发出了哀号，结果——

这是什么？

我的"排雷"呢？怎么全都变成了打赏和"求更新"？

楚授只觉得灵魂被锤子狠狠砸了一下，整个人都蒙了。

原来，他这篇文刚发出来的时候，确实雷倒了不少读者。大家"排雷"发自真心，几乎都是咆哮着评论的。没想到，他们光是在文下"排雷"还不够，还去各个社交平台疯狂发帖、激情吐槽，不把情绪发泄出来晚上简直睡不着。结果不明真相的网友们一看他们转述的情节，反而被勾起了兴趣，抱着"我倒要看看这篇文到底有多雷"的心情，高高兴兴地点了进来。

那些半夜点进来的读者，留下最多的评论是"完了，我睡不着了""怎么就完结了""不能我一个人失眠，我要把它分享出去"。

楚授内心在咆哮：你们这帮人怎么回事？为什么睡觉前要看我这种垃圾文，不怕晚上做噩梦吗？

更要命的是，在铺天盖地的评论中间，楚授还发现了一个被反复评论的长评。

> 大家听我说！你们都把作者看得太简单了！这绝对不是一篇普通的网文！
>
> 这是"反套路人工雷"啊！是在讽刺如今铺天盖地的"狗血无脑降智"网文啊！而且文名就叫《一篇网文》，真是绝了！看完全文才明白作者的深刻用意！
>
> 最奇妙的是，融合了这么多"雷点"之后，这篇文读起来反而有种欲罢不能的感觉！不知道你们小时候出去吃酒席，有没有试过把好几个菜的菜汤混合在一起，做出一杯黑暗料理！我现在就是这种感觉！一篇文里有这么多"雷点"，这么狗血，你要跟我推荐这篇文，我肯定是要连夜扛着火车逃走的，可是真的看完以后，两个字形容，"刺激"！
>
> 写到这里我不禁反思：我们总在吐槽现在的作者爱写狗血文，吐槽榜单上那些作品题材泛滥、同质化严重。其实是不是就因为读者爱看，所以才会倒逼作者迎合市场，写出那些文来？
>
> 我明白了，这篇文全文免费，作者一开始就没想赚钱！这是什么？这是行为艺术啊！

我不是！我没有！你别乱说啊！

楚授简直欲哭无泪。

他没想到，更可怕的事情还在后面。

当晚，他上了社交平台的热门搜索，词条就是他的文名《一篇网文》，后面还跟着一个笑哭的表情。

楚授觉得这是广大网友在笑，而他在哭。

热门搜索带来的流量几乎是爆炸性的。

仅仅一个白天，楚授眼睁睁地看着自己的收藏数、点击量、评论数，乃至营养水数量，全都像核聚变一样地疯涨。

到了晚上，《一篇网文》的收藏数已经有五万了，评论数更是多达八万条。他的评论区宛若变成观光胜地，无数人通过各个渠道知晓了这篇文，纷纷过来"打卡"，见证奇迹。

楚授："……"

你们怎么这么闲，工作日都不用上班上学的吗？

楚授心如死灰，一整天都神色郁郁。

好不容易等到林静远下班回来，他委屈地走过去，正想跟林静远说说自己的悲惨经历，没想到林静远哈哈大笑地把手机递过来，眉飞色舞地说："快来看看这个！笑死我了，哈哈哈！这篇文的作者怎么想的啊？怎么女主角突然就变龙妈了？哈哈哈！我还以为她要回家嫁给马王①，结果她居然是回家继承水产！这篇文真的太搞笑了！哈哈哈！"

楚授无语了。这是什么大型"社死"现场！

《一篇网文》的热门搜索虽然很快被其他新闻取代，但这篇文的名气已经传开了。

在接下来的几天里，不断有读者涌入趣文轩，冲入楚授的作者首页。

最要命的是，他们看完这篇仅仅七万字的《一篇网文》不过瘾，还把他另外两篇小说都看了。

楚授还以为他们会不感兴趣，毕竟三篇小说的风格大相径庭。没想到这帮人什么都能夸。

——哇，没想到老师还是个正经作者！还会写无限流！

---

①马王：美国作家乔治·R.R.马丁的奇幻小说《冰与火之歌》中所向披靡的部落首领，其妻为丹妮莉丝·坦格利安，丹妮莉丝能驾驭巨龙，被读者称为"龙妈"。

——哈哈，名字超长的那篇文也有种恶搞的味道。人家人鱼都是娇嫩可爱小美人，怎么到这儿就成了在无限流里用鱼尾巴抽人脸的莽夫了！等等，我懂了，原来文名中这个"打脸"不是网上大家常说的揭穿别人谎言的意思，是物理意义上的打脸啊！

——这个《小星球》也好好看，童话风我超喜欢的！！可是文好少……老师能不能再写几篇童话风的文啊？

楚授心碎了：你们夸就夸，别打赏！真的！别送霸王火箭！

然而读者根本听不到他的呼吁，光顾着评论、收藏、打赏去了，停都停不下来。

楚授血亏！幸好《小星球》和《一篇网文》都已经完成结算了，后续收入不会倒扣电量。

至于那篇大杂烩……算了，随它去吧！

楚授心如死灰，索性关了电脑，拿了一杯水果茶到院子里去了。不错，今日阳光正好。

A市郊外，某个森林度假区，郁郁葱葱的森林里，凉风习习，沁人心脾。另一侧屹立着连绵巍峨的高山，山顶积雪终年不化，仿佛上天撒下的一把糖霜。千万年来，雨水反复冲刷山体，冲下来大量带有矿物质的水，在山脚下形成了一片湖泊。湖水在阳光下荡漾着蓝绿色的波光，像是天空的蓝和森林的绿糅杂在一起，美得大气磅礴、心旷神怡。

湖泊边，架着两根鱼竿。

展翅手握鱼竿，耐心地望着湖面。

他今天没穿西装，一身休闲运动服，宽松上衣被他的胸肌高高撑起，结实的肱二头肌显示出主人平常良好的健身习惯。

坐在他身边的云川就没那么健壮了。

云川平常大部分时间都在录音棚。这几年红了之后，除了配音工作以外，还要东奔西跑，参加各种活动和节目。他也在健身，练得虽然没有展翅那么猛，不过身型已经很好了。随意坐着时腰杆也是挺直的，加上他五官清俊端正，放在古代也称得上一句玉树临风。

展翅盯着水面上的鱼漂已经很久了，云川就没他这么好的耐心，早就开始玩手机了。

"哎，真厉害，讨论度居高不下啊。"云川看到又有营销号在介绍《一篇网文》，忽然扭头问道，"哥，这不会是你们公司营销的吧？"

外人绝对不会知道，这几年声名鹊起的扶摇影视公司老总，竟然和配音圈"顶流"是亲兄弟。这对兄弟从小一起长大，彼此感情深厚，非常有默契。

展翊微微一笑。虽然云川未明说，但他已经知道云川在说什么了。

"不是。"他说。

云川了然地点点头："也是。一般靠营销买上去的热门，在热门榜里都有固定位置。他这个位置看着就不像买上去的。"

展翊唇角的笑意更深了。

那个人当然是凭自己本事上的热门。不愧是他一眼看中的人，果然没让他失望。

"哎——"云川不知想起了什么，忽然把鱼竿一丢，有些烦躁地仰面躺在了草地上。

展翊侧过头，看着"大"字形躺倒的弟弟，笑道："怎么了，钓不着鱼就耍脾气了？"

云川撇撇嘴，心道：你就不能关心一下弟弟？

转念一想，幸好展翊还不知道他私下联系触手拉夫斯基，本想发粉丝福利，却当场给"金主爸爸"跪了的事。这么丢人，怎么可能让哥哥知道啊？一定会被笑死的！

他躺在草地上，捂住眼睛。

啊，阳光真好，天真蓝，云真白！

再过几天，《小星球》就要正式录制了。做完这个工作，他应该就跟那个触手没有交集了吧！

没想到，此时他亲哥却又回过头来，随口说了一句："对了，那个作者的另一篇文《末世重生快穿之白月光美强惨反派搞笑人鱼在惊悚游戏无限打脸》，你也一起配了吧。我看主角性格跟你挺像的。"

主角性格？

这篇文云川没看过，不过听这名字……

"你在说我搞笑！"他一下子从草地上跳起来，气鼓鼓地在他哥肩上锤了几下，"我俩是亲兄弟！基因重合度高了去了，我搞笑，你不搞笑？啊？你不搞笑？"

展翅唇线微抿，忍俊不禁，眼睛里含笑的光，隐隐带着一点恶趣味。

　　相比正在度假的那两位，楚授的日子可就没那么好过了。

　　几天后，《一篇网文》也终于开启了完结结算。

　　这篇文虽然没入V，但在微博上火了一把，给楚授带来了七万多的打赏。而且由于打赏太多，他还天天挂在趣文轩的霸王火箭榜上。虽然不是第一，但曝光率也是杠杠的。

　　总之这篇文的最终收入数，居然超过了全文字数！

　　这就好比是原本内定的年度最优秀员工，突然反水，让公司市值亏损了十个亿！

　　这还有天理吗？按照为爱发电系统公式，收入大于产出，就只能对多余收入的部分进行废物利用。

　　楚授看着结算界面上那可怜兮兮的"1度电"，简直心痛难忍。

　　一篇不如一篇啊！

　　《烈风》48万电量，《小星球》28万电量，到现在《一篇网文》，居然只有1度电了！

　　1度，四舍五入就是白干了！

　　他到底在干什么啊！楚授欲哭无泪，后悔莫及，早知道当初就不卡字数了，还不如把文章写长一点，至少不至于血本无归……

　　光脑友善地提醒道："超过七万字就要入V了，那样还会产生VIP订阅的收益哟。"

　　楚授看了一眼《一篇网文》高达十万的收藏数，忍不住打了个哆嗦。

　　算了算了，往日之事不可追，赶紧筹备下一篇文才是正经！

　　楚授正想故技重施，去榜单上研究研究最近不流行什么，无意中瞄到了月度榜单上有篇文名字超级长，长到榜单上都显示不完……

　　楚授定睛一看，这不就是他的《末世重生快穿之白月光美强惨反派搞笑人鱼在惊悚游戏无限打脸》吗？

　　讲道理，这篇热门题材大杂烩在满目都是热门题材的榜单里不算显眼，以至于楚授第一眼都没认出这是自己的"亲生儿子"。

　　不对，这不是重点。

　　重点是，这篇文怎么上月度榜单了啊?!

所谓月度榜单，是新文发布的第11～40天内，按照文章积分排名的榜单，上榜名额只有二十个。

榜单位置就在趣文轩APP首页的最上面，也就是曝光率最高的地方。

现在，《末世重生快穿之白月光美强惨反派搞笑人鱼在惊悚游戏无限打脸》居然出现在了月度榜单上！这意味着，他这篇大杂烩居然打败了同期的无数文章，成为整个趣文轩近一个月内发布的新文里积分排名前二十的作品！这就好比一个试图避开所有正确答案想要考零分的学生，突然发现自己出现在了年级前二十的光荣榜上……

楚授蒙了：你们趣文轩的服务器是不是有问题啊！

楚授再次确认了一下自己的积分，发现服务器没有问题……

月度榜单通常被"大神级"作者的文占据。有时候，有些不知名的小作者会有一篇新文数据飙升，能摸到月度榜单的尾巴。《末世重生快穿之白月光美强惨反派搞笑人鱼在惊悚游戏无限打脸》就在榜单尾巴上，第十八名。可问题是，虽然他的积分比第十九名高，可他的收藏数、点击量远远不如别人。

那他这么高的积分是怎么来的？

楚授打开QQ，想请教雪松。雪松那边却显示"正在忙碌"，始终没给他回复。

楚授急得抓耳挠腮。这可是月度榜单啊！曝光率那是杠杠的，他随便一刷新就又多了好几十个收藏。最关键的是，万一真是网站出了问题，把本不该上榜的文章送了上去，那就相当于有一个本来应该上榜的小可怜被挤了下来。楚授自己不想要曝光，可他清楚地知道这种程度的曝光对于小作者来说意味着什么。

但凡是搞创作的，谁不想自己的作品被更多人看到呢？

因此他心中十分焦急，急着把这位置还给别人。

等了许久，雪松还是没有回复他。楚授灵机一动，决定去论坛问问。毕竟那里是作者聚集的地方，大家对榜单的规则应该很了解。而且论坛可以任意填写昵称，他只要换个昵称，不被人认出来不就没事儿了嘛！

说干就干，楚授当即以"**"的昵称发布了一个帖子。

请问月度榜单是不是出问题了？怎么有篇文收藏数、点击量都不如其他人，却还是上榜了？

没过多久，帖子里就出现了回复。

——啊？不会吧，可能是还没更新。月度榜单排名每天只更新一次，楼主看到的可能是昨天的数据。

昨天的数据？也就是说他昨天就上榜了？

楚授还是有点蒙，回复道："不应该啊。我觉得这篇文的收藏数和点击量都比别人差多了，就算是昨天的数据也不可能上榜的。"

他的回复刚刚发出去，帖子自动刷新，一下子又多出好几条回复。

——我好像猜到楼主说的是哪篇了……

——我也是，一说是月度榜单里的，瞬间就"解码"了。

——啊？你们怎么这么快就"解码"了？我还在翻月度榜单呢……给个提示呗，是哪篇啊？

——楼上的，就是"腥风血雨体质"的那位……

——呵呵，楼主眼红了吧？这作者是"天降紫薇星"，他前面两篇文都火了，还上了热门搜索。这篇"空降"月度榜单怎么了？有本事你也上个热门搜索啊！

——同意，这文的评论和打赏这么多，上个月度榜单怎么了？楼主就是嫉妒吧。

——楼上的，打赏是不计入文章积分的。

——但是这篇文的评论也没有第二十名多。所以它到底是怎么上榜的？难道论坛后台真的出问题了？

——楼上的怎么回事？这作者本身就有一万多的粉丝关注，你看不到吗？第二十名的是个新人，没有关注数加成，积分肯定比不过大佬啊！

——楼主估计也是想上榜单上不了，看到触手老师"空降"榜单，觉得自己的位置被挤掉了，所以才来阴阳怪气吧。呸！

——没错，楼主，你要是怀疑人家造假，就拿出证据！论坛账号直通作者后台，管理员和编辑都能看到是谁发的帖子！你要是造谣的话，编辑一定会知道的！

怎么感觉又吵起来了？而且楚授他冤枉啊！他怎么可能自己嫉妒自己？他也没说什么吧！

不管怎么样，从大家的回复里他总算弄明白了——原来是作者被关注数捣的鬼。粉丝关注数也是要计入积分计算的。

楚授之前光顾着看文章的点击量、收藏数、评论数，忘记还有关注这回事了。这会儿再点开一看，确实，他的粉丝关注数比前后两位新人作者的都高出了一个数量级。那两位新人的粉丝关注都只有几百，当然打不过他。

不过，这么多的粉丝关注是怎么来的呢？

楚授关掉论坛，仔细研究这个新问题去了。

就在楚授关掉论坛后不久，糖糖写完了今天的更新，正好打开论坛，打算放松一下。她一眼就看到了首页上的热门帖子。

点进去一看，这不是在讨论她心爱的触手拉夫斯基老师嘛！

她抄起键盘正要帮忙，忽然间灵光一闪——这个楼主ID后面跟着三颗星星，是个单篇文章收益超过十万的三星大佬。星级越高的作者肯定就越爱惜羽毛，毕竟论坛只是前台匿名，管理员和编辑都可以在后台看见发言人的笔名。这个三星作者怎么会随随便便引战呢……

难道说——

糖糖顿时心脏狂跳，手指颤抖着发出一条评论："大家冷静点！看楼主的星！他是个三星！我看楼主标题里也没有说人家作弊造假的意思，好像是真的在请教积分的问题。所以有没有一种可能，楼主就是上榜的那位作者?!"

此言一出，众人震惊。

——对啊，确实……如果是那位的话，来趣文轩时间还不久，确实可能不太清楚积分机制……

——这……万一真是本人可就尴尬了……

大家纷纷感叹糖糖的发现，仔细一想还真有这个可能。

糖糖忍不住得意：那是！我可是触手拉夫斯基老师的死忠粉！在匿名论坛中一眼认出我家老师，不是正常的吗？

可是没等她得意多久，下面又出来一条回复。

——不一定是触手哟，还有可能是ifjaw！你们快去看之前ifjaw的帖子，他的星级也刷新了，if三星了！

——你们说ifjaw和触手拉夫斯基会不会是同一个人？

糖糖："……"

她去论坛首页看了一眼。果然，那个帖子又被顶了起来。

if每次升星，都会有好事者顶帖，膜拜大佬的同时嘲讽她两句。

不仅是"公开处刑",简直是"反复鞭尸"!

糖糖恼羞成怒,气得当场又开了个帖子。

从粉丝角度看,触手拉夫斯基绝对不可能是 ifjaw 小号的 100 条理由!

她最喜欢的老师怎么可能会是她最讨厌的人!糖糖一边咬牙切齿,一边愤愤地在主楼赌咒发誓:"我才不信这俩是同一个人!如果是,我就把论坛里所有帖子抄一遍!"

眼不见则心不烦,楚授关掉论坛之后感到浑身轻松,然而却在下一篇文写什么上犯起了难。他没想到,"为爱发电"居然是一件这么困难的事。不论他写冷门题材还是热门题材,不论他正常连载还是断更弃坑,总有人想方设法地给他送钱。

也不知道这算是运气好还是不好……

楚授深感回归母星遥遥无期,情绪低落,一时间也就没有新文的灵感。

晚上,林静远回来以后,两人一起吃晚饭。

"我打算做下一个视频了。"林静远笑眯眯地说,"还想请你帮忙。"

帮忙?

楚授终于回想起那个被他遗忘在角落的配音圈"顶流"。

"哦,配音是吧,我帮你再联系一下他……"楚授一边掏手机一边回忆着自己的账户余额。

上次请云川配音,几乎花光了他所有的稿费。不过蓝星货币对他来说本来就没什么意义。他现在电脑也有了,网也可以蹭林静远的,赖以生存的营养液可以自己生产,至于住宿——跟林静远一起分担的那五百元租金,以他现在的收益也完全不愁。

话说回来,为爱发电系统完成结算之后,他的文章每天仍在产生收益。他现在手头几部入了V的文,每天的收益加起来也有好几百。以A市的薪资水准来说,已经非常优秀了。

不过,要请云川再次出山,还是有些吃力的。云川的身价摆在那里,他也不好意思占人家便宜,因此之前才会提出一句话一万的报价。

上次的视频还好,他事先看过林静远的稿子,知道台词不多,自己支付得起。这次就不知道行不行了。

楚授在心里计算着，脸上却不动声色。

他并不打算把这笔高额支出告诉林静远——他虽然还不太懂蓝星人的人情世故，不过以他对林静远的了解，一旦对方知道一次配音会榨干他所有存款，一定不肯再花他的钱。

没想到，这一次林静远却抢先开了口。

"不不不，不用配音。"林静远道，"我认真考虑了一下，决定以后还是不请人配音了。"

"啊？为什么？"楚授瞬间有些心虚，难道他知道了？

林静远有些不好意思，笑着摸了摸鼻子："因为你请来的那位配音演员声音太好听了，好多人以为那就是我的声音，所以才支持我……"

楚授不解："支持你不好吗？"

"支持我很好，"林静远认真道，"可是被人误会那个是我的声音，不太好。"

楚授："那你跟他们解释一下不就行了？"

林静远笑着说："我解释了啊。可还是有很多人不看简介不看弹幕，特别是上了网站首页以后……如果大家是因为配音好听，觉得那是我的原声才支持我的话，岂不是诈骗？"

楚授觉得这还不到诈骗那么严重，不过看林静远那么认真的表情，他忽然也有点感同身受。

被误解是表达者的宿命。可是，如果可以的话，每一个表达者都不希望被误解，即便那份误解会让他获利。

而林静远，就是无意间获利之后会感到良心难安的那一类人。

楚授自忖，其实自己也是这样的。

唯一的区别在于——自己不是人。

楚授笑笑，朝林静远道："好，听你的，这次就不请他——那你打算怎么办？"

"我研究了一下美食区的其他博主，发现一个美食视频能红，后期配音并不是决定性因素。"林静远道，"关键是能不能把食物本身的那种色、香、味拍出来，传递给读者。"

楚授歪着脑袋想了想："'色'还可以拍，'香'和'味'怎么拍？"

"有很多种方法啊。后期调色加滤镜，让食物看起来色泽更艳丽；烹调的时候用一些精致漂亮的厨具、容器；用好一点的麦克风，收录试吃者咀嚼和吞咽的声音……这些都会让观众产生'它很好吃'的感觉。"

林静远说起制作美食视频的方法来，如数家珍。

楚授听得也十分向往："好像很有趣的样子！对了，你说要我帮忙，是帮什么？帮你拍摄吗？"

"不是帮我拍摄……"林静远脸上微微一红，又不好意思起来，他低头摸着鼻子，"我是想请你当试吃员，让我拍摄你吃东西的样子。"

还有这种好事？

楚授想起那些好吃又好看的美食，眉开眼笑道："没问题！"

林静远两眼放光，却还有些不相信，小心翼翼地确认道："真的？"

楚授给了他无比肯定的回答。

林静远笑得眼睛都弯了起来。

翌日，林静远要换一个收音好一点的麦克风，便邀请楚授一起去商场。

他提前做好了功课，一到商场就直奔专柜。简单试用之后，很快就敲定了某款物美价廉的麦克风。

楚授仰起脸，望向货架上另一款麦克风。

那一款的造型更加酷炫，收音效果也更好，不过价格也很夸张。夸张归夸张——楚授掰着触手尖尖算了算，用他一个月的稿费，加上那篇大杂烩文广播剧的版权收入，应该也够了。

林静远刚才也试过这一款，楚授看到了他眼底的喜爱。

可他试了试，就放下了。

毕竟买不起。哪怕是楚授，现在也买不起，但他默默记下了这款麦克风的型号。

两人在商店逛了逛，直到太阳落山，才并肩在夕阳的余晖中朝家走去。

林静远忽然开口道："哎，你是不是很怕热啊？"

楚授随口道："是啊。你怎么知道？"

林静远说："因为你每次出门都要挑大清早或者傍晚这种晒不到太阳的时候。而且上次的冰冻水果下午茶，你很喜欢，几乎是一口气喝完的。"

他说到这里，眉眼一弯，温柔地笑起来："这次准备做的，也是冰冰凉凉的甜品。"

楚授一下来了兴致："是什么？"

林静远正要回答，不远处忽然响起一声哀鸣，引起了两人的注意。

两人齐齐向声音来源看去。只见小区花坛草丛里，一只浑身脏兮兮的小狗正在哀号。

楚授眨了眨眼，光脑立刻扫描得出信息："这是一条还没断奶的小狗，品种是中华田园犬，也就是俗称的土狗。"

小奶狗身上脏兮兮的，似乎是条流浪狗。

"啊……"林静远低呼一声，快步走过去。

楚授也跟了上去。靠近之后才发现，原来草丛深处还有一只大狗。那条大狗的毛色和小奶狗很相近，同样也脏兮兮的，毫无疑问是小奶狗的母亲。此时小奶狗围着母亲不住哀号。而母狗却躺在地上，眼睛半睁着，一动不动，嘴角还带着血渍。

"这是……"楚授脸色一变。

光脑应道："根据尸体情况，推测母狗死于有毒物质，初步判定死亡已超过三小时。"

与此同时林静远也喃喃道："估计是被人下毒毒死了……"

下毒？为什么会有人给流浪狗下毒？

光脑正在给楚授分析发生这种事的原因，林静远已一步跨进花坛，小心翼翼地在小奶狗身边蹲下。

"噫……那个人要干吗？"

"不会要去摸狗吧？"

周围早就聚集了一大圈看热闹的人，都是小区里吃过晚饭出来散步的。

这么多人，都是被小狗的哀号吸引过来的，嘴里说着可怜，却没一个人像林静远那样，走过去朝小奶狗伸出援手。

周围人窃窃私语、指指点点，林静远却置若罔闻，只是从背包里掏出那个装着新麦克风的包装盒。他将麦克风轻轻放回背包里，把包装盒依旧开着。

"你在干什么？"楚授猜出林静远是要用包装盒装小狗。可楚授不懂的是，为什么林静远不直接把小狗抱在怀里？

难道林静远也嫌它脏吗？可如果嫌它脏，又为什么要管它呢？

还没想出个所以然，林静远已经伸出双手抱起小狗。

小狗猛然发出一声尖叫！

"呜嗷——"

所有人都被小狗突如其来的惨叫声吓了一跳。好在当林静远把小狗放在包装盒里的海绵上时，小狗的哀号停止了。

楚授来到他身边，这才发现，小狗背上、肚子上、四肢上有好几处伤，血肉外翻，甚至连皮肉都有些腐烂了。难怪……让小狗躺在麦克风专用的柔软海绵里，确实能更好地减轻它的痛苦。

他真的很细心……

楚授想起林静远那句"你是不是很怕热"，忍不住微微地笑了。

两人带着小狗，很快来到了附近的宠物医院。

医生诊断的结果是，小狗的伤口很深，还感染了，需要清创和挂水，治疗费用不便宜。而且狗狗年纪太小，营养又差，花了钱也不一定能救回来。

林静远问："多少钱？"

医生报了个数字，又补充道："这只是初步费用。后续还要看小狗的情况，如果病情加重，可能还不止这些。"

林静远听后，掏出手机，毫不犹豫地付了款。

楚授回想起他在麦克风店里红着脸跟老板讨价还价的样子，伸手拦住了他："等等，我付一半。"

林静远忙道："不不不，是我想救它的，不用你来……"

楚授奇怪地看着他："如果救活了，你不打算带回去养吗？"

林静远一愣，没想到他会问这个，下意识地道："打算带回去的……"

楚授理所当然地道："那这狗也有我的一份啊。我们不是住一起吗？那肯定是一起养啊。"说着就付了一半的钱。

林静远怔怔地看着他，半晌才揉了揉发红的眼睛，哑哑地说了句："谢谢你。"

我才要谢谢你，把我从垃圾场捡回来，给我吃的，给我家。

楚授笑笑，拍拍他的肩膀："快，想想给它起什么名字吧！"

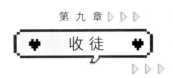

第 九 章 ▷▷▷

收 徒

▷▷▷

在两人的悉心照顾下，几天后，小奶狗总算度过了危险期。

伤口的感染得到控制，营养也跟上了——楚授悄悄给它喂了他自产的营养液，既容易吸收，又完美满足了小奶狗的营养需求。小狗一天天肉眼可见地好起来。

他们给小奶狗起名叫"狗勾"，没过多久就把它抱回了家。

狗勾的伤虽然好得差不多了，但伤口处的毛发还没有长出来，东一块西一块的，看起来像得了斑秃。

它知道是这两个陌生人救了自己，因此特别亲近他们。

狗勾还特别有灵性。本来林静远是把它放在自己房间里睡的，可是半夜狗勾挠门，非要出去。林静远一开始还以为它是要出去尿尿，结果跟出来一看，它又跑到楚授那边去挠门了。一来二去，两人总算弄明白了，原来狗勾上半夜睡林静远那儿，下半夜就睡到楚授这儿来了。

雨露均沾，公平对待！

两人哭笑不得，晚上只好把卧室房门打开，免得狗勾半夜挠门。

狗勾的事情暂时告一段落，楚授的心思又回到小说创作上来。

糟糕的是，他仍然想不到下篇文写什么。倒不是没有灵感，相反的，他感觉故事像是啤酒装在大酒桶里，只要拧开水龙头就会"咕咚咕咚"流出来。可问题是，根据他的经验，这些故事都不能写！

他毕竟是外星人，脑子里装的故事对蓝星人来说非常特别；又是看趣文轩小说启蒙的，所以讲述方式非常符合趣文轩读者的口味……

这可怎么办？

楚授坐在电脑前面，百无聊赖地托着下巴，随意刷着论坛。他想看看其他作者不知道下篇文写什么的时候会怎么做。

在趣文轩的论坛里，每天在首页上飘来飘去的，大致是以下几类帖子。

一是记录帖。写作毕竟是一件非常个人的事情，很容易寂寞。因此有些作者会专门开一个记录帖，记录自己的打字情况，记录自己的数据，记录自己写作时的感悟。

二是日常生活吐槽。这种帖子几乎每个论坛都会有。

三是"鸡汤"帖。这是趣文轩论坛的特色。所谓"鸡汤"当然指的是"心灵鸡汤"。作者圈里的"鸡汤"，基本上就是鼓励大家努力就会有回报、认真写文就能冲上排行榜之类的。

四是挂人帖。像楚授之前的《烈风》，就是因为被怀疑抄袭而被人挂了出来。不过，后来论坛新增了一条版规，禁止没有切实证据随意造谣挂人，否则会被封号。这大大改善了论坛的风气。以前那些空口造谣意图抹黑他人的情况少了不少。

除了上述四种，最近趣文轩还流行起一种帖子，叫作师徒帖。顾名思义，就是以拜师、收徒为目的的帖子。

写作虽然是非常个人的事情，但网文创作是有很多学问的，也能总结出很多经验技巧。

一些刚开始写作的新人作者，自己摸不出门道，就会向其他作者求助，拜个师父，希望能被师父领进门。至于那些已经小有成就的作者，有些也很愿意跟人交流分享自己的经验，甚至手把手地教。如果能把徒弟带出成绩来，那么师父也会很有成就感。

楚授看着看着，有些心动了。他其实很想找个师父，教教他怎么写赚不到钱的文。不过看着论坛里那么多哭自己数据差、收益差的帖子，他觉得还是算了，这种请求说出来容易被打……

于是他灵光一闪，反向思维。既然找不到专门教"无效写文"的师父，那他找一个专门"无效写文"、火不起来的小作者，研究对方不就行了？

不过，他自觉自己来趣文轩时间太短，还没资格做人家的师父，于是很谦虚地在标题里写：

找好友。 想找个"为爱发电"的好友，一起交流写作心得。

结果帖子一发出来，下面的回复居然全都是感叹。

——哇，三星老师……疯狂心动，但我空星配不上，呜呜呜。

——老师，好友我是不敢奢望了。您还收徒弟吗？会捏肩揉背的那种？

——啊啊啊！"为爱发电"，这说的不就是我吗？不过空星不配当三星大佬的好友，含泪帮顶帖子。

楚授这才发现，不知从什么时候起，自己居然三星了。

想想也是，只要单篇文章收入超过十万就会升三星。他的那篇……名字特别长的那个，叫什么来着？想不起来了。算了，这不重要。反正那篇光是广播剧版权的收益就有五万了，再加上VIP订阅收益，星级一更新，他当然妥妥地升了三星。

帖子里一帮人都在求他收徒，楚授解释说自己水平一般，怕误人子弟，结果大家更起劲了，一个劲地鼓励他，说老师三星已经很厉害了，绝对有资格收徒。

楚授苦恼极了：事到如今，还怎么说其实我找好友是为了学习先进的失败技术呢……

不知怎么的，下面回帖的人都开始介绍起自己的情况，并且先斩后奏，一声声"师父"叫了起来。

楚授一楼一楼看下来，不禁感慨：原来还有人这么惨！

有人写了十几万字，收藏数只有"2"，其中一个还是自己点的；有人写完了好几篇文，没有一篇达到过入V及格线；有人好不容易入V了，上了千字收益榜，结果排在最后一名，明明千字收益榜是整个趣文轩流量最大、曝光率最高的榜单，她却上了个寂寞，不仅收益没涨，连收藏数都几乎没动……

简直就是比惨大会！

而这些人倒真的符合他所说的"为爱发电"——吭哧吭哧地闷头写文，

一分钱都赚不到。

楚授心中有所触动，他忽然觉得，或许自己真的能帮上他们的忙。

糖糖今天刚打开论坛，就看到首页有一个新的热帖。

咦？一个找好友帖居然会成为热帖，还有这么多回复？

根据糖糖的经验，这种情况，要么有八卦，要么楼里有人发言奇葩，引得大家群起而攻之。

她兴致勃勃地点了进去，一路看下来，惊呆了。

这是什么神仙老师？楼主是个三星大佬，一开始说想找个好友。不过居然没提成绩要求，只说希望对方是"为爱发电"。

自从星级制度出来之后，大家无论是拜师收徒，还是找好友，都会带上星级要求。毕竟收徒肯定收星级比自己低的，拜师也会找星级比自己高的。

简单直观，童叟无欺。

按道理来说，三星作者找好友，一般也会找三星。倒不是说星级高的看不起星级低的，而是水平不同，很多东西聊不到一起去。

结果这位三星老师，唯一的要求居然是"为爱发电"。这不就是想找个屡战屡败的"小透明"吗？

这是什么活菩萨？嘴上说着找个好友交流写作经验，实际上是想收徒，怕自己耽误人家，所以谦虚地表示只是交流，不是收徒！果然，帖子里也有人领悟到三星老师的良苦用心，纷纷开始求拜师。看老师的态度，似乎已经被说动了！

糖糖本来只是混在人堆里夸了句神仙老师，后来转念一想——等等，三星？而且还说自己刚到趣文轩不久，不太懂规矩，怕教坏徒弟……

这位三星菩萨不会是……触手拉夫斯基老师吧？

在这么短时间内升上三星的，糖糖所知道的，就只有触手老师一个人！

一念至此，糖糖顿时心脏狂跳。

天啊！如果真的是他，那她——

糖糖赶紧点开回复框，开始介绍自己的情况，真情实感地求拜师。拜师信洋洋洒洒写了一大篇，为了方便三星老师阅读，她还很体贴地分了段、画了重点。因此虽然字数多，内容看起来却非常清晰，重点分明。最重要的是，能充分体现她拜师的诚意！

然而，糖糖刚刚点击发送，帖子里就刷出来几条回复。

——哇，这么短时间升三星，不会是ifjaw老师吧？

——楼上的，别随意猜测人家身份啊！万一把三星老师吓跑了怎么办？

——我即使是死了，钉在棺材里，也要在墓里用腐朽的声音喊出"ifjaw到底是什么意思？"到底有没有人找到答案啊？

ifjaw，怎么又是他？怎么到哪儿都有ifjaw的粉丝？

糖糖看到这个名字就生气。

当然，她也在心中暗道：怎么把这人给忘了？

和触手老师差不多时间升上三星的作者还有ifjaw！万一这个帖子是ifjaw发的……不行，不会的不会的不会的！

糖糖脸上一阵滚烫，莫名其妙的羞耻感一下子把她包围，她忍不住号叫一声，扑到床上用枕头捂住了脸。

啊啊啊！万一是ifjaw，那简直丢死人了！不可能，不会的，这个三星大佬绝不能是ifjaw！不可以是ifjaw啊！

楚授把帖子里每个做了自我介绍的人的回帖都仔仔细细地阅读了一遍。其中，有个叫"糖糖"的ID首先吸引了他的注意。

这个人言辞非常恳切，讲述了自己在创作小说的不同阶段遇到的困难、瓶颈，表达了自己对于写作的热爱，以及想要一辈子写下去的决心。

内容不是关键，关键是排版。

大家在论坛发言，一般回帖都很短。有时候非但不分段，甚至连标点符号也会省略。可这个糖糖不一样，看得出来，她是认真做了排版的。分段、空行、画重点，整个拜师帖虽然字数多，但看起来非常清晰、不费劲，一眼就能看到重点，让人感觉很舒服。

楚授一下子就感受到了这个姑娘的体贴细心，对她很有好感。

不过，更吸引他的是一个名叫"玉竹"的人的回复。

这也是一个"小透明"。据她自己说，她是一个刚毕业一年的大学生，正在一边上班一边利用业余时间写文。

起初，写文只是爱好，因为她从小到大就喜欢看小说。上了班之后，小说更成了她的精神支柱。每当她被现实压得喘不过气时，看小说总能让她短暂地忘记现实，稍微放松下来。

后来她开始尝试自己写小说。虽然成绩不好，一直没赚到钱，但写作本身还是快乐的。看了论坛里那么多努力之后获得回报的"鸡汤"，她也想要好好努力一把。因为现在的工作非常没前途，完全就是压榨年轻劳动力，她不想过这种一眼看得到头的生活，所以很想在写作上努力一把，看看自己到底能走到哪一步。

她现在的工作是朝九晚九，再加上通勤时间，每天晚上十点左右才能回到家。但她却坚持每天更新三千字以上，每一个故事都认认真真写完，没有放弃过任何一篇文。她还会认真分析大佬的作品，想从中学习一些写作技巧。然而脑子也动了，力气也花了，可成绩还是起不来，反倒是身体先开始吃不消。她现在每天凌晨两三点才睡，早上七点钟就要起来赶公交车，身体已经快要撑不住了。

因此她很迷茫，不知道自己这样做到底对不对。这样下去，真的会有回报吗？

楚授看了下她的文章数据，确实挺惨的。这姑娘已经写了三篇文，但收藏都在一两百，达不到入V及格线。这三篇文加起来也快一百万字了，却连一分钱都没有赚到。

楚授感叹：这才是真正地"为爱发电"！

他很好奇这姑娘是怎么做到的——不是"你怎么做到一篇文都不成功的"这种伤人的问题，而是"你是怎么面对这样的数据还毅然坚持下来的？"楚授觉得，如果换作他，面对自己热爱的事业却得不到回报，他肯定无法坚持。因此，他对这个叫玉竹的姑娘还有些佩服。

说实话，他还有些担心。以光脑给他的蓝星人生物数据来看，普通人长期睡眠不足的话，对身体的损害非常大。

他果断加了这姑娘的QQ，上来一阵寒暄。玉竹非常感动，不敢相信三星老师居然在人群中选中了自己。

楚授直接去看了她的文，发现了很多问题。

首先，文案写得很混乱，看不出来这篇文的核心内容是什么，也没什么吸引人的东西。正文也是惨不忍睹，剧情非常散，节奏很慢，让人难以坚持谈下去。

但玉竹的文章有一个亮点，那就是她时不时会写出一些很有趣、很亮眼的情节。可惜，这些情节散落在洋洋洒洒几十万字里，很多人还没看到就已经弃文了。

楚授委婉地把自己发现的问题告诉玉竹。他怕打击人家自尊心，还使劲儿夸了那些让他感到有趣的情节。

"真的，我看到这里眼睛一亮，特别有意思！我很喜欢这个设定！"楚授这话倒不是恭维，他是真的觉得那几个情节很有趣，"你如果把这个设定铺展开来，一定更有趣！"

没想到他的夸赞立刻获得了玉竹的强烈反馈："啊，其实我也超喜欢这一段！但是当时急着写后面的情节，就没刻画好，浪费了这个设定，哎……"

玉竹跟他交流着自己写作过程中的想法，楚授很快发现，其实这姑娘挺有灵气的。她脑袋里面有很多异想天开的新鲜玩意儿，只是不知道如何呈现出来。就像手握上等食材，却不懂烹调，只会闭着眼睛乱炒一通，等端到顾客面前，大家已经认不出食材本来的面貌了。

她缺的只是技巧。而技巧，是最容易教、也最容易学的东西。

楚授当即手把手地给她指点。哪里节奏拖沓了，哪里描写不到位，他都一一给玉竹指出。

玉竹听得很认真。听完之后又激动地表示，其实她也知道自己有问题，但一直看不出问题在哪里。被师父点拨之后犹如醍醐灌顶，豁然开朗。

她知道怎么改了！

第二天早上，当楚授再次上线的时候，收到了玉竹发来的修改过的文案和正文。不得不说，玉竹确实很有悟性，一点就通。改过的文章，虽然还有瑕疵，但已经比之前好了不少。

玉竹删起情节来大刀阔斧，非常狠。原本正文前十章有三万多字，被楚授指出无效情节太多之后，她就把那些对推进剧情、体现人设或是不好看的情节一口气删光了。那可是她一个字一个字敲出来的心血啊！

楚授知道她的手速，普通蓝星人的水准，每小时两千字而已。再加上构思的时间，这三万字她当初写了一个多月。可现在说删就删了。

够狠！很好，是做大事的人！

删减下来的版本，原本的十章内容如今只剩下三章。但这三章，已经比之前好多了。

玉竹直接把第一个亮点情节提到前面来。原本第八章才会出现的内容，现在在第一章就可以看到了。读者被这个情节吸引，至少会接着点进第二章，而不是像以前那样，第一章都没看完就不看了。另外两章的内容也不错，节奏很快，开门见山，给人一种菜肴还没端过来，香气就先传到饭桌上的感觉。

真的很棒！楚授不禁再次感慨，这姑娘真的很聪明，之前只是苦于无人指导，所以一直闷头走弯路罢了。

而且她也非常勤奋！

楚授注意到，她发文件的时间是凌晨四点。他们昨晚聊到十点多，楚授就下线了。也就是说在那之后的五六个小时里，玉竹一直在修改文章！

这可真是……捡到宝了。一定要好好教人家，可不能把这么好的苗子带坏了。

楚授忽然感觉肩上负担很重。他赶紧去论坛，找一些"干货帖"、写作技巧帖来看，开始恶补别人的写作经验，并与自己的心得融合起来。

与此同时，糖糖在那个帖子里蹲守了一晚上，见证了前赴后继来拜师的"小透明"大军。结果直到早上，那位三星老师才回帖，说已经找到徒弟了。糖糖一下子像泄了气的气球，整个人都空虚了起来。

原来已经有人被老师"捡"走了……不知道是哪个幸运儿？

糖糖非常失落。

从小到大，她都是父母和老师的宠儿。想要的东西没有得不到的，就算一时得不到，只要她撒个娇，父母也总会想办法给她弄来。可是自从到趣文轩写文以来，一切都变了。

先是新晋作者榜。

她习惯了第一名的荣光，什么时候屈居过第二？自然而然地，她觉得那个第一名有问题，可是无论她怎么拿事实摆证据，大家都不信她。更让她难受的是，在千字收益榜上，她的排名又被同一篇文《烈风》稳稳压制。

她渐渐也明白了，《烈风》确实有可取之处。虽然不是她喜欢的题材，但确实有人就好这一口。

这就算了。

可是她挂人的那个帖子为什么老是被翻来覆去地顶上来，给她反复"公开处刑"？！

但后来她也能理解了。毕竟，如果不是发生在自己身上，她对这种八卦肯定也是喜闻乐见的。

反复打脸，多爽啊！

还有就是现在。

三星活菩萨收徒弟，她发了那么用心的一长串回复，老师居然还是没有选她。她都不知道那位三星老师最后选了谁，以至于嫉妒都不知道对象是谁。

为什么？为什么一到趣文轩，她以前所有的"主角光环"都好像消失了？她不再是那个最优秀的了，也不再是那个最幸运的了。难道这就是所谓的来自社会的毒打吗？

糖糖越想越难过。可是天性里的不服输，又在此时站了起来。她整理了一下情绪，在论坛又开出一个帖子。

在隔壁三星收徒帖里落选了，非常失落。不过不能灰心。既然无法成为三星老师的徒弟，那就努力让自己成为三星！

想了想，她又补充了一句："如果成功了，我就回来，在这个帖子里收个徒弟！"

这是一个记录帖。她决定今后每天都来这里记录自己的努力、自己的成绩。她一定要让整个论坛都看看，就算她不是第一名，她也不比别人差！

虽然楚授百般推辞，玉竹还是坚持尊称他一声"师父"。

原因很简单。

"因为您真的帮了我很多。"

这些天来，两人不光聊小说，还聊了日常生活里的一些琐碎事。

玉竹说起自己的工作，那可是有吐不完的苦水。不过她很克制，不想把师父当成垃圾桶，因此只挑一些好笑的事情讲给楚授听。

楚授从她不经意的话语间也发觉到，玉竹平时真的很辛苦。非但工作日要加班到九点多，周末还经常被老板喊出去应酬，半夜收到老板微信，还要爬起来改东西……

"不过也没办法，"玉竹无奈道，"我们行业就是这样，竞争很激烈。你不拼命，别人就把你挤下去了。"

可是竞争的结果并没有提升她的薪资待遇。到手的钱还是那么点儿，付出的时间和精力却在逐步上升。这也是玉竹感到迷茫的真正原因。

"这份工作真的有意义吗？我这样子真的不是在虚度光阴吗？"

她白天的工作都太琐碎了。相比之下，每天通勤路上看小说、到家之后写小说的时间，反而更让她感觉到自己人生的意义。

虽然她的小说几乎没人看，但能把心中所想的故事付诸笔端——"就好像创造了一个世界。"

玉竹的这句话，让楚授很触动。

其实他也是这么想的。

虽然是为了电量而开始创作，可是构思自己的故事的时候，他真的很快乐。那种成就感，就像是一个造物主。

楚授愈发觉得自己没找错人，他这步棋走对了。和玉竹的交流过程，也让楚授产生了更多灵感。

他知道下篇文写什么了。

之前他写的几篇文，貌似题材截然不同，实际上除了第一篇《烈风》以外，都是幻想类的。现在看来，《烈风》的数据是完全比不上后面几篇的。

楚授研究趣文轩小说分类及市场之后，也明白了。

《烈风》是都市题材，而《小星球》《末世重生快穿之白月光美强惨反派搞笑人鱼在惊悚游戏无限打脸》以及《一篇网文》都是幻想题材。幻想类小说本身热度就比都市类的高。

因此楚授决定，下篇他要写个职场文！

但有个问题，他的粉丝关注数太多了。

以他现在的情况，发布新文之后随随便便更新几万字，积分就直接空降月度榜单了。这样就又陷入了恶性循环。

于是他果断跟雪松申请，再开一个小号。

"……为什么啊……"雪松深感无力，"你好不容易收获了那么多粉丝，而且两个广播剧都开始宣传了，会给你带来更多粉丝。这好好的'家业'你怎么又要扔掉了啊……"

楚授理直气壮："我要走出舒适区！我要挑战自我，不能站在过去的荣耀上坐吃山空！"

屏幕前的雪松忍不住翻了个白眼，很想把这个作者从网线那头拽过来，使劲摇晃他的肩膀，听听脑子里是不是"咕咚咕咚"都是水声。

这哪叫坐吃山空？这叫渐入佳境啊！

不过也没办法。她知道楚授"玻璃心"，搞不好又陷入什么奇奇怪怪的纠结里出不来了。

雪松："算了算了，只是开小号重来而已。只要还写，就是胜利！"

楚授顺利注册了自己的第三个号。

这次的笔名也是随便起的，叫"电脑桌上的台灯"——真是肉眼可见的随意，一看就是坐在电脑前面临时起的……

不管怎么说，新的舞台已经搭好了，但楚授并不打算立马发表新作品。

雪松说得没错，《小星球》和《末世重生快穿之白月光美强惨反派搞笑人鱼在惊悚游戏无限打脸》都进入了广播剧宣传期，大量读者涌入作者首页，后台收益又是一波暴涨。楚授怕自己小号被人扒出来，决定暂时缓缓，躲过这波风口浪尖。正好也放慢节奏，有时间好好带一带玉竹。

狗勾的身体已经完全恢复了。之前斑秃似的毛发也全都长了回来，体格比之前大了不少。林静远每天鸡胸肉、鸭脯肉地伺候着，狗勾吃得比人还好——幸好狗勾还小，食量不大，不然光是吃都能把林静远给吃破产了。

现在，林静远总算可以开启之前暂缓的新视频拍摄计划了。他本来是打算自己做完料理，再让楚授过来拍个试吃视频的。楚授闲着也是闲着，就主动帮忙，跟他一起准备起食材来。

这次要做的是杨枝甘露，一款非常常见的甜品。楚授虽然没吃过，不过光脑一秒钟就给他找到了资料。楚授瞄了一眼，已经大致了解了。

杨枝甘露的做法很简单：杧果，一部分榨汁，一部分切成小块；西柚，去皮，掰碎；西米，煮熟之后过冰水，洗掉杂质；最后把上述所有东西混合在一起就行了。

楚授负责处理西柚。其实林静远已经把西柚皮切掉，他只要把果肉掰碎就行了。他做这些的时候，林静远正在处理杧果。楚授瞄过去，只见林静远一手握着杧果，一手拿刀横着轻轻一推，杧果就一分为二了。接着，林静远用勺子将手中的半个杧果一刮，整块果肉就和果皮分离开了，这部分果肉将用于榨汁。剩下的一半杧果，林静远用刀划出网格，从表皮一侧一推一挤，小方块状的果肉就像花开一样展开来，他顺势用刀片一刮，杧果小方块就"啪嗒啪嗒"掉进了碗里。

整个过程看起来非常顺畅，令人愉悦。楚授觉得很有意思。

等他把这边的西柚果粒掰完，林静远那边的杧果早就处理完了。楚授再看过去时，林静远正在啃杬果核。刚才那种取果肉的办法，方便是方便，不过杬果核周围那一圈的果肉会被留下来。

"让我尝尝！"楚授觉得这个吃法也很不错，连忙凑过去。

林静远笑笑，用洗干净的手捏着果核，递给他。楚授一口咬下去，汁水四溅。

"呜，好甜！"成熟杬果散发出诱人甜香。楚授心满意足，吃得嘴巴边上都是杬果汁。

林静远下意识地抬起手，抽了张纸巾递过去。

待西米准备完毕，接下来的制作就非常简单了——将原料混合在一起，放进冰箱里稍微冻一会儿就好了。

成品出来之后，楚授抢着第一个品尝。

"啊！"楚授幸福得不得了，圆圆的小鹿眼都弯成了月牙，这杨枝甘露好吃到跺脚。

林静远举着摄像机，用镜头捕捉他所有的小表情、小动作，借着镜头遮挡自己的笑意。

晚上，林静远一个人在房间里剪视频。

新买的麦克风收音质量果然好，完美地收录了楚授吞咽和咀嚼的声音。林静远忽然发觉，楚授吃东西的时候，看起来特别香，就像是人生中第一次吃到这个东西一样。按照"豪门在逃小少爷"的人设，楚授不可能连这些常见食物都没吃过。所以……他只是珍惜食物，认真品尝每一份食物吧！

林静远不由感动：这可真是难能可贵的品质！特别还是在这种惯于享受的豪门小少爷身上！

于是，林静远眼含热泪，一边想着"楚授家教怎么这么好啊"，一边感慨自己真是捡到宝了。手速飞起，他一晚上就把视频后期全部搞定了。

云川虽然是配音圈"顶流"，生活里却也是个普通人。收工之后，他也会去刷刷社交网站，看看各种视频。

这天，他一时兴起，打开视频网站，直接去搜索那个名叫"宁静致远"的美食博主。

这就是上次那个作者小朋友给他介绍的活儿。

他点开自己配音的那个视频。果然，弹幕里面有人说那个声音跟他的有点儿像。

不过都说配音演员是怪物，专业配音演员的声线是很多变的，想要什么声线配不出来？云川这次有意隐瞒身份，因此只是少数几个粉丝感叹有点像而已，大部分人还是觉得，云川老师怎么可能来给这种小视频配音？

云川内心窃喜：幸好我机智！

一开始那小作者跟他说一句话一万元的时候，他还以为是什么大手笔大项目。结果拿到台本一看，才知道是个名不见经传的小博主的美食视频。

这也太掉价了吧！

云川当场就后悔了。他的名字要是出现在这种视频里，配音圈同行们怕不是要笑疯了。

可是都答应人家了，云川不想辜负粉丝，所以还是硬着头皮给配音了。没错，他至今都坚定地认为，楚授一定是他的"真爱粉"，不然怎么会主动给版权费打折呢？

至于后面那些客套疏远的发言……他一概理解为，小朋友太激动了，一时脑子错乱，不知道怎么表达自己的真实心情。

总之就是一种"全世界都爱我你怎么可能不爱我"的骄傲情绪在作怪。

云川看完视频，觉得这视频本身很普通，最大的亮点就是他这个温柔的旁白。

哎，不得不说，我就是专业……云川美滋滋地想着。

视频播放完毕，网站自动推荐给他博主最新上传的另一个视频。

云川瞄了眼标题，《杨枝甘露——简简单单，夏日里的甜》。标题没什么吸引他的，不过云川恰好喜欢吃杨枝甘露，就点了进去。

这次的视频没有配音。云川起初还觉得，失去了他的配音，这个视频肯定变得平平无奇。可耐心看了一会儿，居然有点意外。

视频拍得还挺好的。后期的滤镜、字幕都有种温馨的文艺感。背景里的蝉鸣声、窗户外的香樟树影，也很好地烘托出了夏日的气氛。

是个让人很舒服的视频。

而且这次的视频里，除了博主本人，还有另外一个人出镜。

博主叫林静远，云川上次接触时就知道了。

另一个人呢？他朋友？

那人个子比林静远稍微矮一些，皮肤很白，穿着简单的白衬衫牛仔裤，浑身上下散发出一种干净柔软的少年感。

云川本来没多大兴趣，刚想点关闭，忽然听到视频里传来一个声音。

"啊！弄到衣服上了！"

云川是声音工作者，对声音很敏感，他一听就觉得这人声音条件很好，忍不住把进度条拉回去，又听了几遍。

这个人的声线很特别，明明很轻很软很阳光，却又带着一点沙沙的质感，像……海浪冲刷过的湿漉漉的沙滩，寄居蟹在懒懒爬行。云川听过这么多声音，这是为数不多的、让他产生兴趣想反复聆听的。

听了几遍，云川忽地心里一动。

等等，这人到底是谁？

云川看到弹幕里也有人问，同样地，弹幕里也有人回答："是博主的舍友，博主在评论区置顶有说过。之前水果冰串串那期出镜的也是这位舍友！"

哦，原来是舍友。

等等，林静远的舍友不就是他的"真爱粉"小作者吗？

云川注意到，这两个视频都是在同一个地方拍摄的，拍摄环境一看就是在家里。

这两人原来还有这层关系！难怪"真爱粉"小作者要帮忙联系他给林静远的视频配音！

云川恍然大悟。

第 十 章 ▷▷▷

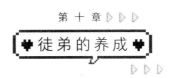

▷ ▷ ▷

　　玉竹非常勤奋，每天都在认真改文，她把不必要的情节删减，又增加了很多新情节，几乎是全文大修。楚授看过之后觉得已经好很多了，可是文章的数据始终没有起色。

　　她的小说，没修改前十七万字，修改到现在变成十五万字，收藏数却还是维持在一百多，几乎没有变。

　　楚授感觉很不好意思。他毕竟没有带徒弟的经验，自己又还是个新人，于是又想到了论坛。

　　　　求助！我徒弟以前的文数据不太好，我帮她看了，她也大修了。修改之后我们俩都很满意，可数据还是上不去。请问现在该怎么办啊？

　　发出去不久就有人回帖。

　　楚授看到有人说，连载期大修就是这样的，短时间内不一定有数据波动。因为已经看过前文的读者一般不太会回头去看你修改了什么，而是直接往后看。这部分读者一旦发现设定和之前不符合，可能还会误以为是作者写

"崩"了，直接弃文。

还有人问他："数据差是有多差？上过榜单吗？"

楚授回答："上周上了一个，数据没怎么动。这周就没有了……"

趣文轩的榜单推荐位有限，不是所有文章都能上榜，这种数据差的文更是难上加难。

编辑有时候会"扶贫"性质地给安排几个榜单，上了之后还是扶不起来的，有可能就被放弃了。

玉竹就陷入了这样的恶性循环。

求助楼里立刻有人给出建议。

——楼主是三星。三星老师都觉得可以的文章，应该水平确实还行。老师要不试试给徒弟一个"章推"？

章推？又是没看过的词。

楚授连忙追问，这才知道，所谓章推，就是在自己文章章节下的"作者有话要说"栏目里，向读者推荐对方的文。如果读者对那篇文感兴趣，就会过去看，相当于引流。

还有这种操作！

楚授觉得这个可行。感谢了那位网友后，他连忙打开自己的作者后台。他的新文还没发布，而且小号是新号，没什么人看。

正巧，《小星球》和《末世重生快穿之白月光美强惨反派搞笑人鱼在惊悚游戏无限打脸》都在广播剧宣传期，每天有大量新读者涌入。而《末世重生快穿之白月光美强惨反派搞笑人鱼在惊悚游戏无限打脸》正好今天完结，完结章还没发出去。

楚授抓紧这个最后的机会，在"作者有话要说"里放上了玉竹的文名、文案、作者名，说是自己朋友的文，大家有兴趣的话可以去看一下。

接下来就是等待了。

玉竹最近很忙。公司接了个新项目，她又陷入了加班地狱，每天在公司忙到十一二点才下班。回到家里还要写第二天的更新。

她手速并不快。一章更新三千字，她往往要写两三个小时。因此写完更新之通常已经是凌晨两三点了。

她想着师父应该睡了，不好意思再去打扰，只能在早上出门上班坐公交

车的时候，跟师父聊上几句。

她觉得挺不好意思的。师父教了她这么多东西，她却没法给师父什么报答——就连最简单的陪伴都做不到。

师父还说"你写文成绩上来了就是对我最好的报答"，呜呜呜，这是什么神仙师父！玉竹感动得不行。

这天，她坐上公交车，照例跟师父问完早安后，打开自己的作者后台，立马惊讶得瞪大眼睛。

天啊，趣文轩这是出问题了吗，怎么她的收藏数突然涨了好几百?!

不仅是收藏数，点击量和评论数也多了不少。

在这之前，玉竹的文几乎没人看，评论数也接近于零。通常直到完结才会冒出一两个"恭喜完结"之类的留言，都是好心的读者看她太可怜，近乎安慰地留下的。

可是现在，她评论区居然有读者开始讨论剧情了，而且不止一个！

"师父师父！"玉竹兴奋地去告诉师父这一喜讯，"我的文突然有好多人过来看！"

楚授："啊，恭喜！"

玉竹欣喜之余有些奇怪："可是为什么呢？我也没上什么榜。为什么突然有这么多人点进来？"

楚授："呃，可能是某个读者喜欢上了你的文，自发在哪个读书群里帮你打广告了吧！"

楚授故意强调是"读者"，免得玉竹知道是自己帮她推荐，试图报答。

玉竹："有道理。我昨天标了'正文完结'，可能也有之前等完结的读者跑回来看。"

楚授："嗯嗯。"

玉竹信了他的鬼话，没再询问数据的事，只是单纯地跟他分享快乐。

楚授确实很快乐——出息了啊，我的徒儿！

他昨天去论坛专门搜索了一下与章推相关的帖子，发现很多人都说，章推虽然能引流，但还是要看文章的质量。如果质量不行，就算在社交平台给个热门搜索也是白搭。

楚授虽然觉得玉竹的文比之前好多了，但他也怕自己是"亲妈眼"，看不出自己指导的作品的缺点。

因此，章推发出去之后，楚授也挺忐忑的。

现在忐忑总算解除，可以开始下一步操作了。

"对了，你不是标了完结了嘛。"楚授按照论坛某个新人建议帖里所说的，认真向玉竹建议道，"你现在的数据是可以入V的，完结V。上千字收益榜之前，记得把新文的预告写出来，放在文案上。"

在趣文轩，大家习惯把还没开始正式连载的新文的文名、文案先发出来，并放上链接，读者如果感兴趣的话，可以提前收藏。

千字收益榜的曝光量很大，玉竹要宣传自己的新文，这就是最后的、也是最好的时机了。

玉竹："哦哦哦，好的！谢谢师父提醒！"

看玉竹的反应，好像他不提醒的话，她根本想不起这茬。

楚授不由一阵忧伤：估计是因为玉竹写文这么久，数据还从来没有达到过入V及格线，因此从来没上过千字收益榜，也就不知道有"上千字带预告"这个操作了。

可怜！

玉竹有个优点：她虽然文章写得慢，但表达欲强烈，脑子里稀奇古怪的灵感很多。

她很快就决定好新文写什么，把文名、文案、大纲都给楚授发了过来。

楚授看了一下，发觉这姑娘学东西是真的很快。之前给她指出的问题，她全都已经改掉了。再加上原本就有的灵气，她现在的新文预告看起来非常有意思。

楚授觉得没什么要改的，就鼓励了她两句，让她把东西发出来。

接下来就是等待了。

玉竹的文上千字收益榜那天，正好是星期六。一般来说，周末的流量比工作日要大。但相对应的，竞争也会更激烈。

有些作者会掐算好文章入V的时间。如果对自己的数据有信心的，就在周末上榜，赚一波周末流量；如果数据不太好，觉得自己打不过别人的，就老老实实在工作日入V，争取能得到一个比较靠前的排名。而玉竹不巧，上榜那天正好是星期六"修罗场"。

楚授帮她查了查，那天榜单上起码有七十篇文，竞争非常激烈。

糟了。

楚授正在郁闷，玉竹反倒过来安慰他："没事，我是完结了才入V，肯定最后一名。榜单上不论是七篇还是七百篇，对我来说都没区别，反正都是倒数第一，哈哈哈。"

这姑娘还挺乐观。

楚授心想，也是，生活压力那么大，不乐观的话早就被压垮了。

楚授没想到，徒弟上榜，他这个做师父的居然更焦虑。

等待上榜的日子对他来说简直度日如年。

"怎么才星期五啊……"吃过晚饭，楚授和林静远一起下楼散步时，忍不住嘟囔。

林静远笑他皇帝不急急死太监，转而又道："对了，我接到商单了！"

楚授不解："啊？"

林静远给他解释。他发视频的这个网站，虽然有创作激励计划，网站按照视频播放量给予奖金，但奖金其实挺少的，所以渐渐衍生出来"商单"这种东西。

一般都是甲方邀请博主帮忙做宣传，比方说在视频里做广告啊，做个测评啊，或者简单粗暴点，发个动态搞个抽奖，利用自己的人气，达到宣传产品的效果。

"我现在的粉丝数量才几万，算是很小很小的博主了。"林静远有些羞涩地摸摸鼻头，"所以我真没想到，会有商单来找我。"

"哇！那你能赚大钱了！"楚授也激动起来。

"没多少没多少。"林静远笑道，"跟你写文比起来，差太多了。"

话虽如此，楚授还是很为他高兴。

做博主是林静远的梦想。梦想的光正一步步照进现实。

多好，就像他的徒弟一样。

玉竹的梦想，就是摆脱被工作压榨的生活，自由自在地写小说。不过以她现在的写作收入，全职写文根本没法养活自己。

盛夏时节，即便是傍晚也很炎热。两人散步回家，身上都已经笼上一层薄汗。

楚授去冲了个澡，出来以后就跟林静远一起边看电视边吃冰激凌。

冰激凌是林静远前天刚做的葡萄干朗姆酒冰激凌，看的电视是最近热门的悬疑剧。

两人吃吃喝喝玩玩，闲聊和陪伴，让楚授的焦虑缓解不少。

不知不觉就到了十二点。

"啊，这么晚了。"楚授道，"早点睡吧，你明天还要上班呢。"

"嗯，晚安。"林静远朝他笑笑，收拾了东西，进屋了。

楚授回房间躺到床上，正想刷会儿手机，触手尖尖却下意识地点开了趣文轩APP。

哎，怎么才星期……嗯？等等，现在已经十二点零五分了，已经不是星期五而是星期六了！徒弟的文已经上千字收益榜了！

楚授一个激动，从床上弹了起来，啪一下点开榜单，楚授从上往下，一页一页地翻看。

果然，星期六的千字收益榜就是"修罗场"。前五位都是大佬的文章，一上来就是上万的收藏。

楚授虽然对玉竹抱有期待，不过对自己的教学水平还是心里有数的，觉得玉竹不可能从入V都困难直接一步飞升到榜单前排。

他放平心态，耐心地一个个看下来。

翻到十几二十位，没有。

翻到三十几位，榜单中段，没有。

翻到四十五位，榜单靠后了，还是没有。

楚授觉得自己现在好像蓝星高考放榜之后去查成绩的家长，明知自家孩子成绩不会有多好，但还是抱着期待，从光荣榜第一名开始一个个往下看。

榜单上不会显示序号，楚授是在心里数排位的。

数到五十位，还是没有！

六十，七十……还是没有！

今天的榜单超乎他想象，居然七十篇文都不止。

楚授感觉越往下翻自己的心就越沉。

终于，翻到最后一页，他看到了玉竹的名字。

倒数第二位……

楚授不敢相信，又把页面往下拉了几次，拉不动了。

确确实实，这就是最后一页了，玉竹的文就是倒数第二名。

楚授的大脑一片空白，整个触手怪都蒙了。

怎么会这样?!

他觉得玉竹大修之后成果显著,文章水平已经上了不止一个台阶。怎么还是只能排在倒数第二?!

排在最后的这几篇文,无一例外都标着完结的标志。这应该跟完结V的机制有关系。毕竟,完结V的文,都是先以免费状态完结,之后才入V的。也就是说,追更的读者早就免费看完全文了。只有入V之后新进来的读者才会付费,这部分收入才会计入千字收益,用于排名。

楚授当初那篇《烈风》也是差不多的情况,先完结再入V。不过他那时候又是入新晋作者榜又是上霸王火箭榜的,两相加成,因此在完结之后也吸引了不少新读者。

玉竹就不一样了。她的文章根本不在任何榜单上,几乎没有新读者,所以排在倒数第二,也算合情合理……

楚授想明白了,可还是有些沮丧。

玉竹都已经付出这么多努力了,每天凌晨两三点才睡,却还是得到了这样的结果。

楚授在为玉竹感到不甘的同时,又忍不住扪心自问:是我教得不对吗?我果然太自大了吗?明明我那几篇文的成功都是靠运气,却自大地以为自己真的有本事教人……

楚授陷入了深深的愧疚。

正在思考如何向玉竹道歉,QQ突然跳动起来。

"师父师父,我上千字收益榜了!啊啊啊!我终于上榜了!好激动!"

楚授一怔,眼睛酸酸的,不知道该说什么。还没等他回答,玉竹又发来一句:"而且我不是倒数第一!我还以为我垫底垫定了,没想到居然不是!哈哈哈哈,进步巨大!谢谢师父!!!"一堆感叹号还不够,玉竹还发了好几个表情包。

玉竹这是……反过来在安慰他?

楚授小心翼翼地跟玉竹聊了两句,发现玉竹还真不是安慰他,她是真的很开心。

她已经在趣文轩写文一年多了,之前的成绩都凄凄惨惨,连入V及格线都达不到。现在这一篇,被楚授指出错误大修之后,评论区一下子就热闹了起来。大家都说改完之后比以前好,还说这种宝藏文怎么数据这么差。

虽然收藏数暴涨有不知道哪位好心人推荐的功劳，但评论区的读者反馈都是真实的。推荐只是起到引流的作用，读者肯留下来追文，那就是她自己的本事了。

所以玉竹很高兴，她看到了自己的进步，已经很满足了。

楚授看着玉竹发来的表情包里，那些撒花转圈的卡通小人，心里一阵欣慰。但愧疚感却仍然压在他心头，让他情不自禁地想：如果当初玉竹找的师父不是他，而是另外一个真的有水平、真的会教人的大佬，会怎么样呢？以玉竹的勤奋和天赋，她一定能得到更好的成绩。

楚授被愧疚感压得睡不着，躺在床上刷手机，忍不住又打开了趣文轩APP。这一次，他发现榜单排名不大一样了。

前五名的排名变了。原本的第三名，一跃成为第一名。相对应的，原本的第一、第二名，也都往下滑了一名。第四名和第五名则是交换了顺序。

咦，原来这个排名是会更新的吗？

那玉竹的排名是不是也变了？

楚授兴奋地往下拉，一口气拉到最下面——果然！

玉竹已经不是倒数第二了！她往上升了两名！虽然还是倒数，但这已经是肉眼可见的进步！

楚授激动地把自己的发现立马告诉了玉竹。

玉竹："原来师父你也还没睡！"

楚授这才知道，玉竹表面上看着淡定，其实也激动得睡不着！想想也是，毕竟这是她第一次上千字收益榜，激动之情可想而知。楚授想起一小时前两人互道的那句"晚安"，忍不住笑出了声。

原来大家都是说完晚安，转头又刷起了趣文轩！不愧是我徒弟，跟师父简直一脉相承！

既然互相戳穿了睡不着的事实，师徒两个索性一起蹲起了排名。两人满怀期待地又刷新了几次，却发现接下来的几十分钟里，排名始终没变。

去论坛问了问，才知道，原来千字收益榜的排名每到整点才更新一次。

于是师徒两人一边闲聊一边刷网页，焦急而期待地等待着下一个整点。

凌晨两点，楚授刷新网页之后再次一口气拉到最下面——玉竹的排名又上升了！

而且这次一口气上升了五名！

"天啊！"玉竹发了个截图，"收藏数也涨得好快！我每次切换出去再点进来，都会涨几十个收藏！"

玉竹激动得快哭了："这是什么神仙榜单！我想住在这个榜上！"

刷新排名之余，两人还一起看评论区。评论区的留言数也几乎每秒都在增长。大家都在兴奋地讨论剧情。玉竹哪见过这阵仗，简直兴奋得不能自已，疯狂截图给楚授看。

"哈哈，师父你看这个，这个读者发现了我十几章前留下的伏笔！她好厉害啊！"

"哇，这个人是我的老读者！我认识！我写第一篇文的时候她就给我留过言，鼓励我继续写下去！当时我好感动的！因为那是我那篇文唯一一个评论！不知道她还记不记得我！"

"师父师父，这两个读者吵起来了，我要不要去劝架呀？"

"呜呜呜，师父，有人说我这个情节不合理，现实当中怎么可能有这么可恶的老板和同事，可是这个事情真的是我亲身经历过的呀……"

楚授和她分享着喜悦，听着玉竹"师父师父"地叫着，自己心里也是无比欣慰。

他自己的文就算不上榜单，评论也非常多。因此不论是夸奖的评论，还是挑刺嘲讽的评论，他都已经见怪不怪了。

但是玉竹那认真阅读、认真回复每一条评论的样子，还挺可爱的。像一个从小吃苦的小可怜，从来没见过什么好东西，拿着一根再普通不过的棒棒糖也无比珍视，握在手里一口一口地舔。

楚授忽然注意到有很多读者说看中了玉竹的新文，问她什么时候发表，便问："你新文的收藏数涨了多少？"

玉竹这才想起新文预告的事。她去看了一眼，回来又是一阵激动："师父！天啊，我都不敢相信了！收藏数居然有五百多了！还没发表就已经过了入V的收藏及格线了！"

她发了好长一串感叹号来表达激动之情。

屏幕这边的楚授也非常激动。

天啊！他徒弟真棒！从写了一百万字都无法入V，到现在新文收藏数就直接过了入V及格线，这何止是质的飞跃，这简直是质的飞跃的N次方！

最重要的是，玉竹的新文文名、文案、核心内容，全部是她自己想的！

是她接受楚授的指导之后，把那些"干货"技巧融会贯通，然后自己完成的！

如果说玉竹这篇文入V是借了楚授的光，那么新文获得这么多收藏数就完全是她自己的本事了！

师徒俩兴奋了一整晚。一直到天蒙蒙亮，玉竹还要去公司上班，这才跟他道别，简单洗把脸就出门了。

楚授每次刷新都看到玉竹的排名在涨。不过越是前排，竞争越激烈。周六"修罗场"毕竟不是白叫的。

从早上十点开始，前排的排名就不怎么变动了。而玉竹的排名，也从每次刷新上升好几位，变成了每次只上升一位。虽然慢了，毕竟仍在上升，还是很优秀的！

同时，这篇完结文的收藏数以及接档新文的收藏数，也是每次刷新都在增长。

楚授的兴奋劲儿渐渐过去，再加上玉竹不在，没人跟他分享心情，渐渐疲惫感就涌了上来。

楚授休息了一会儿，醒来后灵感爆发，立马打开文档，把自己的新文狂敲了十万字。

到了晚上，玉竹加完班回家，师徒两个继续凌晨的激情交流。

终于，屏幕上显示的时间，从二十三点五十九分，跳到了零点。千字收益榜刷新，整个页面换上了一拨新的作品。

那一瞬间，楚授竟有些怅然若失。

玉竹也有些恍惚。

半分钟后，楚授才回过神来，连忙问玉竹："收藏数一共涨了多少？"

玉竹算了算，兴奋地回答他："完结文涨了三千多，新文也有一千多的收藏了！"

玉竹最后的排名是第三十五名。

虽然只是榜单中段，但对于一个已经完结了才入V的文来说，已经是非常难得的成绩了。

放眼望去，榜单三十五名前后，没有一篇是完结入V的文，全都是刚满七万字就顺V的连载文。

也就是说，玉竹以完结文的身份，成功打败了许多篇有榜单加持、本身数据不差的顺V文！

他徒弟太厉害了！

至于玉竹新文的数据……楚授自己没这样操作过，也不知道一千多的新文收藏数是什么概念。

不过毕竟是还没发表就超过V线，这数据肯定不差了。

楚授暗戳戳地有种想炫耀的冲动，于是去论坛发了个帖子。

　　请问，文章上了千字收益榜，还预告了新文，上榜的那篇收藏数涨了三千多，新文的涨了一千多，是什么水平啊？

为免误会，他还在主楼补充了一句："不是我，是我朋友。"

帖子发出去不久，马上出现大量回复。

——什么？三比一的比例？这是要一飞冲天的节奏啊！

——这个真的太牛了！好想知道新文预告用了什么神仙文案，求透露让我去膜拜一下！

——三比一真的很优秀。我之前也有篇文，上榜后所带的新文预告效果也很好。不过收藏比例还不到三比一，大概四点五比一的样子。那篇预告的文后来上了频道金榜。

楚授心想：谢谢，有被爽到。

楚授美滋滋的，深深体会到了带徒弟的快乐。

当他把这份快乐源泉的帖子发给玉竹时，玉竹先是激动，继而又发来了长篇感谢，感谢他在万千拜师帖中选中了她这个"小透明"，感谢他帮她看文、分析，给她指出文章里的不足。

最重要的是，感谢他让她找回了信心，让她不再迷惘，能够继续坚定地走下去。

楚授沉浸在浓浓的师徒情里无法自拔，隐约感到自己好像忘记了什么。

算了，不管了，收徒弟真开心。他要继续好好带徒弟，坐等徒弟更上一层楼！

经过一段时间的准备，楚授的新文《白衣》正式开始更新了。

这次他选择了职场文这个题材。为了真实，楚授参考了几个纪录片，写了一个急诊科的故事。

主角不止一个，是急诊科的全体医生、护士，算是群像文。

而且医生和护士之间没有什么复杂狗血的感情纠葛，顶多就是互帮互助的同事之情。

简单来说，这就是个纯粹的医疗行业文。

这篇文写得很不顺，因为确实不是他擅长的东西。他是一边查资料一边写的，几乎是写几百字就要停下来思考，手速创了新低。

《白衣》发表在了"电脑桌上的台灯"这个号的名下。

又是新号，又是冷门题材，这次总不能再误打误撞火了吧？

楚授不敢大意，认真观察这篇文的数据。

发文十天，都更新三万字了，收藏和点击还只有个位数。

因为这篇文不是趣文轩主流的题材和风格。不小心误入的读者也纷纷表示这篇文太真实了，有些故事看着简直心酸。比方说幼子确诊了重大疾病后，因为没钱治疗，而在急诊室外面号啕大哭的父亲；比方说因为无知和心急，对医护人员恶语相向甚至暴力恐吓的家属……

这文太冷门，评论区也没几个人。

有人表示："本来看小说就是图个乐子，这篇文虽然写得不错，但实在是太沉重了，看不下去。"

还有人说："趣文轩还有这种文啊，作者真是'为爱发电'了。"

稳了稳了，这次稳了。

楚授是满意了，雪松可看不下去了。

作为一个非常看好他的编辑，雪松忍不住提醒他："像你现在这样的数据，什么榜都上不了，后续也很难有曝光。要不用你另外的号引流吧，至少上一次榜单啊，不然搞不好连V都入不了。"

楚授义正词严："不不不，我开小号就是为了重新开始，怎么可以借助外力呢？"

他一本正经地胡说八道，认真得连自己都信了："我就是想要测试一下我的真实水平，看看没有任何榜单的加持，也没有广播剧加成的我，到底能写成什么样！"

雪松无语：哥，那哪是外力，那都是你凭本事挣来的老本儿呀！

雪松可算明白了，她摊上的这个作者，不但是个"玻璃心"，还是个跟钱有仇的"玻璃心"！

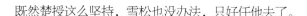

既然楚授这么坚持，雪松也没办法，只好任他去了。

这边楚授想方设法地避免自己上榜，另一边，某作者交流群里，另一群人则是想方设法研究怎么让数据好看一点，祈祷编辑下周安排个好榜单。

——之前那篇完结V逆袭的文你们看了吗？就是从千字收益榜尾巴一路逆袭到中排，带了新文预告，收藏比例三比一，还去论坛发帖的那个。

——当然看了，我还去帖子里回帖了呢。怎么了，有八卦？

——你要唠这个我可就不困了啊。

——能有什么八卦。就是突然想起这件事儿，有些感慨。人与人之间的差距怎么这么大啊？羡慕，我也好想逆袭。

糖糖看到大家讨论那天的逆袭文，忍不住发言道："那天去论坛晒成绩的，不是个三星大佬吗？你们说，这会不会就是之前来捡徒弟的那个三星？"

——咦，你这么一说……

——有可能！所以是被三星大佬指导之后才逆袭的吗？呜呜呜！我也好想要三星师父！

——是呢！这篇文好像大修过。我看了下时间点，正好就是三星大佬发收徒帖之后……难道这个逆袭的"小透明"真的是三星老师收的徒弟？！

群里顿时酸成一片柠檬。大家都在哀号为什么三星老师看不上自己，自己也好想找师父。

糖糖很无语："不就三星吗？我们好好写，也能升三星。"

没想到这话却引起了大家的反唇相讥。

——三星哪那么容易升？单篇文章收益十万呢！

——说得简单，那你怎么还是空星？

——呜呜呜……我觉得我一辈子都达不到那种程度了，高星大佬都是什么神仙……

糖糖越看越无语了。这帮人也太没有志气了吧！

这是个新人群，大家都是来趣文轩不久的。

一开始，所有人都抱着在趣文轩一飞冲天的鸿鹄壮志，每天激情写文，可很快现实就教他们做人了。

不熟悉热门题材，不了解读者口味，文笔幼稚，逻辑混乱……各种各样的问题都在劝退读者，以至于大部分人文章的数据都很差。数据越差就越上不了榜单。恶性循环，最终这些都化为负能量。群里要么天天哭惨，要么酸溜溜地觉得别人数据好一定有问题。

老实说，糖糖以前也是这样的，可现在她幡然醒悟了。

自从她下定决心要升到三星，让整个论坛见证成功之后，她愈发觉得，环境很重要。

自己数据不好，那就想办法去学习，去提升，去努力更新啊。

眼红别人的排名，就算暗戳戳地举报人家，把人家挤下榜，那榜单名额也轮不到你。

然而这个群，大家都是一种自怨自艾、自暴自弃的态度，负能量爆棚，每天都在求安慰。

可是每当糖糖找到一个技巧、一个练笔的方法，想要跟大家一起分享、一起练习、一起进步的时候，大家又会纷纷退缩，表示这个太难了，太累了，自己做不到，自己不行。

还没尝试就先放弃了，然后又开始抱怨，散播负能量。

这是不行的。

当糖糖说出那句"我们好好写，也能升三星"，居然得到嘲讽时，她再一次深刻意识到，不能再待在这里了。于是她果断退出了这个新人群。

群是退了，一个人努力毕竟有些寂寞，于是糖糖打开论坛，发了一个找好友的帖子。

找一个一起努力升星的好友！要求上进！一定要上进，要认真地把写文当成事业来做！

升星是论坛里永恒的话题。帖子很快就有人回复了，有人还带上了自己的联系方式。糖糖谨慎地阅读着每个回复帖。

时间宝贵，万一找到的好友只是嘴上说得好听，坚持了几天就撑不住了，那对大家而言都是浪费时间。

最终，她选中了一个叫"玉竹"的人。

这个层主说，她写了一百多万字了，最好的成绩还只是完结V。现实生活中，自己的工作非常辛苦，而且老板也只顾着压榨，根本没有发展空间。她希望辞掉工作，全职写文，彻底摆脱恶心的老板和同事。所以无论有多辛苦，她都会坚持下去的。

这个好！这个人有动力！

不过"玉竹"这个ID怎么好像有点眼熟……好像在哪个帖子里见过。

糖糖歪着脑袋想了想，还是没想起来。

算了，论坛ID千千万，这不重要，先加了聊聊再说。

糖糖加上玉竹的QQ，寒暄几句，发现跟这姑娘挺聊得来。毕竟大家都是真心想升星的，很快就一起商量着制订出了学习计划。

计划内容很简单，最低要求是保证每日更新，在此基础上，还要每天看大佬的作品，学习大佬的节奏，研究题材。另外，论坛经常会有大佬无偿分享自己的经验心得，也就是"干货"。

糖糖拉了一张"干货"帖子清单，要求玉竹和她一起学习、做笔记，交流心得。

玉竹很坦率地表示，她的工作经常要加班，这个计划对她来说压力有点大，不过她会尽量做到的。毕竟这是为了自己而奋斗。

糖糖对这个好友非常满意。而玉竹却莫名有些心虚，特别是在楚授写完更新，来关心她最近在做什么时，玉竹产生了一种愧疚感。

于是她老老实实地告诉师父："我找了个一起奋斗的好友。她给我制订了学习计划……"

楚授一听，还挺高兴。

他本来就觉得自己能得到三星完全是靠运气，怕自己太菜教不了徒弟。现在徒弟自己找了个好友，互相督促，一起学习，而且还懂得去找其他大佬的"干货"帖来学习——真不错！

他可以稍微放心了。

说真的，他对这个学习计划也挺感兴趣。之前在论坛里就经常听人说有某某大佬的教学帖什么的。

于是他问玉竹："你们交流学习的时候能不能带我一个，让我旁听？"

玉竹征求对方同意之后，拉了一个三人小群，群名叫"手可摘星辰"。

还挺应景。

楚授笑笑，群员名单上那个陌生的人，ID叫糖糖。

"你好呀，我是玉竹的朋友。"楚授主动跟她打招呼。

对方也很快发了个"你好"的表情包。

糖糖："你好你好！我叫糖糖，是新签约的小作者一名！"

还挺可爱的嘛。

楚授忍不住得意地想：我可爱的徒弟，找的好友也可可爱爱！

真好！

第十一章 ▷▷▷
♣ 大意了！ ♣
▷▷▷

日子如水般流过。

楚授的新文连载已经过半，数据还是一塌糊涂，评论区也是稀稀拉拉，只有眼熟的几个读者在每天追更。

楚授感觉非常安心。

这次稳了！

他可以适当把文章写长一点，多捞一点电量！

楚授终于可以顺利"为爱发电"，而相反的，林静远也终于摆脱"为爱发电"的阶段，开始通过接商单赚钱了。

他上次那个商单视频做得很好，观众们都表示能接受他这种做广告的方式，并且鼓励他接商单，多更新。

由于视频质量过硬，他又上了网站的首页推广，这为他又带来了一大拨粉丝。

商单的价格基本上是和粉丝数量挂钩的。因此后面他接到的商单，价格也开始水涨船高。

林静远提出，要分一半收益给楚授，楚授当然不肯要。

林静远认真地说："这是你的出场费。你如果不肯收，我的视频就不好意思再请你帮忙了。"

楚授其实很喜欢跟他一起拍视频，因为好玩又好吃。何况林静远都这么坚持了，楚授也就不再推辞，高高兴兴地接受了。

"这是什么呀？"楚授期待地搓着手，看到厨房里新添了一个大家伙。

林静远注意到楚授的目光，笑着解释："这是甲方送的烤箱。这次的商单就是推这个。"

"哇，还有这种操作！"楚授摸着金属烤箱光滑的机身，心想蓝星人的金属工艺还不错，这东西做得挺好看的。

烤箱精致漂亮，唯一美中不足的是体积有些大。他们租住的这套房子厨房本来就很小，林静远挪走了原本放在桌上的所有东西，才给这个大家伙腾出了位置。可即便如此，烤箱往那儿一放，还是显得厨房有些拥挤。

楚授歪过脑袋，看着小方桌上架着的摄像机。

大概是考虑到厨房拥挤的问题，林静远这次特意调整了摄像头机位。由于视角有限，镜头拍摄不到厨房其他地方，只能看到干净整洁的小方桌和那个精致漂亮的烤箱，会有一种厨房很宽敞明亮的错觉。

真厉害啊。楚授忍不住扬起嘴角。

林静远正在把事先准备好的食材依次放上桌，他没注意到楚授的表情，只说了句："今天我们做巴斯克蛋糕。等下我会一边拍一边跟你互动的。"

"咦，你也要出镜吗？"楚授有些期待。

"不，主要是你做。"林静远笑道，"这个很简单的。材料比例我都已经配好了，你只要打打鸡蛋、搅拌混合什么的，很简单，不会失败。"

楚授一听就来劲了。这次他要全程自己动手！

之前他看林静远做美食觉得很有意思，早就好奇想动手尝试了，但怕自己笨手笨脚帮倒忙，所以一直没有开口。没想到林静远什么都帮他准备好了！

"保证完成任务！"楚授摩拳擦掌。

林静远笑笑，走到三脚架后面，调整好摄像机角度，朝他笑道："好，那咱们开始吧。"

楚授深吸一口气，认认真真地洗手，把手上的水珠擦掉。

林静远做了个简单的开场白之后，就开始指导楚授制作。

林静远让他先称白砂糖。

楚授把小量杯放在食品秤上，开始往里倒白砂糖。

"慢一点……"林静远轻声提醒。

"哎呀！"楚授把袋子拎起来一点，结果白砂糖一下全撒出来了。

"没事。量杯是干净的，你可以倒回袋子里。"林静远忍着笑意。

楚授有点儿不好意思。他把多余的白砂糖装回袋子里，小心翼翼地靠在一边。

"然后呢？"他抬起眼。

林静远说："打三个鸡蛋。"

楚授抓起鸡蛋，光脑适时地为他投射出蓝星人打鸡蛋的教学视频。楚授学着视频里的样子，单手抓着鸡蛋，在玻璃碗边缘一敲。

"啪"，鸡蛋连壳掉进碗里。

楚授脸上瞬间爆红，手忙脚乱地去捞蛋壳："对不起，对不起……"

林静远笑出了声："没关系，这段可以剪掉！别紧张，再来一次好了。"

楚授却更加紧张，抓着蛋不知道要怎么敲。

林静远绕过镜头，俯身凑过来。

"你想单手敲蛋的话，像这样。"林静远从他手里接过鸡蛋，把自己捏蛋的手势展示给他看，然后以极慢的动作，"啪"的一下把鸡蛋在玻璃碗边缘敲开。

他手指灵巧地一动，两边蛋壳分开，蛋黄随着蛋清流到碗里，一点儿也没散。

"哇！"这个单手敲蛋的动作真是惊到楚授了，他学着林静远的样子试了几次，"成功了！"

"嗯，就是这样！很帅！"林静远给他比了个大拇指，又退回到镜头后面去。

接下来是软化奶油芝士。这个就简单很多，林静远已经提前帮他把芝士准备好，他只要放在大玻璃碗里搅拌软化就行。

楚授握着那个叫"手持打蛋器"的东西，一圈圈地在玻璃碗里搅拌着，边搅拌边加入刚才称好的白砂糖和鸡蛋，直到把奶油芝士打成滑腻腻的薄糊状，再加入少量面粉，过筛。

"为什么要过筛？"楚授随口问。

"过筛可以筛掉面筋，让口感更加顺滑。"林静远轻声解释道。

"哦。"楚授睁大眼睛，看着滑腻腻的面糊从筛网中漏下去，感觉非常新奇。

林静远忽道："有时候觉得你像个小孩子。"

"嗯？"楚授不解，茫然地抬起头。

林静远笑笑："看什么都好奇，总是在问为什么。"

楚授有些不好意思。没办法，B512星球的光脑和蓝星无法完全兼容，很多资料查不到，他只能问人啊……而且，只有在林静远面前，他才不用担心暴露身份，可以放心大胆地提问。

不知道为什么，林静远就是给他一种踏实的感觉，哪怕某天知道他是外星生物，他觉得林静远也不会伤害他。

诚如林静远所说，巴斯克蛋糕做起来非常简单。食材全部混合在一起之后，进烤箱烘焙，然后在冰箱冷藏几个小时就好了。

楚授第一次全程自己动手制作美食，心中的期待可想而知。

好不容易熬过等待期，闹钟一响，他立刻冲到冰箱前面。

"看看怎么样了！"他兴奋地把蛋糕从冰箱里捧出来。

林静远早已端起摄像机，捕捉他最最快乐的时刻。

"哇！"楚授切蛋糕时感叹道，"好软，好弹！看起来好好吃！"

林静远："尝尝，你第一次亲手做的蛋糕。"

巴斯克蛋糕表面是焦化层，焦糖香味扑鼻而来，内里却柔软细腻，口感爽滑如布丁。拿勺子轻轻敲一下，整块蛋糕还会微微晃动，看上去无比诱人。

"啊……好吃！"楚授陶醉地眯起眼睛，把小勺子含在嘴里，幸福得整个人都在摇晃。

林静远在镜头后也笑弯了眼。

"你尝尝！"楚授拿小勺挖了一块，递到林静远嘴边。

林静远凑过来，"啊呜"一口把蛋糕吃掉。

"好吃吗？好吃吗？"楚授兴奋地问。

林静远笑道："这要是不好吃，岂不是拆我自己的台？"

对啊！虽然蛋糕是他在做，但配方和材料都是林静远准备的。那必须好吃啊！

两个人嘻嘻哈哈，又笑成了一团。

展翊最近有些苦恼。

之前开发的几个IP项目都在稳步进行，市场反响不错，暂时不用操心。不过好久没找到新项目了，他有点无聊。

不久前挖掘到的新人作者，就是写《烈风》和《小星球》的那两位，他本来想跟他们长期合作，但这两人就像说好了似的，小红之后就消失了，新文也一直没有消息。哎，续航能力不足啊。

下属虽然也在找文，但最近推上来的几个，他看了都不甚满意——没有大爆的潜质。果然还得自己找。

这不，一打开网页，他就瞄到"最新更新"界面上一篇叫《白衣》的文。

白衣，修真文？他瞄了一眼文章的属性标签，意外发现这居然是篇现代都市职场文。

哦，那就应该是关于医疗行业的文了。

展翊点进去，发现这篇文数据奇差。好几万字了，收藏还只有个位数。评论区人也不多，不过留下的评论都是真情实感。看得出来，读者都被这种人间真实的题材震撼了。点击量、收藏数这么少，评论区质量却这么高？

展翊翻了一下，几乎没看到"撒花""催更"这种评论，清一色的都是十几行字真情实感的长评。

有意思。

展翊点进了第一章，然后是第二章、第三章、第四章……

十分钟后，展翊眼睛发酸。

二十分钟后，展翊眼圈红了。

三十分钟后，展翊清清嗓子，打了个电话给下属。

"去联系一下，我们下部戏要拍医疗剧。"

楚授吃完蛋糕，习惯性地打开趣文轩，然后他就震惊地发现——他又被人投上霸王火箭榜了！而且打赏的人还是熟悉的图南之翼！！！

楚授两眼一抹黑。怎么是你！怎么又是你！我都换了两个号了你怎么还不放过我？！

楚授忍着吐血的冲动，点进自己的文章确认数据。看到收藏数，他总算松了口气。幸好这个题材冷门，即便在霸王火箭榜上待了一天，收藏数也才涨了两百多，距离入V及格线还有一段距离。反观跟他差不多时间上榜的那些文，收藏数都已经涨了一千多了。

不过，他对于图南之翼这位读者的心情，也愈发复杂了起来。这是第二次了，一言不合就给他砸一万多个霸王火箭。这熟悉的操作……图南不会认出他来了吧？楚授一时间有点紧张，竟有种被抓包的心虚感。

他赶紧把之前那篇《烈风》拉出来和《白衣》进行对比。仔细对比后，他确信，这两篇文除了文名都是两个字以外，没有任何相似之处，不可能有人猜测到这两篇文是同一个作者写的。

所以……这只是巧合吗？难道说这个图南之翼，真就只是一个喜欢到处给人撒币的土豪？

希望如此吧……

楚授躺在床上，心里还是突突地跳，翻来覆去睡不着。他有种不安感。

实在心里发慌，他又打开了趣文轩论坛，试着搜索了一下"图南"这个名字。排在最前面的当然是《烈风》霸王火箭榜事件时，图南亲自下场力挺他的那个帖子，后面一串是在八卦他和图南的关系。楚授无视了这些乱七八糟的帖子，一页页往下翻，突然心里猛地"咯噔"一下。

他看到了这样一个帖子。

　　收到了一个红宝石打赏，本来还在激动，结果点进对方读者页面一看，这位土豪读者给别人砸红宝石都是一百个一砸的，给我就只有一个……呜呜呜，虽然收到红宝石应该知足了，但还是好酸怎么办？

帖子里提到了图南的名字，下面有人科普。

——哇，又是这位土豪！先恭喜楼主了，这位土豪是个锦鲤[1]你知不知道！我之前有篇文，也是收到这位土豪的红宝石，没过多久就有版权合作方来问价了！问了下好友，他们也有好几个收到他的红宝石之后就卖了版权！楼主等着卖版权吧！哈哈哈！

——楼上的，我看了你说的，特意去翻了图南的打赏名单。所有被他打赏过的文章，全都卖了版权！这是真锦鲤吧！还是说……图南大佬就是"金主爸爸"本人？

---

[1] 锦鲤：网络用语，表示可以带来好运的人或物。

——嘶，"金主爸爸"亲自来扫文，这么接地气的吗？可能只是这位读者眼光好吧，看上的文质量都不错，所以才能卖版权。

——不管不管，我先拜锦鲤为敬。

——呜呜呜，我也想卖版权。拜锦鲤！！！

应该……只是巧合吧……楚授嘴角微微抽动。毕竟，他的《烈风》就没有卖版权啊……不过这事儿没法查证，他现在只能祈祷这不是真的。

一夜失眠。

第二天，楚授睡到中午才起来。一上线就听到QQ"嘀嘀嘀"地响。

他心道不好，怀着一种要死的心情点开对话框，来者果然是雪松。

"你的《白衣》有人来问版权了！"雪松激动得打了好几个感叹号，"而且这次是影视剧版权！版权费估计50万起步！！！"

楚授："……"

不好的预感果然成真了。楚授眼神如死，无奈问道："这篇文连入V及格线都没达到，怎么还会有人买版权啊……"

雪松："我也觉得很惊讶，但事实就是如此呢。"

楚授："……"

"哈哈哈，不开玩笑了。"看得出来，雪松心情很好，她耐心解释道，"你这篇文是现代文，现代文的特点就是连载期不吃订阅，数据看起来比较差。但优点就是比较容易卖版权，因为改编成本低。而且你这篇是医疗行业文，正好顺应潮流，是正能量题材，所以卖版权也很正常。"

楚授心想：大意了！他只知道这个题材在趣文轩很冷门，谁知道在影视改编行业就是大热门呢！

虽然版权费是一笔不菲收入，但卖出影视版权可以增加10倍的发电系数。不如故技重施，像上次卖广播剧版权一样，找个借口压一压版权费？上次打包卖出去的两篇，打对折还是太客气了，导致最后自己几乎血本无归。这次他得狠狠心，索性打个一折！

楚授正美滋滋地计算着一折版权费自己能赚多少电量，光脑就提醒他："警告，恶意压价可能会被系统判定为刷电量，触发倒扣电量惩罚。"

楚授："……"

他忍不住翻了个白眼，吐槽道："你最近发言好像都是在警告我不要做这个，不要做那个。你能不能给我一点该做什么的建议？"

光脑沉默片刻道："根据目前的数据，推测宿主自带写作天赋及强运[1]光环。利用写作'为爱发电'效率较低。可转换尝试自己不擅长的工作，例如制作视频。"

楚授："做视频？那不是跟林静远抢生意吗……"更何况他对拍视频一窍不通，不像网文，他本身就喜欢，写起来产量也高。

光脑："通过运算，光脑已得出宿主不会接受该建议的结论，因此不予推荐。"

楚授："……"意思是光脑早就知道他会拒绝，所以压根连提都不提？

行吧，这家伙算得还挺准的……楚授无法在版权费上恶意压价，只能委婉地向雪松传达"版权费最多五十万，不能更多了"的意思。同时决定把这篇文写长，起码写个百来万吧，不然版权费一到账他又白干了。

楚授仔细算了算，假设全文能写一百万字，扣掉版权费五十万，再乘以11倍发电系数，那就是五百五十万！这样一下就完成了目标电量的一半以上！

这么一想，卖影视版权好爽。他只要卖两篇就能回家了！楚授激动了，感觉回归母星近在眼前！一想到终于能回家了，楚授心里美滋滋的，眼睛却莫名有些发酸。

欸，这是什么感觉……楚授揉了揉眼睛，发现自己胸口闷闷的，似乎有种从未经历过的陌生情绪包含其中。

他去厨房倒水喝，瞄到那个跟狭小厨房格格不入的豪华烤箱，忽然心里一动。

林静远最近在制作视频上越来越用心，偶尔需要他自己配音的时候，他也会练习很多遍，音画质量也越来越高了。虽然他已经能靠做视频赚钱了，但也砸了更多钱下去，特别是在食材选用上，之前一般的食材加上后期滤镜也能呈现很好的视觉效果，如今由于楚授要试吃，还要帮忙消化失败产物，林静远担心味道不好，也怕楚授吃了拉肚子，因此买的每一份食材都是最新鲜、品质最好的。

既然快要回家了，临走之前做一件好事吧！

---

[1]强运：网络用语，指非常幸运。

楚授心念一动，当即出门——看房子去了。

　　半个月后，《白衣》的影视版权合同正式签订，版权费谈下来正好是五十万。版权购买方很爽快，一口气把钱打了过来。

　　楚授看了眼自己的账户。之前写的几篇文每天还有VIP订阅收入，非常可观。再加上版权费，差不多也有百来万了。

　　正好，够了。

　　楚授立刻去买下了之前看中的一套精装修房。这个套房是两室一厅，房间不算大，但厨房足够大。楚授最满意的就是那个厨房。

　　他是以林静远的名义买的。毕竟他快要回母星了，要蓝星房产没用。当然，这件事暂时还不能告诉林静远。

　　当天晚上，林静远回家做饭时，楚授走进厨房里，很随意地说："我买了套房子。"

　　林静远正在炒菜，闻言随口应了一句："哦。"

　　"嗯？"几秒钟后，林静远睁大了眼睛，惊得连锅铲都掉了，"你买了房子?!"

　　"对。"

　　林静远呆了一下，眼角的肌肉微不可察地抽了抽。

　　"恭喜你啊。"他笑了，笑得很温柔，"好厉害，这么快就买房了。你们趣文轩真的遍地是黄金，弄得我也心动了。"

　　他转过身继续炒菜，很随意地问："装修得怎么样了？打算什么时候搬？到时候跟我说一声，我帮你搬东西。"

　　楚授歪了歪脑袋："嗯……挑个你休息的时候吧。我还好，东西少。你东西这么多，又是锅碗瓢盆又是烤箱的……咱们是不是得找个搬家公司帮忙一起搬啊？"

　　林静远炒菜的手停了下来，他讶异地回过头，呆呆地问："什么意思？"

　　"啊？什么'什么意思'？就是，找个搬家公司，找辆车……"他比画了一下大卡车的形状，"你东西那么多，那——么——多！我们要是自己搬，来来回回要跑好多趟，累死了！你们人类……"他本想说你们人类搬家不都找车的吗，忽然意识到自己说漏嘴，连忙住口。

　　幸好林静远有些恍惚，没注意他话里的怪异之处，只是怔怔地看着他。

　　"你是让我跟你一起……住你的新家？"林静远小心翼翼地问。

楚授："是啊。"

林静远："为什么？"

楚授理所当然地道："因为这边的厨房太小了，东西放不下啊。"

林静远："不是，我是问为什么……"

话没说完，他忽地心里一动，隐约察觉到楚授的心意，便红着脸没再问下去。

"所以……你同意了？"楚授站在他身后，歪着脑袋问。

"……嗯。"林静远低低地应了一声，转过身去，继续炒菜。

楚授"嘿嘿"笑了一下，回屋去收拾东西了。他没看到，林静远貌似平静地炒着菜，实际上一只手紧紧抓着灶台边缘，好像不这样做，就会高兴得晕过去。

这几天楚授都在家收拾行李。星期四的时候玉竹来报喜，说她上编辑推荐榜了。

"我从来没上过这么好的榜单！"玉竹激动不已，"谢谢师父！要是没有你，我可能一辈子都上不了！"

楚授："……"编辑推荐榜……是这么好的榜吗？

他回忆了一下，编辑推荐榜位于趣文轩主页的最下方，从位置来看并不是一个曝光率高的榜单。不过，从内容的角度来说，只有同期数据排名前二十的文章才会上榜。

他已经习惯于各种位置绝佳的榜单推荐，因此觉得位于页面最下方的榜单带来的曝光影响不大。可玉竹就不一样了。对她来说，这已经是她上过的最好的榜单了。

呜呜呜，我的小可怜徒弟。

楚授简直想再给她一个章推。不过想想自己已经开了小号了，小号上唯一的那篇《白衣》数据也差得要命，估计就算推了也没什么效果，还会有暴露自己身份的风险，只好作罢。

第二天，他收到了《白衣》影视版权购买方，也就是扶摇影视的邀请。对方想与他商讨一下剧本改编的细节。然而楚授不知道的是，这次负责这个项目的，正好就是上次《小星球》广播剧的那位负责人。

负责人两次接到展总的直接指示，结果签合约时才发现，这两个马甲居然是同一人。

负责人心道：我懂了！展总一定跟这位作者认识，想要捧这个新人！

于是负责人对待楚授的态度也尊敬起来——毕竟是展总看重的人！

扶摇影视位于市中心CBD区的高端商务楼，装修很豪华，从里到外都透露出有钱又有格调的韵味。

"展总出差，今天正好不在公司。"负责人一边带路一边跟楚授解释。

"哦。"楚授应了一声，好奇地张望着，也没多想对方为什么特意提一句展总。他又不认识，而且也不是来见大老板的。

他不是来跟编剧聊创作的吗？

没想到楚授这平平无奇的反应，反而加深了负责人的误解。

这位小作者看起来跟大老板很熟的样子！估计展总早就把出差的事告诉他了，所以他才一点都不惊讶！他俩到底什么关系？

负责人悄悄瞟着楚授的侧脸，心中猜测着。

两人闲聊着，前面走来一个戴着口罩和墨镜的年轻人。虽然一张脸遮掉了大半，但还是可以看出笔挺的鼻梁，白皙的皮肤。

一名女性紧随其后，轻声给他讲述今天的行程。

是明星？

狭路相逢，负责人客客气气地给对方让路，朝对方点头示意，还轻声问了句好。

楚授没听清负责人管对方叫什么，他对追星也没兴趣。等对方走后，他就跟负责人继续闲聊。

那明星本来看都没看他一眼，却在听到他的声音以后，耳朵一动。

"等等。"

明星一开口，负责人立刻停下脚步转过身，恭恭敬敬问他有什么事。

明星道："不是你，是他。"

楚授指指自己，茫然："我？"

那明星走过来，摘了墨镜，上下打量着他："再说两句。"

楚授没听懂："啊？"

明星长着一双灿若星辰的眼睛。此时他盯着楚授，眉头微微皱起："你随便再说几句话，就说'看起来好好吃！好软，好弹！'"

楚授："……"这句话怎么有点儿耳熟。等等，这不是他前些时给林静远录视频时说的吗？

楚授眼睛一亮："哦，你是林静远的粉丝！"

云川："……"

要不是身为名人要注意形象，他此刻简直要忍不住翻白眼了！但这下他能确定眼前这人真的是"真爱粉"小作者、愿意一句话一万元请他录音的"金主爸爸"了。

云川强压着情绪："我是云川。"

负责人在一旁小声补充："也就是上一次《小星球》广播剧的。"

"云川？"楚授讶异。

云川忽然想起第一次接触时小作者那句对他造成十万暴击的"你谁"，顿时心道不好，下意识地想去捂楚授的嘴巴。

没想到楚授却笑了："我以为你只是声音好听，没想到你人也长得这么好看！"

云川："……"你怎么不按套路出牌！

毫无心理准备突然被夸颜值的云川，唰地一下子红了脸。

"咳。"他瞟了负责人一眼，见对方很识趣地别开脸，便一本正经道，"你们那儿没事了吧？我跟他聊两句。"

负责人一愣。云川是展总的弟弟，他不敢怠慢，立刻识趣道："您请，您请。"

楚授奇怪地看了负责人一眼："不是说要跟编剧开会吗？"

负责人果断道："编剧堵车，还没到呢。您先忙。"

于是楚授就被云川带走了。

看着一脸天真毫无防备的楚授被云川带进小会议室，云川还咔嗒一下锁上门，负责人忽然心头一跳——早就听闻云川喜怒无常，这突然锁门，不会出事吧……

负责人不由得有些担心这个新来的小作者。

但是转念一想，小作者可是认识展总的呢！云川再任性，也总得给展总面子吧！他咳嗽一声，默默退下了。

云川的助理给两人倒了茶就出去了，空荡荡的会议室里只剩他们两个。

"你找我干什么？"楚授问。

云川喝了口茶，云淡风轻地道："《白衣》也是你的吧？这次《白衣》的连续剧制作，我也要参与配音。"

楚授："咦？"

云川表面云淡风轻，内心苍蝇搓手般地等待着楚授的兴奋表情，心想：激动了吧？兴奋了吧？得知喜欢的老师连续两次给你的作品配音，作为粉丝已经达到人生的大圆满了吧？

然而楚授只是眨了眨眼，很惊讶地问："原来电视剧也要配音的啊？我还以为都是演员自己的声音呢！"

云川："……"

你怎么这么淡定！你不对劲！

云川深吸一口气，努力告诉自己这个小粉丝一定是怕在偶像面前出丑，所以强忍着激动不表现出来。他作为偶像，也要在粉丝面前保持住风度，展现出格调！

于是他耐心解释道："除非演员功底好，否则影视剧为了效果，一般都是后期配音的。像《侠隐》《紫檀神记》《孤城》《最后一支肾上腺素》……这些电视剧，其实给主角配音的都是我。"

他顿了顿，神秘一笑："没听出来吧？"

楚授："……啊？"

云川："……我是说，这几部电视剧的主角，声线完全不同，你是不是不看演员表都听不出来全是我配的？"

楚授的表情一瞬间尴尬起来："呃……"

这表情……是根本没看过这几部剧的意思吗?!

怎么回事，这个小粉丝不是说爱他爱得版权费都可以打对折吗，怎么仿佛连他最出名的作品都没听过？他可是特意挑了这几年红遍大江南北的几部剧说的啊！

所以这个小粉丝到底是从哪里爱上他的？不会是他早年贪玩拍的几部广播剧吧……

云川心里一惊，顿时不敢再问了。幸好此时助理来敲门，提醒他该去录音棚了。

云川本来已经迫不及待地想要摆脱这个假粉了，结果楚授却站了起来，两眼放光地道："咦，这里还有录音棚吗？"

云川忽地心里一动，回头笑道："想不想去参观一下？"

"想啊想啊想啊！"楚授拼命点头，可以看得出是真的很好奇了。

云川一秒切换声线，成熟冷静而有风度地道："行，那今天就破例，带你去参观一下。"是时候展现真正的技术了！

云川带着楚授来到录音棚，看着这个小家伙露出没见过世面的惊喜表情，心中暗暗握拳。不管你是真粉还是假粉，听了我的现场收音，从此以后都会变成"死忠粉"！

事实证明，云川虽然性格搞笑，但技术真不是吹的。

毕竟，他也不是凭借搞笑性格或是那张脸才出名的。在他上各类需要露脸的综艺节目之前，他用声音魅力就收获了大量粉丝。

云川今天配的是一段古装戏。屏幕上播放着剧情，云川需要对着口型把台词配上去。

楚授先看了一遍演员原声视频，只觉得索然无味，心里没有丝毫波动，甚至还想把矫情的男主角拉出来打一顿。

可是云川一开口——

天啊，这微微发抖的嗓音，这隐忍克制的哭腔！眼中含着的是泪，喉间哽咽的是血。那些眼药水和假血，在男演员身上是妆造道具，可配上云川的声线，那就是情难自抑的泪、痛入骨髓的血！

绝了！

楚授直接被带入到剧情里的情绪中了。

明明录音师玻璃后面的云川只是穿着普通的休闲衫、牛仔裤，耳朵上甚至还挂着口罩，可是他的声音分明就是云雾山上的清冷仙尊，是被女主虐身又虐心却百折不挠、百死不悔的痴情男二！

楚授终于理解为什么这种受虐型男二永远有市场了，因为真的好带感！

云川从录音室出来时，不用问，就知道楚授被他的实力震撼到了，因为楚授两眼都闪着激动的光——

这才是粉丝该有的样子！

云川矜持地咳嗽一声："见笑了。"

楚授发自内心地惊叹："好厉害！你是怎么做到的啊？对着台词本就能爆发出这么丰富的情绪……真的，超厉害！"

"其实也不难。"云川简单给他讲解了一些入戏小技巧。

末了,他笑道:"你要不要自己来试试?"

"可以吗?"楚授已经跃跃欲试了。

云川脸上保持着矜持得体的笑容,心里已经乐开了花。

这才对嘛!这才是小粉丝该有的表情!

云川把楚授领进录音室里,隔音门一关,手把手地教他如何在麦克风前发声。

果然,楚授的声音条件非常好。云川朝玻璃窗瞟了一眼,窗户后面的调音师也露出赞叹的神情。

试音完毕,楚授意犹未尽。

调音师笑着问:"这是你们工作室招的新人?"

"不是。"云川刚答完,忽然心念一动,转头朝楚授笑道,"不过,可以是。"

楚授震惊:这是邀请他加入的意思吗?

云川正式地向他提出邀请,让他来工作室当配音学徒。如果学得好,就可以转正,正式成为他们工作室的一员。楚授觉得配音很神奇,很好玩,果断答应。云川总算满意而归。

等到云川这里的事情结束,楚授回到负责人那边,又跟编剧碰了个头,讨论完《白衣》的事,这才回家。

三天后就是搬家的日子。

林静远果然家当很多,大包小包的足足装了半个卡车。他很不好意思,跟搬家师傅交代完要送到哪里之后,就跟楚授一起坐上地铁,先去新家开门。

周一的下午,地铁很空。楚授和林静远一人一个位置,随意聊着天。

地铁到站,上来几个年轻姑娘。姑娘们叽叽喳喳,正在兴奋地聊着什么,表情和语气都非常激动,时不时发出一阵银铃似的笑声。青春气息一下子洒满车厢。

楚授本来有些困了,忽然听到一句:"啊啊啊!云川出场了!"他吓了一跳,抬起头,看到一个戴着耳机的女生正兴奋地晃着另一个女生的胳膊。

"声音好好听,让人感觉酥酥麻麻的!"另一个女生也很激动,两眼放光地回应道,"我一开始都不知道他配了这部广播剧,结果一听到他的声音,我立马从床上蹦起来了！太有辨识度了！"

作为近距离见识过云川现场配音的人，楚授深有同感，忍不住赞成地点点头。

林静远笑道："怎么，你也听广播剧啊？"

楚授："啊？"

林静远："那个很有名的云川，最近不是配了一个叫《小星球》的广播剧吗？我在网上看到好多人讨论呢。对了……"

林静远不知想起什么，忍着笑意道："这个《小星球》就是那个《一篇网文》的作者写的。你还记得吗，就是那个男主男扮女装，女主女扮男装的小说啊……"

林静远还在滔滔不绝地说着剧情。

惨遭"公开处刑"的楚授眼神黯淡：你不用说得这么详细！你说的这些我都知道！

林静远兴致勃勃地又问："对了，你不是也在趣文轩写文吗？你认识那个作者吗？"此言一出，那几个原本还在讨论广播剧的女生突然就不聊了，同时悄悄地朝楚授这边看过来。

"不知道，不认识，没听说过，别问我！"楚授连忙摆手。

"那真是太可惜了。"林静远面露惋惜，"我还挺想认识认识这位传奇作者的，看看到底是什么样的人能写出脑洞这么大的网文。"

楚授："……"谢谢，脚趾已经抠出五十层别墅了！

第 十 二 章 ▷ ▷ ▷
▷ ▷ ▷

　　楚授把去云川工作室当学徒的事告诉了林静远。当然，他隐瞒了云川为自己的广播剧配音的事，只说原先就认识云川。

　　林静远倒是很高兴。他本来就在担心，楚授一天到晚宅在家里闷头写文，长此以往会不会跟社会脱节。现在找到事情做就好了。

　　楚授每天早起去工作室报到。很快，他就发现，林静远的出门时间变早了。搬家之前，林静远都是八点左右出门，有时候他们还能一起吃早餐；可是现在，无论楚授起得多早，都不见林静远的人影，只有桌上一份温热的早餐在静静等候他。

　　楚授终于忍不住问林静远，现在都是几点出门。

　　林静远说："六点半。"

　　楚授很惊讶："为什么？"

　　林静远说现在住得离网吧远了，公交和地铁又没有直达的，要转车，再加上早高峰时段，路上比较堵，所以要提前一点出门才不会迟到。

　　楚授听得心里一惊。他让林静远搬过来，本意是想给林静远换个大点儿的厨房。没想到因为上班距离变远，反而害得林静远大把时间浪费在通勤上。

是他欠考虑了。他买房子之前，应该跟林静远商量一下的。

楚授有点愧疚。但房子买都买了，家都搬了，他一时半会儿也没钱再买一套。

林静远看着他不安的表情，笑道："没关系，反正我马上要辞职了。"

楚授："啊？"

林静远："我现在做视频的收入，远远超过了网吧的工资。而且网吧的工作挺没意思的。所以索性就辞职当全职博主啦。"

这倒是。网吧前台的工作，只不过是收费上机而已，毫无技术含量，而且很消磨人的精力。最关键的是，林静远在网吧经常要上夜班，日夜颠倒，长此以往很伤身体。

楚授想明白了，也就释怀了。

楚授是云川亲自带进工作室的学徒，待遇自然和一般新人不同。同事们都知道云川很看重楚授，再加上楚授的声音条件确实不错，因此大家都对楚授很好，也愿意教他。

唯一跟楚授看不对眼的，就是许星幻。

许星幻是个"星二代"。父母在演艺圈摸爬滚打多年，凭本事获得了如今的地位，在圈里有很多人脉资源，他们本想把许星幻直接捧上一线，结果许星幻非要退居幕后，当个配音演员。

原因无他，崇拜云川罢了。

父母拗不过儿子，只好动用关系把人塞进云川工作室。

云川倒是无所谓。毕竟许星幻勤奋肯学，声音条件也还不错，好好打磨的话，确实能成为优秀的配音演员。

于是许星幻就这么留了下来。

追星追到这份上，许星幻本来已经知足了。可是楚授的到来，把这一切都给打破了。

云川平时工作很忙，经常要飞来飞去参加各种活动，因此很少有时间指导许星幻。结果这个不知道哪里来的新人，居然霸占了云川大量的时间！

许星幻气得不行，找人去查楚授的底，结果一查发现，居然只是一个没有背景的新人小作者！

真不知道他是怎么混到云川身边的！

每每想到这里，许星幻就气不打一处来。

这天，楚授正在学徒练声的练习室感受喉腔共鸣——这是云川刚刚教他的方法，他还没吃透——谁知练习室的门一脚被许星幻踢开，吓得楚授差点跳起来。

"许星幻？"楚授想起这人的名字，问，"怎么啦？"

许星幻捏着鼻子，皱眉道："卫生间臭死了，快去打扫！"

楚授一愣："啊？"

许星幻没好气道："我说卫生间臭死了，你快去打扫！听不懂吗?!"

"可是，不是有阿姨……"楚授记得卫生间是有专门的清洁工阿姨负责打扫的。

许星幻不耐烦地打断他："可是什么可是！阿姨请病假，两天没来了！卫生间脏得要死，你是这里资历最浅的，阿姨不在，当然是你打扫！"

楚授觉得他说得很有道理，便乖乖拿起水桶、拖把，去打扫卫生间了。当他走进那个臭气冲天的卫生间时，工作室其他人都忍不住朝他看了一眼。

许星幻冷冷道："看什么看？"

众人都知道许星幻的背景，当即收回目光，不再说话，心中默默同情起楚授小可怜。

然而实际上，卫生间里的小可怜把门一锁，变出十八条触手，分分钟把卫生间给打扫干净了。

至于臭味？B512星人没有对人类卫生间臭味的嗅觉感受器……

笑死，根本闻不到。

许星幻没想到，自己回到座位上，一杯茶还没喝完，楚授已经把活儿干完了。许星幻大吃一惊，跑到卫生间里一看，原本脏得没法下脚的卫生间居然被打扫得纤尘不染，闪闪发光，地砖恨不得能当镜子用。

这才几分钟?!正常人真的能做到这种效率吗?!许星幻惊得眼珠子都要掉出来了，恨不得调个监控看看楚授是怎么做的。卫生间里当然不可能装监控，许星幻在做白日梦。

楚授看他验收完劳动成果，等着他夸奖。然而许星幻并没有夸他。难道是新人任务还没有发布完？

楚授就问："还有什么要做的吗？"

众人心道：傻孩子！你还问他？快跑啊！

许星幻当然不可能这么轻易放过他："三点了，去给大家买下午茶。"

下午茶？楚授对下午茶的印象还停留在林静远给他做的水果茶，这是他第一次自己去店里点下午茶。

又是从未体验过的蓝星人生活！楚授感觉很新鲜，高高兴兴地去了。

众人内心又道：这孩子，怎么长得好看，人却这么傻呢……

楚授按照许星幻列出的清单，跑了好几家奶茶店，才买齐所有指定的饮料。排队买奶茶虽然很有趣，但二十七杯奶茶，拎起来实在是太不方便！

奶茶店的方形塑料袋只能装四杯奶茶。二十七杯奶茶，一共七个袋子，其中还有一袋只装了三杯。拿在手里，左右手重量不均匀，走起路来很难受。

哎，都怪人类只有两只手……如果是他的本体形态，十八条触手，区区二十七杯奶茶算什么，再来四十四杯都没问题！

楚授正这么想着，来到电梯口却忽然发现一个问题——他没有电梯卡。

员工电梯，不刷卡上不去；客梯又很挤，他拎着这么多奶茶肯定不行。

那就只能走楼梯了，然而云川工作室在二十二楼……

楚授深吸一口气：没事！这点运动量，对B512星球触手怪来说不算什么，轻松！

他一口气跑上二十楼，脸不红气不喘，只是觉得拎着奶茶的手指勒得有点疼。刚爬上二十一楼，楚授就看到一个人站在楼梯口。

认出那是许星幻，他眼前一亮："许星幻，你来接我啊？你真好！"

许星幻却连看也不看他，只是低头按着手机。

"许——"楚授朝许星幻走去，许星幻也快步朝他走来。然而在楼梯拐角处，许星幻却没有避让，狠狠地撞上了楚授的肩膀！楚授猝不及防，手里十几杯奶茶飞了出去。

"啊……"楚授失声。

许星幻已经开始骂了："长不长眼睛啊你，怎么这么——""不小心"三个字还没说出口，许星幻眼前突然冒出来一些奇怪的东西。

粉红色的、看起来很柔软的……触手?!

"唰唰唰"，灵活而柔软的触手瞬间接住那十几杯奶茶。

许星幻也睁大了眼睛。

与此同时，不小心露出触手的楚授："……"

"你、你怎么……"许星幻愣了半秒，反应过来，"你是怪物！"说完拔腿就跑。

"等等！"楚授眼前瞬间浮现出烤章鱼、章鱼烧、章鱼刺身等等章鱼料理。身份被拆穿的恐慌占据了一切，他本能地伸出触手，一把捞住许星幻。

许星幻大叫："救命！救——唔！"不待他喊出第二声，柔软的触手已经强行钻进他的口腔，堵住了他的唇舌。

云川一回到公司，就听说了许星幻仗势欺人的事，怒火瞬间就上来了。

你算哪根葱？我的人你也敢动？!

"人呢？"他问身边人，工作室成员纷纷指了指楼梯间。

楚授出门后，大家才想起他没有电梯卡，得走楼梯上来。许星幻刚刚就朝楼梯口去了，大家怕他又要找楚授麻烦，也担心他没有分寸闹出大事，这才一见到云川，就把事情告诉他。

没想到楼梯口却空无一人，只有地上整整齐齐的二十几杯奶茶。

云川看到那一大堆袋子，眼睛眯起来，脸上满是不悦。

"这么多东西，你们让他一个人去买？"云川转过身，看着工作室的成员们，"你们都看出来许星幻在欺负他了，非但没一个人阻止，还高高兴兴地跟着一起点单？怎么，许星幻一杯奶茶就把你们收买了？!"

众人都低着头，不敢与云川对视。

"还愣着干什么，赶紧去找人！"云川冷着脸，"万一出了什么事，你们全都要负责！"

众人闻言，纷纷散去寻人。

云川看着地上那一大堆奶茶，嘴唇抿了抿。他拿出手机，再一次拨打楚授的电话。

与此同时，仅仅一墙之隔的配电间里。

"唔唔唔！"许星幻看到楚授的手机亮起来，整个人就像见了救命稻草一样，开始拼命挣扎。

楚授看了眼自己的手机。幸好之前为了专心练声，他把手机调到了静音模式，不然可就要暴露了。

云川不会想到，他担心得不得了的人居然就在他一墙之隔的配电间里。他耐心等了许久，楚授的电话始终没人接。他再给许星幻打电话，却发现对方也关机了。

许星幻这小兔崽子，到底去哪里了?!别让给我抓到，抓到要你好看！

云川咬了咬牙，离开了楼梯间。

此时的许星幻从头到脚都被触手绑住，嘴巴里还堵着一条。

"呜……"许星幻难受极了，又惊又怕，泪水不自觉流下来。

"你乖乖的，别乱动。"既然已经被他看到原形了，楚授决定当个正经的怪物，他龇牙咧嘴，尽可能面露凶光，"不然我就像大章鱼一样，把你活活勒死！"

"呜呜呜……"许星幻说不出话，只能发出哭一样的声音。

虽然他不是好人，但楚授觉得他这模样怪可怜的。

刚才许星幻故意撞他的时候，他下意识地变出触手来接住奶茶；许星幻扭头就跑，而他也是出于下意识的反应，十几根触手伸出来，把人缠住，塞进配电间里，避免被更多人看到。

人是束手就擒了，问题是，现在怎么办？楚授头都大了。

他陷入思考，触手也下意识地收紧。

"呜……"许星幻整个人愈发喘不过气，只觉得腰都快被勒断了。出于本能，他疯狂挣扎起来。楚授被他的挣扎吓了一跳，还以为他想逃，不由自主地又把触手收紧。

"……"许星幻已经开始翻白眼了。

"咦？"楚授忽然意识到不对劲，他想起个问题——蓝星人很脆弱，搞不好会被他勒死！

楚授立马松了松触手，又怕他尖叫呼救，因此不敢把他嘴里的那条拿出来，只是稍稍往外抽了一点，方便他呼吸。

"呼……呃……"许星幻缓过劲儿来，求生的本能忽然又战胜一切。他突然像案板上的鱼一样，拼命挣扎起来。

楚授没想到他居然又有了挣扎的力气，触手赶紧用力，把他重新缠紧。

"呜！"许星幻被勒得整个人向后仰，身体绷紧，像张蓄势待发的弓。

"不要乱动啊！"楚授不太清楚人类的生理极限在哪里，很怕一不小心真的把人勒死了，但他又不能露怯，只能恶狠狠地吓唬道，"我很凶的！真的！你不许再动了！"

"呜……"许星幻终于承受不住生理和心理的双重压力，嘤咛一声，晕过去了。

什么？楚授瞬间瞪大眼睛。怎么回事，这人怎么晕了？

楚授看着泄了气的许星幻，整个人都吓呆了。他唰的一下缩回触手，很想说"我不是！我没有！不是我干的！许星幻你别碰瓷啊！"

然而狭小的配电间里，只有许星幻和楚授两个人。这下子，楚授陷入了更大的难题——怎么办？许星幻被我勒晕过去了，他会不会死啊？不行，得赶紧救他……可是，怎么救？

没有任何蓝星急救知识的楚授顿时急得如同铁板烤鱿鱼，幸好他有光脑。光脑立即为他搜索出了一整套抢救流程。楚授照着光脑投影到他视网膜上的资料，按部就班地开始操作。

"同志！同志你怎么了？"他弯下腰，两条触手左右开弓，开始"啪啪啪"地打许星幻的脸。

光脑告诉他，这一步是检验患者是否失去意识。

许星幻的脸都被抽红了，人却还是没醒。

完了，不是碰瓷！他是真晕了！楚授更紧张了，连忙进行下一步。

按照光脑给的资料，此时他应该给许星幻做胸外按压。可是怎么按呢？

作为蓝星人，他应该跪在许星幻身体一侧，上半身前倾，手臂伸直，用上半身的力量在许星幻的胸骨上进行按压。可问题是，配电间太狭窄，他又是接近两米的原形状态。这里太挤了，他根本做不到啊！

据说蓝星人的心跳呼吸停止时间越长就越危险。楚授来不及多想，直接往他身上一坐，哼哧哼哧地给他按压。一边按，他还一边继续检查许星幻的意识有没有恢复。

"许星幻！"

啪啪啪！

"你醒没？"

啪啪啪！

"别装死！"

啪啪啪！

"按压好累！"

啪啪啪！

……

几十秒钟后，许星幻终于动了一下："唔……"

楚授见状大喜，却忽然注意到他两边脸颊都被自己抽红了，顿时有点不好意思，赶紧停下触手来。

许星幻从昏迷中睁开眼，意识模糊，只隐约记得不绝于耳的巴掌声。

等等，他记得他好像见到了一只可怕的触手怪！

许星幻惊恐地睁大眼，下一秒看清——触手怪居然坐在他身上，两条触手还按在他胸口上！他不会是要被吃了吧？

"啊啊啊啊啊！"极度的惊恐让许星幻一边尖叫，一边挣扎起来。

"喂喂！你别叫啊！"楚授大惊，毫不犹豫地一触手伸过去，又把他的嘴巴堵住了，无奈地安抚道，"你别怕啊，我不会伤害你的，我是好人，真的，你别乱动我就不伤害你……"

"唔！呜呜……"许星幻眼尾泛红，双目含泪，一边呜咽一边挣扎，看上去可怜极了。

这恐惧的眼神，这无助的表情，一看就是不相信他！这下可糟了……

楚授不禁抬起另外一条触手，扶了扶额头。

怎么在不杀人的情况下封口呢？

许星幻几近虚脱，衣服皱巴巴的，眼尾泛着红，脸更红——被抽的。

楚授觉得很不好意思，给他理了理衣服，把他从地上拎起来。

"你……"他刚想道个歉，没想到许星幻恶狠狠地瞪了他一眼，一把推开他，捂着嘴巴跑出了配电间。

楚授："……"我是谁？我在哪儿？我现在该怎么办？

楚授很茫然，心里又有点不安。他赶紧跟过去，刚回到工作室，就见许星幻被云川逮个正着，一顿训斥。

"你再这样欺负人，我就把你赶出工作室！别以为谁都得卖你爹妈的面子！在我这里，不会有人惯着你！"云川显然是真生气了，一张脸冷得吓人，就连楚授看了都有些发怵。

然而当云川看到楚授时，脸上的表情立马又缓和下来。

"你没事吧？"他走到楚授身边，担忧地上下打量，"他欺负你了？"

楚授："呃……"他有些为难地看了许星幻一眼。

此时的许星幻衣衫不整，脸颊红肿，眼角甚至还沾着泪痕。而楚授衣冠整洁，精神抖擞。怎么看，被欺负的都应该是许星幻啊……

果然，许星幻委屈起来，红着眼睛大吼道："到底是谁欺负谁啊！"说完就扭头跑出工作室。临走前还狠狠推了楚授一把。

"许星幻你别欺人太甚！"云川扶住楚授，朝着许星幻的背影怒斥。

楚授担心许星幻乱说话，赶紧推开云川，追上去，急道："许星幻你别走！你等等我！"

被一把推开的云川愣了：这走向怎么跟他想象的不一样？！

他惩罚了欺负人的恶毒反派，救下了楚授小可怜。小可怜这时候不应该感恩戴德吗？怎么反倒一把推开他，去追恶毒反派了？！

云川突然感觉自己拿错了剧本，接下来该怎么办他都不知道了。

另一边，无论楚授怎么呼唤，许星幻都不肯停下。他一路狂奔，边跑边回头，非常符合恐怖片主角被怪物追杀的行为模式。

许星幻一口气冲到自己的车前，开锁、上车，动作行云流水、一气呵成。然而他刚关上车门，就见一条触手伸过来，在车子落锁之前拉开了车门。

"你先别跑，我有话跟你说！"楚授坐上副驾驶，顺手带上车门。

许星幻整张脸都吓得惨白，浑身发抖，一句话都说不出来，扭头就去开自己那边的车门。

楚授眼疾触手快，细小触手如闪电般蹿出，抢在他之前摁下了车锁。

空无一人的地下停车场，狭小昏暗的汽车内，长着十几条灵活触手的怪物，面对手无缚鸡之力的柔弱青年……

这是什么恐怖片展开！

"别，你别……"许星幻声音已经软了，尾音发颤，整个人都在发抖，"不要……"

怎么感觉许星幻下一秒就要吓死了。

楚授安抚道："你别怕啊，我虽然是个触手怪，但我是个好人。"

许星幻红着眼，气愤地指责："好个屁啊！好人怎么会把人绑在小黑屋里啊！"

楚授有点不好意思，咳了一声，正在思考怎么让许星幻冷静下来，却见对方眼圈泛红，瞪着自己，声音发抖道："要不是我及时醒来，我就被你吃了！杀人狂！我要跟云川举报你！"

楚授："嗯？"

我不就给你做个胸外按压吗，怎么就成杀人狂了？！

楚授研究了一会儿许星幻的表情，又设身处地换位思考了一下，瞬间反应过来——许星幻误会了!

这家伙不知道我坐在他身上是在给他胸外按压,他还以为我是要杀了他把他吃掉!同志你冷静点,我真的只是在抢救你啊!

楚授突然灵机一动,顺水推舟道:"是啊是啊,我非但是个邪恶的触手怪,胃口还很大!你要是不听话,我现在就啊呜一口把你吞掉!"

许星幻看着一脸邪恶地朝他凑过来的楚授,脑子里情不自禁地又开始播放各种经典恐怖片。车子狭小的空间令他喘不过气,许星幻忍不住声音发抖:"你你想干吗?"

他本以为触手怪会张开血盆大口朝他扑过来,没想到楚授却道:"我们做个交易。"

交易?!什么交易?吸血鬼分期付款一个月吃一口的那种交易吗?!

楚授:"你不许透露我触手怪的身份,我就不吃你。怎么样?"

许星幻:"……就这?"

楚授:"啊?"

这人怎么看起来很失望的样子?他脑子里到底在期待什么啊?

不管怎么说,两人还是达成了协议。

翌日,清晨。

"哎,你们说许星幻会不会回去跟爸妈告状,再来找碴啊……"

同事们一边走进员工电梯,一边闲聊着。

"谁知道呢,许星幻这小子仗势欺人,我早就看他不顺眼了。可是有什么办法,他那种家世背景,谁敢动他?"

"啊,那楚授怎么办?"

"云川哥不是说了吗,许星幻再胡闹就让他滚蛋。看来云川哥这次是铁了心要治治这小子了。"

"楚授真可怜,一来就碰到这么个家伙……"

"就是啊……"

众人越聊越惆怅,总觉得以许星幻那嚣张跋扈的性子,他不可能就此罢手,一定会胡搅蛮缠继续折腾楚授。

可怜这新人,还没入行呢,就碰到这种人。

员工电梯从地下停车场升到一楼。"叮"的一声,电梯门打开。大家还在叹息呢,就见被同情的主角一脸阳光地出现在电梯门口。

"早上好！"楚授笑眯眯地走进来，把电梯卡揣回兜里。

众人都愣了一下，这才想起来，昨天云川特意让人加急做了张员工卡，原来是给楚授了啊。

对楚授这个徒弟，云川是真的用心？

还没感慨完呢，外面一阵急急的脚步声，另一个人出现在电梯门口。

楚授一抬头，看到熟悉的人，笑着打了个招呼："许星幻，早啊。"

众人震惊：来了来了来了！还没上班，"修罗场"就先来了！

大家忍不住屏住呼吸，生怕自己一个喘气就引燃一场世界大战。

"……"许星幻看到楚授，整个人僵在门外。

楚授伸手为他挡住电梯门，笑眯眯地说："还能进。"

所有人都以为许星幻会趾高气扬地走进来，没想到他脸色一变，居然一连后退了好几步。

"不不不，"他声音甚至有些发抖，"太挤了。你们先上。"

"哦……好。"楚授也不坚持，缩回了手，等待电梯门自动关闭。

门一关，众人屏住的一口气松了，连忙凑过来问楚授到底是怎么回事。

"你们和好了？"

"许星幻居然没继续找你麻烦？他转性了？"

"厉害啊，楚授！怎么做到的？你不会也有什么隐藏的家世背景吧？"

楚授面对大家的关心，微微一笑道："没有啦，我们只是坐下来谈了谈，把话说开了就好啦，一笑泯恩仇。我们现在是朋友了！"

众人："……"许星幻那种慌张中带着一丝丝惊恐的表情，怎么看都不像是把你当朋友，倒像是被威胁了啊！所以楚授你肯定有背景吧！

此时站在电梯间外面的许星幻，身体仍在微微发抖。

太可怕了！楚授那张人畜无害的脸，差点就把他骗过去了！表面上客客气气地帮他拦电梯门，实际上就是想把他骗进电梯吧！电梯里那么挤，那么多人，而且全都是工作室的同事！要不是他忍着恐惧假装无事发生，这个触手怪肯定会在电梯里大杀特杀！电梯空间那么狭小，无处可逃，同事们肯定都会血溅当场！

许星幻不禁想为自己鼓掌：他可真是太难了！为了保全自己和同事的性命，他是多么忍辱负重啊！

扶摇影视那边，《白衣》的剧本已初步敲定，暂时没楚授什么事了。电视剧播出又会带来一大波流量。楚授已经放弃挣扎，索性把全文一口气放出来，让读者看个痛快。至于接档新文……

他找雪松又开了个小号。雪松已经习惯了，对于楚授开小号这事也见怪不怪，只是随口问了句："这次写什么？"

楚授："你这样是会被锁文①的！"

雪松："啊？"

楚授："名字就叫《你这样是会被锁文的！》"

雪松："都知道要锁文了你还写?!你想被抓吗？"

楚授："你放心，我不会写趣文轩不允许的东西！"

雪松已经不再挣扎了："……行吧。锁章影响上榜，你自己看着办。"

楚授："嗯？"还有这种好事?!

楚授大脑飞快运转：如果文章被锁，就无法上榜，没有榜单意味着没有曝光，没有曝光就意味着赚不到钱，赚不到钱就意味着"为爱发电"！

好像找到了新的发电之道！

雪松还以为他的震惊是真不知道锁章影响上榜这事，于是耐心仔细地给他解释了一遍什么能写什么不能写。

楚授："谢谢提醒！爱您！"

感叹号已经不足以表达他的感激之情了，楚授一个激动，一连又发了好几个撒花卖萌转圈圈的表情包——都是从小徒弟那里搜刮来的。

雪松："……"总觉得他的反应不太对劲……

云川的眼光不错，楚授在配音上确实有天赋，他进步迅速，没过多久就获得了工作室前辈们的一致好评。

负责带他的前辈拿了个简单的剧本给他尝试。楚授录得很认真，在录音室里一待就是一下午，在调音师和前辈的指导下，一点点地调整着声线和气息。整个过程非常愉快。

"啊，都已经这么晚了！"录音室里不能带手机。楚授从录音室里出来才发现已经十点多，错过末班车时间了。

手机上还有林静远发来的消息，问他今天回不回来吃饭。未接电话里也

---

① 锁文：指文章禁止阅读。后文中"锁章"意思与其类似，指文章部分章节禁止阅读。

有林静远的名字。楚授心想糟了,他一进录音室就忘了时间,也忘记跟林静远说一声晚上不回去吃饭了。林静远联系不上他,一定担心了!他赶紧跟调音师和前辈老师道别,匆匆忙忙地往外跑。

电梯里没有信号,他一出电梯就给林静远打电话。听筒里传来"嘟"的声音,电话拨通了,却没人接。楚授正在奇怪,余光忽然捕捉到几个人影。一抬头,正看到林静远、云川,还有一个没见过的男人站在门口。

"林静远!"楚授眼睛一亮,小跑过去,又转头跟云川打招呼,"云川老师!你们怎么在这儿?"

林静远笑道:"我来找你,正好碰上云川老师,就聊了两句。"

"咦?"楚授诧异,"你们认识?"

云川哼了一声:"我跟他都合作过视频了,怎么不认识?"

楚授心道不好,连忙把云川拉到一边,小声问:"你没告诉他我花二十万请你配音的事吧?"

楚授一直不敢把一句话一万请云川配音的事告诉林静远,怕林静远愧疚,因此给他的说法是:这个配音演员是我朋友,友情出演,不要钱。

云川深深地看了他一眼,云淡风轻地道:"放心,没拆穿你。"

"哦,那就好。"楚授松了口气,拍拍云川的肩膀,笑着说,"谢谢你啊,云川老师。"

"哼。"云川撇撇嘴,心想这个小家伙真是没大没小。当他粉丝的时候就不够崇拜他,现在嘴上管他叫老师,做出来的事却吊儿郎当的,居然在工作室楼下跟他勾肩搭背,被人看到成何体统!

心里念叨着成何体统,嘴角却忍不住翘起来的云川,并没有拍开楚授搭在他肩膀上的手,而是把他带到在场的另一个人面前,介绍道:"这是楚授,就是我之前跟你说过的,很有天赋的那个小孩儿。"

男人露出微笑:"我知道。你忘了,你还是在我们公司捡到他的。"

楚授茫然地看着面前这个西装笔挺的男人。

"你好,楚授。我是扶摇的展翅。"男人望过来,英俊深邃的眉眼里闪烁着一丝丝狡黠的光,"不过或许你更熟悉我另一个名字——图南之翼。"

楚授不敢置信地看着对方。

图南之翼?!原来是你!

不过,"扶摇的展翅"是什么意思?

楚授之前接触扶摇的工作人员，对方自我介绍时都会加一句"我是扶摇的编剧×××""我是扶摇的某某部经理×××"。

这个"展翅"，是个啥？楚授正在困惑，云川笑道："怎么，看到'金主爸爸'惊讶得说不出话了？"

"金主爸爸"？楚授终于明白过来："就是你买了我的版权?!"他的眼睛瞪得大大的，像被射了一箭的小鹿。

展翅含笑道："是。不用谢。"

楚授："……"我谢你大爷！就是你这浑蛋害得我发不成电回不了家！

要不是身处法治社会，楚授简直想当场变出十八条触手把展翅绑架到外星去！

事情总算弄明白了。

楚授沉迷配音没接电话，林静远担心他，又看时间太晚，末班车都没了，就跑到公司楼下来接他。结果正好遇到了云川和展翅。

云川之前看过林静远的视频，认得他，就主动跟他打招呼。林静远听了声音也就认出来，这就是之前帮他配音的楚授的朋友。

不过林静远不知道，楚授所谓的朋友居然就是云川。

林静远心里暗暗一惊：楚授的交友圈原来这么厉害，连这种隔三岔五上热搜的明星都认识……

至于展翅，林静远一开始不认识，听说对方是扶摇的创始人之后，又是大吃一惊。

楚授身边都是这么厉害的人物，不愧是豪门在逃小少爷！

林静远再次坐实了自己的猜测。

楚授和林静远都还没吃饭，正好另外两个也饿了。展翅就开车带大家去吃东西。他们来到市中心一家很隐蔽的日料店。据说这里只招待熟客，非常有格调。展翅是这家店的常客，一个电话就订到了位子。

四人来到店里，楚授和林静远两人一副没见过世面的样子，一下就被高级日料店的装修风格给惊艳到了。

不同于传统日式风格的日料店，这是一家主打创意的高级料理店。装修风格前卫现代，菜单上也都是些没见过的菜。展翅轻车熟路地点了几个。很快菜就上来了。

第一道菜就是章鱼刺身。

楚授："……"他一言难尽的表情刚刚露出点儿苗头，林静远就已经伸出手，把刺身往斜对面推了推。

"他不太能接受这个。"林静远笑着解释，"他是海鲜保护协会的。"

云川和展翅齐刷刷露出"还有这种协会?!"的震惊表情。

楚授："……"头疼。

"你对他的口味很了解嘛。"云川道。

林静远笑道："毕竟都是我做饭，他爱吃什么不爱吃什么，总归要知道。"

云川点了点头，看了眼刺身，不知怎么又要起性子来，扭头朝展翅道："说是创意餐厅，怎么上来第一道菜就这么没创意。日料店吃来吃去就是刺身，都吃腻了。"

展翅笑道："没办法，我就好这口。要不下次你来点。"

云川哼了一声，掏出手机，到一边闹情绪去了。

展翅朝楚授和林静远赔礼道："教导无方，见笑了。"

"你俩是亲兄弟？"楚授有些好奇，"那为什么你姓展他姓云？"

云川从手机屏幕里悻悻抬头："……我不姓云。"

展翅笑道："他也姓展。云川只是圈里人叫的，叫着方便。久而久之大家就都这么称呼他了。"

楚授恍然大悟："哦，所以云川只是艺名？那他真名叫什么？"

展翅："展云川。"

楚授："……"他情不自禁地想，如果这是一本书，那这作者可真够懒的，连真名都不给人好好起。

穿着黑衣的服务员陆续上菜，众人边吃边聊。

展翅怕楚授拘谨，有意想要跟他聊些熟悉的话题，便跟他谈起了写作。没想到楚授脸都绿了，疯狂用眼神示意换话题。展翅看了林静远一眼，心领神会，便转而朝林静远道："听说你在做美食视频？"

"啊……对。"林静远本来在专心欣赏眼前的创意菜，忽然被展总"点名"，有些紧张。

展翅笑笑，跟他聊了些有关短视频行业和美食品鉴方面的话题。没想到展翅也是个美食家，平常一大爱好就是去米其林餐厅"摘星"，对美食烹调也很感兴趣。

说起美食话题，林静远也打开了话匣子，两人很快就相谈甚欢。

"哎，你在玩什么？"楚授插不进话题，就去找闷头打游戏的云川。

云川戴着耳机，头也不抬，手指"啪啪啪"地在屏幕上点着，口中很快地说了句："等等等等！我快死了，等会儿说！"

楚授看着他花里胡哨的屏幕，十分好奇。

这是一个画风可爱的游戏。屏幕上是一个奔跑的小女孩，面前有许多障碍，小女孩跑得很快，一不留神就会撞到这些障碍，做出受伤的动作，并且"掉血"。

云川点击屏幕就是在控制小女孩躲避障碍，正如云川所说，屏幕下方的血条只剩下一点点了，小女孩快死了。可是前方突然出现一大堆连续障碍，云川手指"噼里啪啦"狂敲屏幕，整个人也紧张地绷起来，口中嗷嗷叫着。

然而怪叫并不能提高技术。小女孩最终一头撞在一个大锤子上，血条清空，屏幕上跳出大大的失败字样。

"哎……"云川长长地叹出一口气，无比失落。

他摘下耳机，问楚授："你刚刚说什么？"

"我问你这是什么游戏，"楚授好奇道，"看起来很好玩！"

"这是个音乐游戏，跟着节奏按键就行了。"云川断开耳机，把游戏背景音外放出来，展示给楚授看，"你看，碰到这种、这种，还有这个都会掉血。碰到这个会加分……"

楚授刚刚看他打了一局，对规则已经基本了解了，不由摩拳擦掌："这游戏叫什么？我也想玩！"

"这游戏很难的哟。"云川露出个高深莫测的微笑，"小心被虐哭。"

楚授回想了一下刚刚看到的那一局："还好吧。"

云川哼了一声："你看别人玩简单，自己上手就不一样了。这样吧，你先拿我手机玩一局。我账号里曲子多，全曲库解锁的。你随便玩。"

"好啊好啊。"楚授接过他的手机，学着他刚才的样子，横着托住手机，两个大拇指放在屏幕上。

云川帮他选歌，很体贴地选了个3级的曲子，高傲地说："入门曲你就先试试这个吧。别一上来就玩太难的，劝退。"

"好呀好呀。"楚授期待地盯着屏幕，蓄势待发。

两分钟后——

"Full combo！"屏幕上跳出大大的字样。

楚授不解："这是什么啊？"

云川有些小惊讶："哟，手感不错嘛，全部都连击了。"

他稍稍有点不服气，伸手在屏幕上划了几下："嗯，刚刚那首确实太简单了，新人只要有点节奏感就能全连。来，你试试这个。"他给楚授换了首5级的曲子。

楚授随口问："难度一共有几级啊？"

云川："11 级。"

楚授："哦。"

游戏开始了。楚授满怀期待，专心致志。

两分钟后——

"Full combo！"

楚授把手机还给他："这个还是很简单嘛。"

云川："……"他想，楚授毕竟是写文的，平常天天打字，手指灵活，上来就把5级曲子给全连通关了，也很正常。

云川狠狠心，又挑了首8级的给他："你再试试这个，这个可难了！我跟你说，一开始我跟你一样，玩5级曲还觉得这游戏怎么这么简单，结果一到8级，我人就没了，死都不知道怎么死的……"

两分钟后——

"Full combo！"

云川："……"

楚授："确实比刚才的难了一点点呢。"

云川嘴角抽搐："你真的没玩过这游戏？"

楚授："没玩过啊。"

云川有些恼火了："不能吧。你玩过别的音游？你一定是别的音游里的大佬。怎么，跑这儿跟我装新手？"

楚授："真不是。我真的是第一次玩。"他甚至对这游戏有些兴致缺缺了。刚才看云川打得那么艰难，他还觉得挺有意思的，现在自己上手发现随随便便就是全连，真没意思。

云川感觉自己的游戏水平受到了嘲讽，一狠心，拿了个"魔王曲"给楚授玩："你再试试这个！这个你能全连，我立马跟你姓！"

不远处的展翅："……"

林静远好奇地望过来："他们俩玩什么呢？这么开心。"

"玩手游呢。我这弟弟平常没什么爱好，就爱玩手游，长不大。"展翅摇了摇头，笑着叹了口气，"我们继续。"

"魔王曲"果然名不虚传。这一次楚授非但没能打出全连，甚至没撑多久就血条归零，游戏结束了。

楚授："这个好玩！"

云川："哼，不知天高地厚！年轻人，你还差得远呢！"

他虽然笑得得意，心里却在想：楚授是用两个拇指打的，这么难的曲子，要按的按键这么密集，光靠拇指肯定打不过，就连这个游戏的大佬，起码也是四指轮起来打。楚授能撑过开头的二十秒，已经很厉害了。

云川看着正在跃跃欲试想再挑战一次的楚授，心里有一点点惊艳。

这家伙……是个天才吧。

这顿饭吃得四个人都很开心。成年组聊事业，小屁孩组打游戏。最后，展翅把楚授和林静远送回家，还分别加了两人微信，表示以后常联络。

"展总人挺好的。"林静远打开家里的灯，说，"给了我很多拍视频方面的建议，还说有机会介绍几个米其林厨师给我认识。"

楚授没接话，只是飞快地窜进浴室："我先洗澡！"

林静远愣了一下，随即莞尔一笑，玩了一晚上游戏，累坏了吧。

楚授洗完澡就飞奔回了自己卧室，砰地关上门。

林静远摇头笑笑，把脚边甩尾巴求蹭的狗勾抱回自己房间，戳着狗勾湿乎乎的鼻头，叮嘱道："晚上不要去打扰楚授哥哥哟。"也不知狗勾听懂了没有，呼哧呼哧地舔着他的手掌。

翌日，林静远做完早餐时，楚授还没起床。

今天做的是舒芙蕾，冷了不好吃，林静远就去敲楚授的门，结果却发现楚授趴在床上，被子好好地叠在床尾，手机插着充电线，里面传出节奏急促的电子音乐。他"咚咚咚"地戳着屏幕，连林静远进来了都不知道。

楚授满脸兴奋，眼睛底下有淡淡的乌青——很明显是打了一晚上音游。

林静远震惊得说不出话——好端端的豪门在逃矜贵小少爷呢？怎么吃顿饭就变成通宵不睡沉迷音游的宅男了?!

第 十 三 章 ▷ ▷ ▷

▷ ▷ ▷

楚授打了一晚上音游，头晕眼花，却兴奋得睡不着。林静远看他吃个早餐都摇摇晃晃的，不敢让他一个人出门，就帮他联系工作室，请了一天假。

林静远严肃地跟他约法三章，以后不许通宵玩游戏。楚授从没见过林静远这么严肃的样子，老老实实答应了。

工作室里，云川听说楚授没来上班，一开始还有些担心，后来问清楚，是通宵打游戏一晚上没睡觉，他一下子乐了。

哈！肯定是被"魔王曲"虐得睡不着！哼哼，这下你知道"魔王曲"为什么叫"魔王曲"了吧！

云川暗爽着打开游戏，结果点开"魔王曲"一看，排行榜刷新，好友排行里第一名就是楚授。

云川："嗯？"他眼珠子都快瞪到屏幕上去了，第一反应就是游戏系统是不是出问题了。

没道理啊！他自己虽然菜，但他有好几个大佬好友！楚授分数比这些大佬还高？这不科学！

云川百思不得其解，索性把楚授的分数截了图，发到自己的音游群里。

——请大佬们看看，这分数什么水平？

群里那帮音游大佬很快回复。

——"魔王曲"？有大佬打出过全"完美"的满分。这个人距离满分还差一点儿，应该是有几个音只打了"优秀"吧。

所谓"完美""优秀"等，就是音游中单个按键触碰时机的判定等级，最高等级是"完美"，最差是"漏击"。

每个音游都会有一些高难度歌曲，方便大佬们彰显技术。这就是所谓的"魔王曲"。"魔王曲"再"变态"，也是会有更"变态"的大佬来征服它的。因此看惯了大佬们的群友们对楚授的分数并没有很惊讶。

——又不是世界纪录，有什么好晒的？

看了群友们兴致缺缺的反应，云川反而有些不乐意了。

他矜持地解释道："这是我朋友，纯新人，昨天第一次玩音游。"

——新人？不可能吧。

——新人在"魔王曲"能活10秒都不容易了，还全部连击？现在的新人都这么可怕吗？

——可能所谓新人只是第一次玩这个游戏，以前玩的是其他音游？不然不科学啊，"魔王曲"的谱面这么反人类……

——开作弊器了吧？新人怎么可能打出这分数……

云川立马就不服了："真的！我亲眼看他打过！而且他以前绝对没有打过音游！我打的时候他还来问我音游是什么！他就是'天赋选手'！"

众人纷纷表示：我不信，除非你拿出证据让我看看。

云川："你们等着！"

他转头就给楚授打电话。

楚授睡完午觉，刚刚打开游戏，正玩得开心，微信上就弹出云川的语音通话。"是否接听语音电话"的提示框挡住了小半个屏幕，楚授尖叫一声，眼看着一大堆障碍物砸到他脸上，当场把他血条清空了。楚授气得要命，直接接起语音。

"你干吗啊？"他气鼓鼓地质问云川，"我打游戏呢！干吗突然给我打电话？"他怒气冲冲，没想到云川那边也怒气冲冲。

"你赶紧录个'手元'给我，就昨天那首'魔王曲'的！你不是能全连了吗？赶紧的，再打一次！"云川机关枪似的，快速补充道，"'手元'就是说你录视频的时候要把自己的双手也拍进去，让人看到你的手法，证明你不是作弊！"

楚授直接蒙了："……啊？"

云川气呼呼地道："我跟群友说你用拇指全连了'魔王曲'，他们都不信！笑死我了，别说双手拇指了，有大佬还出过单指全连的'手元'呢！他们自己菜还觉得别人也做不到！楚授你别问了，赶紧录一个发给我，我要去狠狠打他们的脸！"

楚授："……"云川老师原来是这种小学生性格吗……

他有些尴尬地道："呃，这个……可能做不到……"

"怎么会？你昨天不是已经做到了吗？"云川的声音一下子变了，不敢置信道，"难道那个分数不是你打的?!"

不愧是配音演员，云川的语调充分表达出了震惊、痛苦、不敢置信、被背叛之后的绝望与不甘等复杂情绪。楚授隔着语音仿佛都能看到他被捅了一刀捂着心口的痛苦模样。他连忙解释道："不不不，是我打的，但是……可能没法再打一次那么好的成绩……"

云川很明显地松了一口气，语气一下子温柔下来："为什么？"

楚授心道：因为那是我用十八条触手打的啊！"魔王曲"有多难你心里没点数吗？没有十八条触手怎么打得下来！光靠两个拇指当场就要摁断！

当然，楚授内心这些咆哮是不可能吼给云川听的。他只能委婉地扯了个谎："呃，因为昨晚是超常发挥……那把手感特别好！就那把，真的！"

不愧是写小说的，擅长瞎扯淡。楚授越说越真诚，自己都快信了："那把之后就再也没有那么好的手感了！我也不知道怎么回事，反正后来一整晚我都打不出那么高的分数了！"

云川："我不信。"

楚授："……"

为了自证清白，楚授当场打开"魔王曲"，录了个双手拇指操作30秒死亡的"手元"视频给他，并且诚恳地说："这已经是我的极限了。真的，我都不知道那把全连是怎么打出来的。可能是触手怪附体了吧。"

云川："这把是你没发挥好。我相信你，你是有实力的。再来！"

楚授："……"你能不能不要这么热血啊！

在云川的威逼利诱下，楚授不得不继续尝试用人类的手指通关。

云川也知道，光用两个拇指全连"魔王曲"难度有多大——虽说单指全连也有人做到过，但那也只有一个啊！不然怎么叫世界纪录呢？因此他对楚授要求不高。

"拇指不行的话，换双手十指好了！像弹钢琴一样，用轮指！"他非常大度地放宽了要求，并且体贴地附上了大佬们制作的双手轮指教学视频。

楚授："……"怎么还有这种教程啊？专门练习指法就为了打游戏！音游玩家都这么厉害的吗？

楚授真是败了。

在云川的监督下，楚授每天都在坚持用人类的手指练习音游。

林静远："孩子怎么又被带坏了啊！"

他抓狂地给展翅发消息："能不能管管你弟弟？"

展翅倒是很淡定："小孩子喜欢玩，你就让他玩嘛。"

他在这方面一直很宽容，并不觉得打游戏是什么不良嗜好。何况云川他们打的可是音游，既可以锻炼听力，又可以锻炼手指预防老年痴呆，多好！

展翅甚至还反过来开导林静远："像楚授这种全职作家，最怕的就是闷在家里闭门造车，很快就灵感枯竭写不出东西来了。他能找到喜欢做的事，挺好。打打游戏，多认识几个人，也是一种社交嘛。"

林静远这才被说服。

安抚完林静远，展翅把注意力重新放回到电脑上来。屏幕上是一篇名为《你这样子是会被锁文的！》的小说。这是他新发现的一个宝藏作者，也是个新人，文风搞笑，文章读起来很轻松愉快。

这篇文是讲一个作者穿越到自己的小说里，跟编辑斗智斗勇的故事。

展翅在追这篇文的连载，倒不是为了买版权，只是单纯地觉得好玩。茶余饭后看两章，轻轻松松不费脑子。他喜欢这个作者那种流畅而搞笑的文风。

然而，此时的展翅盯着文章界面上的请假条，不悦地眯起了眼睛。

都三天了，怎么还不更新？

只见请假条上简简单单，就一句话："打游戏去了！"

为了打游戏就不更新了？！作者，你还记得你是个作者吗？

最要命的是，三天前更新的那章，正好断在一个关键情节点上，所有人都在抓耳挠腮地等后续。就连他，扶摇影视公司日理万机的展大总裁，都抱着手机心心念念地想刷出更新！

结果呢？作者居然打游戏去了，还整整三天不更新！作者你没有心！

到底是什么游戏这么好玩，让你把所有人都抛弃了！你有本事把游戏名说出来啊！你信不信我当场收购合并、原地关服，让你无游戏可玩！

展翊越想越气愤，终于忍不住了，疯狂刷屏。

——[红宝石]不许打，快更新！

——[红宝石]不许打，快更新！

——[红宝石]不许打，快更新！

霸道展总在线咆哮：打什么游戏，不许打！快给我回来更新！

楚授终于真真正正地理解了何为"魔王曲"。

当他终于交出一份双手全连的视频时，云川舒坦了，可他快要死了。

人类的手指怎么这么难用啊！之前打字敲键盘还不觉得，毕竟键盘就是为了双手操作而设计的。可是"魔王曲"——它根本不是设计给人类玩的！什么"魔鬼"才能设计出这么可怕的游戏啊！

楚授如今闭上眼睛眼前都能浮现出那密密麻麻的障碍物，手指放在桌上都情不自禁地敲出节奏，脑子里更是将"魔王曲"单曲循环个不停。

呜呜呜，音游好可怕，我要回趣文轩！

楚授突然觉得，跟"魔王曲"比起来，日更一百万字都算轻松的了。他怀抱着一种回家的心情，久违地打开了文档。

掐指一算，明天就是周四换榜的日子了。《你这样是会被锁文的！》的字数已经满三万了，不出意外的话即将迎来第一个榜单——编辑推荐榜。

有了以往的前车之鉴，这次楚授决定尝试一个大胆的方案——他要利用锁文来躲避上榜，杜绝一切曝光！

说干就干。楚授将新篇章的氛围渲染得愈发恐怖，发表后准备在下一章来个血腥的场景。

正在闷头打字，忽然QQ响起来。

"你怎么被锁文了?！"雪松很无奈。

楚授："啊？"楚授茫然，他还没写到血腥的部分呢。

楚授点开后台，果然，文章目录界面，他刚刚更新的那一章被屏蔽了，只留下一个红通通的"锁"字。

楚授不解："这怎么就被锁了？"

雪松告诉他，锁章通知里会写清楚是哪里有问题，让他赶紧改掉。

楚授有点不服气，点进站内短信一看，简直晕厥。

万万没想到，出问题的不是恐怖情节，而是主角们一边喝茶一边闲聊的那段。楚授无意中写了许多屏蔽词，导致电脑自动审核时，将这章内容判定为违规。

楚授没办法，折腾了半天，总算成功过了审。

雪松遗憾地告诉他，由于他解锁得太晚，没能赶上换榜。

楚授万万没想到，居然歪打正着了。虽然文章莫名其妙被锁让人有点不爽，但结果还是好的。楚授挺高兴的。

正乐着呢，玉竹发来消息说自己的文今晚上了千字收益榜。

"师父师父，我今天帮你在文案里做个推荐吧！"

千字收益榜是趣文轩曝光率最高的榜单，这个时候推荐文章能在短时间内带来一大波流量。

楚授大惊："万万使不得！"他深感欣慰的同时婉拒了徒弟的好意。

不过，他对玉竹的成绩还是很期待的。

这是玉竹拜他为师之后的第二篇文。上一篇以几乎逆天的成绩，从千字收益榜倒数第二一路攀升到中上游的排名。无论是楚授还是玉竹都喜出望外。

那次之后，玉竹增长了自信心。当然，她本身的水平也跟以前不可同日而语。

她今天上榜的这篇文，就是当初预告后涨了一千多收藏数的那篇。文名、文案都很不错，连楚授看了都觉得很有意思。开文之后，读者反馈也不错，还上了编辑推荐榜，玉竹已经非常知足了。毕竟在此之前，她还是个连入V都入不了的"小透明"。

这也就是玉竹这么感激楚授的原因。楚授倒是觉得没什么。玉竹是有天赋的，又勤奋，之前一直没有成绩只是因为努力错了方向。就像一艘大海中的巨轮，本身就有远航的能力，楚授只是稍稍帮她调整了航向，让她能避开冰山，避开暗礁，走得更远。

楚授也很想看看，玉竹到底能走多远。

"所以，她最后是第几名？"

玉竹下榜后的第二天晚上，林静远和楚授一起去遛狗。

楚授还处在兴奋之中，手舞足蹈地给林静远比画："第三名！第三名！你知道这有多厉害吗？玉竹都以为趣文轩出错了！我一开始也不敢相信，结果我们刷了好几次，等到凌晨两三点，她还在第三名！"

楚授越说越激动，两眼放光："而且上榜后涨了一万多收藏数！涨幅破万什么概念你知道吗？超厉害的！啊啊啊，我徒弟怎么这么棒啊！我真是太高兴了……真的，我捡到宝了！"

对于趣文轩的各种术语，林静远一开始完全听不懂。但自从收养狗勾后，两人每天遛狗时都会聊很多，林静远也渐渐能听懂一些了。

楚授讲到兴奋处，眉飞色舞，旁若无人。

林静远含笑道："好啦，别激动了。周围人都在看你了。"

楚授吐吐舌头，这才注意到周围人的目光。

夜市很热闹，人来人往，空气中充斥着温暖浓烈的人间烟火气。两人牵着狗绳，狗勾在前面小跑着，小短腿迈得飞快，尾巴也欢快地甩来甩去，用力之大感觉连屁股都要甩出去了。

来到路口，忽然有人叫道："楚授？林静远？"

两人齐齐转过头，见一辆黑色轿车停靠在路边。车窗降下，一张英俊的脸正朝他们微笑。

"咦，展总？"楚授认出他来，十分诧异，"你怎么会来这里？"

展翅笑笑："有事路过。我正想着会不会碰上你们呢，结果一转头就看到了。"

林静远也笑道："真巧啊。"

楚授上次就发现了，林静远跟展翅很投缘。他们俩都很喜欢美食，一聊起这个话题就没完。这不，狗还没遛完呢，林静远站路边就跟人聊了起来。

林静远毕竟跟展翅身份有别，虽然加了微信，但他平常不好意思打扰日理万机的展总。看得出来，林静远很珍惜每一次和展翅交谈的机会。

狗勾却等得不耐烦了，一直在转着圈，挠他裤腿。楚授便从林静远手里接过狗绳："你们聊，我先去遛狗。"

林静远下意识地叮嘱："别走远啊。"

楚授却已经被撒欢的狗勾带跑了。

展翅忽道："你怎么跟老奶奶看孙子似的。"

林静远："啊？"

展翅笑道："你看他的眼神慈祥又关爱。还'别走远啊'……你说你是不是像老奶奶看孙子，生怕孙子一离开视线就出事了。"

林静远陷入沉默。

确实。有时候他真的觉得楚授缺乏生活常识，不知道保护自己，不懂得人心险恶。不愧是被保护得太好的豪门小少爷，需要有人看着，不然被外面坏人带坏了怎么办？

而另一边，夜市尽头，某个僻静无人的小巷里，一个流里流气的混混站在巷子角落的阴影里，烦躁地抽着一根又一根的烟。

这条小巷靠近夜市，虽然偏僻，但保不齐会有心大的单身女孩路过。可今天他蹲守了大半天，别说单身女孩了，就连母猫都没有一只。

难道今晚要空手回去了？混混正在郁闷，眼前忽然一亮。

一只小土狗蹿进小巷，身上还挂着牵引绳。小狗很活泼，横冲直撞的，一进小巷就东嗅西嗅，而小狗的主人……

混混看到对方的脸时，心头猛地一跳：来活儿了！

可是下一秒，他又反应过来：这么漂亮的脸蛋，居然是个男的！

混混躲在暗处，看看对方凸起的喉结、平坦的胸膛，再看看那张精致可爱到可以当明星的脸，当即把手里烟头一扔，狠狠踩灭。

男的也行，好手好脚的，抓去打黑工，多少能赚点儿！

混混戴上口罩，把混有麻醉药的毛巾藏在身后，朝对方走去。

"嗯？"楚授感觉到有人靠近，下意识地抬起头。

几乎是在同时，那人三步并作两步，唰地一下蹿到楚授面前，一块毛巾按上楚授的口鼻。

光脑："检测出麻醉剂成分。已关闭相关化学感受器。"

楚授还没反应过来，已经被那人狠狠顶在墙壁上，双手也被摁住，动弹不得。身边的狗勾似乎察觉到什么，盯着对方，急得汪汪狂叫。

"碰上我算你倒霉。"混混冷笑道，"你可别怪我，谁让你独自一个人走夜路……"

楚授终于明白了。这人要绑架他，拐卖他！

狗勾叫个不停，混混骂了几句，狗勾非但没有停下，甚至还张大嘴巴，试图扑上来咬他。

"疯狗！滚开！"混混狠狠朝狗勾踢了一脚，狗勾小小的身体顿时飞了出去，"呜呜"哀叫着跑了。

楚授一下子瞪大眼睛。

混混仗着自己人高马大，把楚授压在墙上，紧紧钳着他的双手，等待麻醉剂起效。然而，楚授始终怒气冲冲地看着他，并没有如他想象的那样晕倒。

呃？怎么回事？麻醉药用少了？不可能啊……混混不是第一次干这事儿了，而且这次还因为对方是个男的，特意加大了用量，照理说这个男生应该早就晕过去了，怎么都这么长时间了还精神抖擞地瞪着自己……

不过，麻不倒也无所谓，就这细胳膊细腿的，他还不信制不住这小子！

混混正想把毛巾塞进楚授嘴里，脖子却忽然一凉。他一愣，下意识地低头看去，眼睛瞬间瞪得老大。

"这是什么?!"混混惊叫出声。

只见一条粉红色的粗壮触手正在自己脖子上一圈圈地绕紧。

楚授冷冷道："这是我的手啊。"

混混傻了，他看看自己手里抓着的两只纤细手腕，再看看自己脖子上那明显属于非人类的肢体，刚要尖叫，不知哪里又蹿出一只触手，一下子塞住了他的嘴。

"呜！呜呜呜！"混混已经顾不得钳制对方了，赶紧去拔钻进自己嘴巴的那条触手。

然而触手还在不断往里钻，粗如儿臂的巨大触手很快挤进他的喉咙，引发强烈的生理性呕吐。

"呕……"混混一下子被逼出眼泪。与此同时，泪眼模糊的视线里，他看到了更为可怕的场景。

只见那原本穿着白衬衫、牛仔裤，清纯得像高中生一样的漂亮男孩不见了。取而代之的，是一只身高近两米，形状奇特，像章鱼又像水母的巨大粉红色生物。更多的触手缠上混混的身体，他感觉自己双脚离开地面，整个人都落入了触手怪的掌控。

"呜呜呜！"混混害怕得肝胆欲裂，拼命挣扎。然而在绝对的力量压制下，他像只被蟒蛇缠住的小白鼠，除了瑟瑟发抖，已经做不了任何事了。

"为什么踢我的狗？"楚授瞪着他，"很痛的，你不知道吗！"

混混试图求饶，然而还没等他发出声音，巨型触手已经挟着他，狠狠朝墙上撞去！

当林静远看到狗勾独自跑过来时，就意识到不对了。

"他人呢?!"

长长的牵引绳拖在地上，狗勾着急地叫个不停，咬着他的裤子，使劲儿把他朝某个方向拖。林静远整颗心都揪了起来，赶紧跟着狗勾跑。展翅也赶紧跟了过去。

林静远心急如焚，大声呼唤着楚授的名字。他推开夜市熙熙攘攘的人群，四处都不见楚授的人影。直到狗勾把他带到一个僻静无人的小巷口。

"楚授，你在哪？"林静远的声音都开始发抖了——怎么会在这种地方？楚授遭遇了什么……

"砰！"几乎是在他开口的同时，一个巨大的撞击声从巷子里传来。

林静远和展翅都下了一跳，随后就听到一个弱弱的声音。

"我、我在这里！"

是楚授！

两人赶紧朝声音的来源处跑去。

只见小巷深处，连路灯都照不到的地方，楚授正慌慌张张地拉着自己的领口。领口很明显是被外力强行扯坏了，连纽扣都不知道弹到哪里去了。

林静远瞳孔骤缩，冲到楚授面前。

"你怎么……"他话还没问出口，忽然听到垃圾桶里传来一个呻吟声。

"呃……"

林静远下意识地把楚授护在身后。展翅上前，一脚踢翻垃圾桶。

"呜！"

垃圾桶里滚出来一个人。一个浑身都是垃圾、一看就是小混混的男人。

林静远瞬间脸色一变。

展翅揪着混混的领子，一把将人从垃圾堆里拎起来。展翅还没开口，林静远快步走过来，朝着混混的脸，抬手就是一拳。

展翅一怔，楚授也睁大了眼睛。

林静远从展翅手里抢过混混，按着混混的肩膀，把人顶在墙上一拳一拳地砸。混混一开始还求饶，没两下就被砸得鼻青脸肿，意识模糊，嘴里满是鲜血，只能含糊不清地求饶呻吟。

楚授大惊，连忙上前阻拦："别打了！别打了！我没事！真的！"

展翅也按住他的手："冷静点，再打要出人命了。咱们先报警。"

混混听到"报警"二字，仿佛见到了救星。他呜咽着朝展翅身后躲去。林静远却不顾劝阻，想把人从展翅身后揪出来接着揍。

楚授怕真的闹出人命，赶紧抱住林静远的腰："别打了！我们等警察来好不好！林静远你冷静一点！"

林静远咬着牙，拳头颤抖着，仿佛强忍着极大的情绪。他被楚授死死抱着腰，无法再上前。楚授隐约感觉到，他的身体也在微微发抖。

"……对不起……"林静远嘴唇翕动，声音发颤地说了这么一句。

楚授一愣："啊？"他不明白林静远为什么要道歉。

林静远一言不发地伸手过来。楚授歪过脑袋，看到他轻轻地给自己理了理衣服。

楚授感觉林静远变得很不一样。他从未见过林静远这样的表情。

这么愤怒，这么……痛苦。

楚授心里一阵发慌，他下意识地抓紧林静远的手臂："我没事。"

想了想，他又加上一句："你别怕。我真的没事。"

林静远仔仔细细地看着他，把他从上到下检查一遍，总算松了一口气。

"那就好。"他的语气里有种让人难过的味道。

几分钟后，警察赶到。

警察早就怀疑这个混混跟几个人口失踪案有关，只是苦于证据不足，没法抓人。没想到这次混混自己送上门了。楚授他们三个也跟着一起去了警局，需要录口供。

通过警察他们才得知，原来那个巷子没有监控，因此混混选在那里下手，专门蹲守路过的单身女性。楚授听了，反倒松了一口气——幸好幸好，他变身触手怪的画面没有被拍到。

安全了。

至于那个混混，楚授解释说当时混混想迷晕他，他被吓坏了，使劲一推，没想到混混正好脚一滑撞到了墙壁上，还摔进了垃圾桶。估计是撞到脑子导致神志不清，混混失忆了。

公正无私的警察看看缩在林静远身边弱小可怜又无助的楚授，再看看鼻青脸肿面目可憎胡言乱语的混混，当即把后者关进审讯室，一顿秉公执法。

话说回来，幸好警察来得快，展翅又拦得及时，不然照林静远那打人的架势，后果不堪设想。楚授没想到原来林静远这么温柔的一个人，发起火来战斗力这么强。

回到家里，已经是晚上十二点多。

楚授心里还有点隐隐不安。他怕混混睡了一觉清醒过来，把看到触手怪的事说出去，暴露他外星生物的身份。林静远却误会了他的紧张神情。

"对不起。"林静远低低道，"我应该陪你一起的……要不是我光顾着聊天，你就不会遭遇这种事……"

"啊？"楚授茫然，连忙摆手，"不是不是，我真没遭遇什么！"

林静远却还是很愧疚。

"这不是你的错。"展翅安慰道，转头又朝楚授笑道，"不过，你一个男孩子，这么容易受欺负确实不行。"

楚授："……"该怎么解释他没有受欺负……

楚授正在思考怎么澄清这个误会，展翅又语出惊人道："要不这样吧，你来跟我学拳击，男孩子出门在外可要保护好自己啊。"

楚授："不用了吧？我很强壮的。遇到坏人我可以打他。"

展翅看着他细细瘦瘦的胳膊，一时没忍住，噗地笑了。他忍着笑意道："就你这小身板儿，坏人轻轻松松把你扛起来就走了，你怎么跟人打？"

战斗力被鄙视了，楚授立马就不服气了，气鼓鼓地道："我一个可以打你们十八个，你信不信？"

展翅心想：真的吗？我不信。

楚授郁闷："总之我真的不需要！"

"不行，你需要！"这次开口的却是林静远。

楚授转过头，正对上林静远不容置疑的目光。

林静远异乎寻常地强硬："从现在开始，我监督你锻炼！我给你做健身餐，你一定要好好健身，去练拳击！"

楚授："……"学拳击干吗？我打人又不用拳头！用拳头打人多疼啊！

他的视线落到林静远因为暴打小混混而红肿的指关节上。不知怎的，拒绝的话就说不出口了。

第 十 四 章 ▷ ▷ ▷

▷ ▷ ▷

总之，楚授就这么开始了健身打拳的生涯。

林静远说到做到，每天给他做健身餐，还风雨无阻亲自送他去健身房。

楚授原来对人类美食是没有需求的，奈何林静远之前做饭太好吃，他已经完全迷上了人类食物的口感。

现在突然由奢入俭，开始吃健身餐，楚授感觉自己的生活质量一下子就下来了。

虽然林静远给他做的健身餐营养均衡，色彩艳丽，看上去让人很有食欲……但和之前那些美食相比还是差了一大截啊！

呜呜呜，他想念冰激凌，想念芝士火锅，想念烧烤酱，想念各种高油高脂高糖的热量炸弹……

可是这些，林静远现在都不给他吃了。

林静远，你变了！你说好了要每天喂饱我的！

当然，不是说健身餐吃不饱。从能量角度来说，林静远特制的健身餐完全符合楚授人类身体的日常需求。但问题是，楚授吃东西，本来也不是为了生理需求啊！

更要命的是，林静远一边给他一日三餐做健身餐，另一边还在做馋死人的美食视频。

于是，楚授每天都欲求不满，眼巴巴地看着他制作美食，却能看不能吃，承受着巨大的心理饥饿不说，还要被林静远押送去健身房。

说到健身房，那又是另一种地狱……

因为，健身真的太痛苦了！

什么有氧、无氧，什么力量训练、耐力训练……展翅像个精通十大酷刑的西厂大太监，每天变着花样操练他。

楚授本以为练到腿都抬不起来了，第二天就可以休息了，没想到展翅拍拍他，告诉他，腿酸不要紧，明天练腰，不会用到腿的！楚授躺在地上欲哭无泪，简直不想爬起来。

老实说，他的人类身体真的挺弱的。毕竟这具身体是他当时参照周围人群的平均值来造的……

而所谓的"周围人群"，就是那些一天到晚不是泡网吧就是宅宿舍的大学生，一群"白斩鸡"，都是细胳膊细腿儿，身上没几两肌肉。

像他这样的，如果是普通人类，对上展翅这种练过的，那真的是毫无还手之力，轻轻松松被人拎起来就走。

可楚授他不是人啊！

他是外星触手怪啊！他一个触手尖尖都可以把一米八八的展翅一下弹出去老远！

而且，像这么强壮的触手，他有十八条！

你有本事让我用原形跟你打啊！我能把你揍得粘在墙上抠都抠不下来你信不信？

然而，这毕竟也只能想想。

他是触手怪的事情不能暴露。

因此楚授只能每天含泪哭泣，被林静远摁头吃健身餐，被展翅笑眯眯地要求"再做十组"。

他好惨啊！他这个触手怪做得好没尊严啊！！！

这天，楚授实在是太累了，借口来不及写更新，向展翅提出要早点结束训练回家。

展翅挑眉："新文？我怎么没看到你首页有新文？"

开小号的事不能让展土豪知道，不然又是霸王火箭"突袭"。

楚授差点说漏嘴，连忙改口道："存稿，还在存稿，还没发呢！"这才糊弄过去。

楚授打电话给林静远，让他来接自己，然后楚授便去洗澡换衣服了。

这些天，楚授上健身房，都是林静远亲自接送的。

楚授锻炼的时候，林静远就在楼下咖啡馆里待着，查查资料，学学咖啡拉花什么的。

林静远上来时，正好在力量器械前看到了展翅。

"他什么时候能练成你这样？"林静远盯着展翅结实健壮的胸肌问。

"你想让他练成我这样？"展翅给他展示了一下自己的肱二头肌，笑道，"到时候小拳拳砸你胸口，一拳能给你砸断十几根肋骨。"

林静远："……"倒也不必。

此时恰好楚授洗完澡出来，头发湿答答的，像刚洗过澡的小狗狗。他看到林静远就笑弯了眼睛，小跑着过来。

林静远想象了一下楚授那脸蛋搭配肌肉大猛男身体的样子，整个人不禁后退一步。

楚授茫然："怎么了？"

展翅忍俊不禁："他怕你铁拳捶他胸口。"

楚授："啊？"

回到家，楚授就钻进自己房间开始写文了。写文的事倒不光是个借口，他的存稿是真的用完了。

《白衣》的版权虽然早就卖出去了，但文章还没写完。他是跟剧组编剧边聊边写的，因此速度比平常自己写要慢。

前几天他刚把《白衣》正式完结。系统一结算，嚯，七十万字，五十万的版权费，电量基数只有20万不到。

幸好他还有影视版权的系数。加上订阅收费，系数一乘，立马变成220万。总算不辜负他在这篇文上花了这么多心思。

楚授掐指一算，仅《白衣》这一篇文，飞船就充能22%了。影视版权还是很给力的！

可惜，他现在写的这篇《你这样是会被锁文的！》似乎不太好卖版权。楚授只能按照原计划，尽量减少这文的曝光率，来减少文章收益。

正好，上次由于锁章，《你这样是会被锁文的！》错失上榜机会，失去榜单加持，文章的点击率每况愈下，收藏数增长也非常缓慢。

楚授对此非常满意。

这是他除了《白衣》以外，数据最差的一篇文了。发表都三周了，收藏数才刚刚500，刚好到入V及格线。恰好字数也接近七万，楚授特意控制了更新频率，挑了星期六上千字收益榜。周末的千字收益榜向来都是"修罗场"。楚授挑中这天，为的就是在激烈的竞争中落败。

周五晚上，楚授熬夜守在电脑旁等待着榜单更新。

结果QQ响起，玉竹来找他聊天。

"哇，师父你看到统计了吗？明天上千字收益榜的人好少啊！"

他心头陡然升起一股不祥的预感，忙问："什么统计？哪里看到的？"

玉竹给他解释，楚授这才知道，原来有个面向作者的公众号，专门统计每日千字收益榜的数据，方便作者查看。

虽然榜单还没更新，但明天上榜的文都是三天前入V的。理论上来说，三天前就能统计出所有周六上榜的文了。

楚授点开统计表一看，心顿时就凉了。

说好的"修罗场"呢，怎么今天才三十篇文?!

玉竹："呃，大概因为是月初。"

玉竹自从文章能够顺V以后，也开始关注趣文轩各种规则机制。

趣文轩对入V的付费文是有全勤奖励的。如果作者从每月一号开始，到月末最后一天，保持每天更新，就可以按照当月收入的一定比例拿全勤奖。因此，很多人都选在月末入V。这样可以让自己的利益最大化。

明天虽然是星期六，但上榜的文都是在一号之后入V的，恰好错过全勤奖。因此人少也就情有可原了。

楚授听完，不由大惊失色——都是吃了不懂规矩的亏！

玉竹好奇道："师父，你怎么想起看千字收益榜啦？你明天上榜吗？"

担心暴露身份的楚授连忙否认："我没有……随便看看。"

玉竹对师父是完全的信任，也没多问，跟他闲聊几句，就写文去了。

楚授看着统计表上那为数不多的文章，忧心忡忡。

文章数量少，数据也都不太好……有好几篇都是刚过入V及格线的。甚至还有很多倒V、完结V的。相比之下，他这个顺V的，居然还算是矮子里面拔高个。

好在毕竟是周末，流量摆在那里，还是有几个收藏数比较多的文章选在这天上榜。

楚授紧张兮兮地等到凌晨，祈祷自己的排名不要太靠前。

终于，时间从23：59跳到00：00，他打开榜单一看——

第十名！还好还好！

楚授看到前面几篇文章的收藏数都是四位，不禁暗笑自己：想什么呢，他这个500收藏数的，怎么打得过人家？这可是千字收益榜！订阅读者越多，排名才会越靠前！

收藏数500的文章，全订阅的人数撑死也就500个。而就连他上面的第九名都有一千多收藏，是他的两倍呢！

楚授松了口气，扭头打音游去了。

几盘音游打完，楚授随手点开趣文轩APP一看，自己的文章换了位置。

他第一反应是自己眼花了——音游确实很伤眼睛啊……

楚授揉了揉双眼，从上到下重新数了一遍，他的排名居然真的上升了两名！怎么回事？

楚授当即坐直了身体，抱着手机盯紧屏幕。

他不敢置信地点进文章主页，直接眼前一黑。几盘音游的时间，文章收藏数从500变成了3542。

他怀疑趣文轩的服务器又坏了。

抱着虔诚的态度，楚授一边祈祷，一边退出页面，然后重新点进去——嗯，数据果然变了。

收藏数又涨了，变成3598了。

楚授简直要崩溃了：我就退出去刷新重进，一秒钟的工夫，涨了50多个收藏！趣文轩你服务器坏得有点厉害啊！管理员你别睡觉了！快出来看看！

楚授不敢相信，又反复刷新了几次。结果每次刷新，他的收藏数都在以百米冲刺的速度往上涨。

非但收藏数猛涨，评论区也几乎是每秒都有新评论。

——老师求更新！趣文轩币已经准备好了，我想跟老师来个10000趣文轩币的交易！

——好好看！快更新！

——老师好会写！

放眼望去都是真情实感在追更的评论。

当中偶尔夹杂着一两个不明真相的围观群众。

——这文怎么样？文案很吸引我，姐妹们告诉我，正文好看吗？最近看了好几个文不对版的，实在是怕了……

一旦有人发问，那些一口气看到最新章节等着更新的读者们就会热情似火地推荐。

——姐妹，信我，好看！

——真的好看，我用100趣文轩币担保！

楚授："……"服务器，好像并没有出问题呢……

看着和点击数、收藏数等比例增长的评论数量，楚授再也没办法诬赖服务器了，只好祈祷榜单前列的那些作者能够稳住：你们加油，不要让我"超车"啊！

这个榜单完全是按照千字收益来排名的，打赏所得并不算入其中。因此，即便楚授给其他作者每人一个霸王火箭，也没法让后面的人超过他。楚授只能给榜上除了自己以外的所有人都点了全文订阅，甚至开通了自动追订后续章节的功能，略尽绵薄之力希望他们的订阅量能上来点。

然而只有一个人的力量是远远不够的！

楚授此时深感自己社交圈的苍白。他认识的趣文轩作者居然只有玉竹和糖糖两个人！

事到如今临时找新朋友也来不及了，他赶紧在三人小群里求助。

"快，帮我个忙！"

订阅毕竟是要真金白银的，楚授不好意思让这两个姑娘也花那么多钱，因此只拜托她们给排名前十的文章全文订阅——当然，是排除了他的。

玉竹在群里发了个"订好啦"，然后小窗私聊他："师父，为什么要给他们全订啊？这些人是你的好友吗？"

楚授正愁找不到借口，没想到徒弟主动帮他把借口想好了。

楚授："是的！"

玉竹："你有九个好友，而且在同一天上榜？这是什么概率的巧合！等等，所以师父你的好友其实远远不止九个吧！只是因为基数太大所以恰好今天都凑一起了，对不对？"

楚授："……"

玉竹痛心疾首："万万没想到，师父你居然这么博爱！"

楚授一时无言以对。

玉竹发散性思维，继而追问他是不是除了她以外还有别的徒弟，并且惆怅地自言自语："好友都有这么多，那徒弟肯定也有好多，原来我不是你唯一的宝贝徒弟！"

然后，在楚授还没来得及安慰她之前，她就自己先想通了。

"呜呜呜，不行，我不能自怨自艾，不能嫉妒！我要发愤图强！虽然我不是唯一的那个，但我一定要做最优秀的那个！只要我是最优秀的，最特别的，师父最喜欢的就一定是我了！我要加油！"

楚授："……"戏都被你一个人演完了，我还能说什么呢？

不过，这个剧情发展，意外地还挺正能量的……

楚授安抚完玉竹，扭头去看群里，想问问糖糖有没有去订阅，却惊讶地发现，在他跟玉竹聊天的这会儿，糖糖居然一个人在群里"发疯"。

在没有人回复她的情况下，她居然一个人就刷了上百条消息。楚授简直惊呆。

这个糖糖，怕也是个内心戏巨丰富的手速狂魔！

他怀着敬畏之意点开聊天框，发现糖糖大部分发言是在吐槽。总结一下就是论坛里的网友怎么这么无聊，真这么闲得没事干怎么不去写文！

楚授耐心地一路翻到最上面，看到了糖糖分享的一个帖子，标题是《挂刷子，作者ifjaw刷新晋榜、刷霸王火箭榜，被质疑后威胁断更"卖惨"，诱导粉丝"网暴"无辜读者，实锤！》

这个作者名怎么有点儿眼熟……

楚授思考半秒，恍然大悟。这不是他写《烈风》用的那个号吗？也是他一触手拍在键盘上随便乱起名的那个号！

这帖子怎么又被顶起来了？

楚授怀着莫名的羞耻感点进帖子里，这才发现原来是自己又升星了。

哦……月初到了。他的几个账号后台数据共通。而《白衣》卖了五十万版权，单篇文章收益达到四星水准，因此他之前用ifjaw的名字在这个楼里的回帖，现在显示出来也变成四星了。

哎，明明是抹黑他的帖子，结果反而变成了他的升星见证……每次星级一更新，就有人把帖子顶上来，无情地嘲讽当初质疑他的那位楼主。

楚授不禁产生了一丝同情。

怎么说呢，就，也挺惨的……

楚授又看了看群里糖糖的激情发言，不太理解她为什么这么激动。

他忍不住问："楼主是你好友？"

群里糖糖的吐槽突然停了下来。

楚授心里一紧：不会猜中了吧？

幸好糖糖连忙否认："当然不是。我只是看不惯这些人，是人家飞升又不是他们飞升，他们跟着瞎激动干吗！"

楚授松了口气：幸好幸好，楼主不是糖糖的好友就好，不然多尴尬呀！

楚授正想转移话题把这件事带过去，玉竹突然发言了："我觉得这个帖子很爽啊！简直就是打脸爽文范本！我还专门研究了这个帖子做了笔记，学习怎么打脸呢！"

楚授："……"

糖糖："……"

糖糖沉默片刻，发言道："这有什么爽的。之前那个千字收益榜倒V结果一路逆袭爬升了几十名，预告文都涨了一千多收藏的，那才叫爽！我后来有关注那个作者，新文直接火了！好帅啊！"

玉竹："……"

楚授："……"

这个经历怎么这么眼熟？

"嘀嘀嘀"，果然，玉竹又来私聊楚授了。

玉竹："咳咳咳，她不会是在说我吧？"

楚授："你俩互相不知道笔名吗？"

玉竹："不知道，我本想等熟悉以后再告诉她的……现在这情况，要是说了就有点尴尬了……"

楚授深有同感："确实！"

于是两人很默契地，带着微妙的心虚，开始配合糖糖的吐槽。

一眨眼，又一个整点到了。

楚授点开榜单一看，差点晕过去——他的文章排名上升到第七了！

前面的，你们到底行不行啊！

楚授恨铁不成钢，恨不得拎着其他作者的耳朵一个个咆哮：能不能争点气?!能不能?!

果然光靠一两个订阅是无济于事的！楚授冷静下来，决定给除他那篇文以外的排名前十的作品当一回推销员。

他认认真真地拜读了那九篇文，在每个章节后面都留了评论，还发自肺腑地给每人写了一篇长评。

总结起来就是一句话：这文超好看的，大家快来看啊！

他自己夸不够，还另外准备了一套评论发给玉竹，让她用自己的账号也去夸一遍。

收到九套评论的玉竹："……师父，你雨露均沾得好认真啊！佩服！"

楚授："……"我也不想的好吗！

就在两人吭哧吭哧狂夸别人的作品时，一个楚授从未去过的论坛里，某个帖子正聊得热火朝天——趣文轩读者专属论坛，帖子主题是"千字收益榜讨论帖"。

顾名思义，这个论坛的成员以读者为主。但因为是新开的，所以流量并不算大。

也正因为流量不大，所以大家都很积极发帖，建设论坛。

——今天的榜单……又是没什么世俗欲望的一天呢。

——今天榜单上的文怎么这么少，周末不是一直都挺多的吗？

——哎，排名都没怎么变动，今天竞争不够激烈啊。也没有我喜欢的大佬，走了走了。

——排名有变动啊，你看那个《你这样是会被锁文的！》不是上去了好几名吗？

——那篇好看吗？我凌晨就刷到了，一看才500个收藏就没点进去看。哎，今天的榜单真的不行，500个收藏的文都上前排了。

——什么，这篇上榜时才500收藏吗？可现在已经5000了啊！

——姐妹们，我发现了一个八卦！

说有八卦的读者发了好几张截图。

——嗯？楼上发这些文章评论区的截图干吗？

——不就是很普通的夸奖吗？

——好像都是同一个电脑的评论，不过我没看出这评论有什么问题啊。

——不好意思，刚刚太激动，忘了解释。这个读者是我看榜单上的文时发现的。一开始只是觉得他的网名眼熟，后来发现这个读者在榜单前十的评论区里几乎都出现了！他给这些文章章章留言，而且还写了千字长评！本来我还以为这是工作室刷评论，不然怎么会一口气写这么多评论，等我点进去一看，你们猜我发现了什么？这个疯狂留言给别人的读者，居然就是《你这样是会被锁文的！》的作者本人！

——呃，这有什么问题吗？可能人家就是非常喜欢这几篇文呢？我遇到真心喜欢的文的时候也会疯狂留言啊……

——我也曾经干过差不多的事……因为我的文当时上了榜单，所以当天比较关注数据，就一直盯着榜单上的文章，结果发现好几篇文都很好看，一不留神就全看完了。所以我觉得这位作者的操作没什么问题。更何况他留下的评论都是夸奖，也没给别人带来不好的影响啊。

——啊，大家都这么说，那可能是我想多了吧……

——被楼主这么一说，我对这个作者产生了兴趣。看了《你这样是会被锁文的！》，是我喜欢的类型！

——我知道为什么这篇文能一路爬上来了。真的绝了。

——什么什么？我去看看。

——我看完回来了，真的好好看，氛围感太强了。这个作者怎么只有这一篇文啊？而且还是个新人！"宝藏作者"，我收藏了！

…………

帖子的热度一下子上来，很快就飘起了"hot"标签。

而另一边，对此一无所知的楚授，还在盯着别人家的评论区。

他觉得光是给别人拉客还不行，还得想办法把自己的排名给降一降。

既然榜单是按照千字收益来排名的，那么他只要一口气发个几十章，让读者来不及看来不及买，强行降低千字收益，不就行了？

说干就干。楚授撸起袖子，触手翻飞，当场更新了十万字。

刚更新完，恰好又是一个整点。排位一刷新，果然，他一下掉了十几名！爽！

楚授美滋滋地看着最新排名，感觉终于回到了自己该待的地方，心情总算放松下来。

跟他一样在熬夜的读者们却被这突如其来的更新惊呆了，纷纷在评论区留言。

——怎么一下子更新这么多？

——啊啊啊，作者你排名降了啊！友情提醒，这个榜单排名是看千字收益的，更得越多，平均收益就越低！作者老师快停下，别再更新啦！

——天啊，这是真实的吗？十万字的更新？这是什么神仙"码字机"老师！等等，这文不会是要完结了吧?!

楚授没想到他的更新带给读者的不是惊喜而是惊吓。

令他感动的是，读者们居然都以为他是不小心把存稿发表出来了，一直在疯狂提醒他。

楚授："呜呜呜，你们真好！"

为了打消读者的忧虑，他赶紧在评论区留言："不是误发哟！是为了感谢大家的营养水，所以更新啦！谢谢大家！"

这是楚授从其他人那里学来的。

他经常看到有作者会在章节目录上写"营养水满1万瓶加更""评论满1万条加更""收藏满1万个加更"之类的，读者们看到有加更，往往就会受到鼓舞，继续投营养水、留评论、点收藏。

楚授不敢提收藏和评论，因为这两个都是会增加文章积分的。万一他积分太高又上了月榜可就完了。

但营养水不算积分，因此楚授放心大胆地以营养水为由，名正言顺地加更，解开了读者们的疑惑。

楚授又看了一眼自己瞬间跌落的排名，感觉终于能睡个安稳觉了。

然而，他不知道的是，趣文轩读者专属论坛里，千字收益榜讨论帖已经炸锅了。

——天啊，《你这样是会被锁文的！》的作者疯了吗？一口气更新了十万字?!

——我还在想这文怎么不见了，一刷新居然掉了十几名……这作者真的是新人？居然在上榜当天加更，不知道排名会掉吗？

——作者自己说是因为营养水加更的……所以继续投喂营养水还会有更多更新吗?

——一说营养水,我几十瓶营养水上个月月底清零了啊!

——嘶,我也是!

——楼上的,营养水每个月月底清零,一定记得提前用掉啊!

——啊啊啊,"码字机"老师,爱了爱了。

——《你这样是会被锁文的!》超好看!投营养水还有加更!姐妹们冲啊!榨干作者的存稿箱!

——冲冲冲!营养水留着过期也是浪费!

——20瓶奉上!

——我投了30瓶。投到多少作者加更?

——不知道,作者没说。不过刚刚更文的时候我看了,才3000瓶。

——3000瓶就更了十万字,那现在都30000瓶了,作者是不是该再更新一百万字啊?

…………

第二天大清早,林静远就带上狗勾拉着楚授去晨跑。

"你最近体力明显变好了。"林静远夸他,"健身颇有成效嘛。"

"可不是吗!"楚授说,"最近去健身房练重量都练得快疯了!"

"那给你个奖励?"林静远弯着眼睛笑起来,"周末去露营吧。"

"欸?"楚授惊喜地睁大眼。

原来林静远接了个商单,是户外用品的推广。甲方送了他一整套的露营用品,包括帐篷、睡袋、吊床、烧烤架什么的,甚至还有个小型皮划艇。这个品牌属于轻奢级别,这么一套下来,起码大几万。推广费还是另算的,由此可见甲方多么阔绰。

林静远现在接的商单越来越厉害了!楚授在网上查了一下这个牌子,深感与有荣焉。

不过,林静远有些担忧地表示,户外烧烤只有他们两个人的话,做太多会吃不完,有点浪费。

楚授灵机一动:"那就多带几个人嘛!"于是他立马向展翅等人发出了邀请。

很快大家都回复有空，并表示很期待著名美食博主的美食。

回到家，林静远就开始策划这次的活动。楚授则回屋打开电脑，他的文还挂在榜单上呢！

更新十万字，排名应该上不来了吧！

楚授满怀期待地打开趣文轩APP，发现《你这样是会被锁文的！》竟位列第四名！

楚授简直惊呆了。

榜单前排都是漂漂亮亮的封面，有Q版可爱风格的，精美人设风格的，还有走高端大气上档次路线的纯排版风格。唯独楚授这篇文，用的是趣文轩自带的默认封面。

丑丑的封面在一堆文里显得格格不入，反而特别显眼——难道是读者看惯了漂亮的封面，反而觉得他这篇文好清纯、好不做作，然后被成功地吸引了注意?！

不至于吧！

合理怀疑，趣文轩的服务器又出问题了！

楚授抱着最后一丝希望，点开自己的文章界面，最终眼前一黑。

收藏、点击、评论的数据，都呈现出爆炸式的增长。而后台收益界面，他上榜前的收益明明才几十块，这会儿却已经是……

楚授数了一下，是五位数！五位数！

这……楚授只觉一口老血堵在心头。他怎么都想不通，自己到底是怎么从二十几名瞬间又爬上来的。

这不科学啊！

楚授想起最近玉竹对趣文轩榜单规则颇有研究，便赶紧去问。

"啊，这篇啊！"楚授一提，玉竹就兴奋起来了，"这篇虽然加更了，但真的很好看！我也在追呢！"

楚授无奈问道："你们不是看一章买一章的吗？更新了那么多字，你们来得及看吗？"

玉竹："来不及啊。可今天这篇文不是上了千字收益榜嘛，虽然看不完，但为了不影响排名，我就索性给后面十万字全订阅了。反正也没几块钱，不贵。"

楚授简直要给玉竹跪下了，欲哭无泪道："你……你也太体贴了吧。"

玉竹："不不不，这不是我想到的。这是评论区有人科普了，我才想到全订的。我连营养水都全部贡献进去了。"

楚授："啊？送营养水干吗，又不涨积分？"

玉竹："因为作者说了灌营养水有加更啊！"

楚授茫然：他什么时候说过这个？

玉竹有点小得意："嘿嘿，师父你不知道了吧，好多作者表面上说是因为营养水到了多少才加更，实际上就是暗示大家多多送营养水。"

楚授："要营养水干吗？"

玉竹："上营养水榜单啊！"

她发来一张截图，是趣文轩APP首页界面。

楚授这才知道，原来首页上那个"读者浇灌榜"就是按照营养水数量来排名的。

而此时此刻，他的《你这样是会被锁文的！》正在这个榜单上！

轰！楚授脑子里炸响一道天雷。

呜呜呜，完了，这篇文也废了。

这可怎么办？

这篇文还没下千字收益榜，已经有接近3万的收藏数了，收益也达到了五位数，再加上读者浇灌榜……

显而易见，他又要亏本了！

唯一的办法，就是及时止损！

那个读者浇灌榜他是管不了了，但他能够减少上编辑推荐这种人工榜单的次数！

楚授本想故技重施，搞个锁章，不过想想上次锁章之后雪松那抓狂的样子，楚授又觉得有点对不起编辑。

灵光一闪，他想到了一个好主意。

几个小时后，千字收益榜讨论帖里又炸开了锅。

——看我刷出了什么……这是……100万字更新！这个作者真的更新了100万字！

——天啊！真的！我不禁开始怀疑这作者是不是对千字收益榜后排有什么执念，晚上加更十万字就已经让排名掉了十几名，这一下子更了一百万字，排名得掉到最后一名了吧！

——不知道说什么好了。

——作者标注文章完结了……厉害了……

——早上看到你们说加更十万字的时候我还在想，更新这么快，剧情一定很水……现在我错了。这作者绝对有存稿！全文存稿的神仙老师，关注了！这就去订阅！

——啊，榜单排名更新了！真的掉到最后一名了！

——这也太惨了吧……

——告诉大家，文章后面也很好看，没有烂尾！结局太好看了！**我要打赏作者，一口气看到结尾真的爽！**

——楼上的，你不是吧？一百万字哎！

——楼上阅读速度我崇拜了。

…………

楚授把存稿一口气全放上去了。

没过多久，QQ果然狂响了起来。

雪松："你的文完结了？"

楚授："嗯。"

雪松："为什么啊？你这篇文数据这么好，正常连载的话，后面可以上好几个榜单。你不想赚钱啊？"

楚授深沉道："没有这些世俗的欲望。我有点想出家。"

雪松："……"完了完了，这个作者又"玻璃心"了！

应付完编辑，玉竹又来敲他。

玉竹："师父你看到没，刚才说的那篇文更新了一百万字，**直接完结了**，不过千字收益榜掉到最后一名了！"

玉竹："哇——师父快去见证奇迹！它的排名又上来了！"

玉竹："师父，这篇文真的厉害！又动了又动了，升到十几名了！"

玉竹："师父，我都不敢想象，它入V的章节有一百多万字，**千字收益排名还这么靠前**，那它今天日收益得多少钱啊！"

玉竹："师父师父……"

楚授："……"

悟空，别叫了！

楚授头大如斗，悻悻关了电脑，从房间里走出来。为了排解情绪，他去厨房帮林静远一起准备食材。

林静远给了他一盆荔枝，结果楚授一边想着心事一边剥荔枝，最后把荔枝壳留下，荔枝肉全扔了。等林静远发现的时候，垃圾桶里小半桶都是果肉，全浪费了。

"啊，对不起……"楚授回过神来连忙道歉。

林静远有些担忧地看着他："你怎么了？"

楚授叹了口气，老实答道："在想小说的事情。"

林静远："这篇文的成绩不好？"

楚授苦笑一下："是啊，连回家的车票钱都买不起了。"

林静远自己手头的食材已经处理完了，他走到楚授身边，一起剥荔枝，随口问道："对了，还没问过你，你老家是哪儿的？"

楚授一愣，下意识地避开他好奇的眼神："……一个很遥远的地方。小地方。"

楚授那十指不沾阳春水、不食人间烟火的小少爷气质，怎么想都不可能是小城小镇出来的。

林静远却没追问，只是"哦"了一声，静静地想：大概是不想说吧，那就不问了，等他哪天想说了，自然会说的。

两人聊着天，楚授的心情渐渐好了一些。

"对了，"楚授看着那满满一盆莹白如玉的荔枝肉，奇怪道，"荔枝没有壳的话，等到了露营那天不就坏了吗？"

光脑刚刚提醒他，荔枝的保鲜时间很短，特别是去了壳的荔枝。

林静远笑道："这不是为了露营准备的。"

楚授："那是？"

林静远："今天晚上做荔枝烤鱼给你吃。"

楚授很震惊："荔枝还能做烤鱼？而且今晚不吃健身餐了吗？"

林静远笑道："你已经坚持了很久了。为了奖励你，这几天就放轻松一下吧。"

楚授感动得眼泪都快掉下来了。

终于不用吃健身餐了！

他本来以为林静远会顺便给这道荔枝烤鱼拍个视频，用作更新，结果并没有。

这道菜，林静远真的就是专门为他做的。

楚授一边吃烤鱼，一边点开视频网站上林静远的美食视频。林静远听到平板里传来自己的声音，有些不好意思，脸上微微发红地道："怎么想到看这个啦？"

楚授笑眯眯道："这是我上次帮你做巴斯克蛋糕的那期！我看看大家对我的评价！"

既然楚授是要看自己，林静远也不好说什么。他虽然害羞，也只好任他看了。

楚授边吃边看，上来就是一大堆跟他有关的弹幕。

——这个小哥哥是谁？三分钟，我要他的全部资料！

——前面的，博主在评论区有说。这是一起合租的舍友小哥哥。

——小哥哥锁骨好好看，求露脸！求更多！

——舍友声音好可爱！多大啦？感觉很小！

——呜呜呜，舍友皮肤好白，羡慕！求美白方法！

楚授看着看着也觉得有些害羞。大概是隔着网线，大家发起弹幕来都非常开放，告白和赞美像不要钱似的漫天乱飞。他虽然没露脸，但粉丝们已经把他从喉结到膝盖都夸了一遍，目之所及都是"好看好看"，弄得楚授都有些飘飘然了。

不过这毕竟是林静远的视频。虽然这次主角是他，但前来观看的大多数观众还是林静远的粉丝。林静远这次没露脸，唯一出镜的地方，就是教他打鸡蛋那边。

——单手打鸡蛋，静静绝了！

——静静的手好好看！

——静静的声音好温柔啊。

——羡慕舍友，每天都可以吃到静静亲手做的好吃的！

——羡慕舍友！我也想要静静这样的合租对象！

——羡慕舍友！发胖我也认了，我也想吃巴斯克蛋糕啊！

——如果我有罪请用法律惩罚我，而不是让我大晚上的刷到这个！好饿好饿好饿，我真的好饿！

…………

楚授看看那些弹幕，再看看面前那盘林静远特意为他做的烤鱼，心里美滋滋的，心情都变好了呢！

第 十 五 章 ▷▷▷

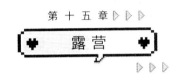

露营

▷ ▷ ▷

　　终于来到了露营的日子。楚授带着狗勾，和林静远一起把大包小包搬下楼。展翅开着越野车来接他们，打开后备厢，帮忙搬东西。

　　展翅常年健身，身材很好，是穿衣显瘦脱衣有肉的类型。

　　"我什么时候才能练成你这样……"楚授艳羡地看着他。

　　"……噗。"展翅突然笑喷。

　　林静远脸色微变，认真地对楚授说："你不用刻意追求他那种身材！"

　　楚授："……"不是你摁头逼我去健身的吗！

　　上车之后，楚授才发现云川也在。

　　"咦，你没自己开车啊？"楚授跟林静远坐到后排。

　　副驾驶座上的云川懒洋洋地打了个哈欠："懒得开。"

　　"那许星幻呢？"楚授问。

　　"不顺路，就没去接。"云川说完，有些奇怪地回过头来，"我以为你跟他关系不好，怎么露营还要叫他？"

　　楚授笑道："没有啊。我现在跟他关系可好了，你不在的时候都是他带着我练习的。"

云川："哦，是吗？"

云川想了想，许星幻毕竟是他一手带出来的，配音技巧都是跟他学的，身上到处是他的影子，楚授不爱跟别人学，就爱跟许星幻学，四舍五入就是想跟他学嘛！哎呀，怎么表达敬爱都这么含蓄婉转！不愧是写小说的人！

脑内一套逻辑完美运行，云川忍不住露出美滋滋的笑容。

展翅坐到驾驶座上，奇怪地看了他一眼，不知道他在暗爽什么。

露营地是个人烟稀少的世外桃源。山川森林湖泊，一应俱全。

跟许星幻会合之后，大家开始搭建营地。

众人都对林静远的装备之齐全表示了震惊，许星幻更是啧啧称赞——他认得这个户外牌子，知道价格不菲。当然，许星幻从自己后备箱里拿出来的装备更贵。不过大家不认得，也就没发表什么评价。大家分工合作，林静远开始准备烧烤的东西，其他人则搭建帐篷、吊床什么的。

这些事情楚授都是第一次做，感觉很新鲜很有意思。他刻意关闭了光脑。此时此刻，不需要光脑给他找资料教程，和大家一起摸索着搭建营地，感觉也很不错。

展翅是这群人里唯一有露营经验的。在他的指导下，帐篷很快搭好，吊床也稳稳地绑在了树上。他看看这边差不多了，就去林静远那边帮忙。

楚授在吊床上玩了一会儿，也跑到林静远这边来。林静远正在把食材一个个地从冰盒里取出来，而展翅举着摄像机，正在帮忙拍摄。

"哇。"楚授凑到展翅边上，看着摄像机，"你拍得好好看！"

展翅笑笑："以前去片场探班，跟摄影师学过。"

跟楚授比起来，展翅拍出来的片子光影效果好了不止一个档次。楚授觉得就算后期不加滤镜，这些素材也能直接用了。

楚授不禁感慨："你真厉害，什么都会！"

展翅摇头笑笑，谦虚道："只是一点皮毛而已。"说着就把摄像机塞到楚授手里，"还是你来吧，你有经验。"

正在此时，云川喊了一声："楚授，来钓鱼啊！"

楚授下意识回头，看到小皮划艇已经被推到水里，云川手里拿着两根钓竿先坐了上去。楚授一下子来了兴致，随手把摄像机往桌上一放，朝云川喊道："你要去划船吗？"

云川："我到湖中心去钓鱼！你来吗？"

"好啊好啊！"楚授说完，高高兴兴地就朝云川跑过去了。

展翅一时间有些无语，看着小孩儿一样大呼小叫的两个人，无奈笑道："长不大。"

林静远没说什么，只是弯着眼睛望向湖边，望着那个蹦蹦跳跳的背影。

"他倒是长大了一些。"林静远笑着说。

展翅："啊？"

林静远笑道："你之前不是说我看他的眼神跟老奶奶看孙子似的吗，现在老奶奶告诉你，孙子长大一些了，很多事情会自己处理啦，很多危险也会自己识别啦。总算能让人放心点儿了。"

展翅笑着摇头："没想到你是这种爱操心的人设啊。"

林静远耸肩："只是他特别让人不放心罢了。总不能看着他被人欺负走上歪路吧。"

也是。

展翅望着远处那说说笑笑的几人，心想：自己又何尝不是这样呢？能帮上忙的，总会忍不住伸手拉一把，这就是所谓的朋友啊。

小皮划艇摇摇晃晃的，楚授刚坐稳，就听许星幻道："我也要来！"

许星幻强行挤到楚授身边，好不容易平稳的小皮艇差点翻了。云川理所当然地觉得许星幻是奔着他来的——毕竟许星幻对他的崇拜路人皆知。他始终记得许星幻因为嫉妒而故意给楚授使绊子的事儿。

一碗水要端平。云川在内心告诫自己，然后果断起身，朝楚授摆摆手。

楚授："干吗？"

云川："你坐过去，我坐中间。"

一阵手忙脚乱，云川坐到了许星幻和楚授中间，许星幻深深地看了云川一眼。

云川心想：哎，这幽怨的小眼神儿，我也是为了你们啊。

云川被夹在两个崇拜他的男生中间，心情十分愉快。结果许星幻的视线越过云川，开始隔着他跟楚授聊起天来。

云川："……"

许星幻能跟楚授聊的话题不外乎配音。不过有云川这个配音圈大佬挤在中间，两个小新人很快就感到了一丝丝尴尬。

许星幻换了个话题：“以前我经常开着游轮去海钓，总是能钓到鲈鱼、鳕鱼、大章鱼什么的，可以现场烤了吃，非常鲜美。章鱼蘸酱生吃也不错，有段时间网上很流行。不过活章鱼会在嘴巴里乱动，容易窒息，哈哈哈。”

楚授：“……”我也觉得有点窒息。

云川看着楚授的表情，朝许星幻道：“快别说这个了。他是海鲜保护协会的。你看他都快哭了。”

“还有这种协会?!”许星幻震惊，他露出个一言难尽的表情，“没想到连海鲜都有保护协会。失敬失敬。”

楚授：“……”这个梗是过不去了是吧。

三个人挤在小船上，要很小心地保持平衡才能不让友谊的小船翻过去。

没过多久，岸边传来烧烤的香味。

三人下船一看，林静远的烧烤架上已经整整齐齐摆满烤串。林静远不愧是美食博主，简简单单的烧烤都被他玩出不少花样。

浓郁的酱汁涂抹在肉串上，红绿椒点缀其中，青白色的圆葱清香解腻，外焦里嫩的肉块闪烁着蜜色的油光。

众人都被勾得食欲大动，嗅着鼻子凑过来。林静远有些不好意思地请大家稍做忍耐，他要先拍一段素材。

大家纷纷表示出耐心，问怎么拍。

在林静远的指挥下，众人各执一盘食物，井然有序地端上餐桌。林静远举着摄像机，不断调整着角度，拍摄了好几段素材。

展翅饶有兴致道：“你这是一个人承包了整个片场的活计啊。”

林静远笑笑：“没办法，小本生意。”

终于开吃了。

啃了一个月西蓝花的楚授此时捧着烤肉，幸福得满眼泪花。

啊，这“咔嚓咔嚓”的响声！啊，这充沛浓厚的油脂！啊，这外焦里嫩的口感！啊，这肉！啊，这酱！啊，这可乐！怎么这么好吃啊！

楚授满足地眯起眼睛，完全陶醉在烤肉中，快乐得简直想跳舞。

林静远的嘴角不自觉地翘起，举着摄像机，把他每一个幸福的表情都记录下来。

大家一起打打闹闹，很快就到了晚上。

夜晚，大家点起篝火，围坐一团。许星幻居然从后备箱里扛出一个专业的天文望远镜，给大家科普夏季星空。

楚授："没想到你是这种人设！"

许星幻难得谦虚，说他从小就喜欢看星星，正巧爸妈给他名字里也起了个"星"字。

楚授凑在天文望远镜前，在漫天繁星里寻找自己的母星。然而找了半天却找不到。

这也没办法，B512星太远了，这个级别的天文望远镜是没法观测到的。楚授有点惆怅。不过看看身边这群说说笑笑的朋友，他忽然又没那么难过了。

林静远跟展翅在聊做视频的事；许星幻闷头观星，沉浸在一个人的星空里；楚授就跟云川一起去帐篷里打音游。

音游虽然不能联机，但可以同步打同一首歌。

云川已经接受了自己技术不如人的事实，于是在楚授打"地狱"难度的同时，他很坦然地选了同一首歌的普通难度。两人像高中生参加夏令营一样，窝在帐篷里，快乐地打游戏。

不知过了多久，展翅过来拎云川去睡觉。

"才十点！"云川看看时间，不满地嘟囔，"这么早，再玩会儿！"

楚授却退出了游戏，道："咱们明天接着玩。林静远也要睡觉了。"

林静远忙道："我也还不困。没事，你们先……"

云川瞟了林静远一眼，随口道："你跟他住一个帐篷？"

楚授："我当然跟他住一个帐篷啊。"

云川本来是想：要不你换个帐篷，咱俩一起通宵打游戏。结果楚授这句"我当然跟他一个帐篷"说得如此理所当然，云川被噎了一下，下意识地又看了林静远一眼。林静远倒是无所谓。他平常虽然拦着不让楚授通宵打游戏，但今天毕竟是周末，又是出来玩，稍微放纵一下也无妨。

"好啦。"展翅弯下腰，亲自把云川拖起来，"走了，别打扰人家休息了。"云川这才委屈巴巴地被亲哥拎走了。

林静远把蚊帐拉上，留下通风口，随后就钻进了睡袋里。

楚授忽道："烧烤好好吃啊。"

他咂巴了一下嘴，回味无穷："还想吃。"

林静远："……"这家伙，刚躺下就开始馋好吃的。林静远不由失笑，心道，不愧是你。

"回去再给你做。"林静远深吸一口气，笑着说，"反正那个烧烤架，'金主爸爸'已经送给我了。回去在咱们院子里就能烤给你吃。"

"好啊好啊。"楚授快乐地答应。

看楚授还不困的样子，林静远便道："对了，刚才展翅跟我聊天，建议我组建一个视频团队。"

"嗯？"

"现在我的视频数据越来越好，也有越来越多的商单找上门。老实说，我有点忙不过来。"

初秋的夜色温柔如水，林静远也不自觉地把声音放低、放缓，像是不忍心打破夜色的美好。

林静远接着道："一个人处理太多事情，就会降低视频产出速度，也会影响质量。所以展翅建议我组建一个团队，帮我分担一些工作。他说他那边有资源，可以帮我牵线搭桥，以后还可以发展更多盈利项目，比方说周边产品什么的。"

楚授："那很好啊。"

林静远轻叹一声："这样的话，应该就不会待在家里做视频了。"

楚授想了想，他们家现在的厨房虽然大，但按照林静远接商单的速度，那些"金主爸爸"送来的各种产品很快就能把这个厨房也填满。

楚授道："他的建议很好。我觉得他说得对，你应该珍惜这个机会。"

林静远忽然沉默了。

楚授感觉到一丝异样，转过头来，问："怎么了？"

林静远望着帐篷顶。月光透过缝隙，在他脸上敷上一层柔和。

"我其实有些担心，"林静远轻轻地说，"怕视频越来越商业化，怕我会忘记自己的初心，怕我渐渐变得不像自己，却连自己都不知道。"

林静远顿了顿，转过头来看着楚授，眼睛里一片茫然。

"你会觉得我现在跟以前不一样吗？"他问。

楚授想了想："嗯……怎么说呢……"

林静远笑了："没事，随便说。"

楚授长长地呼出一口气，也望着帐篷顶，道："比起变了，我觉得你更像是洋葱，一层一层地被剥开，慢慢展现了你的内心。"

林静远静静地听着，看着他略显稚气的侧颜。

楚授道：

"以前我只觉得你是个温柔善良的大好人。会把我捡回来，会把狗勾捡回来。然后又发现，你做视频那么努力那么认真，原来你也在拼命追求自己的理想。特别是认识云川之后——

"抱上云川这个大腿，你本来可以靠着他的配音一炮而红，可你没有。你看到了捷径，但还是坚持用自己的方式，完完全全靠自己走出来一条路。

"你时不时就会让我觉得，啊，原来你是这样的啊。感觉又看到了你不一样的一面呢。

"所以，就像剥洋葱一样，跟你相处越久，就越是一层一层，看到不一样的你。"

楚授一边说一边想，不自觉地声音也变得很轻。

"我其实不知道你所说的初心是什么。但你如果要问我的感觉，那我觉得，目前为止，剥下来的每一片洋葱，都很好。"

两人并肩躺在星空下的帐篷里，听见鸟鸣，听着彼此的呼吸声。

林静远凝视着他。他忽然意识到，正如他白天对展翅说的，楚授已经不是他最开始以为的那个什么都不懂的无知少年了。他可以把内心的彷徨，对未来的迷惑，拿出来和楚授讨论。楚授也会认真回答他，为他点亮明灯。

因为他们是朋友。他们已经是无话不谈的朋友了。不管过去多久，他们都会是彼此最好的朋友。

于是林静远笑笑，说："睡吧。"

楚授："晚安。"

林静远："晚安。"说完他侧身睡去。

然而，不知是鸟鸣太过叨扰，还是刚刚那番谈话太过触及心灵，林静远翻来覆去，好久都没睡着。辗转反侧间，身边传来睡袋的窸窣声。

怎么，他也被他们的伟大友谊感动得夜不能寐吗？林静远正觉得好笑，却见楚授偷偷摸摸爬起来，从包里摸出耳机。手机屏幕灯光一亮，楚授打开了音游。

林静远："……"原来是打游戏没打够！果然是自己想多了！

楚授刚点开游戏，就听到林静远长长地叹了一声。

楚授有种半夜打游戏被家长抓包的心虚感，连忙道歉道："对不起对不起，吵醒你啦？"

林静远看他慌慌张张的样子，自己反而更不好意思，赶紧胡乱扯了个借口："不不不，是帐篷里有蚊子。"

"蚊子？"楚授茫然。

"啪。"林静远为证清白，当场装模作样地开始打蚊子。

楚授歪着脑袋，困惑地看了一会儿："我怎么没看到有蚊子？"

林静远一本正经道："因为蚊子都来叮我了。我的血比较好喝。"

楚授："……"有道理，蓝星的蚊子可能不喝外星生物的血。

这边在打蚊子，隔壁帐篷，云川和展翅也在各自玩手机。

云川打音游打得正嗨，展翅忽然放下手机，长叹一声："唉，现在想想还是有点惋惜。如果当初把那篇文的版权买下来就好了……"

"哪篇文？"云川头也不抬，随口道，"《烈风》？"

展翅："嗯。"

云川调侃道："都这么久了你还念念不忘啊。这都快成你的执念了。"

"那倒不至于。只是觉得那个新人很有潜力，如果签下来，说不定能长期发展。"他顿了顿，又道，"不过，后来我又发现了几个有意思的新人。像楚授，还有这篇文的作者……"

云川正好一局打完，百忙之中抽空过去瞄了一眼，被屏幕上的文名吓了一跳——《你这样是会被锁文的！》

云川："你不会想买这个吧……这买了不太好改编啊。"

展翅道："确实不好改编，不过不妨碍这文有意思。"

云川揶揄道："看不出来你还喜欢这种搞笑文。"

展翅却很淡定："我不是看中它搞笑，我是觉得这文给我一种熟悉的感觉，让我想起看《烈风》的时候。"

云川吐槽："你这个'渣男'，原来是心里想着'白月光'求而不得，找了个新文当替身啊。"

展翅笑而不语。

云川忽然心念一动，退了游戏，笑眯眯地道："放假就不要聊工作啦，咱们来聊点别的吧。"

展翅："聊什么？"

"哎。"云川很浮夸地叹了口气，忧愁道，"许星幻和楚授好像都很崇拜我，我夹在两个人中间好为难呀。白天你看到了吗？划船的时候他们两个都拼命往我这边凑，船都快被挤翻了。哎，我怎么办啊？想把一碗水端平可真不容易！"

展翅回想了一下白天的情形，露出个一言难尽的表情："那不是因为船太小吗？"

云川："本来两个人坐是刚刚好的，但是许星幻非要挤进来，就显得小了。"

他说着说着又摇起头来，换了一种无奈的声线："哎，这个许星幻，当初就是因为崇拜我才入行的，到现在还这么黏着我，以后可怎么办呀……"

展翅咳了一声，忍不住委婉提醒："有没有一种可能，许星幻是奔着楚授去的……"

云川的眼神一下子又变得深沉："没办法。我已经说过他了，让他不要嫉妒楚授。我真的是因为楚授很有配音天赋，才一直关照他的。可是许星幻眼里揉不得沙子，就盯着楚授。我也是没办法。真的，我太难了。"

展翅："……"你最近是不是万人迷狗血文的角色配多了，入戏太深！

展翅觉得这个弟弟已经没救了。

翌日，清晨。

林静远睡得迷迷糊糊，感觉胸口发闷，身上热烘烘的。

"唔……"睡梦中，他试着动了动，却发觉身体被什么东西压住，翻身都困难。

被什么东西……压住？

意识一点点清醒。林静远恍惚间想起——哦，他们是在露营，他跟楚授睡一个帐篷来着……

这个软软的、热乎乎的……嗯，应该是手臂吧！

他忍不住抬起手指，在楚授的手臂上轻轻戳了一下。

真的好软啊！

他脑袋里一下子浮现出肥嘟嘟的小婴儿那米其林轮胎一样的小胖手！

不是说只有婴儿的身体才会这么软吗？

林静远只在他那刚刚出生的小侄子手臂上捏到过这么柔软的触感，简直像没长骨头一样，软乎乎的。

啊……怎么会这么软……林静远心中犹如"母爱"爆棚。

下一秒，他突然觉得自己像极了一个变态。

神经病啊！这可是他舍友啊！人家手臂软那是人家婴儿肥！他不能真把人家当婴儿捏来捏去啊！真不像话！

林静远冷静了一下，闭着眼睛，开始心如止水地把楚授的手臂往边上推。楚授昨晚沉迷音游，很晚才放下手机，这会儿睡得正香。林静远不想吵醒他，动作轻之又轻，像托举着一团白云。

"呼……"

终于把楚授的手臂挪开了，林静远稍微动了动，感觉还有东西压在自己身上。

他是睡成八爪鱼了吗，怎么手脚全都挂在自己身上……林静远有些好笑地想着，睁开眼，低头看去，却震惊地发现两三条粉红色的、粗壮圆润的触手正搭在他胸口上！而睡袋边上，他刚刚以为是楚授手臂的东西——居然也是一条粉嫩嫩的大触手！

他大惊失色，扭头望去，却看到了更加恐怖的东西——一只像水母又像章鱼的巨大触手怪！！！

楚授呢?!林静远呼吸一窒，心脏也几乎跟着漏了一拍，楚授不会被这怪物吃了吧?!

就在他情绪几近崩溃的时候，他忽然注意到，楚授原本穿着的蓝色小熊睡衣居然好好地穿在了触手怪身上！

"唔……"大概是感觉到动静，睡梦中的触手怪发出一声低软的呓语，软乎乎的大触手从林静远身上缩回去。它翻了个身，继续睡了。

林静远睁大眼睛——那个声音，毫无疑问是楚授。

林静远壮着胆子数了数，面前的怪物触手足足有十八条。粉红触手怪穿着小熊睡衣的样子看起来非常诡异。

它软乎乎的身体舒展着，呈现出类似胶质的半透明质地，看上去像果冻一样，柔软有弹性，对人毫无威胁。不，比起对人毫无威胁，它此时的样子，更像是……自己毫不设防。

林静远盯着身边的粉红触手怪，目不转睛。

转瞬之间，他忽然明白了许多事。

为什么楚授不肯透露自己从哪里来，为什么楚授看起来不谙世事，就像从未在蓝星生活过。

林静远垂下眼，心情复杂。他张了张嘴，像是想说什么，想问什么，可是最终什么都没说。他只是低下头，有些无可奈何，又有些好笑地躺了回去。

　　他想：这家伙，原来睡相这么差啊。幸好只有三条触手压到身上，如果十八条全压上来，自己肯定要做噩梦啦。

　　林静远闭上眼睛，放松呼吸，假装自己从未醒来。

　　快乐的露营就这么结束了。

　　楚授回到家，以打工人过完周末、周一回公司上班的沉重心情，再次登录了自己的趣文轩后台。

　　他对自己这篇文的数据已经有了一个预估，可真正打开后台时，他发现他太天真了。他低估了读者们的阅读速度和砸钱能力。

　　"天哪！"楚授忍不住惊呼出声，"怎么回事，怎么收藏数这么高？"

　　楚授本来以为自己下榜单时三万多的收藏已经够离谱了，没想到他只是出去过了个周末，回来发现收藏数已经变成十五万了！

　　楚授只觉得脑袋瓜子嗡嗡响，第一反应就是去看这篇文是不是又上了哪个榜单。

　　光脑扫描一圈，很快得出结论：目前《你这样是会被锁文的！》一共上了两个榜单，一个是月榜，一个是读者浇灌榜。

　　月榜可以理解，毕竟收藏、点击、评论的数据都很高……可读者浇灌榜是怎么回事？

　　他知道自己上榜那天收到了很多营养水，可是这都下榜了，怎么还有这么多人给他打赏营养水？！

　　读者浇灌榜不是和霸王火箭榜一样，每天都会刷新吗？

　　谨慎起见，他去咨询了玉竹。

　　此时的玉竹已经是榜单小能手，充分了解趣文轩各种榜单机制："一旦上了读者浇灌榜，一般能待一个月。而且曝光量大，后续营养水也多。"

　　楚授无法理解："那为什么霸王火箭榜只能待一天？"

　　玉竹："大概因为霸王火箭榜比较贵吧……一般有土豪读者大额打赏，文章才会被送上霸王火箭榜。土豪读者可不是天天有的……"

　　楚授回想起《烈风》上霸王火箭榜那次，立刻明白了。

　　当初图南之翼——也就是展翅——可是一口气砸了一万元才把他送上的

霸王火箭榜。而一般读者就算打赏自己喜欢的文章，顶多也只是五块十块的，像展翅这么豪气的还真没几个。

而读者浇灌榜则相反。

营养水是读者订阅VIP章节后，趣文轩系统自动赠予的一种道具。这个道具获取不易，要连续订阅满30万字才会送10瓶，无法通过金钱直接购买。这是一种"大部分读者手里都有，但都不多"的东西。所以，能上读者浇灌榜的文章，都是读者基数巨大的。

简单来说就是，霸王火箭榜，只要遇到一个土豪读者你就可以上。而读者浇灌榜，需要无数个读者支持你，集腋成裘，才可以上。

楚授："……"我何德何能啊！

他已经没心情去研究到底这篇文为什么能收到这么多营养水了。他只是郁闷，搞不好结算下来，他的电量要被倒扣了。

"不会倒扣。"光脑贴心地提醒，"如无违规操作，'为爱发电'系统不会对宿主进行倒扣惩罚，只会对超出字数部分的收益进行废物利用，以10000∶1的比例进行电量转换。"

楚授："呵呵。"

10000∶1，他这篇文字数一百多万，现在挂在读者浇灌榜上，一天收益就是好几万。距离系统结算还有好一段时间，等结算完了，他的收益搞不好要破百万。到时候，他的收益每多一万，他就会收获1度电。

整整1度呢！真——多——呢！

楚授已经快被气哭了，他再也不想看到趣文轩那个绿油油的界面，当场关了电脑，跑到阳台上透气。

林静远正好在阳台上。他种了几盆薄荷、罗勒，都是做视频会用到的。此时他正在侍弄那些植物，忽然听到楚授长长的叹息声。

"唉！"

林静远提着水壶的手一顿，侧过头来，关心道："怎么了？"

楚授趴在栏杆上，闷闷道："手头这篇文赚得太少了……"

林静远一愣。在他印象中，楚授写文赚了不少钱。而且楚授平常大部分时间都待在家里，除了日常的吃穿，几乎没有要花钱的地方。

难道——是没钱还房贷了？

林静远心里一惊。这套房子，地理位置很好，交通便利，还是精装修，价格不可能便宜。

楚授虽然没透露过房价，但林静远估计，首付起码好几十万。

难道楚授出完首付之后，手头就没多少钱了，所以一旦新文收益不佳，还房贷就有压力了？

林静远斟酌了一下用词，故作轻松地道："说起来，我住你房子这么久，还没交过租金呢。"

"啊？"楚授歪过脑袋看着他，"不用啊。"

"客气什么，我现在是知名大博主了，不差这点钱。"林静远拿出手机，一边转账一边道，"我一个月七个商单，月入几万，结果连房子都是蹭你的，说出去多难听。"

"啊？"楚授连忙制止，"真不用！不用！"

林静远用微信转账，楚授不收的话，钱会原路退回林静远的账户里。

林静远又不能抢他的手机强迫他收。两人推拉一番，林静远没辙了，只好说实话："你拿去还房贷吧。我一直白住在这里，真的很不好意思。"

"房贷？"楚授疑惑，"我不用还房贷啊。"

林静远："啊？"

楚授："这房子全款买的啊……"

林静远有一种被噎到的感觉，脱口而出："那你在愁什么？"

楚授长叹一声，耷拉着脑袋重新趴回到栏杆上。

"我愁啊……这文写得一篇不如一篇！这篇文都下榜好几天了，每天居然还能有五位数的收入！唉，我都快愁死了！"

林静远震惊得无以复加。

五位数？每天?!这还叫赚得太少了?!而且还一篇不如一篇……所以楚授第一篇文到底赚了多少啊！

"咳……咳咳咳咳……"林静远这下是真的被噎到了。

接下来的几天，楚授都过得浑浑噩噩，不知道干啥好。

《白衣》已经开始拍摄，《你这样是会被锁文的！》也已经完结了，挂在读者浇灌榜上日入斗金。楚授每次点开后台都感到一阵心痛，情绪不好，灵感也没了，根本不知道下一篇文该写什么。他百无聊赖，去找玉竹聊天，玉竹却半天都没回消息。

起初他以为玉竹又在加班，没想到玉竹是生病住院了。

"啊，你怎么啦？严重吗？"楚授一下子担心起来。

他知道玉竹一个人住，爸妈不在身边。二十出头的小姑娘，平常工作又忙，现在生病了身边也没个人陪，想想都可怜。

玉竹："没事啦，师父，医生说我只是最近睡眠太少了。"

玉竹给楚授看了化验单。他用光脑分析了一下化验结果，这才知道玉竹是因为过度劳累加上营养不良导致了重度贫血。听玉竹说她晕倒在办公室里，是同事将她送进医院的。

楚授顿时心疼起徒弟来。

想想玉竹真是不容易，本来天天加班，工作已经够累了，现在写文开始有了点成绩，又越来越拼，经常熬夜到凌晨两三点。这样下去身体怎么行？

楚授正想劝玉竹把写文的事放一放，没想到玉竹却说："我辞职了。"

楚授："嗯？"

玉竹发了一个哈哈大笑的表情包："我决定全职写作了。以后终于不用再受公司压迫啦！"

楚授一时不知说什么好。

他平常逛论坛时经常看到有人讨论全职写作的问题。

全职写作，其实也是一份工作，但和一般的工作不同。全职作者没有五险一金，没有各种福利保障，想要有这些，除非自己交钱，这就额外多了一大笔支出。

另外，写网文的收入其实极不稳定。像楚授这样既写得快又写得多的作者并不多。

趣文轩这边，一般作者好几个月才能写完一篇文。

数据好的话，收益当然没有上限；但数据差的话，一篇文赚几百、几十，甚至连入V及格线都达不到也有可能。

像玉竹，她在遇到楚授之前就是写了一两百万字却还没入V的。

当然以玉竹现在的水平，不至于入不了V。但谁能保证以后呢？靠写网文为生毕竟不稳定。万一哪天失去灵感，写不出来了，或者心累了写不动了，到时候想要再出来找工作就难了。

楚授虽然担心，但这些话他都没有说出口。

因为玉竹已经辞职了。

玉竹是成年人了，她有自己的想法。而且她不是那种说风就是雨的冲动性格。既然决定辞职，那她一定是经过深思熟虑的。既然如此，那就只要支持她就好。

楚授默默地看了眼自己的账户余额，掐指一算，接济玉竹绰绰有余。于是他对玉竹道："加油！"

玉竹："我会的！谢谢师父！"

"手可摘星辰"的三人聊天群里，听说玉竹要全职写作的糖糖表现出了极大的向往。

"我也好想当全职作者啊！"

糖糖发了张高中数学卷子的照片，哀号道："我实在是不想做题了，我想要当全职作者啊！"

楚授这才知道，原来糖糖是高中生！

这时候，师徒两个表现出了一致的态度。

玉竹："不行，高考还是要认真对待的。你起码大学毕业了再考虑全职写作的事啊！"

楚授："没错！"

糖糖："呜呜呜。"

在两人的鼓励下，糖糖虽然不情不愿，但还是老老实实做题去了。

楚授不由心生感慨，蓝星姑娘原来都这么努力啊！我这个外星生物也不能输！我也要努力起来！

楚授定了定神，久违地打开文档，终于开始构思自己的下一部小说。

他回顾了一下自己目前为止的作品。

《烈风》，冷门竞技题材。

《小星球》，童话题材。

《末世重生快穿之白月光美强惨反派搞笑人鱼在惊悚游戏无限打脸》，搞笑文。

《一篇网文》，放飞自我奇葩文。

《白衣》，现代都市行业文。

五篇文章其实都获得了不小的成功，要么VIP订阅高，要么卖出了版权。这要是放在其他趣文轩作者身上，怕不是做梦都要笑出来，可偏偏对楚授来说是个灾难。

楚授总结了一下前面几篇文的"成功"经验。

他之前几乎所有文都有一个共同点，那就是文里都涉及了感情戏。他事后去翻阅评论区，发现很多读者也都对感情戏津津乐道，对剧情的关注度反而没有那么高。

唯一一篇重剧情轻感情的就是《白衣》。而《白衣》的盈利主要是靠卖出影视版权。《白衣》本身的点击数和收藏数是非常差的，网络订阅也很少。

这也从侧面证明了，想要赚得少，就写没有感情戏的！此外，为了避免重蹈《白衣》的覆辙，楚授决定，这次一定要写个不仅跟谈恋爱无关，而且改编起来特别费钱的题材。

什么内容改编起来最花钱呢？一定是场面宏大，设定精细，光是前期道具布景、后期特效制作都要烧掉好几个亿的大架构……

楚授思考片刻，眼珠一转。说到烧钱，还有什么比星际宇宙科幻巨作更烧钱的呢？

所有布景都没有现成的，要么靠现场搭建，要么靠后期特效制作！

好，背景有了。那主线呢？

要跟恋爱无关，要跟恋爱无关……

楚授反复默念着这个宗旨，思考着。

虽然不能恋爱，但主角也是个正常人，也要有精神寄托，有人生目标。而且这个目标不能太容易达成，要夸张，要宏大，不然读者有了代入感，就很容易真情实感地追文。

目标要宏大，目标要宏大……

有了！楚授眼睛一亮。

要说宏大，还有什么比发展人类社会更加宏大的呢？

那就这么愉快地定了！

至于文名……

楚授瞄了一眼他们那个"手可摘星辰"的三人小群。

文名就叫《我为人类社会摘星辰》吧！

第 十 六 章 ▷ ▷ ▷

♣ 我为人类社会摘星辰 ♣

▷ ▷ ▷

　　既然要开新文，那么为了躲避展翅的关注，开小号是必不可少的。于是楚授忙去跟雪松报备。

　　雪松一点儿挣扎都没有，表示你想好新笔名就跟我说吧，随时开。

　　随便吧，随便吧。这个"玻璃心"作者就是喜欢从零开始，宛若一个"开荒狂魔"！

　　楚授跟雪松报备完，就开始认真筹备起了新文。

　　这次的主题虽然定成了为全人类而奋斗，但楚授对蓝星的人类发展史和社会构成并不了解。

　　他又不能写自己族人的事情，毕竟《小星球》已经是前车之鉴，他容易写着写着投入真实情感，到时候文章又火了可就不好了。因此，楚授让光脑搜集了大量资料，开始研读蓝星人的历史。

　　不查资料还好，一查资料，楚授就被人类的发展、文明的产生震撼了，瞬间变身精神上的人类！

　　对了，新笔名还没想好，不如就叫这个——精神人类！

　　楚授怀抱着极大的热情，打开电脑，触手如飞，一天狂打一百万字，打得太狠，键盘都冒烟了。

凌晨，林静远路过楚授的房门口，听到里面触手狂飞、啪啪乱响的声音，都担心楚授会自燃。

不过他看起来水分含量很高的样子——林静远回想起野营时看到的弹性十足的触手怪——要烧也应该是键盘先烧。

林静远想了想，没有去打扰他，而是默默地打开购物网站，下单了十个键盘。

另一边，玉竹的全职生活也正式开始。

玉竹远比楚授想象的更加努力。办妥离职手续之后，玉竹就定好了自己的生活作息表。

早上六点起床，晨练完吃早餐。

七点开始写文，中间每个小时起来活动一下，休息片刻，然后继续，直到十二点做午饭。

中间午睡半小时，起来之后继续写文。

晚上是自我充电和整理的时间。

所谓自我充电，就是指看书、看剧、看新闻，充实自己的信息储备，免得灵感耗竭，大脑空空写不出东西来。

至于整理，玉竹最近写文颇有心得，她打算把自己的感触整理成干货，分享到论坛去，回馈大家。

楚授看完这张作息表，不禁感慨：这也太拼了吧！

按照这样的作息来看，玉竹一天起码有十几个小时都扑在与写文相关的事务上了。

玉竹毕竟刚刚出院，楚授担心她的身体。

玉竹现在一个人租房子住。之前晕倒在公司里，至少还有同事能够帮忙送她去医院。现在她要是一个人在家里晕倒，都没人能发现！万一耽搁救命怎么办？

没想到玉竹却表示这种程度的工作量不算什么。她原先的公司压榨劳动力很厉害，算上加班时间的话，她每天在公司也要持续工作十几个小时。

而且公司里还都是些让人烦心的事儿，被领导骂，被同事使唤、"甩锅"什么的。

老实说，以前上班的时候，比起身体上的劳累，她更多的是心累。而且心累比身体上的累更难以恢复。

相比之下，玉竹觉得现在的生活轻松快乐多了。

最大的变化就是，她现在感到很充实。

以前上班的时候，领导经常用"996就是福报"来洗脑员工。

玉竹当然不会上这个当，但也依旧迷茫，不知道自己整天忙得像陀螺一样到底是为什么。

可现在不一样了。她看的每一本书，都是为了充实自己；她在电脑前敲下的每一个字，都是在奔向自己的梦想。

所以，她有无尽的力气可以用，她一点都不觉得累。

听完玉竹的话，楚授不由心生感触。

她一定会成功的，楚授心里想。

一眨眼，玉竹又要上千字收益榜了。

此时距离上次上榜不过一个月。全凭玉竹勤奋，新文一篇接着一篇地发表，才能连续上榜。

楚授关心玉竹的成绩，甚至比对自己的文章还要上心。

因此这一次，师徒两个也是一起熬夜到了凌晨十二点，等着榜单刷新。

"第一名！"楚授仗着手速快，兴奋地抢先发言。

玉竹："啊！"她的激动之情已经无法用言语表达了。

激动完，玉竹道："师父，我想给你寄礼物！"

楚授："啊？为什么？"

玉竹："没有你，就不会有我的今天！我想要谢谢你！我一定要给你寄礼物！"

楚授很想说玉竹的成绩大部分是来源于她的努力，但盛情难却。楚授只好笑着把自己的地址给了她。

"咦？"玉竹突然又兴奋起来，"我们在同一个城市！"

"啊！"楚授也很惊喜。

徒弟跟他在同一个城市？那不就意味着他们其实很近？！

楚授："有机会的话一起出来玩啊！"

玉竹："好啊好啊！我请你吃饭！"

楚授一想到不久的将来就可以和宝贝徒弟见面，顿时心花怒放。

几天后，楚授和林静远一起遛狗时收到一个大包裹。

"快回家快回家！"楚授抱着包裹兴奋地催促林静远。

林静远很自然地朝他伸出手："我来拿吧，你牵狗勾。"

"不用不用，很轻！"楚授一点都不觉得重，只想尽快回家。

林静远摇头笑笑。

两人几是跑回家的。一进门，楚授就迫不及待地拿来剪刀，包裹很快就被拆开了。

"哇！都是吃的！"楚授拿起一个透明小盒子，一打开，黄油香气扑面而来，他深吸一口，快乐地道，"是黄油曲奇！"

"啊，鱿鱼丝。"林静远笑着，从箱子里掏出一个小袋子，"这袋我拿走咯。"

他还记着楚授是海鲜保护协会的事儿，章鱼、鱿鱼都不吃。

"嗯嗯嗯！"楚授毫不在意，"拿走拿走！"

楚授像游戏主角打开宝箱似的，两眼放光，一个接一个地从里面拿出东西，每拿出一个都要叫一声，兴奋得无与伦比。

"我徒弟真好啊！给我送了这么多好吃的！"楚授感动不已，忽然又眼睛一亮，"咦，这是什么？"

他小心翼翼地从箱子角落捧出一个硬质玻璃盒。只见圆筒形状的玻璃盒里站着一只毛茸茸、又呆又萌的小动物。

"仓鼠？"楚授读出了光脑的识别结果，有些诧异。

林静远看了一眼，道："是羊毛毡。"

楚授："啊？"

林静远笑道："不是真的仓鼠啦。"他帮楚授打开玻璃盒，把小仓鼠造型的羊毛毡从盒子里捧出来。

小仓鼠手里还捧着一个爱心形状的小木牌，上面写着："感谢有你，亲爱的师父！"

楚授看着自己掌心里那个轻若无物的小毛球，感觉心都要化了。

"好可爱！"

他爱不释手地抚摸着羊毛毡小仓鼠，只觉得手感好到无以复加。他忍不住摸了又摸，却又怕碰坏了，因此始终小心翼翼。

林静远拿起手机，点开几个视频："我看那些手工博主戳羊毛毡也挺好玩的，你要不要自己做做看？"

"欸？这个居然是戳出来的？"楚授一下子来了兴致，凑过来和林静远一起研究羊毛毡视频。

很快，他们就达成共识：这个不难，可以试试看！

楚授最近写文充满了干劲，没几天就写完了三百万字。

完结之后，楚授瞬间陷入空虚，感觉能量被掏空，整个触手怪都恍恍惚惚的。

好在隔天林静远就买回来一整箱羊毛毡工具。楚授高兴得不行，兴奋地抱回房间，打开视频教程就开始学着做。

他一下子沉迷进去，除了吃饭，其他时候都钉在电脑桌前，捧着他的小玩具，低头戳戳戳。

林静远看他如此沉迷，心中不禁又升起了一股老母鸡似的担忧。

好不容易把网瘾少年从手游里解救出来，没想到转头又迷上了手工，好担心他的颈椎！

林静远还在思考怎么委婉地提醒他注意坐姿，没想到第二天一早，楚授就高高兴兴地捧了一大堆羊毛毡出来。

橘猫、柴犬、仓鼠、北极熊……楚授几乎把林静远给他找的视频教程里的东西全都复原出来了，仿佛弄了个动物园！

林静远惊呆了："这……这是你一晚上戳出来的?!"

"嗯！"楚授揉揉眼睛，疲惫但快乐，"我是不是很棒？"

林静远："……"

他看着盘子里那十几个造型各异，但无一例外都精致可爱的小动物，陷入了深深的纠结。

到底该不该提醒楚授，以人类的速度，是不可能一晚上戳这么多羊毛毡出来的？就算是视频里那些手工大佬都不可能。

除非他是触手怪。

等等，他是不是不知道那些视频都是后期加速过的，以为那就是人类正常的制作速度?!

林静远心中呐喊：要假装不知道小笨蛋是触手怪，真的好难！

楚授写完《我为人类社会摘星辰》，就把全文三百万字一口气都塞进了趣文轩后台存稿箱。

设置好自动发布时间，他就关掉后台，继续戳羊毛毡去了。

羊毛毡怎么这么好玩！羊毛毡真是世界的瑰宝！楚授简直想再写一篇一千万字的《羊毛毡赋》！

这个主意其实挺不错的。他觉得歌颂羊毛毡多么好玩的文章一定不可能有人看，一定能狂赚一笔电量。

不过，他现在根本没心思写文字！

之前写《我为人类社会摘星辰》，他已经投入了太多精力。毕竟这是一个主题宏大的文章，楚授觉得不能开玩笑，因此无论是在取材、查资料还是构思上，他都费了不少功夫。

现在《我为人类社会摘星辰》已经创作完毕，他终于可以好好休息啦！

接下来的一个礼拜，楚授都沉迷于羊毛毡。每天戳戳戳戳，沉迷其中，不亦乐乎。

因此，当雪松来问他有没有兴趣参加今年的优秀选题征文时，楚授没怎么想就同意了。

趣文轩经常有各种各样的征文活动，大部分是用来扶植冷门题材的。

楚授之前研究过，这些征文的奖励，一般都是给予文章在活动页面里的展示。

大部分读者并不知道到这里来找文。老实说这个界面的流量并不算好。

当然也有几次，趣文轩和第三方合作，按照第三方的要求来征文。这种征文活动，奖励一般都是对应的版权交易。

楚授瞄了一眼这次的征文活动，参赛文章众多，至于奖励……只不过是前八名每人五千块而已！

他的《我为人类社会摘星辰》有三百万字，而且还没有恋爱内容，还是未来星际末世硬科幻的群像文！

为了提高阅读门槛，他故意让蓝星人看不懂，特意把B512星球的许多科技写了进去。

要知道，B512星球的科技水平，可是领先蓝星好几个层级！

楚授有自信，他写的那些科幻内容，那些物理原理，没有博士水平根本读不下去。

而且这些都是蓝星上不曾有过的科技，楚授简直都能想象出抓狂的读者在他第一章留言"作者根本不懂物理学"了！

很好，特别好！

楚授美滋滋地想着，按照雪松的指导，报名征文活动。

填写完参加理由后，系统提示他选择参加方向。

咦，还有方向？

楚授定睛一看，原来这次征文一共分为八个方向。

楚授看了几个，觉得跟他的文章都不太符合。而且那几个都要求是都市类选题，不能有幻想元素，最后只剩下"保卫家园"这一个方向。

这个方向允许作品包含科幻内容，是《我为人类社会摘星辰》唯一能报名的方向。而且，"保卫家园"这个分类的名字他很喜欢——守护蓝星，守护人类的家园。

楚授发觉自己已经越来越喜欢蓝星，越来越喜欢人类了。

填完报名表，楚授打算去看看《我为人类社会摘星辰》的文章数据。

结果点开网址，小圆圈转了半天，作者后台却怎么都打不开。

咦？楚授正在疑惑，正好玉竹的信息发来了。

"服务器又崩了！后台打不开了怎么办？我今天的更新还没发啊！"

楚授："……"

楚授没心思等服务器恢复，直接关掉网页，继续快乐做手工去了。

隔着网线的另一边，某家烤鱼馆里，两个女孩对着服务员端上来的一大盘烤鱼两眼放光。无须交流，两人的第一反应都是拿起手机对着烤鱼各个角度一顿拍。

"哎，这荔枝好小！"拍着拍着，其中一个女孩小柔就嘟起了嘴，"拍出来不好看！"

"跟视频里的肯定不能比嘛。"另一个名叫云云的女孩安慰道，"肯定不可能像视频里那么大啦！静静做来自己吃的，用的荔枝肯定是最好的那种。饭店里不可能用那么好的食材啦。"

小柔放下手机："不管啦，尝尝！"

云云："尝尝！"

两人兴奋地拿起筷子。

烤鱼在小火炉上，浓厚的汤汁冒着泡。雪白的荔枝肉和焦黄色的烤鱼形成鲜明的反差，这道菜正是林静远之前做过的荔枝烤鱼。林静远没有出过荔枝烤鱼的视频，只是在直播间跟观众随口说了句。

当时正好有另一个美食博主做了这道菜。由于比较小众，很多人都怀疑这是黑暗料理。

结果林静远说："不是哟，很好吃的。"

大家纷纷追问："是不是下期视频就出这个？"

林静远却表示，暂时没有这个打算。

这下便勾起了大家的兴趣。

小柔和云云两人都是林静远美食视频的忠实粉丝，平常就靠着林静远的视频下饭。

因此，她们一听说有"荔枝烤鱼"这道菜，立马就在网上搜索，找到一家有荔枝烤鱼的餐厅，杀过来大快朵颐了。

今天是周末，商场里人很多，烤鱼馆里也闹哄哄的。

这是张四人方桌，小柔和云云却坐在同一边。原因无他，方便一起看视频罢了！

"声音开大点，我听不清。"小柔调整了一下耳机位置。

"唔唔，好好吃。"云云一手按下音量键，一手举着筷子把烤鱼往嘴里送，左右开弓，两不耽搁。

"今天直播什么，咖啡拉花？"小柔对林静远直播间的兴趣显然大过烤鱼。她把脑袋凑过来，眼睛一眨不眨地盯着手机。

只见屏幕中间是一张干净整洁、铺着餐巾的桌子。林静远虽然开了摄像头，但没露脸，只是在镜头前举着咖啡杯和拉花罐，向观众展示如何拉花。

"静静的手好好看！"小柔捧着脸，看着屏幕里那双修长白皙、骨节分明的手，整个人都荡漾了。

"是啊！我当初就是被他的手给迷住了，真的太好看了！"云云也无心吃鱼了。

大庭广众下，两个女孩当然无法表现得太兴奋。不过两人对视一眼，都从对方眼中看到了对偶像的痴迷，彼此不由会心一笑，深感不愧是自己的闺密，喜好竟然惊人的一致！

林静远很少在视频里露脸，因为他觉得没必要。不过她们这些老粉丝都知道林静远很帅，是那种邻家哥哥阳光又温柔的帅气。可惜林静远太容易害羞，唯一一次在视频露脸还是作为粉丝破百万的福利。

那次露脸当然也吸粉无数，他的粉丝数量从一百万很快飙升到两百万。然而两百万，乃至后面的三百万、四百万、五百万粉丝福利，都只是普通地加更视频，再也没有露过脸。

林静远似乎并不希望观众的注意力集中到他本人身上。他更希望大家关注他的视频内容。

"静静要是愿意多露脸，粉丝肯定早就破千万了。"小柔恨铁不成钢。

"是啊。"云云深有同感，陶醉道，"哎，静静的声音也好好听，好温柔啊。千万粉丝福利我就不求他入镜了，能出个哄睡音频也好啊！"

"那我不一样，我还是想看静静的盛世美颜。"小柔捧脸，满心荡漾，正要接着说话，却听耳机里传出一个不同于林静远的声音。

"我又做了一个，快看！"一个非常活泼、充满朝气的声音。

小柔和云云都愣了一下，还没反应过来，就见一个漂亮乖巧的男孩子，像小鹿似的从镜头前一闪而过。

"这是谁？"两人对视一眼，立刻调高音量。

果然，直播间里的其他人也捕捉到了这个转瞬即逝的美少年，纷纷刷起了弹幕。

——刚刚那是谁？

——长得好可爱！

——声音也好可爱！

——博主不是在自己家里直播吗？那答案只有一个吧！一定是舍友！

——没错，就是舍友！我记得他的声音！之前视频里虽然没露脸，但是声音特别有辨识度！就是这种萌萌的少年音！原来他长得这么可爱！

——舍友原来这么可爱！对不起静静，我宣布我爱上你舍友了！

几乎是一瞬间，五颜六色的弹幕以夸张的速度霸占了整个屏幕。小柔和云云都快被闪瞎了。

即便如此，两个女孩却都兴奋不已，激动地抓着彼此的手臂，两眼放光，脑子里冒出相同的想法——这两个人是要一起直播了吗？

然而还没听到什么，直播间就黑屏了。

怎么回事，没信号了吗？

云云赶紧拿起手机检查："手机信号满格啊！"

小柔无奈道："静静关摄像头了……"

云云这才注意到屏幕上有一行小字，显示直播暂停。

两人急得抓耳挠腮，却又无可奈何。直播间里其他观众也都蒙了，都在问怎么回事。

——静静不要害羞啊！快开镜头让我看看！

——啊啊啊，不要藏着舍友！想看舍友！

——直播事故？静静断电了？

——静静没事吧？今晚还播吗？

林静远却没有给出任何回应。

小柔和云云无奈，只好先吃两口烤鱼——再不吃就要冷了。

几分钟后，云云雀跃地说："来了来了！"

小柔眼睛一亮，果然，屏幕重新亮起，林静远再次打开了摄像头。

"不好意思啊。"林静远在镜头前摆摆手，做出道歉的手势，仍然是没露脸，"刚刚舍友过来了。"

观众们瞬间兴奋了。

——啊啊啊，果然是舍友！表白舍友啊啊啊啊！

——舍友来了就一起开直播啊！不要害羞！一起上！

——静静快让开！让我看看舍友！

——一起直播！一起直播！

不只弹幕多了起来，还有粉丝在直播间里刷礼物。

大家疯狂打赏，希望静静看在打赏的分上，请舍友再来露个面，然而林静远却毫不犹豫地拒绝了。

"别刷礼物啦。"他尾音微扬，听起来心情很好，"他暂时还没打算在网上露面，刚才只是不小心。如果有观众截图或者录屏了，麻烦删掉，好不好？他有他自己的生活，我们不去打扰他，好吗？"

弹幕里一片哀号叹惋，纷纷表示舍友这么可爱，不出镜太可惜了。

不过既然舍友没有露脸的意思，林静远又这么恳求了，大家便纷纷表示尊重他们的决定。

好不容易冷静下来，云云拿起手机正要发弹幕，却听到小柔惊呼一声："你看！"

云云望向小柔手指的方向，眼睛瞬间亮起："这是什么，羊毛毡？"

只见林静远手边的桌上，不知何时出现一对小小的羊毛毡摆件。

小柔："刚刚还没有的！"

刚刚还没有，舍友来过之后就有了，也就是说这是舍友拿过来的！

云云立马发弹幕，问羊毛毡的事。弹幕里其他观众也注意到这个，纷纷激动起来。

"啊，这个……"林静远的嗓音低沉而温柔，带着笑意，"舍友最近沉迷手工，送给我的。打算当作直播间吉祥物，怎么样，可爱吗？"

只见他轻轻托起那两个小东西。

一个是粉红色小章鱼，俏皮灵动，看起来粉粉嫩嫩，充满弹性；另一个则是深灰色的……水獭？

弹幕里纷纷提问，林静远纠正道："是海獭。"

——啊？这两种有区别吗？

——水獭和海獭不是同一种动物吗？

林静远笑道："不是哟。水獭生活在淡水里，海獭生活在海里。"

弹幕里大家纷纷表示明白了。

"静静把小章鱼放在海獭肚子上了！我想起那个动图，就是一个海獭妈妈把小海獭放在肚皮上，漂在海里晒太阳！"小柔说。

"我知道你说的那个！真的好像！"云云猛点头。

直播间里的观众对闯入镜头的舍友仍旧好奇。

——舍友是手工博主吗？

林静远："不是啦。"

——求羊毛毡教程啊！

林静远："没有。"

——舍友不要害羞！给我们仔细讲解一下小章鱼和小海獭的做法嘛！

林静远："不给。"

弹幕里都在哭诉他的冷酷无情。

而冷酷无情的林静远本人，却仗着摄像头拍不到脸，在观众看不到的地方，悄悄勾起了嘴角。

视线垂下，落在那一对小动物身上。

小章鱼和小海獭……

原来自己在他心里的形象是海獭吗？

楚授参加完征文，就没去关注文章数据了。再加上近期趣文轩服务器时不时出问题，楚授也彻底放松了几天。

忽然有一天，雪松又来找他了。

QQ的提示音响起时，楚授还在戳羊驼。他揉揉眼睛，点开对话框，看到雪松发来一个"恭喜"的表情包。

"你这篇《我为人类社会摘星辰》有漫画版权合作方来问价了哟！"

版权？楚授一听"版权"两字就浑身一哆嗦。

他赶紧点开后台看是否又有人给他砸了霸王火箭，同时警惕地问："合作方是谁？不会又是扶摇吧？"

雪松："不是，这次是哈哈哈。"

楚授："啊？"

雪松："不是扶摇，是哈哈哈。"

楚授："不是……你先别笑，先告诉我合作方是谁？"

雪松："合作方就是哈哈哈啊。"

经过雪松的一番解释，楚授这才弄明白，原来这次向他抛出橄榄枝的，居然是一个叫"哈哈哈文化传播有限公司"的企业！

这名字感觉不太靠谱——特别好！

楚授立马对这家公司充满了好感，满怀期待地问："那他们出多少？"

雪松："大概十万。具体的还在谈。"

十万……

楚授立刻掰着触手尖尖开始算账。

漫画改编，电量系数会在原有基础上增加3。《我为人类社会摘星辰》全文三百万字。根据他的经验，就算这篇文的数据像前面几篇那么好，VIP订阅收入顶多也只有一百多万。

也就是说，字数减去订阅收入，再减去版权费，他起码还有100多万的电量基数。

100万再乘以总系数4……

"成交！"楚授兴奋道，"就这么定了！十万！可不能再加了啊！"

雪松："……"行吧。

楚授跟雪松确认完漫画版权合同，就去厨房找林静远。

　　林静远在为新视频做准备，正在尝试不同菜谱的原料配比。

　　这是一种叫作可露丽的小点心，又被称作"天使之铃"。

　　林静远告诉他，这种下午茶点心，源于16世纪法国波尔多地区的修道院，是修女发明的。

　　楚授一边听林静远用温柔轻缓的声音给他讲解，一边品尝着桌上这几个试验品。

　　可露丽的造型像一个精致小巧的铃铛，焦糖色的外表混合着朗姆酒香，里面是嫩滑蓬松的蜂窝状内馅，质地柔软湿润，入口浓郁香甜。

　　"好吃！"楚授吃完一个，舔舔手指，又去试吃第二个，两眼放光，"这个也好吃！虽然甜度不太一样，但都好好吃！"

　　楚授一口气连吃三个，觉得不好意思了，怕影响林静远拍视频。

　　林静远却告诉他，其实这几个都是失败品，口味层次还不够丰富，外表的焦糖色也不够浓醇。

　　楚授震惊。

　　失败品都这么好吃了，成品得有多美味！

　　不过既然这几个都是失败品，那就可以放心大胆地吃光啦！

　　楚授一边高兴地吃可露丽一边刷视频网站，还跟林静远分享他刚才遇到的趣事。

　　"居然还有叫'哈哈哈'的公司！"楚授忍不住笑，"如果这是小说，那这个起名的作者也太懒了！"

　　林静远开烤箱的动作却顿了一下："……哈哈哈？"

　　"对，没错，哈哈哈！"楚授一想到又哈哈笑起来，"怎么会有这种名字啊！真是越想越搞笑，哈哈哈文化传播有限公司，一听就不正经，感觉像是'富二代'玩票随便开的小公司，说不定随时就不玩了跑路了！"

　　林静远疑惑地看了他一眼，忽然走到他身边，拿过他的手机。

　　"嗯？"楚授不解，歪着脑袋问，"你干吗？"

　　林静远把自己当博主的视频网站APP打开，点到漫画频道，问："你平常看漫画吗？"

　　楚授："不看……怎么啦？"

　　他作为外星触手怪，不太能看懂蓝星人的二维漫画，理解起来有点累。

相比之下，看小说就简单多了。

　　林静远咳了一声，指着屏幕上的页面说："你说的那个'哈哈哈'公司，如果不是假冒伪劣的诈骗公司的话，那么应该就是这个视频网站旗下的漫画部门了……"

　　楚授心里"咯噔"一下，满脑子只剩下两个字——

　　完了。

第 十 七 章 ▷▷▷

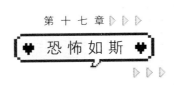

▷▷▷

　　一听说买走《我为人类社会摘星辰》版权的是这么火的视频网站旗下的漫画部门，楚授整个触手怪都不好了。

　　林静远最近粉丝量剧增，商单也是一个接一个，随随便便一个视频点击量都上百万。楚授清楚地知道这个视频网站的流量有多大。不过这个漫画频道，他倒是真的不了解。

　　楚授冲回房间打开电脑，心惊胆战地点开漫画频道。

　　幸好，这毕竟是一个以视频和互动为主的平台，漫画频道的热度并不如视频频道那么高。楚授研究了一会儿，在漫画频道找到了许多同样根据趣文轩小说改编的漫画。

　　跟他想象的不同，大部分漫画的热度并不高。除了几个原作是红出圈的大佬作品，剩下的漫画改编都不温不火。

　　楚授忽然懂了，漫画和广播剧本身受众人数比较少，能为版权合作方带来的利润也比较低，因此版权费都不会太高，电量系数也只增加3。

　　影视版权就不一样了。影视改编带来的收益高，所以版权费和电量系数都比漫画及广播剧的高。

不过影视化带来的热度太高，可能会影响作品的电量基数。这么一想，其实授权动漫、广播剧这种版权用来发电还是挺划算的。

只要不像之前的《小星球》那样，被云川这种大佬带热度，那么一个不温不火的漫画或广播剧，改编非但不会给他带来多少收益，反而可以增加几倍的电量。

一念至此，楚授松了口气。

林静远的事业走上正轨。他找了个地方，改造成个人厨房。平常会花很多时间在那边构思菜谱，打磨视频。

空闲的几天，楚授都去林静远的工作室那边帮他一起录制视频。

楚授以前只觉得吃东西很快乐，现在发现，其实烹饪美食的过程也可以很快乐。

他喜欢牛排在煎锅里吱吱作响的声音，喜欢冰块在水果茶里哐当碰撞的声音；他喜欢蛋糕在烤箱里一点点烤成焦黄的颜色，喜欢掰开蛋糕时甜丝丝地淌出来的巧克力熔浆……

他好喜欢和林静远在一起做好吃的，吃好吃的。

他好喜欢现在的生活。

《我为人类社会摘星辰》的创作过程实在是太辛苦，楚授投入了太多心血，一时半会儿没有写新文的打算，因此接下来的一段时间，他基本上就在埋头吃吃玩玩。他看视频网站上好多手工博主会上传自己做东西的视频，有些心动，于是也向林静远讨教拍视频的方法。

林静远一瞬间露出惊恐的神情："不不不，不可以！"

"为什么？"楚授疑惑。

林静远一时卡壳，几秒钟后才支支吾吾道："做手工博主很辛苦的！你看到的只是一个成品，其实背后他们都失败了好多次，要做好多遍才能有一个拍出来好看的成品！"

楚授："……"确实，林静远这么成熟的美食博主，拍一个视频都要反复尝试好多次。他才刚刚接触手工，录视频肯定也会遭遇很多困难。而且他本意只是在写作间隙找乐子而已，万一像林静远那样积累了一大拨粉丝，天天等他更新，那岂不是很对不起粉丝。

楚授点点头，表示林静远说得很有道理，放弃了当手工博主的念头。

林静远："……呼。"幸好放弃了。录手工视频都要露手，楚授万一戳羊毛毡戳忘形了把触手露出来，那就完蛋了！该怎么提醒楚授，对人要有点防备心啊！千万别暴露身份了！

话说回来，楚授对自己，是真不设防。

比方说，当着他的面登录作者后台，傻乎乎地把账号、密码输入给他看；晚上睡觉从来都不锁门，只为了方便狗勾"雨露均沾"。这要是遇到坏人怎么办啊！

林静远不禁握拳：嗯，以后要再细心一点，再多为他考虑一点，一定要帮他守住秘密，不让身份暴露！千万不能让他被实验室抓走！

楚授沉迷于吃喝玩乐，好多天都不务正业，非但没写新文，甚至连趣文轩后台也没登录。因此当雪松再次来找他，告诉他有人想买《我为人类社会摘星辰》的游戏版权时，他虽然感到疑惑，但还是答应了。

这么冷门晦涩的题材，改编成游戏，能有人玩？楚授不禁怀疑起版权合作方的商业眼光。

不过，当雪松拿出合约时，楚授还是麻利地签了。

没办法，对方给的实在是太少了！这份游戏改编合同，版权费居然跟漫画的一样，只有十万。

他以为游戏版权起码要卖几十万的。

雪松解释说因为这篇文参加了征文，宣传正能量，里面包含了一点公益的成分，而且是改编成科普益智类小游戏，因此版权费不会像纯商业合作的大游戏那么高。

楚授一听就激动了。公益，多么美好的名词！

"你怎么不早说！"楚授两眼放光，触手翻飞，"啪啪啪"地敲击键盘，"既然是为了公益，那我怎么能收钱？版权费我不要了！像这样的合作机会请给我再来一打！"

雪松再次震惊了。她本来以为楚授只是个"玻璃心"，没想到居然在公益事业上这么热心！为了公益事业连版权费都不要了，失敬！

当然，版权白给肯定是不可能的，在楚授的强烈坚持下，经过几轮令人疑惑的协商，版权费最终定在了一个意思意思的数字。

两毛，不能再多了！

楚授拿出自己特有的一本正经说瞎话的本事，拍着胸脯表示：为公益捐版权是我的荣耀！你再给我钱就是看不起我触手——看不起我这个作者！

版权合作方一脸茫然，最后表示可以接受两毛这个匪夷所思的价格，不过将来游戏正式投入运营后，会在运营收入里抽出一定比例，作为正当盈利分红发给楚授。

楚授嘴上说着感谢，心里感叹：他们居然觉得这个游戏能挣钱！行吧，每年分个一块两块的，也算一点心意！就这么定了！

接连卖出两份版权之后，楚授终于决定去瞅瞅《我为人类社会摘星辰》的数据。不过不知道怎么回事，趣文轩的服务器最近老崩。楚授刷了好多次都没刷出来，怒而摔键盘，转头继续做手工去了。

反正仅漫画一项，4倍电量已经到手了。就算VIP订阅有一百万，他全文三百万字，那也有足足200万的基础电量，乘以4就是800万！

800万！他可以超额充满电量了！

不知怎么，一想到超额完成发电任务，楚授的心脏忽然狠狠跳了一下。

奇怪，他捂住胸口，感觉胸腔里有些发闷。

算了，不去想了，林静远叫他吃饭呢。楚授甩甩脑袋，把那种奇怪的感觉抛在脑后，高高兴兴地跑去和林静远吃饭了。

几个月后，某游戏群里热闹非凡。

"《我为人类社会摘星辰》今天上午10点开启公测！兄弟们，游戏都下载好了吗？"

"早就下好了，就等开服呢！"

"谁能想到，我居然凌晨六点起床等一个公益手游开服……"

…………

"终于开服了！好卡啊……怎么这么多人？"

"这游戏优化太牛了。同服这么多人同时在线，居然一点都不卡！"

"天哪，这画质太好了吧！"

"毕竟原画是Y大佬绘制的嘛！"

"哈哈哈哈，坐拥虫洞技术却用来植入消化道当吃播，这脑洞也太搞笑了吧！兄弟们，你们先玩，我看看剧情去。这剧情太有意思了！"

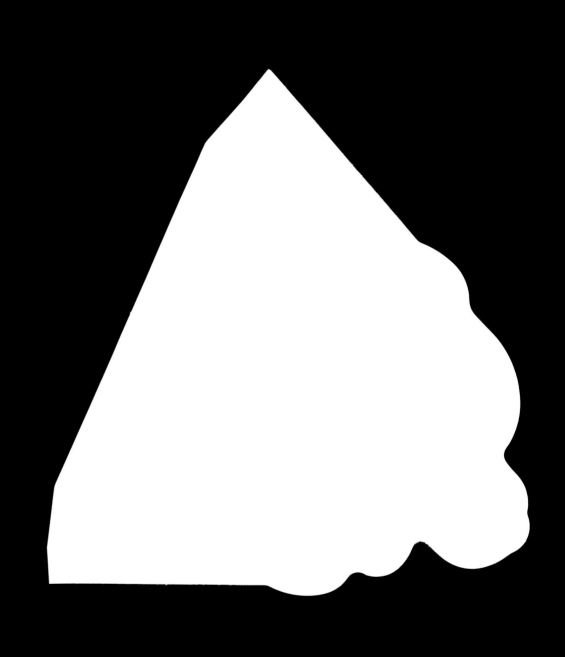

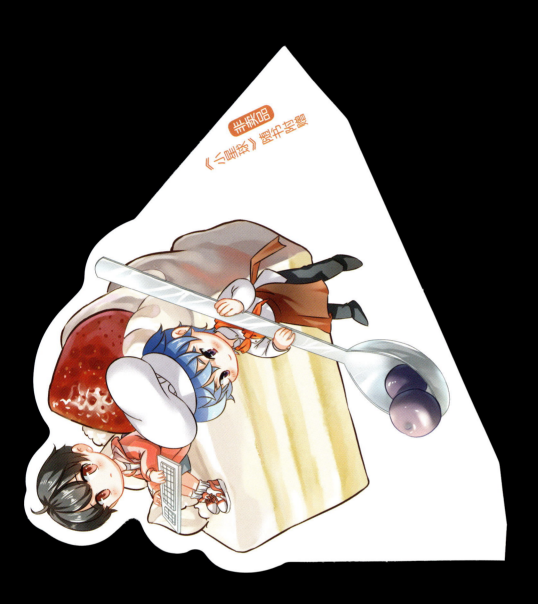

"咦，你没看过原作小说吗？这个就是原作剧情啊。"

"还有原作？在哪看？"

"趣文轩。"

…………

楚授玩了好久的羊毛毡，终于玩厌了。

《我为人类社会摘星辰》的三百万字存稿还没用完，自动更新时间早就设置好了，也不需要操心。

闲得无聊，楚授决定重操旧业——玩音游。

他打开游戏界面，发现一段时间没玩，游戏里新增了好多内容，他几乎都看不懂。玩了一会儿实在搞不清楚，他就去问云川。

"最近我没玩了。"云川发来语音，语速很快，"我现在忙着发展人类社会呢！"

楚授疑惑不解，直到云川发来一个分享链接。

"我是基建狂魔我自豪！云川邀请您加入《我为人类社会摘星辰》，一起为人类发展添砖加瓦！"

楚授顿时吓得手机都快掉了。

怎么回事，这不是他授权的那个游戏吗？怎么云川在玩……不对，怎么这个游戏有这么多人在玩？！

楚授十八条触手都开始发抖，赶紧退出微信，切换到游戏市场。一点开游戏榜单，他就两眼一黑差点晕过去。

热门榜第一！这不是冷门题材扶植的公益游戏吗？

楚授咽下口水，点进游戏详情，然后看见了这款游戏被下载的次数。

个，十，百，千，万……触手尖尖颤抖地在屏幕上数着。好半天他才数清，8000多万人安装，936多万条评价！评分五星！平均游戏时长500小时！

500小时，什么概念！

楚授查了查，这游戏公测到现在只不过两个月，一个月算30天，两个月60天，60乘以24等于1440……开服到现在运营总时长也只有1440小时！

而这8000多万玩家平均在线时长居然就有500小时！两个月里有三分之一的时间用来打游戏了，这也太夸张了吧！

楚授简直要疯了，他立马把游戏市场界面截图发给雪松。

"这这这这……"楚授语无伦次，触手开始在键盘上疯狂打错别字，"这是怎么回事？"

雪松发来一个问号，并不太懂他在震惊什么。

楚授："这游戏的热度怎么这么高，这么多人玩？"

雪松："啊？"

楚授越想越生气，眼泪都快流下来了："说好是不以赚钱为目的的公益科普小游戏的呢，怎么变成现象级手游了？"

雪松疑惑了，这种痛心疾首的语气是怎么回事？

她思索片刻，震惊道："怎么，难道游戏方没给你分红？"

雪松知道当初游戏方主动提出分红一事，这都是写在合同里的。看楚授这么不正常的反应，雪松也严肃起来："是不是你实际到手的分红和游戏账目不匹配？你赶紧查下，真的有问题的话，我帮你去联系。"

楚授："……"晕，都忘了，他还有分红！

楚授赶紧点开自己的账户，当他看到账户里那一长串数字后，眼前又是一黑，差点又晕过去。

好多钱！怎么这么多钱？他的《我为人类社会摘星辰》连载还没完结，还没开通结算，他不能赚钱的啊！

说好的小游戏，版权合作方怎么偷偷摸摸给自己打了一百万啊！

点数字的触手微微颤抖。楚授数了好几遍，确认是一百万没错。他简直要哭了。

网络另一边的雪松看楚授好半天没说话，不由担心，给他发来了一连串询问。

"怎么样，账目有问题吗？别怕。咱们都是签了正规合同的，有法律保障。你是咱们趣文轩的作者，趣文轩一定会做你坚强的后盾！你先别急，我让咱们的法律顾问来加你，你跟他详细说说！别急啊！"

看着雪松这一番令人感动的发言，楚授的心情更复杂了。

"账目没问题。"他怕雪松继续误会，赶紧解释，"钱已经收到啦。我只是突然看到这么多钱，有点不知所措。"

"哈哈，是吗？"雪松似乎松了口气，"没事，习惯就好。你以后还会赚到更多钱的！"

楚授："……"谢谢，根本不想要。

楚授花了好长时间才冷静下来。

掐指一算，其实还有机会抢救一下。

《我为人类社会摘星辰》的游戏大火，他是没想到的。

光脑告诉他，连载期间的所有收入，都算作文章收益，会在电量结算中扣除。

《我为人类社会摘星辰》三百万字，漫画版权费十万元，游戏版权费两毛忽略不计。VIP订阅他刚刚看了，也有十几万元。不过，这些收益跟游戏分红比起来根本不算什么。游戏上线短短两个月，已经产生了一百万的收益，眼下游戏热度越来越高，每天的收入都在呈级数增长。

楚授刚刚还上网发现，这游戏甚至上了热搜，词条名为"你也在发展人类社会吗"，原来由于参与这款游戏的人数太多，而且老少咸宜，一时间，有关《我为人类社会摘星辰》游戏的话题成了全民热门。

幸好这次红的只是游戏。大部分玩家并不知道他这个原著作者的存在。不过，从趣文轩VIP订阅收益增长来看，游戏给他带来的流量也在迅速变大！

不能再拖了！楚授当机立断，赶紧上后台，把《我为人类社会摘星辰》后面的存稿一次性发布——完结结算还需要一段时间，只要在结算之前，总收益小于三百万，那他就不亏！毕竟两个版权加成，电量总系数是14呢！

楚授发表完全文，开始默默祈祷，为自己祈福。

刘林陆是一名物理学家。最近，他正在为一个和虫洞有关的课题忙得焦头烂额。

所谓虫洞，是宇宙中可能存在的连接两个不同时空的狭窄隧道。关于虫洞的理论研究，一直是物理学界令人兴奋的话题。因为一旦证实虫洞的存在，人类或许就能穿梭时空。可惜的是，有关虫洞的相关研究一直停留在理论物理学领域，很难有进一步推进。

刘林陆当年会选择理论物理学作为自己的专业，就是受到虫洞理论的吸引。然而，他费尽心思苦心研究十几年，仍然没有什么进展。

太难了，太难了，这题真的不会啊！

理论研究虽然没有进展，科研压力却还是很大。

这天，刘林陆在实验室忙得焦头烂额，回到家，却看到儿子正在没心没肺地玩手机。

"又在打游戏！作业做完了吗？"刘林陆烦躁不已。

"爸，你回来了！"平常一向怕他不敢跟他亲近的儿子，今天却一反常态，一看到他就两眼放光，"我游戏卡关了，快帮我看看这个怎么过！"

刘林陆心道：什么？我让你写作业，你打游戏就算了，居然还要我帮你闯关？

眼看着刘林陆脱下拖鞋就要开揍，儿子嬉皮笑脸，赶紧解释："爸，这次不一样！你看，这个游戏是科普游戏，我们班主任也在玩，排行榜积分比我的还高呢！"

刘林陆愣住了，他一脸不快地接过手机。

儿子还在给他解释："爸，你看，这一关正好是你的研究领域虫洞，我跟同学卡了一下午了，你可千万得帮我通关啊！我都跟同学吹过牛了，说你一定行！爸，你可得支棱起来！"

刘林陆："……"我堂堂理论物理学博士后，你居然让我帮你打物理科普小游戏！

刘林陆非常不爽，然而当他看清手机上的内容时，整个人却惊呆了。

"我想到了！我知道那个公式的问题出在哪里了！"刘林陆大叫。

儿子兴奋道："老爸你真厉害，看一眼就知道怎么通关……哎……你等等，你去哪儿？"

眼看着父亲丢下手机重新拿起公文包，儿子惊呆了，赶紧追到门口。

"告诉你妈，今晚我不回家吃饭了！"刘林陆满脸兴奋，发动车子朝实验室赶。

"还有，把你那个什么什么……把那个游戏发到我手机上！儿子等着，爸爸今晚就联合整个博士工作站，给你把游戏整个打通关喽！"

当楚授收到理论物理研究所的正式邀请函时，他整个都是蒙的。

"这……"楚授挠头，"这是什么意思？"

电子邮件写得言辞真挚，无比诚恳，直接给楚授整不会了。他赶紧让林静远过来帮他一起看。两个人盯着那封长长的邮件研究了半天，总算明白了。

林静远震惊地说："他们邀请你当名誉顾问！"

楚授："啊！他们是想叫我过去教他们物理学？！"

林静远惊讶地看着楚授，道："那篇《我为人类社会摘星辰》居然是你写的！"

楚授："……"被发现了。

不过，被林静远知道倒是不要紧。这篇《我为人类社会摘星辰》是个正经文，不像之前的《末世重生快穿之白月光美强惨反派搞笑人鱼在惊悚游戏无限打脸》和《一篇网文》……万一让人家知道这两篇文也是他写的，那可真是"黑历史"大放送，大型"社死"现场了。

"话说回来，他们居然对这些东西这么感兴趣啊……"楚授忽然有些感慨，"虽然我了解的也不是太多，不过，如果能帮上忙的话……"

没想到林静远却脱口而出："你不能去！"

楚授一愣："啊？"

林静远表情一僵，像是忽然意识到自己说了什么不该说的话。

楚授疑惑："为什么不能去？"

纠结片刻，林静远终于憋出几句话："因为当顾问很忙的啊！而且还是这种大型研究所的学术顾问！你看，你本来写写文，拍拍视频，开开心心，收入也足够养活自己。要是去研究所当名誉顾问，你每天都要忙着……呃……"林静远一时卡壳。

楚授："忙着干什么？"

林静远纠结了一会儿，还是放弃挣扎，掏出手机，开始搜索起当名誉顾问需要做什么。

楚授："……"

原来你也不知道名誉顾问要干什么啊！那你急个什么劲！

不过，被林静远这么一提醒，楚授倒是反应过来了。

"差点忘了！"楚授惊恐，"我确实不能去！"

林静远："……"你终于想起你是个不能暴露在科学家面前的触手怪的事实了啊！

没想到，楚授下一句话却是："万一去当他们的顾问，媒体肯定会借机炒作一番！到时候《我为人类社会摘星辰》妥妥地又要上热搜，搞不好还会有一大堆采访！那我这篇文岂止红出圈，简直要红出亚洲红向全世界了！那不是得赚翻？不行不行，我不能去！"

林静远："……"好高级的烦恼。

楚授陷入思考："我得好好想想，怎么婉拒这份邀请……"

林静远："……"不知道说什么，我还是给你做个夜宵吧。

几天后，楚授应邀来到理论物理研究所。

所里所有研究员一听说楚授来了，都放下手里的活儿，跑出来围观，弄得他怪不好意思的。

等楚授参观完研究所，准备回接待室时，发现接待室外的长廊已经站满了人。原来大家人手一份论文，都是带着问题来请教楚授的。大家都很有素质，甚至还自发自觉地排起了队。

楚授感觉到众人投在自己身上满怀期待的目光，顿时有了压力，赶紧拉着负责人跑进接待室，关门，上锁，拉窗帘，一气呵成。

门外的研究员们都惊呆了，负责人也惊呆了。楚授开门见山道："对不起，我还是不能接受这个邀请。"

负责人："为什么？是您的本职工作不方便还是薪酬待遇方面……"

"不不不，不是那些。"楚授深吸一口气，用暗示的眼神看他，"我是个写小说的，写网文的，你懂吧？"

负责人满脸写着"不，我不懂"，客客气气地问道："是担心合同问题吗？其实这次邀请您，我们也是告知了趣文轩方面的。趣文轩方面表示您当学术顾问不会和合约有冲突，即便将来发表学术论文，署名上也没有问题，您大可以放心……"

"不不不，你还是没懂！"楚授痛心疾首，"网文啊！你不知道我身为网文作者，为了吸引读者来看，能写出多么可怕的东西！！！"

负责人被他吓了一跳，但还是很快冷静下来。

"没事的。"负责人安慰他，"我也看网文，这个跟您当我们研究所的学术顾问没有太大的……呃？"

话没说完，就听"啪"的一声，楚授把一打A4纸塞到他手里。

"你看看这个！"楚授强忍着脚趾抠地的冲动，严肃道，"你先看了这个再说！"

负责人低头看去，只见A4纸第一页赫然写着一个长到令人过目就忘的名字——《末世重生快穿之白月光美强惨搞笑人鱼在惊悚游戏无限打脸》。

负责人一惊：这是什么？好长！它真的好长！

楚授惨笑："没想到吧，这篇网文也是我写的！"

负责人嘴角抽搐一下，还是勉强保持着尴尬而又不失礼貌的微笑："您……您的文风还真是多变啊……"

楚授眼里燃起希望，没想到下一秒，负责人深吸一口气，又缓过劲儿来了："没关系！写网文怎么了？不犯法，不丢人！谁说当名誉顾问就不能写网文了——噢！"

负责人像是忽然想起什么，恍然大悟般地握着楚授的手两眼真诚道："可能是我们这边没有说清楚！我们邀请您担任的是名誉顾问，不是学术顾问。虽然都叫顾问，但名誉顾问主要是研究所对您做出的贡献的肯定和感激。您不用担心有工作负担、科研压力什么的……真的，名誉顾问这个职位，只是为了表达我们全体研究员对您的感激！"

楚授疑惑："我对你们做出什么贡献了？"

负责人满脸激动："您的作品启发了我们所有人！您对于未来世界的想象，各种科技创想，各种技术路线的构思，给了我们非常多的灵感！不瞒您说，受您小说的启发，我们所里已经成功申报了好几个大课题了！"

楚授："……"明白了，合着这"名誉顾问"就是个吉祥物。

醒醒啊，栋梁们！你们的科研项目能有重大进展，完全是因为你们经年累月的付出，日思夜想的思考啊！如果不是你们前期已经做了那么多研究，打下那么多基础，又怎么可能会有灵光一现，怎么可能会有豁然开朗？明明是因为你们自己优秀啊！

楚授一念至此，愈发觉得这个名誉顾问不能当。

于是他深吸一口气，下定决心，咬着牙掏出了另一份A4文件。

"你……你再看看这个！"楚授涨红了脸，强撑镇定，内心十八条触手已经快抠出八百层别墅了。

负责人拿过来一看，这次的名字短了，只有四个字——《一篇网文》。

负责人已经猜到他的套路，不由得叹息："哎，我是真的不能理解您为什么这么抗拒。说真的，您是《我为人类社会摘星辰》的原著作者，我们本来就知道您是写网文的。当网文作者真的不用不好意思……"

"我不是因为写网文不好意思，我是怕被媒体炒作，把我所有小号都扒出来！"楚授一脸"你对我们网文作者能有多少'黑历史'根本一无所知"的痛心疾首，抓狂道，"总之你先看了再说！"

负责人长叹一声，终于翻开A4纸开始阅读。

半分钟后，负责人的表情开始扭曲，然而他只不过刚刚看完第一页。负责人强撑镇定，继续翻页。

十分钟后，负责人痛苦地合上文件："我明白了！我明白了！"

"你终于明白了！"楚授很欣慰，他拍着负责人的肩膀，想了想还有点不放心，确认道，"说说，你明白什么了？"

负责人痛哭流涕："我明白您不当这个名誉顾问是为了我们研究所好！谢谢您！您考虑得真的很周到！"

楚授会心一笑，心中为他竖起了大拇指。

虽然楚授尴尬得触手抠地抠出千层别墅，不过这次的牺牲是有意义的。

负责人表示会帮他隐瞒身份，并且安抚所里的研究员们。

负责人这么通情达理，楚授很感动。他当即也主动提出，虽然名誉顾问的头衔要不起，但今后在科研方面他还是会知无不言、言无不尽的。

毕竟，这可是蓝星，是林静远的家园啊！

他要对得起他"精神人类"的笔名！

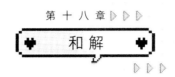

第 十 八 章 ▷▷▷

和 解

▷▷▷

一眨眼，好几个月过去了，又是一年夏天到来。

某间高档法式甜品店外的花园凉亭里，玉竹端起精致小巧的茶杯，轻轻抿了一口。

午后阳光正好，空气中弥漫着花草的清香，目之所及，都是经过专业园艺师精心打理的花圃。

这家甜品店不愧是网红拍照胜地，坐在店里无论从什么角度看出去，都是一片亮丽的风景。难怪连高昂的价格都拦不住人们前赴后继前来打卡的心。

好在今天是星期一，工作日人不多，因此玉竹能够找到一个位置，尝尝这里最出名的几样甜品。玉竹闭着眼睛，正享受着明媚的阳光，忽然间听见一阵嘈杂声。

"哇，我早就想来看看了！真漂亮！"

"帮我拍照帮我拍照，记得开美颜哟！"

四五个年轻人，其中有个女孩的声音特别激动，打破了花园里的宁静。玉竹隐约觉得那声音有些熟悉，不由得睁开眼来。

这一睁眼，正好对上了那人的目光。

"咦?!"对方惊讶得瞪大眼睛。

玉竹也是一愣:"小希?"

那是个年纪轻轻、打扮时髦的女孩子,身边簇拥着的几个人都是她以前的同事。而玉竹之所以会认识他们,是因为这些人也曾经是她的同事。

小希正是之前把自己的错误推到她身上,害得她被领导狂骂、连续加班,以至于过劳晕厥进了医院的人。也正是以那件事为契机,玉竹辞职回家,全职写作了。

说起来,玉竹能有现在的生活,还要感谢那次的事件。要不是那件事让她对公司彻底绝望,她也不会破釜沉舟辞职。

一念至此,玉竹不由得淡淡一笑。

前同事们认出她来,显然也很惊讶。

"这不是宋姐姐嘛!"还是脑子灵光的小希最先开口,笑得弯起眼睛,甜甜地道,"宋姐姐,你也来打卡呀!"

玉竹视线下移,落在小希手上勾着的打包袋上。

那是这家店的外卖袋,精致漂亮的牛皮纸包装,里面却只装了店里最小号、最便宜的蛋糕。

坚持写作为玉竹带来敏锐的观察力,她一下明白过来——这家店不允许未消费的人到后花园来,因此想要到这个网红打卡点来拍照,就必须要买东西。而这家店的甜品价格高昂,随随便便一个小蛋糕就要三位数,虽然不至于出不起,但大部分人的反应都会是——不值得。

不过小希觉得值得,她特别喜欢在朋友圈晒网红打卡照。

玉竹敛下视线,但笑不语。

小希却看到了她面前小茶几上那一整套精致的下午茶,不由一愣。身边另一个小姑娘拉了拉小希的袖子,兴奋道:"哇!你看玉竹姐那份下午茶,好漂亮!这得多少钱啊!"

一个男同事"啧"了一声:"我刚看到价单了,这套要七百多呢!嚯,七百多,一个人吃……玉竹你是不是中彩票了,这么豪气?"

其他同事一听这价格,也纷纷好奇起来:"对啊对啊,玉竹你现在在哪儿上班呢?赚这么多,快说来听听。"

玉竹微笑道:"我在家随便写点稿子,算是自由职业。"

前同事们一听自由职业,都有些蒙。

小希最先反应过来："哦，是给公众号、营销号写文章吧？我有个亲戚也在干这个，写篇软文几百块，来钱是快，不过不稳定。"

她又瞄了一眼玉竹面前的下午茶套餐，酸酸地道："宋姐姐，你干这个，五险一金都没有吧？"

这倒没说错。玉竹的五险一金是要自己交的。不过她现在每个月都有新文发布，旧文也持续有收入，每月的收益已经稳定在十万了，这还不算正在谈的那几个版权合同。等版权费打过来，她就打算全款买房了。

当然，这些事没必要跟他们讲。

于是玉竹笑笑，顺着小希的话说道："是啊，每个月还得自己交，挺麻烦的。"

小希听了这话，像是扳回一城，又得意扬扬起来。

"哦，那我就不打扰你啦。"小希笑眯眯地摆摆手，朝她道别，"我们先回去啦！组长还等着我呢！"

说着，就招呼众人离开。其他几人还有些依依不舍，边走边回头。

有人低声道："看来玉竹的收入不错啊，随随便便就能来这里喝下午茶，而且一个人点那么豪华的套餐，好想知道她到底在哪里写文章！"

小希瞪了他一眼："你懂什么！写软文能有多少收入，交完五险一金和房租就不剩多少了吧！她这肯定是怕被别人看不起，攒了好久的钱才出来挥霍一次，晒在朋友圈里让人觉得她过得很好！"

众人："啊？不会吧……"

小希哼了一声："怎么不会？我早就看穿了，只是照顾她的自尊心，不说穿而已！你们看着吧，再不走，搞不好她就要跟你们借钱了！"

小希的声音很大，玉竹无奈，内心却清楚地知道，对方其实是故意说给她听的。

小希在这种事情上就是这么"有本事"。明明是在诋毁她，却能颠倒黑白，说得好像温柔体贴很为她着想一样。

玉竹不由得摇摇头。

一瞬间，她几乎有种冲动，想追上去告诉他们，其实自己现在月收入可观，每个月不光工作时间自由，合理安排还能空出大把时间出来享受人生。

可是，看着面前精致漂亮的小茶点，看着花园里其他喝茶读书的客人，她忽然又觉得没必要了。

她现在过得很好，不需要证明给任何人看。她已经从内心里深深地知道了，她比他们过得都好。

玉竹笑笑，拿出平板电脑，戴上无线耳机看起了电视剧。

这是一部名为《白衣》的医疗剧，最近正在热播。热搜上几乎每天都有《白衣》的相关话题，人气颇高。而且这部剧的原著还是在趣文轩上连载的。同为趣文轩作者，玉竹与有荣焉。

正看着呢，手机忽然振动了一下。

玉竹拿出来一看，是糖糖发来的消息。

"《我为人类社会摘星辰》真厉害啊，都已经完结这么久了，还是金榜第一。"

玉竹笑笑："可不是嘛。听说电影和电视剧版权也都卖出去了，正在筹备拍摄呢。"

玉竹和糖糖都在追《我为人类社会摘星辰》这部小说，小说讲的是未来星际末日背景下，人类社会面临生死存亡，主角通过科技让人类社会重现往日荣光的故事。

由于题材严肃，这部小说一开始连载的时候数据并不算太好。结果有伯乐中途就看中了这篇文，买走了漫画、游戏改编版权。

后来同名手游一夜之间火遍全网，连带着漫画的热度也起来了。

原著作者也像是为了回馈读者，一下子放出全文，让读者一次看个够，把读者们感动得将文同时砸上霸王火箭榜和读者浇灌榜，自身流量以及多重榜单加持又让文章很快蹿上金榜，一下子爆红出圈，在网文界也成为传奇。

其实，流量、读者打赏，这都不是这篇文爆红的主要原因。它爆红是因为它实在太好看了。

一念至此，玉竹忍不住点开趣文轩APP，准备将《我为人类社会摘星辰》从头到尾再看一次。

糖糖发来消息："啊，真好啊，我回头重看一遍，又看哭了。"

玉竹深有同感："是的是的，我也快哭了！哎，我还在外面呢，怪不好意思的。"

糖糖："哈哈哈。对了，你看到了吗，图南之翼也投了霸王火箭，不过这次补投了好几回才坐上霸王火箭投手第一。毕竟看这篇文的土豪读者实在是太多了，大家都想当榜一！精神老师真是厉害了！"

《我为人类社会摘星辰》的作者，笔名是"精神人类"，作者首页里只有这一篇文。

不过，论坛里的网友都认为，这个作者肯定不是新人。毕竟文笔这么成熟，剧情又这么有趣，说不定是哪个大佬用小号写文呢！

说到图南之翼，玉竹又被唤醒了许多记忆。

图南之翼虽然是个读者，但他在作者圈里非常有名。不光是因为当年的"ifjaw事件"，还因为图南本身是个"锦鲤"，凡是被他打赏的文，基本上都会卖出影视版权。

玉竹去论坛看了一眼，失笑道："那帖子又被顶起来了！"

糖糖倒是很淡定："嗯，我看到了。ifjaw升五星了。"

作者星级每个月初更新。而当年挂ifjaw的那个帖子每到月初都会被人顶起。所有人都见证了ifjaw一步步升星的奇迹，也全程参与了对那个楼主的无情嘲笑。

然而ifjaw升到四星以后就止步不前了。

其实这也挺正常的。毕竟升五星需要收益达到一百万，而且是单篇文章的收益。

就在大家逐渐忘记这个帖子的时候，月初，星级更新之后，有人惊喜地发现ifjaw升五星了！

不多久，网友们的留言就多了几十页，这几乎创造了论坛留言的纪录。因为ifjaw实在太励志了！

玉竹看了帖子，也很激动："其实当初我能下定决心辞职，也是因为这个帖子！ifjaw太厉害了！"

玉竹说完这句，忽然想起糖糖好像对ifjaw并不看好，甚至还有点反感。

她正想撤回消息，没想到糖糖却说："是啊，真的很厉害。"

玉竹有些惊讶。她想糖糖是不是在生气说反话，糖糖却告诉了她一个令人震惊的事实。

"其实，那个楼主就是我。"

玉竹："啊！"

"当年我跟他一起上了新晋作者榜。我拼命更新，就为了得第一，结果他一天更新十万字，直接空降了。

"那时候我很不服气。因为我觉得自己已经够勤奋了，本来第一肯定是我的，可他居然更新得比我还勤快。他怎么能在我最自豪的一点上打败我？

"我不愿意接受这个事实，更不肯接受他不仅更新量大过我，文章质量也比我好这件事。

"当初我带着情绪，看他的每一个字都觉得很难看，所以才会觉得他的数据是假的，认为他一定是作弊，才会压在我头上。不然我怎么可能输？

"现在看来，是我当时太幼稚了。

"他那篇文真的写得很好。

"如果那时候我没有捣乱，可能《烈风》的版权也能卖出吧……"

糖糖非常愧疚："我想公开向他道歉！"

"可惜ifjaw已经封笔不写了。如果能找到他，当面向他道歉就好了。"

玉竹已经从最开始的震惊中缓过劲来。没想到八卦了这么久，主角居然是自己的熟人！

她赶紧去找楚授："师父师父，你看到糖糖在群里说的了吗？"

楚授："我看到了。"

玉竹："啊啊啊！她要去公开道歉了！这……这肯定会被骂死的吧！"

楚授："……"

玉竹："唉，不过也没办法。毕竟她当年真的给别人造成了很大伤害。现在她虽然知道错了，可是造成的伤害已经无法挽回，现在也不知道ifjaw老师在用什么小号写文，搞不好以后就封笔了……"

楚授："不会，他还在写。"

"啊？"玉竹惊了一下，连忙追问，"师父你认识ifjaw吗？！"

楚授没有回答她。

一秒钟后，玉竹看到群聊天里跳出两条信息。

楚授："道歉别去论坛了，就在这里吧。"

楚授："我就是ifjaw。"

玉竹："啊？！"

糖糖："啊？？"

"最后她跟你道歉了吗？"

翌日清晨，趁着太阳还不那么毒辣，林静远和楚授牵着狗勾出去散步。

楚授尴尬一笑："道歉了啊。她紧张得要死，哗啦啦给我发了好长一段道歉。"

林静远好笑道："那肯定的。她已经把你当朋友了，本来对身为陌生人的你都觉得愧疚，现在发现伤害的人竟然是朋友，那肯定更加不好意思了。"

"嘻。"楚授挠挠头，"更尴尬的还在后面。后来她说，她本来没意识到作者封笔是多严重的事，直到她'女神'也封笔，她再也看不到'女神'的新文了，才开始反思自己做的那些事……"

林静远不解："这有什么尴尬的？"

楚授："咳……因为……她口中的那个'女神'，也是我。"

林静远瞬间大惊；"你在趣文轩男扮女装?!"

楚授："啊？"

经过一番解释，林静远才明白，原来趣文轩以女作者居多，因此大多数读者默认作者是女性，对喜欢的作者老师也多以"女神"相称。

林静远不由哈哈大笑："那确实尴尬。最喜欢的人和最讨厌的人居然是同一个，而且念念不忘了那么久的人，居然连性别都搞错了。我已经能想象到那女孩脚趾抠地的样子了。"

"哎，没办法，我也不想的嘛。"楚授摇头。

"话说回来，你那次真的惊到我了。"林静远笑道，"没想到传说中的《我为人类社会摘星辰》的作者，竟然就在我身边。"

"嘿嘿。"楚授有些害羞地摸摸鼻子。

这段时间以来，《我为人类社会摘星辰》手游创下了游戏史上的数个纪录。那些奖项，楚授也不懂，不知道有多厉害。他最直观的感受有两个：一个是每个月源源不断打进卡里的钱；还有一个就是他之前玩的游戏居然出了与《我为人类社会摘星辰》的联动活动！

除此之外，什么动画化啦、影视化啦，他都不怎么关心了。毕竟，在卖后面这几个版权的时候，这篇文已经完成了完结结算。

得亏他当初灵机一动，当机立断将文章完结，这才赶在游戏的大拨分红到来之前，将电量转换完毕。

《我为人类社会摘星辰》的全文字数是三百万字，漫画和游戏的版权费总共十万元，游戏分红是二百三十万元，还有VIP订阅加起来也有三十万元。这样他为爱发电的基础电量就是30万，再乘以加成总系数11，最终电量直接变成330万。

330万！加上之前获得的电量，飞船总电量一下子飙升到了80％以上！

想到这里，楚授一时之间竟有些怪异的不真实感。

原来都80％了啊……距离飞船完成充能已经不远了……

太阳升高，天气渐渐热起来。两人并肩朝家走着，狗勾步伐轻快地走在前面。

楚授忽然停下脚步。

"怎么了？"林静远回头看他。

"林静远……"楚授低了低头，忽然有些不敢看他。

接连深吸几口气，楚授刚想说些什么，下一秒，光脑在他视网膜上投影出红色警报："警告！警告！飞船检测到危险！请尽快返回确认！"

楚授脸色骤变。

林静远看他脸色不对劲，担忧道："不舒服了吗？"

楚授把狗勾的牵引绳塞到他手里，转身就跑："我去垃圾场一趟！"

垃圾场？

林静远一愣。楚授这么着急，一定是出了什么大事！

"等等我！我跟你一起去！"林静远下意识地跟着楚授跑，跑着跑着想起来了。

哦！垃圾场！他们刚认识那会儿，楚授不就住在垃圾场吗？垃圾场能出什么事儿……

林静远心头微微一跳，产生了一种很不好的预感。

狗勾被暂时寄放在好心人那边，楚授和林静远打车来到城市边缘的垃圾场，路上还经过了林静远以前工作的那个网吧。然而这时候两人都没心思回忆过去。

楚授的嘴唇紧紧抿着，表情凝重。林静远隐约察觉到什么，便也没有多问，只是默默陪伴在他身旁。

好不容易来到垃圾场的角落，楚授在一大堆废弃集装箱里一眼就认出了自己的飞船伪装成的那一个。

只听周围机械轰鸣，垃圾场里不知何时多了好多台巨型起重机，正在搬运这些集装箱。

那些生了锈的废弃集装箱被集中到一起后，就送到液压机下面，直接压实。偌大的一个集装箱，经过一阵令人牙酸的挤压声，再出现时就变成了一个厚重的铁砣砣。

而他的飞船，正好就是下一个！起重机的机械臂已经钳住了飞船顶部！

"停！住手！"楚授冲上去，直接跳上起重机的驾驶室，他"咣咣"砸着驾驶室的玻璃门，朝司机大喊，"停下来！别碰我的集装箱！"

司机被他吓了一跳。在场的其他工作人员也都惊呆了，不明白这个突然跑出来的年轻人要干什么。

"小伙子，快下来！上面不安全！"一个戴着安全帽的中年大叔朝楚授大喊道。

林静远也喊道："楚授你先别急！快下来！咱们跟他们好好商量！"

楚授被劝下来，整个人还是慌慌张张的。

"这个是……是我的！"他结结巴巴道，指着拟态化的飞船，"能不能不要压扁它！我马上把它开……不是，我马上拿走！"

工人们一听，都诧异不已。毕竟在人类眼里，这只是一个锈迹斑斑的破集装箱。

中年大叔疑惑道："这个是你的？那你干吗扔在垃圾场？"

楚授张了张嘴，无法解释。

太阳已经完全升起来了，毫无云层遮挡的阳光十分毒辣，只是这么一小会儿，楚授已经是汗如雨下。

好热！感觉要融化了……

楚授一边忍受着热辣的阳光，一边面对着大叔的逼问，整个人都慌了。

"我……"他不知道该怎么说，只好哀求道，"大叔，请您帮帮忙！这个箱子对我来说很重要！我可以花钱把它买下来！多少钱您只管说！多少钱都可以！"

"这……"大叔为难道，"小伙子，我看你是真的挺着急的。我也想帮你，可是这我没法做主啊！这一带的集装箱都是政府统一管理的，现在也是上面直接下的命令，要把这些箱子全都回收利用。我实在是没法帮你啊！"

"大叔，这个真的……"楚授还想说什么，眼前却忽然一黑，他浑身发软，整个人往前倒去。

"楚授！"林静远大惊，伸手扶住他。

"哎？你怎么了？"大叔也被吓了一跳。周围其他工人也纷纷担忧地凑上来。

"他不会是中暑了吧，看他这一头的汗！"

"也可能是太急了，急晕了！"

"哎，李工，你看人家小伙子那么着急，你就帮帮人家嘛！这么多集装箱，少一个又不碍事！"

听到这句，李工有些嗔怪地看了对方一眼。

"这是我能做主的吗?!你们又不是不知道，这一带所有的集装箱都是政府登记过的！每一个都记录在案！这都是国家的财产，我们有什么权力私自做主呢?!"

B512星球四季如春，因此楚授对温度耐受力很低，怕冷也怕热。

这会儿气温接近40℃，又是在垃圾场这种没有丝毫遮挡的露天环境里。楚授只觉得自己要像冰激凌一样被晒化了，浑身上下像史莱姆一样软，没有一点力气。

要不是林静远扶着他，他简直要软瘫到地上去了。

可是再难受都不能放弃！

万一飞船被压扁了，那他就真的回不去母星了！

他艰难地抬起头，还想求情："大叔……"

李工叹了口气，眼看着要把拒绝的话再说一遍，林静远却忽然将楚授扛起来。

楚授大惊，下意识地抓紧林静远的手臂。

"你去树荫下待着。"林静远快步朝树荫下走去，"喝点水，等我。"

楚授忙道："不行！我得留着，不能让他们动我的飞……"话音未落他意识到自己失言，连忙改口，"那个集装箱对我真的很重要很重要！不能让他们拿走！"

"我知道。"林静远轻轻把他放在大树下面，又拿出一瓶矿泉水塞进他怀里。

"我去帮你交涉。放心，我一定帮你保住。"说完，林静远就转过身，朝着李工他们那边小跑过去了。

楚授手里握着矿泉水，呆呆地看着他。

隔得太远，听不见他们在说什么，只看到林静远和李工不断地沟通着。

没过多久，李工拿出手机，打了几个电话，还把电话给林静远听。林静远对着电话里讲了很久，又把手机还给李工。

双方都各持已见，坚持不让。

渐渐的李工有些生气了，脸红脖子粗地跟林静远吵起来，甚至直接示意起重机司机不要管他，直接把箱子拖走。

林静远也是满头大汗，却依然很冷静。

他冷静地走到楚授的集装箱前面，张开双手。

这回，就算楚授听不清声音，也从林静远的口型看明白了他的话。

"要拆的话，就先从我身上碾过去吧。"

那个开起重机的司机见这人居然为了一个破集装箱连命都不要了，当然不敢轻举妄动。

李工也吃了一惊，气得转头就走，口中大骂："这真是个神经病！"

隔着百来米的距离，楚授呆呆地看着林静远。

林静远侧过头来，朝他笑笑，用口型示意"放心"。

像是得到指令一般，楚授感到自己的心脏在胸腔里狠狠地撞了一下。

在林静远的坚持下，李工查阅了所有集装箱的登记表，结果发现楚授的集装箱还真不在政府的登记目录上。

"这……"这下反而是李工不好意思了。

他连忙给二人道歉："对不起啊！还真是我看错了，差点把你们的东西给拆了，对不住，对不住！"

道完歉，李工还在挠头："可是怎么会呢？明明涂装跟其他集装箱是同一个风格，位置区域也一模一样，怎么会凭空多一个你们的集装箱呢……你们是怎么弄进来的？"

楚授怕他再深究下去会发现自己的秘密，连忙拉着林静远走了。

他的飞船暂时还存放在垃圾场里，不过已经贴上了特殊标记，不会被政府回收。

林静远也联系了自己的一个朋友，那位朋友正好有个仓库，可以存放这个集装箱。

事情终于圆满解决。

两人离开垃圾场时，已经是下午六点多。夏天天黑得晚，此时，太阳还像颗大蛋黄似的挂在天边，好像一戳就要破了。

楚授和林静远都累坏了，因此没急着回家，而是先去林静远之前工作的网吧休息。

网吧老板还认得林静远。正好今天是工作日，网吧不忙，老板就开了个小包间给他们用。

林静远确认楚授身体没事之后，就靠在沙发上睡着了。

他一下午都在垃圾场里跑前跑后，差点中暑。这会儿累得不行，脸还红通通的，有点晒伤。

楚授看着他疲惫的侧颜，忽然想到一个很重要的问题——林静远怎么不问他为什么对一个破集装箱这么紧张？

"怎么了？"仿佛察觉到他的注视，林静远睁开眼，询问地望过来。

楚授犹豫了一下，还是把心中的疑惑说出了口。

林静远笑笑："那是你以前住的地方吧？"

楚授一愣。

林静远想起了以前的事，眼神变得悠远："我们刚认识的时候，你不是说你住在垃圾场吗？那时候，你就是住在那个集装箱里吧？"

楚授一时不知道说什么好。

林静远果然是误会了！不过，林静远这么说也没错，他那时候确实是住在"集装箱"里面的。

而且，误会了也挺好，省得他再找借口来隐瞒身份。

可是……

楚授的视线落在林静远被晒伤发红的脸颊上。

他忽然觉得胸口酸酸胀胀的，说不出是什么感觉，像是有种什么东西越胀越大，快要从喉咙口溢出来了。

林静远察觉到一丝异样，有些紧张地凑过来："你怎么了，不舒服吗？怎么脸色这么差？"

楚授闭了闭眼，深吸一口气。

"你跟我来。"

他带着林静远回到了垃圾场，直奔集装箱所在的位置。

此时天已经完全黑了，空气却还是热烘烘的。白天施工的工人们已经离场了，只留下巨型机械停留在作业区域。

站在楚授的蓝色集装箱前，林静远不解道："怎么了？"

直到楚授关闭微型虫洞，带着他走进集装箱，也就是飞船内部，林静远才明白过来。

"这是……"林静远被惊得话都说不利索了。

"这是我的飞船。"顿了顿，楚授又补充道，"恒星级飞船。"

林静远："哇！"

他睁大眼睛，又惊又喜地观察着飞船，像个第一次来到科技馆的孩子。

楚授深吸一口气，下定了决心，又道："其实我不是人类，我是一只来自B512星球的外星触手怪。"

林静远转过头来，看着他："嗯。"

楚授："嗯？"

你这个反应正常吗?!怎么一句"嗯"就完事儿了？惊讶呢？害怕呢？

楚授本来还担心林静远会像《白蛇传》里的许仙一样，得知真相后吓得暴毙，因此他还把飞船调整到了应急救援模式，方便随时抢救。

结果林静远居然一句"嗯"就结束了，惊讶程度甚至还不及看到那个果冻沙发时的反应。

楚授不禁怀疑自己是不是没讲清楚。他扳过林静远的肩膀，试图把对方的注意力从果冻沙发上转移到自己身上来。

"我说，我是触手怪！"楚授试图比画，"就是有十八条触手的那种异形触手怪！"

林静远笑了："嗯，我知道。"

楚授："……"我怀疑你根本不知道问题的严重性！

楚授看着林静远那充满包容的笑，就觉得他一定是误会了，以为自己在开玩笑。

他决定换一个更简单更直接的方式——变回原形！

"你先做好思想准备啊。不要怕，一会儿我要变身了。虽然看起来有点可怕，但我不会伤害你的。我变身也还是会保持理智，不会发疯，你不要紧张……"楚授一边给他打着预防针一边变换形态。

林静远全程微笑观赏。

楚授："……"他怎么有种看小动物表演的感觉？

楚授甩甩大脑袋，把这个奇怪的念头赶出脑海。他伸出触手尖尖，扯了扯挂在脖子上变得有些勒的衬衣。

"好了，我变完了。"他小心翼翼地，尽量让自己的声音听起来友好，

"我是一个这样的触手怪。"

林静远仰头看着他——毕竟楚授的触手形态有两米高。

"好高。"林静远感叹，"你站起来原来这么高。"

楚授："……你不对劲！"这就是你的遗言……不是，这就是你看了我触手原形之后唯一的感想吗？

楚授简直要怀疑林静远是不是出门前吃了镇静剂，怎么看到什么都这么淡定。

林静远却笑了："怎么，难道你一定要吓哭我吗？"

"不应该吗？"楚授不敢置信地把自己的十八条触手在林静远面前晃来晃去，"我是触手怪啊！你看看这触手，这么粗，这么有力，还有十八条！我是个外星怪物啊！"

林静远看着在眼前摇曳的柔软触手，眼睛微弯，他笑起来："老实说，第一次看到的时候，是有点怕。"

楚授："这才对嘛……嗯？"

他突然反应过来——第一次看到的时候有点怕，也就是说，现在不是第一次看到?!

楚授大惊。难道林静远早就知道自己是触手怪吗？那是什么时候暴露的？怎么可能?!

楚授连忙追问，这才知道，原来上次野营跟林静远住一个帐篷的时候，自己的身份就已经暴露了。

而且林静远那时候非但被吓了一大跳，甚至还以为真正的楚授已经被触手怪给吃掉了！

"幸好那时候穿着你送的睡衣……"楚授心有余悸地拍拍胸口，"不然你是不是要把我剖开来救人了……"

林静远："……也不是没有这个可能。"

两个人同时想象了一下那个画面，不禁都露出了一言难尽的表情。

不管怎么说，坦白身份之后，楚授松了一口气。

"所以你是知道这是我的飞船，才这么帮我的吗？"楚授感动道。

"啊？"林静远尴尬地摸了摸鼻子，"这倒没有。我哪能猜到这是飞船啊……我就单纯地以为这是你以前住的地方，你怀旧不舍得它被拆……"

楚授："……"

两人对视一眼，不由都笑了起来。

笑够之后，林静远问："那你还要把飞船放在我朋友那儿吗？我跟他已经说好了，仓库长租给我们。如果你还是不放心，我们直接把那个仓库买下来也行。"

楚授想了想，觉得这事儿不急。既然是林静远的朋友，他信得过。

林静远笑笑，好奇地朝仪表盘看了一眼："这飞船能开吗？"

"能。"楚授召唤出光脑，确认了一下飞船情况。目前为止，飞船已经充能80％了。在蓝星大气层内的飞行完全没有问题。只是，如果想要通过光速跃迁回到母星的话，充能到100％更加保险。

楚授一边操作飞船一边给林静远解释"为爱发电"系统，林静远恍然大悟："哦！难怪之前你赚钱都不开心，原来你要的不是钱，你只要电！"

一说到这个，楚授心里又有些发闷了。

哎，算了，现在先不想那些烦心事，先带林静远坐飞船溜一圈！

夜晚的垃圾场空无一人，看门的保安大叔自然也不会注意到有一座开启了星空拟态的飞船从头顶上无声掠过。

"所以飞船从外面看起来是什么样的？"林静远兴奋地看着舷窗外夜色下的都市景色，"是飞碟吗？"

"是水滴。"楚授想了想，回过头朝林静远笑笑，道，"等飞船挪到仓库里去，我关了拟态给你看看！"

"好！"林静远很期待。

80％的电量储备，已经足够让飞船开启完美拟态和隐形系统。因此，地球上的任何电子设备都无法检测到飞船的飞行。

楚授载着林静远缓缓地在城市上空飞行。飞过垃圾场，飞过网吧，飞过市中心的扶摇影视公司，飞过他们上次露营的地方。

最后飞到他们的家。

楼顶上正好有个闲置的天台，平常都锁着，没人上去。楚授就把飞船停在天台上。

"啊，困了。"楚授打了个哈欠，把拟态和微型虫洞等防御系统一个个重新启动。

林静远站在他身边，静静地看着这一切，忽然开口道："你很快就要走了吗？"

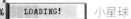

楚授一怔，转过头，看到一张怅然若失却还在勉强微笑的脸。

他的心一下子揪起来了。

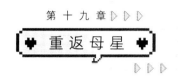

第 十 九 章 ▷▷▷

♣ 重返母星 ♣

▷▷▷

　　林静远的问题让楚授心里一震，像大钟被狠狠撞了一下，楚授感觉脑袋嗡嗡的，突然有点恍惚。

　　是啊，80％的电量，已经快满了。

　　虽然现在转换电量的速度越来越慢，但是80％的电量只是无法启动光速跃迁系统，让他在最短时间内回归母星。如果只是用低速在星际航行，80％的电量已经完全够用了。

　　也就是说，他如果想走，现在就可以走了。

　　楚授之所以震惊，并不是因为意识到这一点。而是他忽然发现自己已经很久很久没有想过回母星这回事儿了。

　　林静远看着他，忽然笑了。他笑得很温柔，但莫名地让人看了难过。

　　"先回家吧。"林静远说，"好热，吃不吃冰沙？"

　　在那之后的一段时间，林静远没再提过楚授回母星这件事。他像不知道楚授身份似的，仍旧和往常一样，每天和他一起遛狗，变着花样做各种好吃的给他吃。

楚授心里却始终藏着事儿。

"还出神呢？"展翅的声音在身边响起，见他没反应又伸手在他眼前晃了晃。

"啊？"楚授回过神来，发现已经到剧组了。整个剧组的工作人员都在紧锣密鼓地进行着拍摄。

这是《我为人类社会摘星辰》电影的拍摄现场。

这一次版权虽然被展翅买下，但前期投资成本太高，展翅找来很多家影视公司共同出品，并邀请了数名大牌明星出演。

《我为人类社会摘星辰》现在已经火遍全网，是当之无愧的热门大IP。

展翅这次是带他来剧组探班，认识认识几位大佬编剧，顺便见见几个流量明星，拍拍照拿回去炫耀一下。没想到楚授全程心不在焉，坐在副驾驶座上一路都在看车窗外的风景。

展翅一眼就看出他有心事。

结合林静远最近同样失魂落魄的相似症状，可以确诊了——楚授的心事和林静远有关！

不过具体是什么，展翅没打听。本想趁探班的机会让楚授散散心，可惜楚授对追星没兴趣。

这也很正常。楚授自己就长得好看，身边还都是林静远和云川这种级别的帅哥。某些明星长得还没楚授本人好看呢……

剧组为展翅特意准备了一间休息室，展翅打算吃过午饭就带楚授回去。

吃饭时楚授还是无精打采的。展翅正在思考如何在不打探他们两人私事的前提下让楚授打起精神，没想到楚授自己先开口了。

"我有一个朋友……"

展翅："……"好，不用打探了。

展翅假装听不懂"我朋友就是我"的潜台词，身子微微前倾，表现出关注："嗯？你朋友怎么了？"

楚授斟酌着用词，尽可能小心地不暴露身份："他是……呃，他老家很远，因为一些意外到了这边，结果在这边生活得挺好的，认识了很多好朋友，也找到了自己喜欢做的工作，顺风顺水，赚了不少钱，还出名了……"

展翅："……"我建议你用"我朋友"为前缀倾诉的时候，不要把自己的人生经历交代得这么准确。

展翅强忍着笑，一脸严肃："嗯，然后呢？"

"然后，他回家的路费差不多攒够了，只要想，随时都可以走。"楚授趴在桌子上，耷拉着脑袋，"刚来的时候他是很想回家的，毕竟是因为意外才留在这里的嘛。但现在的生活太开心了，他有点舍不得……可这里不是他的家啊……这边和家乡多少有点不一样，有时候也会不太适应……"

楚授一段话里用了好几个"可""但"这样的转折词，看得出来是真的在纠结了。

展翅不解："所以他是在纠结要不要回家？这有什么好纠结的，回家了又不是不能再过来。何况以你……"

他本来想说"以你的经济能力"，突然一想不对，他还在假装不知道这个"朋友"就是楚授本人，赶紧改口道："……以现在的交通发达程度，高铁飞机不是随便坐？实在不行就网上包个车。距离再远，两个地方总归还是交通互通的嘛。"

"不不不。"楚授摆手，"我……朋友那个家乡真的特别远，特别偏僻，不通车也没有公路的那种……"

展翅："啊？"都这年代了，还有没通车的地方？

他看着面前精致漂亮的楚授，无法想象这么细皮嫩肉的男孩子会出身于公路都没有的山沟沟。

这不科学！

不过看楚授真心在纠结的样子，也不像是在撒谎。

展翅："也就是说，你那个朋友如果回家了，就没法再到这边来了？"

"嗯……"楚授歪着脑袋想了想，"也不能说是完全没有办法，就是代价比较大……"

展翅眼前生动地浮现出楚授一个人背着巨大行李袋行走在崇山峻岭之间的画面……

"好吧。"展翅道，"我大致明白你……你朋友在纠结什么了。"

楚授撩起眼皮，求助地看着他，问："那你觉得呢？如果是你……会回家吗？"

展翅思考片刻，说："你丢个硬币吧。"

楚授："啊？"

楚授以为自己听错了，没想到展翅还真就从钱包里掏出一个硬币。

别说这二维码支付的年代怎么还有人随身带钱包，像展翅这种级别的总裁，钱包里居然还有硬币，简直太神奇了。

展翅看到他眼里的震惊，笑道："这是我的决策硬币。当我犹豫不决两边摇摆的时候，就会丢硬币看看。"

楚授："这么随意的吗？"

展翅："丢丢看就知道了。"

楚授本来还想说自己这事儿拿硬币来决定，太儿戏了吧，转念一想，展翅那么大个公司，也靠抛硬币来决策……突然就觉得自己这事儿也不大了。

楚授看着展翅递过来的那枚硬币，忽然有点怕。

"你帮我丢吧，我不会。"

"好。"展翅笑笑，"那就正面回家，反面留下。"

楚授："……嗯。"

展翅以一个漂亮的姿势把硬币弹向空中，动作熟练，看得出真的经常拿硬币做决策。

硬币在空中飞快旋转着。楚授盯着那枚硬币，心脏狂跳。

他的动态视力很好。在硬币真正落地之前，他就可以猜出最终结果了。然而，还没等硬币落地，展翅一伸手，接住了下落中的硬币。

"嗯？"楚授愣了一下。

展翅双手盖住硬币，伸到他面前。

"你觉得会是哪面？"展翅问。

楚授呆呆地看着他的手，无法估算。因为展翅半路截和，他没能看清硬币最后的朝向。

"我……不知道……"楚授有些紧张，又有些慌乱，他怕得到自己不想要的答案。

可是，当他真的慌乱起来时，展翅却笑了。

"现在，你明白自己的心意了吗？"

展翅并没有打开双手，因此楚授的视线仍旧粘在他手背上，下意识地在为即将揭晓的答案而紧张。

听了这话，楚授还有些茫然："什么意思？"

展翅仍旧没有把答案展示给他，只是让他看着自己紧握的双手。

那枚硬币被严丝合缝地盖住，无从窥视。

展翅道："我抛硬币的时候，你心里在想什么？"

楚授一怔，回忆了一下刚刚的情形。

当硬币被展翅截和的时候，他心里的杂念一下子全部消失了，只剩下一个念头：万一是正面，真的要走吗？

一瞬间，他明白了。

"我明白了，大师！"楚授激动起来。

展翅笑道："那现在？"

楚授："回家！"

展翅身体一僵，表情崩不住了。

楚授意识到他误会了，连忙解释道："不不不，我的意思是，回我跟林静远的那个家！"

"哦……"展翅很明显地松了一口气。

展翅亲自开车，送楚授回去。

楚授的心情终于好起来。他一路上都趴在车窗上，睁大眼睛看着外面的风景。

路过繁华的市区街道，他看到商场外面巨大的LED显示屏在播放着由影帝出演《我为人类社会摘星辰》的宣传海报。

车辆拥堵时，他听到人行道上的年轻女孩一边咯咯笑着，一边激动地讨论着即将到来的云川粉丝见面会。

坐在花坛边缘吃便当的白领，手机屏幕上一闪而过美食视频的画面。

"啊！那是林静远的视频！"楚授乐了，"惠灵顿烤肉！烤的时候'滋啦滋啦'地响，听着特别诱人！不过为了视频拍出来好看，肉买得很大，我们吃了好久才吃完！"

"嗯。"展翅侧过头，微微笑着看了他一眼。

忧愁不适合他。像小孩子一样，咋咋呼呼嘻嘻哈哈的，才像他嘛。

楚授回到家的时候，林静远正在厨房里做东西。

"咦？"楚授有些惊讶，"今天怎么没去工作室？"

他嗅了嗅鼻子："什么东西？好香啊！"

林静远现在和扶摇合作，创立了自己的视频团队，由各大厨具品牌出资赞助，为他打造了一个梦幻厨房，当作日常拍摄取景地，所以已经很少在家里拍视频了。

"今天巧克力豆终于发酵好了。"林静远笑着，从烤盘里拿起一粒棕黑色的小豆子，"你看，刚刚烘干了拿出来，表皮都脆了。"

"哇。"楚授惊喜地睁大眼睛凑过来，"终于成功啦！"

林静远最近在做手工巧克力。这个巧克力可不像一般手工巧克力那样，买现成的巧克力回来融化做造型，而是从可可果这一步做起的。

新鲜的可可果清洗之后放在特定的温度里发酵，让其中的可可豆呈现出特有的风味。然后把发酵好的可可豆烤干、去掉表皮，再碾磨细腻，就获得了可可粉。再往里面加上白砂糖、牛奶、坚果之类的，就得到真正的巧克力了。

说起来简单，没想到真正动手的时候，林静远在第一步就卡住了——明明是按照网上的教程来做的，可是可可豆总会在发酵的过程中发霉。一旦发霉就得从头再来，而且本身发酵过程就需要持续好几天，因此失败的时间代价非常大。

林静远前前后后已经失败了十几次，就连旁观这一切的楚授都感到了灰心丧气，忍不住想如果是自己，一定早就放弃了。

可林静远没有表现出丝毫沮丧，仍旧认认真真地调整着温度、湿度，小心处理着那些豆子。

终于，在今天，可可豆发酵成功了。

楚授也非常高兴。

"我来帮你！"他凑到林静远身边，跟他一起给可可豆去皮。

发酵之后就是烘干。

烘烤过的可可豆，表皮干裂翘起，露出里面棕黑色的部分。手里的可可豆热烘烘的，散发出焦香，整个厨房都被香气填满。

楚授很喜欢这个味道，忍不住眯起眼睛，身心愉悦。

"你喜欢牛奶巧克力，还是坚果、水果类的巧克力？"林静远侧过头，视线落在他的笑容上。

楚授喜欢吃甜的，受不了太苦的东西，林静远知道，所以自动把"黑巧克力"这个选项过滤了。

楚授看到桌上已经准备好了牛奶、坚果，还有新鲜的草莓和甜橙，不由两眼放光。

"我都喜欢！"他期待地看着林静远，"可不可以都做？"

"好。"林静远微笑道，"都做。"

将配料加入搅拌后就要调温了。林静远拿出一块大理石板，清洁干净之后把融化的巧克力倒上去。

他一边给楚授讲解，一边用铲刀把巧克力来回刮切。

楚授看得跃跃欲试，林静远就笑着把刮刀给他："你试试。"

楚授刮了几次，只觉得手感异常奇妙，整个人都愉悦了。

调温之后的巧克力浆，只要倒进模具里定型、冷藏，就会变成外面商店里售卖的那种巧克力了。

"就这样倒进去吗？"楚授端着大碗，歪着头问。

"嗯。"林静远伸手从下面帮他托着碗，"就这样一点点往下倒。"

林静远准备了各种各样的模具，有传统的长方形网格，有简单的几何图形，还有各种小动物。其中居然还有章鱼和海獭，这种造型的模具外面买不到，一看就是专门定制的。

楚授不禁感慨道："这次的视频拍摄成本好高啊！是哪个巧克力品牌赞助的？"

他刚刚已经拿手指蘸了点巧克力浆尝过，口感非常棒，比外面卖的任何一种巧克力都好吃。

林静远把模具在桌上轻轻磕了几下，去掉巧克力浆里的气泡，然后把装着巧克力浆的模具放进冰箱。他站在冰箱前面，背对着楚授，轻声说："这次不是拍视频。"

楚授："啊？"

对啊，刚刚玩得太开心，他都没注意到，做巧克力的时候摄像机都没开。原来林静远根本没在拍视频。

林静远垂着眼睛，静默了一会儿，这才转过身来。

"你的母星，是什么样的？"

楚授没想到他会问这样的问题。不过既然知道了他是外星触手怪，会好奇也是正常的。

楚授便给他描绘了一下自己的母星。

粉红色的大气层，一天之内可以看四十几次日出，还有呼吸间猴面包树的味道。

说着说着，他鼻子有些发酸。

那毕竟是他的母星，他长大的地方。

楚授抽抽鼻子，有些不好意思地笑了笑，眼睛亮晶晶的。

林静远看着他的眼睛，抿了抿嘴唇，像是终于鼓起勇气一样道："那，人类在那里可以生存吗？"

楚授歪着脑袋想了想："应该没问题。母星的生态环境比蓝星更好，温度、湿度、氧气含量也都更加稳定。相比之下，人类去那边生存可能比在蓝星更舒服。"

林静远笑笑："那就好。"

楚授看着他那"你这么说我就放心了"的表情，忽然间意识到什么，脱口而出："等等……你要去?!"

"嗯。"林静远凝视着他，很认真、很郑重地说，"你回去的话，我就跟你一起。"

楚授呆住了。

"你本来就是因为意外才降落到蓝星的，这一年以来，也一直为了回家在努力。"林静远的声音很温柔，"想想也是。你的母星那么美好，像童话世界一样。蓝星就不一样了，光是气候你就适应不了。而且你对这里的一切都不熟悉，什么都要从头学起。很累吧？"

"我如果是你，也会很想家的。

"你马上就可以回家了，真好。

"可惜我们刚刚成为朋友，就要分开了。

"可我不能挽留你。我知道，如果我开口，你一定会为我留下，你太善良了。

"可这里不是你的家。我怎么能拦着你回家？

"就像两个小孩子，在一起玩得再开心，也还是要回家的。

"我就这样难受了好多天，一直不知道该怎么办。

"后来有一天，我突然想通啦。"

计时器忽然响起，巧克力的冷藏时间已经到了。林静远没有去管计时器，任凭它"嘀嘀嘀"响着。他凝视着楚授，眼睛里带着笑意。

"如果我不想让你走，那我跟你一起走，不就行了吗？"

楚授睁大眼睛，呆呆地看着他："你这是……"

"嗯。"林静远摸了摸鼻子，却还是忍着害羞，微笑地看着他，"我想跟你当一辈子的朋友。我想跟你回你的母星看看，顺便去拓展一下外星球的直播业务。"

楚授的心脏狠狠地跳了一下，他的视野一下子模糊了。

"哇——"泪水冲出眼眶，楚授控制不住地大哭起来。

"哎？"林静远没想到楚授会是这个反应，一下子慌了，手足无措道，"你怎么哭了？你……别哭啊……为什么啊……"

林静远不知道是不是自己说错了什么。

"呜呜呜……我……呜呜……"楚授哭得停不下来，嘴巴里含含糊糊地说不清楚。

林静远努力辨别着他的话语，安抚道："你别急，慢慢说……你不用顾及我的想法……你想说什么就说出来好了，没事的……"

楚授拼命摇头："不，呜呜……我……"

楚授也不知道怎么回事，明明不想哭，明明很开心——不对，应该说，明明超级开心！

林静远知道他是触手怪，还愿意跟他当朋友！而且愿意跟他回家，去他家里玩！

林静远是真的不把他当怪物。

林静远是真的把他当朋友！

林静远怎么这么好啊！

这么好的人——他说他想跟我当一辈子的朋友！

我也要跟他当一辈子的朋友！

"警告！警告！"光脑受到某种影响，运行变得无比迟缓，此时突然跳出一大排感叹号，"检测到宿主心率过快、血压升高，语言神经系统已无法正常运行。"

楚授只觉得胸腔酸酸胀胀的，被一股热烘烘的感觉填满了。他根本听不到光脑的警告，现在的楚授，满脑子都是"我也要跟你当一辈子的朋友"这几个字，可是话到嘴边却变成——

"我呜呜呜呜——"

"我哇哇哇哇——"

"我□□□……"

他急得连B512星语都飙出来了，可眼泪还是停不下来。

楚授哭得喘不过气，简直快要被自己气死了。

这个身体怎么回事，坏掉了吗？怎么不会说人话了啊！

林静远被他突如其来的爆哭吓坏了，他想给楚授擦眼泪，又不敢，只好手忙脚乱地去找纸巾，低低地说："对不起，你就当我没说过吧……你别为难……别哭了……我做布丁给你吃，咱们不聊这个了，好不好？"

楚授："啊！"怎么可以！

我听到了！我都听到你说要去我家里玩了，你怎么可以反悔？

看着林静远故作淡然却明明难过到不行的模样，楚授也急坏了。

人类的身体怎么这样啊！这不是耽误事儿嘛！

失去了语言能力的触手怪情急之下，再也忍不住，一把握住了林静远的双手，眼泪"啪嗒啪嗒"地往他手上掉，激动得如同在异乡见到老乡的漂泊流浪汉。过于激动的情绪，引发了更加激烈的生理反应，让楚授的人类身体无法适应。

他的脑袋始终昏昏沉沉的，说不出话，唯一能做的，就是紧紧抓住林静远，不让他走，不让他再说那些道歉的话。

林静远睁大眼睛，怔怔地。

楚授努力做着深呼吸，一下接一下地像在酝酿着什么。

明明只是几秒钟，林静远却觉得像几千万年那么漫长。

听说B512星球到蓝星的距离，就是几千万光年。而现在，一只外星小触手怪，穿越几千万光年的距离，正握紧他这个蓝星人类的双手，拼命地深呼吸，像在积攒力量。

然后，用尽全力对他说——

"我也要跟你当一辈子的朋友！"

林静远忽然就明白了——原来楚授哭得那么厉害，不是被他的想法吓到了，不是拒绝，也不是生气，只是太感动了。

感动到哭得不行，感动到话都说不清楚了！

林静远无法控制地翘起嘴角："嗯，我们会做一辈子的朋友。"

翌日清晨，楚授在自己房里打开电脑。昨日的激动已经平复下来，他习惯性地点开趣文轩APP。

虽然楚授已经决定留在蓝星，和林静远待在一起，但这不代表他要放弃

"为爱发电"的写作。因为，他答应林静远，要带对方回他的母星看看。

飞船充能已经超过80％，飞是可以飞，就是比较慢。林静远的视频不能断更太久，因此两人商量好，这段时间林静远潜下心来多做几个视频，先存着，这样在他星际航行期间，视频也会自动定时发布，不用让粉丝等太久。

至于楚授，为了让飞船能达到100％充能，开启光速跃迁推进器，他又进行了新的小说创作。

这篇小说的名字叫作《惊！"码字机"大佬竟是外星触手怪！》。

顾名思义，是以他在蓝星的亲身经历为原型创作的作品。

掐指一算，距离100％电量，还差一百多万。

这一次，他突然意识到，之前自己一直都有个思维误区。

他的第一篇文章《烈风》是因为更新得太快，导致积分暴涨，蹿上了新晋榜。在那之后他都是重开小号发文，而小号是没有读者基础，也没有资格上新晋榜的。也就是说，他完全可以在避开一切人工榜单的情况下，一口气把全文发布，当天就完结。

这样，在文章结算期内，他的文章会因为没有曝光、数据太差、收藏数到不了入V及格线而无法入V。这样拖过结算期，他的全文字数就可以全部转化成电量！

说干就干，楚授撸起袖子，触手狂飞。激情洋溢之下，他一下午就写出了一百多万字，电脑键盘都快冒烟了。

他找雪松又开了个小号，早已麻木的雪松宛若一个无情的开小号机器人，问都不问，麻利地给他开好了。不过，当楚授一天发表一百多万字并且直接完结的时候，雪松还是发来了震惊的表情包。

"您这是？"雪松实在无法理解这个操作。

这回，楚授理直气壮："为爱发电！"

雪松："……"行吧。

楚授耐心等待了几天，终于熬过了结算期。

最终的结果是惊人的！

他这篇《惊！"码字机"大佬竟是外星触手怪！》，全文一百多万字，在新开的小号上悄无声息地开文，又一秒完结，谁都没有注意到趣文轩上出现了这么一篇文章，当然更不会有人来阅读、收藏。因此，全文一百多万字完整地转换成了一百多万电量！

成功了！

"飞船充能已达到100％，随时可以进行光速跃迁推进航行。"光脑发出提示。

楚授坐在电脑前面，看着光脑投影在他视网膜上的飞船数据面板，一时竟有些恍惚。

他之前辛辛苦苦写了这么多篇文，费尽心思闹出那么多幺蛾子，怎么就没想到还有这招？

或许，不是他想不到这一招，而是不知从什么时候开始，他已经没有那么迫切地想要离开蓝星了。

数日后，当飞船降落在B512星球上时，林静远看着这颗被棉花糖一般的大气层包裹的粉红色星球，不禁感叹："好漂亮！你的母星好像童话一样！"

"嘿嘿。"楚授有些小得意。

他打开舱门，早已得到消息的B512星居民们纷纷迎接上来。

"呜呜呜，您总算回来了！"

"您去哪里了？大家都急疯了！"

飞船前面涌上来一大堆触手怪，圆圆的脑袋，半透明的身体，长着数目不一的长长触手。纵然林静远已经习惯了楚授的触手形态，但还是被这突如其来的触手怪方阵给吓了一跳。

林静远注意到，虽然大家都是触手怪，但楚授和他们还是不太一样的。

最大的区别就是，楚授的本体和B512星球外围的大气层一样，是那种粉嫩嫩的红色，而楚授以外的其他触手怪都是海蓝色的。

这是为什么呢？

蓝色触手怪们把两人迎下飞船，又举行了隆重的庆典仪式，庆祝楚授归来。B512星人说的语言和蓝星人不同，楚授提前给了林静远一个翻译器，因此他能听懂这些触手怪们在说什么。

看着欢呼雀跃的触手怪们，林静远忍不住小声问："你是不是地位很高啊？怎么好像所有人都很关心你的样子……"

"嗯……"楚授挠挠头，有些不好意思，"因为我是王子嘛。"

"什么……"林静远震惊。

果然，耐心去听的话，就能听到触手怪们一边庆祝一边抱头痛哭。

"呜呜呜，小王子总算回来了！"

林静远不由得睁大了眼睛。还没等他反应过来，触手怪们已经围到他身边，好奇地盯着他看了起来。

"这是什么啊？"

"这就是蓝星人吗？"

"哇，长得好奇怪！"

B512星人虽然个个身高接近两米，但在从未见过的蓝星人面前，全都好奇得像小孩子。

触手怪们都觉得林静远小小一只，好可爱。

林静远有点害羞，楚授则是超级骄傲！

楚授："这个人类有骨头！"他开始炫耀。

触手怪们："什么是骨头？"

楚授："等一下，我用光脑给你们投影……"

林静远早就知道B512星球的科技发展水平远超地球，全民拥有光脑。此时也没见楚授如何操作，就看到触手怪们纷纷露出恍然大悟的神情。

"哦！这就是骨头！"触手怪们，"好神奇！"

楚授："这个人类会做饭！"

触手怪们："什么是做饭？"

楚授："等下哟，我用光脑给你们投影……看，这就是他做的美食，超级好吃！"

触手怪们："哇，这就是美食！看上去好好吃！"

林静远有点脸红了。

楚授满脸骄傲，伸出触手，把林静远往身边勾了勾："这个人类是我的朋友！"

触手怪们："什么是朋友？"

楚授："就是会跟你志同道合、同甘共苦的人！对了，蓝星上有个叫趣文轩的APP……我发给你们……"

触手怪们："哦哦哦，这就是趣文轩！"

林静远："……"

眼看着庆祝仪式变成了大型趣文轩推荐现场，林静远整个人都凌乱了。

我是谁？我在哪儿？我在看什么？

哦，我在看一堆蓝色触手怪学习如何使用趣文轩APP……

乱糟糟的欢迎仪式总算结束了。

楚授带林静远在星球上参观，带他去看一天之内的四十多次日落。

原来在这里也能看到太阳。

感受着太阳一次次地东升西落，林静远忽然有种无法言喻的感动。

"小王子……"他忍不住喃喃。

"嗯？"楚授歪过头，不解地看着他。

林静远终于把心中的疑惑问出来："你是王子，所以你是这个星球的掌权者吗？"

"呃……"楚授不好意思地摸摸鼻子，"不是你理解的那种王子啦。我带你去一个地方，你看了就知道了。"

楚授带着林静远来到一片猴面包树森林。与其称之为森林，不如叫树海更贴切。因为，它真的是海蓝色的。

树干是深一点的蓝色，树冠是纯粹的海蓝色。微风吹拂，整片树林看上去就如同平静的大海一般摇曳着。

眼前的景象瑰丽而梦幻，林静远不由得看呆了，恍惚以为自己走进了童话里。

"你看树上那些果实。"楚授伸出触手尖尖，朝树上一指，"那些圆形的果实，里面都是新生的小触手怪。"

林静远再次瞪大眼睛："什么……你们是从树上长出来的?!"

他不敢置信地看着身边的楚授。

这怎么看都像是水产的B512星人……居然是从树上长出来的！

"嘿嘿，没想到吧。"楚授摸摸鼻子，"果实成熟之后就会自动脱落，掉下来就变成B512星人。不过这种海蓝色的树只会结出海蓝色的果子。"

林静远："所以，你是另一棵粉红色的树上长出来的？"

楚授："对。整片树海，只有一棵树是粉红色的。这棵树的果实产量还特别低，同一时期只会诞生一个生命……"

他带着林静远继续往森林深处走，一直走到蓝色树海的中心，一棵粉红色的猴面包树赫然出现在眼前。

"物以稀为贵嘛，所以大家就把这棵树上诞生的住民视作王子……其实我除了颜色不一样以外，跟大家也没什么两样啦……"

虽然楚授随口这么说着，林静远却再次被眼前的景象震撼了。

这棵粉红色的猴面包树和其他蓝色的树明明完全不同。它格外高大、繁茂，仿佛坚不可摧。从树干到树叶却又是柔嫩的粉红色，仿佛一个轻盈的梦境，一碰就碎。除了这些，这棵树还有一个特别之处，就是它整个树干上都找不到一颗果实，不像其他的海蓝色大树，枝繁叶茂，硕果累累。

这棵粉红色大树，几百年里只会结出一颗果实。这唯一的、最尊贵的生命，就在他身边。

林静远抬起手，轻轻抚摸着树干，忍不住感慨："原来你无论在蓝星，还是母星，都是独一无二的存在。"

"你也是独一无二的林静远啊。"楚授笑眯眯地凑上来，用力拍了拍他的肩膀，"整个宇宙，都没有第二个林静远。你也是独一无二的！"

林静远的嘴角微微翘起。

两个人并肩站在粉红色巨树下，仰头看着日出、日落，像极了童话故事里的结局。

与此同时，几千万光年之外的蓝星，一篇名为《惊！"码字机"大佬竟是外星触手怪！》的小说，因其发文当天直接更新一百多万字并且立马完结的操作引发了整个论坛的震惊。

大家被这位名叫"□□"的作者给惊呆了，纷纷慕名点开文章，没想到看了第一章之后竟然一眼荡魂，都被这篇文吸引。众人情不自禁地流下了感动的泪水，回到论坛激情探讨。

——这是什么神仙作者！全文存稿，一秒完结！

——一口气看完真是太爽了，没看够，我还想要番外！

同样被吸引的，还有坐在CBD中心总裁办公室的展翅。

这个作者有潜力！展翅两眼放光，正想投出100个红宝石，手指却停留在了"发送"按钮上。

因为他看到这篇文的霸王火箭榜第一是一个叫"小海獭"的人。

小海獭……展翅盯着那个名字，许久释然一笑，关闭了打赏界面。

深夜，《我为人类社会摘星辰》的拍摄地。

影帝熬夜看完《惊！"码字机"大佬竟是外星触手怪！》，红着眼睛，和一群读者大半夜一起尖叫。

"怎么没了？怎么这么短？"

"不许完结！继续写！"

"再写一百万字番外！命都给你！"

【正文完】

楚授和林静远在B512星球度完假回到蓝星，又过上了平静快乐的生活。

林静远继续做他的美食视频。他的人气也越来越高，事业风生水起。非但接连接到商单，还会被视频平台邀请去参加各种活动。

这段时间他就被喊去参加一个网站自制的综艺节目，有三个月的时间不在家。

林静远虽然不在，不过楚授如果想见他，还是很方便的。

毕竟楚授有飞船。

从母星回来的时候，他就给飞船加满了燃料。现在不需要"为爱发电"也可以随时随地启动拟态、隐形、飞行系统，在蓝星自由穿梭了。

不过，林静远毕竟是去工作，楚授也不好经常去打扰他。

于是，林静远不在家的这段时间，楚授就在写文之余，发展出了许多其他爱好，比方说绘画。

他偶然在林静远发视频的网站上看到一些绘画教程，看上去挺简单的，仿佛有手就能画，于是兴致勃勃地买来画板。结果自己上手一画才知道，嚯，根本不是那个样！

他不敢置信，把教学视频又翻出来，认认真真看了好几遍。结果脑子是会了，手却仿佛长在别人身上。

楚授不敢相信，自己整整十八条触手，居然没一条能画出像样的画！

本着不服输的精神，楚授开始日夜练习，疯狂画画。

他很快发现，自己画人不像人，画鬼挺像鬼，原因是他对人体构造实在是太不熟悉了！

毕竟他是个外星触手怪，让他画触手怪他就信手拈来，至于画人？人的骨头是怎么长的，肌肉是什么样的，他完全不懂啊！

于是他又找来与生理学、解剖学相关的书籍，开始学习人体骨骼、肌肉构成、关节形态、运动姿势……

"你进步好大！"林静远隔三岔五就会发出这样的惊呼。

楚授觉得他只是在鼓励自己。

林静远："不，你是真的很有天赋！"

林静远建议他把自己研习绘画的过程记录下来，发到网上，与其他画手交流，这样能长进不少。将来回头看看，也会很有感触。

楚授听得眼睛一亮。

林静远当初刚开始做美食视频的时候也是这样，找到了很多志同道合的小伙伴，在互相交流学习中，大家都长进了不少。偶尔也会遇到大佬，为他们指点一二，那能学到的东西就更多了！

一拍即合。

反正家里有林静远留下的摄像机和录制软件，都是现成的。林静远平常剪视频，楚授也会在旁边看，因此视频剪辑也不在话下。

楚授跃跃欲试："对啊，那我也能开直播，像你一样，每天和观众现场交流了！"

然而这个提议却遭到了林静远的反对。

林静远惊恐地制止他："不不不，直播不行！万一你不小心把触手露出来怎么办？会暴露身份的！"

楚授："啊！"

楚授心头一跳。

对啊！虽然周围的人对他都很好——特别是林静远，毫不犹豫地接受了他是触手怪的事实——可是对大部分的蓝星人来说，外星触手怪还是很可怕的吧！他还是得小心点！

于是他答应林静远，只录制视频，绝对不开直播。

林静远还不放心："这样吧，你录完视频发给我，我来帮你剪辑。"

万一不小心露出触手，他还可以帮他修图修掉。

楚授愉快地答应了。

敲定好各种细节之后，楚授就在视频平台上建了一个新号，用来上传他的绘画视频。

叫什么名字好呢？

楚授瞄了一眼电脑桌上的东西，手边正好是一本他拿来参考人体结构的《生理解剖学》。

对了，就叫这个吧，"生理解剖学"，和绘画也相关，绘画要参考人体骨骼的嘛！

"啪嗒"一下，楚授按下了鼠标，一个名为"生理解剖学"的博主就诞生了。

半个月后，云川工作室的会议室里，剧本研讨会结束后，楚授忍不住跟云川吐槽："然而根本没有人看！"

楚授之前跟云川学过一段时间配音，正好最近他的《末世重生快穿之白月光美强惨搞笑人鱼在惊悚游戏无限打脸》广播剧开始录制了，投资方觉得既然原作者本人有这个声音条件，那么正好可以作为彩蛋，让原作者在剧里也出演一个小角色。

于是今天楚授就被拉过来开剧本研讨会了。

楚授最近不务正业，一直在沉迷画画。

在视频平台上投稿自己的绘画视频后，他很快就发现，想象中的热情交流并没有出现。他的视频根本没人看！

此时的楚授无精打采，趴在大会议桌上，心情复杂。

早知如此，那他当年选择做视频来"为爱发电"，岂不是分分钟就可以回母星了！

不过现在也没什么好后悔的，毕竟在他选择写文这条道路之后，认识了许多可爱的人，也收获了不少快乐和幸福。

他只是有些感慨，当初不想要人气的时候，人气跟不要钱似的拼命来，现在他想跟人交流了，想被更多人看到了，却无人问津。

真是造化弄人啊！

"我现在才知道林静远的视频播放量是多么可怕的数字！"楚授感叹，"我的视频上传好多天了，也只有十来个播放量，可是你知道吗——"他瞪圆了眼睛，"林静远的视频刚刚上传一分钟，播放量就能有十几万！而且你无论什么时候去看他的视频，都能发现有很多人在一起实时观看！"

"他的人气实在是太恐怖了！"楚授总结，"这种水平，我一辈子都达不到！"

云川却嗤了一声："这有什么！我要是开个直播，人气也是分分钟几百万！"

他顿了顿，又道："林静远毕竟是'头部'博主，粉丝都上千万了，他发个视频要是连这点点击率都没有，那平台直接关闭得了。"

楚授一想也是。

毕竟林静远的事业蒸蒸日上，每天都在变得更好。他现在都被平台邀请去拍综艺节目了！

虽然是平台自制的网络综艺，可那也是综艺啊！

楚授觉得他好厉害。

"哎，现在想想，他刚起步的时候真的是不容易啊。"楚授忽然想起他们刚认识那会儿，林静远一边兼职网吧前台，一边利用业余时间，用那一堆廉价简陋的设备拍视频的日子，"他那时候上班其实很累，做美食视频又特别费钱，费精力。你知道吗，他经常为了研究摆盘，把午饭和晚饭给忘了吃，弄到半夜差点低血糖晕倒，他真的是……"

云川看着他，忽然嘴角一勾，笑了："所以他现在能这么成功，都是有理由的。付出总算获得回报了。"

"嗯！"楚授也笑弯了眼睛。

"对了，你那视频也拿过来给我看下吧。"云川朝他钩钩手指。

楚授大方地点开自己的视频给他看。云川翻看了几个，很快恍然大悟。

"哦，我知道你为什么不火了。"云川了然道，"你这画的都太基础了，都是素描、雕塑、静物什么的，没什么博人眼球的东西。要是想提高人气的话，就去看看那些热门绘画视频，看看大佬们都是怎么画的。"

楚授觉得很有道理，还想继续追问，但云川已经转移了话题："对了，之前那个音游，你还在继续玩吗？"

"啊？"楚授露出回忆神色，"就我们之前一起玩的那个？所有高难度曲子我都已经完美通关了，所以不怎么玩了……"

楚授颇有些不好意思，感觉好像自己抛弃了云川似的。

没想到云川却神秘一笑，掏出手机，说："我就知道。那你快来看看这个，我最近也换游戏玩了。"

楚授凑过去一看，那也是一个音游，不过界面和之前他玩过的那个略有不同。

这个游戏的音符是下落式的。音符图案也很简单，短短的一条直线，跟之前那个游戏华丽活泼的画风截然不同。

云川告诉他，画面最下方那根横贯屏幕的长实线叫作判定线。只要音符线落在判定线上时触碰音符就行了。

说着就给他开了一首歌。

楚授虽然是第一次玩这个游戏，但毕竟已经有了其他音游的经验，所以上手很快。

云川给他开的这首歌节奏轻缓，音符下落速度也不快。

楚授正想说这有什么难的，万万没想到，原本固定在屏幕最下方的判定线居然一下子弹跳起来！

"嗯？"楚授大惊，眼睛都快瞪到屏幕上去了。

云川得意扬扬："没想到吧，判定线也会动！"

楚授无暇顾及云川，睁大眼睛盯着屏幕，视线飞快地追寻着判定线。

他终于明白云川那种得意的笑是从何而来了，因为这个游戏远比它看上去的要难得多！

音符在动，判定线也在动，两个东西都在满屏幕飞舞，楚授必须在它们相交的那一瞬间，恰好踩在节奏上按动音符。

楚授当即就入了迷。

云川拍拍他的肩膀，愉快地表示："我就知道你会喜欢这个！加油！等你的新纪录哟！"

楚授回到家，正好接下来的几天没什么事，他就高高兴兴地栽进了游戏里。林静远不在身边，也没人给他搞"防沉迷"，楚授就这么一连几个通宵，痛痛快快地把整个游戏打了个底朝天。

一个字，爽！

作为一个音游大佬，他已经习惯于随手录制游戏视频，方便晒成绩。不过云川介绍给他的这个新游戏，实在是太难了。打到最后，连楚授都受不了，气得差点砸了手机。

他用人类手指试了几百次都过不了，最后实在气得不行，直接变出十八条触手，总算成功通关。

他给这个视频起名为"这破游戏，没有十八只手能玩?!"，并发布在了他以前发音游视频的账号上。

当然，他并没有真的拍自己的触手，而是利用从母星带过来的变形液，把触手都变成了人类的手指，假装有另外八个人跟他一起玩。主要目的就是吐槽这游戏太难了。

按照约定，楚授把这个视频发给林静远看。林静远看了，哭笑不得。

"你又通宵打游戏了？"林静远回了他这么句话。

楚授："你怎么知道？"

林静远："视频录制时间，还有视频剪辑时间，都写得明明白白……"

"啊！"楚授颇有一种偷偷打游戏被家长抓到的心虚感。

林静远一副"你让我说什么好"的表情，但也没批评楚授，只是让他悠着点儿，别再像上次那样沉迷游戏弄得头晕眼花，伤了身体。

楚授老老实实地答应了。

经过林静远的审核，确认视频里没有露出触手不会暴露身份后，楚授打开电脑，准备把吐槽视频上传到网络上。

结果一打开电脑，就看到QQ不停地跳。雪松发来消息，问他下篇文什么时候开始发布。

楚授："咳咳，还没想好写什么……"

雪松痛心疾首："你上次说你要度假，到现在已经休息快一年了！你真的不打算写新文了吗？你的读者嗷嗷待哺，已经都快要饿死了！"

楚授无奈，两手一摊："可是我不知道下篇文写什么啊！"

雪松鼓励道："你可以从你最近的生活入手啊，比方说，你去哪里玩了呀，经历的一些特别的事，见到的一些特别的人……"

楚授想了想，他最近回了母星。这个当然不能写。

至于经历的一些特别的事……楚授来兴致了，热情地向雪松推荐："我最近玩了一个特别好玩的游戏！你看这是我玩的视频……"

雪松："……"

沉默片刻，雪松发来一个微笑的表情："除了游戏，还有别的吗？"

楚授想了想，眼睛又是一亮。

"哦，我最近还在学习人体结构！"他把之前在视频网站绘画区看到的热门视频发给雪松，热情推荐。

雪松无奈道："你克制一下自己啊！"

楚授："哦……"

雪松："还有别的吗？"

楚授："呃，羊毛毡？珐琅彩？手工艺品？"

他打开微博，登录一个专门用来发布手工艺品视频的账号，把上面的制作视频发了过去，同时愉快地向雪松介绍："这个也挺好玩儿的！羊毛毡戳戳乐，戳的过程特别治愈！强烈推荐你也试试，超级解压的！"

雪松沉默片刻，然后说："所以你最近就是'花式'不务正业，除了写文以外，什么都玩是吗？"

楚授有点不好意思："是的。"

雪松："行吧……我也不逼你了。创作这个事儿，逼也逼不出来。"

雪松发来一个"摸摸头"的表情包，然后说："你就继续玩吧……等你什么时候有灵感了，记得回来写呀。记得你的读者们都在等你哟！"

楚授愣愣地看着屏幕上雪松的话语，心里一暖。

"嘿嘿。"他忍不住摸摸鼻子，笑了笑。

正要关电脑，楚授忽然灵机一动。

对啊，不务正业！

灵感这不就来了吗！

楚授当场打开文档，开始构思大纲。

他决定写一个不务正业沉迷于各种业余爱好，结果一不小心成为各界大佬，最后所有小号都暴露于公众视野之下的"掉马"爽文！

至于文名……

楚授用触手摸着下巴，心想主角想要同时兼顾这么多活动，要么像他一样拥有十八条触手，要么就像超人一样每天都不睡觉。

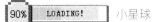

人类不睡觉会死，既然如此，那就让主角睡一小会儿吧！

有了，这篇文的名字就叫《每天只睡1小时》吧！

番外二

//// 小号曝光 ...... ♡♡

三个月过去了，林静远终于回来了，楚授的新作品《每天只睡1小时》也写完了。楚授故技重施，开了一个全新的马甲号，把《每天只睡1小时》发表在新号上。

对此林静远觉得非常奇怪。

"你都已经不需要'为爱发电'了，为什么还要开新号？用原来的号其实也可以吧。"

楚授挠头："原来的号太多了，有点分不清是谁。我每个号上都有很多读者在等我的新文，如果给其中一个写了新的，总觉得对不起其他读者呢。"

林静远听了忍不住发笑："那你就索性一个号都不更新，让所有读者都等到天荒地老吗？"

楚授一想，也是啊，这样岂不是对不起所有人！

于是他决定，以后再也不开小号了，他就把前面用过的小号按照顺序编个号，再轮流发表新文，保证所有小号的读者都能看到新文。

林静远哈哈大笑："你这可真是雨露均沾啊。"

《每天只睡1小时》的灵感来源于楚授最近的生活。他一边自学绘画，一边制作羊毛毡、珐琅彩等手工艺品，抽空还在打音游。毕竟是有十八条触手的触手怪，他要学起东西来，比人类快好多倍。

现在既然林静远回来了，楚授就在自己的生活里恢复一项原来就有的活动：和林静远一起拍美食视频。

林静远回来的日子正好临近过年。按照计划，他们要拍一个大家一起做年夜饭的视频。

这是楚授第一次正儿八经地在蓝星过年，很有纪念意义。林静远决定把楚授的朋友们都邀请过来。楚授在蓝星的朋友不算多，展翅、云川、糖糖、玉竹，关系好到能到家里来一起做饭的也就这么几个。

虽然是为了拍视频，但也得让大家吃一顿好的。

说干就干，征求了大家的意见后，林静远列出计划，把每个人的任务分配好。到了正式拍摄的这一天，大清早，大家就来到林静远和楚授的家里，和两人一起忙活。

一开始，大家还有些不熟悉。特别是糖糖、玉竹两个女生，她们没来过楚授家，也不认识展翅和云川。

但林静远她们是认识的。其实也不能说"认识"，应该说，她俩都是林静远的粉丝。

没办法，林静远毕竟是"头部"博主，又是老少咸宜的美食区。当初楚授一跟她们提起这事儿，姑娘们就激动了。

天啊！这不就是我每天下饭视频里的美食区博主吗？

紧接着她们又意识到视频里那个可爱的神秘舍友原来是自己的好朋友！

糖糖和玉竹都兴奋不已。

至于展翅，他毕竟是成熟稳重的商业人士，待人接物很有一套，他优雅沉稳，彬彬有礼，令人如沐春风，很快就博得了姑娘们的好感。

而云川，玉竹可能不熟悉，但糖糖可是知道的。

云川可是配音圈大佬，现在最火的配音演员。他最近刚好配了一个糖糖很喜欢的广播剧。听着熟悉的嗓音，糖糖兴奋得差点晕过去。

云川也很愉快——终于见到一个真正的粉丝了！

云川十分大方，现场给糖糖来了一段剧中台词。兴奋的糖糖又直接跳起来，给他表演了一个激动到死去活来。

云川："这才是真爱粉该有的样子！"他不禁深沉地望向楚授，用眼神说："你反思一下，作为自称真爱粉，你当初对我是不是太冷淡了！"

楚授："嗯？"

几个人一起忙活，宽敞的厨房变得热闹又拥挤。锅碗瓢盆叮叮当当，发出乐曲般的脆响。大家笑容洋溢，空气中弥漫着浓浓的年味儿。忙碌的厨房工作让大家很快熟络起来。

终于到了晚上，在林静远的指挥下，一道道热菜出锅。大家一人一个盘子，高高兴兴地往餐桌上端。餐桌上摆满了美味佳肴。众人围坐在桌边，举杯相庆，脸上都是快乐的笑容。摄像机忠实地记录下了这美好一刻。

取完素材之后，摄影小哥也入戏落座，跟大家一起享受劳动成果。

楚授笑眯眯起身，朝众人举杯，道："我再敬大家一杯！感谢大家这么长时间来对我的照顾，希望我们年年有今日——"

众人笑着一起回答："岁岁有今朝——"

楚授嘿嘿一笑，端起酒杯正要干杯，忽然心里一动，想跟林静远再碰一下。没想到他一转头，正好看到林静远也把杯子递过来。

两个人的视线对上，默契一笑。玻璃杯轻轻一碰，果啤里的冰块发出清脆的响声，让人想起夏日网吧门口，轻盈灵动的风铃声。

两个小时后，众人吃好喝好，都有些醉意。看看时间有些晚了，楚授不放心女生们自己回家，于是就让她们留宿。反正房间够住，正好晚上还能一起聊天。

展翅、云川还有摄影小哥明天都还有工作，就先走了。林静远则是回到自己房间，看看今天拍的素材怎么样。

楚授带着微微的醉意，跟两个姑娘一起坐在客厅里面，一边吃水果一边闲聊。电视上面正在播放热闹的综艺节目。再过两天就是除夕，但今天年味已经很浓了。

三个趣文轩写手聊着聊着就聊到写作上。

糖糖问："大佬，你最近怎么不写新文啦？我还等着看呢！"

玉竹也道："是啊，你的读者们都等着你呢。"

楚授挠头，不好意思地笑笑，正想说自己其实已经发表了一篇新文，不过是在小号上，没想到正在刷手机的糖糖忽然惊叫了一声。

"哎呀！有个年度惊天大八卦，快来看！"

楚授和玉竹一左一右，凑到她手机前面。原来糖糖又在刷论坛，某个帖子的标题十分言简意赅——抄袭！新人作者叉叉叉，第一篇文《每天只睡1小时》抄袭众网络红人真人真事，改编衍生不带出处。请问您跟他们要授权了吗，您就敢写？

楚授一惊：欸，这不是他的小号吗？

糖糖一边把帖子往下拉，一边解释道："这个作者是个新人，只写了一篇文，更新还挺勤快的，数据也不错，正好今天上了千字收益榜，而且还是第一名。这个人很有灵气，之前我还关注过，我也在追他的文。大家还以为他是匹黑马，没想到居然抄袭啊！"

玉竹也很惊讶："抄袭真人真事，这么明目张胆啊？"

糖糖："是啊！而且他抄的都是网红博主！他这篇文的主角是个不务正业的趣文轩写手。身为全职写手，他大部分的时间没用来写文，却在捣鼓各种业余爱好，比如画画、手工艺品、音游等。但涉及这些领域的情节，几乎全是抄袭的！"

楚授在旁边听得不敢说话。

玉竹茫然："都抄了些什么？"

糖糖举着手机，看着屏幕说道："根据楼主给出的证据，绘画方面抄的是……'生理解剖学'老师！这个博主我也好爱的！"

糖糖一看居然抄袭了自己喜欢的绘画圈大佬，不由义愤填膺，怒气冲冲地继续道："手工艺品抄的是'给你整个动物园'，还有玩手游的部分，抄的是他们音游圈一个手元大佬……手元是什么？"

玉竹："不知道耶。"

楚授张了张嘴，欲言又止，不敢说话。

糖糖："反正也是借鉴了人家音游大佬的视频，叫什么来着……哦，叫'我真不是触手怪'！"

楚授："……"

玉竹疑惑："这帖子靠谱吗？毕竟现在画画、手工艺、手游什么的，都很热门。他写一个角色同时爱好这几个活动，也不能说是抄袭吧。"

糖糖气愤："就是抄袭！完全一模一样啊！你看你看！"

她把帖子拉到下面，给玉竹看楼主发的证据。

原来《每日只睡1小时》文里很多内容，都和这几个网红的视频内容撞车了，而且是连环撞。

比方说绘画部分，画师生理解剖学是画人体骨骼出名的，这篇文里的主角也是，而且理由也跟生理解剖学一样。说自己是因为太不熟悉人体结构了，所以专门买了一本《生理解剖学》医学教科书，还买了一个人体骨骼模型，放在画板边上，每天摆出各种动作，照着临摹一百八十遍。

楚授："……"不自在地朝卧室偷瞟一眼，思考要不要把房门锁起来，别让她们看到自己书桌上的人体骨骼模型。

糖糖继续道："还有羊毛毡的部分。动物园老师你知道的，他的视频我之前还分享给你看过！他当初一炮而红就是因为戳出了一整个动物园，他还主动把作品送给了一个重病卧床的小粉丝。现在这篇文的作者也写了这个情节，只不过内容替换成了海洋公园，戳戳乐的小动物形象也变成了章鱼、鱿鱼这种海洋动物！这是什么？这是做贼心虚啊！"

楚授不禁回想，自己床头那些戳戳乐素材有没有都整理收好。

糖糖愤怒地道："手游的部分就更气人了！触手怪老师最出名的就是他发出的第一个吐槽视频，说这游戏太难了，没有十八条触手谁玩得了。结果好家伙，这个不要脸的作者直接搬进自己文里，也写主角被游戏折磨得通宵熬夜，最后怒砸手机，连夜喊来八个兄弟，跟他一起'十八手连弹'打音游！"

楚授默默藏起了手机，不敢让她们看到自己满屏幕上各种音游APP。

听完这一切，玉竹也十分惊讶："啊，那这确实相似度太高了，而且恰好全部都是网红……"

糖糖："没错！而且楼主还专门去问过这几位大佬，问他们有没有授权给某个作者，允许他把这些情节写进小说。你看，聊天记录都贴出来了！"

楚授凑过去一看，差点晕厥。

只见屏幕上一连好几张聊天截图，发言人都是同一个头像，也就是今天揭发他的这位楼主。而回复楼主的，则分别是楚授的三个账号：生理解剖学、给你整个动物园、我真不是触手怪。

聊天内容很一致，都是楼主问对方有没有给过授权，对方回答：没有。

楚授努力回忆了一下，隐约想起了这回事儿——好像……是有这么一个人啊！

楚授手头账号太多，他其实没有精力每天登录一遍，只是隔三岔五想起来的时候才上线看看，统一私信回复。

每个账号收到的私信内容，本质上都差不多。

大部分是向他表达喜爱，偶尔也能收到一些向他讨要授权的询问。

比方说他的写文作者号上会有人问能不能授权他的文章去做免费的商用广播剧，或者有没有意向出版；他的手工艺品账号上则是问能不能授权给网上店铺，按照他的设计批量生产，利润跟他分成。诸如此类，都不是什么大事儿，不过数量一多，楚授也有些应付不过来。

楚授其实并不记得这个楼主，他只是实话实说，毕竟他真的没有把自己的视频内容授权给任何人——他自己写发生在自己身上的故事，怎么可能要授权啊！

楚授正在郁闷，忽听糖糖拍案而起，大呼岂有此理。

"这个作者太过分了，我要去文章评论区谴责他！"

楚授："……"

玉竹赶紧摁住她，道："别！冷静点，万一是误会，造成了伤害，那再道歉就来不及了！"

糖糖一愣，下意识扭头看了楚授一眼。她眼底流露出一丝愧疚的神色，楚授知道她又想起之前在论坛里讨伐自己，导致自己弃号不用的往事了。

"你说得对。"糖糖冷静下来，诚恳道，"我还不够成熟，以后我要三思而后行。"

糖糖虽然没有动手，但还是有很多读者忍不住要找楚授给个说法。

楚授悄悄地打开自己后台一看，密密麻麻的全都在说这件事，不由头皮发麻。他赶紧打开微博，登录自己的写文作者账号，连夜发表声明，表示他的作品《每天只睡1小时》绝对没有抄袭。

作者号发完，他又切换到自己发视频的几个账号，同时发表声明说这不是抄袭，是和文章作者私下里认识，很多事情都是和对方一起亲身经历过的，根本不需要授权。

楚授悄悄发完微博之后，就假装一个没事儿人，故意引开话题，继续看电视。只有糖糖还在刷论坛，关注这件事的进展。

楚授以为发了声明，这事儿就应该过去了。

没想到几分钟后，糖糖忽然抬起头，用一种很怪异的表情看着他。

楚授有些心虚，但还是强撑镇定地问："怎么啦？"

糖糖直接把手机屏幕举到他面前。

只见屏幕上是一张截图，是生理解剖学、给你整个动物园、我真不是触手怪这几个人的联合声明，表示《每天只睡1小时》作者没有抄袭。

楚授浮夸道："哇！发声明啦！你看，事情果然反转了吧！幸好你没去留言！"

糖糖一脸的不忍直视，对着楚授幽幽地道："你再仔细看看，触手老师，你暴露了！"

什么？楚授赶紧抓过手机一看，不由得瞪大眼睛。

原来他登错账号了！他登的是自己那个有几十万粉丝的写文作者大号！

更要命的是，都这个点了，身为网络文学爱好者的影帝居然还没睡觉在刷微博，于是直接转发了他这条微博，还在评论里疯狂催更："番外呢？说好的一百万字番外，什么时候写出来？"

楚授："……"整个触手怪都不好了。

除夕，风波总算平息。

这两天里，楚授的心情就像坐上过山车，疯狂地大起大落。

他先是被人误会抄袭，非但论坛的人讨伐他，就连他这几个视频账号下的粉丝也义愤填膺地过来指责。

结果楚授情急之下登错了账号，用自己发表过《惊！"码字机"大佬竟是外星触手怪！》的作者号发表了本该是《每天只睡1小时》作者发表的澄清声明。

其实这也没什么，那时候已经很晚了，他及时发现及时删除的话，事情应该还有挽回余地。

要命的是，那个沉迷网文无法自拔的影帝居然转发了他的微博。

影帝的粉丝量不可小觑。

大家热情讨论，话题热度瞬间飙升，一下子成了话题榜第一——《惊！"码字机"大佬竟是外星触手怪！》和《每天只睡1小时》作者是同一人——这下可好，全网皆知！

账号一下曝光俩，楚授还没来得及哀叹，接下来的事情就更玄幻了。

由于他几个视频号给自己澄清的语言风格都十分相似，一开始还被人怀疑是不是被盗号了，或者作者收钱了。

结果不知道是哪个福尔摩斯，举着放大镜去对比他之前发的所有视频，震惊地发现：在这些视频里，虽然博主都没有露脸，但露出来的手，好像都是同一双！

再仔细看看这几个博主平常的说话风格，大家惊奇地发现：

咦！他们也是同一个人！

于是风向瞬间掉转。那些之前指责过他的人纷纷跑来长篇大论地道歉，大把大把地打赏，还激动地表示自己见证了历史，见证了奇迹！

楚授："……"救命！不敢说话！万万没想到这居然是一个连锁反应！一个账号曝光，一串账号就都曝光了！

现在唯一一令他欣慰的是，大家还以为这个引发腥风血雨的写手和那个身兼数职的视频博主只是好朋友。

他们还不知道，这俩也是同一个人！

除夕夜，外面响着鞭炮声，电视机里播放着春节联欢晚会。空气中弥漫着浓浓的年味，浓浓的温馨和满满的人间烟火气。

楚授坐在一桌丰盛的菜肴前，握拳道："我以后一定要小心，千万不能再被人发现身份！"

万万没想到，林静远突然表情严肃。

楚授一看到他这个表情，顿时感觉不好，赶紧问："怎么了？"

林静远："告诉你一个坏消息。"

楚授心里"咯噔"一下："什么？"

只见林静远掏出平板，打开他们前两天录制并上传的那个年夜饭视频，哭笑不得地说："你的手太好看了。弹幕观众已经认出来，我这个神秘舍友就是传说中会画画，精通各种手工艺品制作，还会打音游的大佬了。"

楚授："……"

救命啦！

这下真是一点秘密都没有啦！